ONDE NASCEM
os sonhos

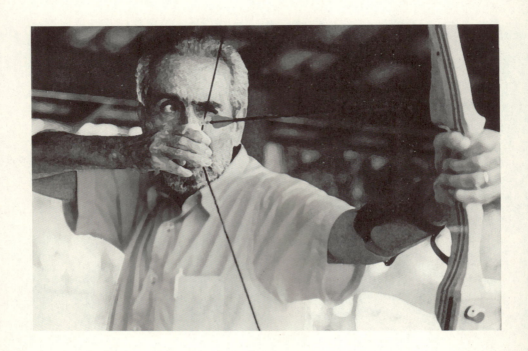

O Arqueiro

GERALDO JORDÃO PEREIRA (1938-2008) começou sua carreira aos 17 anos, quando foi trabalhar com seu pai, o célebre editor José Olympio, publicando obras marcantes como *O menino do dedo verde*, de Maurice Druon, e *Minha vida*, de Charles Chaplin.

Em 1976, fundou a Editora Salamandra com o propósito de formar uma nova geração de leitores e acabou criando um dos catálogos infantis mais premiados do Brasil. Em 1992, fugindo de sua linha editorial, lançou *Muitas vidas, muitos mestres*, de Brian Weiss, livro que deu origem à Editora Sextante.

Fã de histórias de suspense, Geraldo descobriu *O Código Da Vinci* antes mesmo de ele ser lançado nos Estados Unidos. A aposta em ficção, que não era o foco da Sextante, foi certeira: o título se transformou em um dos maiores fenômenos editoriais de todos os tempos.

Mas não foi só aos livros que se dedicou. Com seu desejo de ajudar o próximo, Geraldo desenvolveu diversos projetos sociais que se tornaram sua grande paixão.

Com a missão de publicar histórias empolgantes, tornar os livros cada vez mais acessíveis e despertar o amor pela leitura, a Editora Arqueiro é uma homenagem a esta figura extraordinária, capaz de enxergar mais além, mirar nas coisas verdadeiramente importantes e não perder o idealismo e a esperança diante dos desafios e contratempos da vida.

LISA KLEYPAS

ONDE NASCEM
os sonhos

Título original: *Where Dreams Begin*

Copyright © 2000 por Lisa Kleypas
Copyright da tradução © 2022 por Editora Arqueiro Ltda.

Todos os direitos reservados. Nenhuma parte deste livro pode ser utilizada ou reproduzida sob quaisquer meios existentes sem autorização por escrito dos editores.

tradução: Ana Rodrigues
preparo de originais: Marina Góes
revisão: Camila Figueiredo e Mariana Bard
diagramação: Abreu's System
capa: Renata Vidal
imagem de capa: Ildiko Neer/Arcangel Images
impressão e acabamento: Bartira Gráfica

CIP-BRASIL. CATALOGAÇÃO NA PUBLICAÇÃO
SINDICATO NACIONAL DOS EDITORES DE LIVROS, RJ

K72o

Kleypas, Lisa, 1964-
    Onde nascem os sonhos / Lisa Kleypas ; tradução Ana Rodrigues. – 1. ed. – São Paulo : Arqueiro, 2022.
    336 p. ; 23 cm.

Tradução de: Where dreams begin
ISBN 978-65-5565-346-5

1. Ficção americana. I. Rodrigues, Ana. II. Título.

22-77825   CDD: 813
     CDU: 82-3(73)

Gabriela Faray Ferreira Lopes – Bibliotecária – CRB-7/6643

Todos os direitos reservados, no Brasil, por
Editora Arqueiro Ltda.
Rua Funchal, 538 – conjuntos 52 e 54 – Vila Olímpia
04551-060 – São Paulo – SP
Tel.: (11) 3868-4492 – Fax: (11) 3862-5818
E-mail: atendimento@editoraarqueiro.com.br
www.editoraarqueiro.com.br

Capítulo 1

Londres, 1830

Ela precisava sair dali.
    O burburinho das conversas sofisticadas, as velas acesas no candelabro respingando cera quente nos dançarinos, a profusão de aromas que anunciavam a pródiga ceia que logo seria servida, tudo aquilo oprimia lady Holly Taylor. Fora um erro comparecer a um evento social grandioso tão pouco tempo depois da morte de George. É claro que a maior parte das pessoas não considerava três anos "pouco tempo". Ela passara por um ano e um dia de luto profundo, mal se aventurando a sair de casa a não ser para caminhar no jardim com a filha pequena, Rose. Usara as roupas de bombazina preta e cobrira os cabelos e o rosto com véu, simbolizando sua separação do marido, que partira para o outro mundo. Holly havia feito a maioria das refeições sozinha, cobrira todos os espelhos da casa com crepe preto e escrevera cartas em papéis com uma faixa preta, de modo que todas as interações com o mundo externo mostrassem os sinais de seu luto.
    O segundo luto viera a seguir. Holly continuara usando trajes pretos da cabeça aos pés, mas abandonara o véu protetor. Então, no terceiro ano após a morte de George, passara para o meio luto, que permitia usar cinza ou malva e participar de pequenas e discretas atividades femininas, como chá com parentes ou amigas próximas.
    Com todos os estágios do luto superados, Holly emergira do abrigo escuro e reconfortante daquele período e agora retornava a uma vida social radiante que se tornara terrivelmente estranha a ela. Embora os rostos e o cenário fossem, na verdade, exatamente os mesmos de que Holly se lembrava, o fato era que George não estava mais a seu lado. Ela se sentia exposta por estar sozinha, desconfortável em sua nova identidade como Viúva Taylor. Assim

como todos, a própria Holly sempre vira as viúvas como figuras sombrias, dignas de pena, mulheres que usavam um manto invisível de tragédia, não importava o que sugerissem seus trajes. Agora ela compreendia por que tantas das viúvas que compareciam a eventos como aquele sempre davam a impressão de que prefeririam estar em outro lugar. As pessoas se aproximavam de Holly com uma expressão de solidariedade, ofereciam uma xícara de ponche, ou algumas palavras de consolo, e se afastavam com um discreto ar de alívio, como se tivessem acabado de cumprir um dever social e finalmente estivessem livres para aproveitar o baile. A própria Holly agira da mesma forma com outras viúvas no passado – querendo demonstrar compaixão, mas sem se deixar afetar pela desolação nos olhos delas.

De algum modo, nunca lhe ocorrera que se sentiria tão isolada em um evento social daquele porte. O espaço vazio ao seu lado, onde antes estaria George, parecia um vácuo doloroso. Inesperadamente, foi dominada por uma sensação semelhante ao constrangimento, como se tivesse entrado por acaso em um lugar ao qual não pertencia. Naquele momento, ela era apenas metade de algo que já fora inteiro. Sua presença no baile servia somente como uma lembrança da perda de um homem profundamente amado.

Holly avançava junto à parede, na direção da porta do salão de visitas, sentindo o rosto frio e rígido. A melodia alegre e agradável que os músicos tocavam não a animava, diferentemente do que as amigas, esperançosas, haviam sugerido. Na verdade, a música parecia zombar dela.

Holly já dançara com tanta leveza e agilidade quanto as outras jovens damas presentes naquela noite, com a sensação de que voava nos braços protetores de George. Os dois haviam sido feitos um para o outro, e as pessoas comentavam sobre isso com sorrisos de admiração. Ela e George tinham tamanhos semelhantes, a baixa estatura dela combinando com o porte compacto dele. Embora George tivesse altura mediana, sempre fora um homem em excelente forma física: com seus cabelos de um tom castanho dourado, os olhos azuis sempre alertas e o sorriso deslumbrante que não saía do rosto, era muito bonito. George adorava rir, dançar, conversar... Nenhum baile, reunião social ou jantar ficava completo sem ele.

Ah, George... Holly sentiu a pressão úmida das lágrimas brotando em seus olhos. *Que sorte a minha ter tido você. Ambos tivemos sorte. Mas como vou seguir em frente sozinha?*

Amigos bem-intencionados a haviam pressionado a comparecer ao evento daquela noite; queriam que começasse a deixar os rituais sufocantes do luto para trás. Mas Holly não estava pronta... não naquela noite... e talvez nunca.

Seu olhar se desviou para os convidados e ela localizou vários familiares de George que socializavam e degustavam iguarias em pratos de porcelana de Sèvres com borda de ouro. O irmão mais velho dele, William, lorde Taylor, afastava-se com a esposa para o salão de visitas, onde a quadrilha estava prestes a começar. Lorde e lady Taylor combinavam enquanto casal, mas a morna afeição entre eles não chegava nem perto do amor genuíno que Holly e George nutriram um pelo outro. Parecia que todos na família de George – pais, irmãos e cunhadas – finalmente haviam se recuperado da morte dele. O bastante para que conseguissem participar de um baile, rir, comer e beber, para que se permitissem esquecer que o membro mais amado da família morrera cedo demais. Holly não os culpava por serem capazes de seguir com a vida... Na verdade, ela os invejava. Como seria maravilhoso conseguir escapar do manto invisível de dor que a cobria da cabeça aos pés. Se não fosse pela filha, Holly jamais teria um momento de descanso do sofrimento que a dominava.

– Holland – murmurou alguém próximo.

Ao se virar, Holly avistou Thomas, o irmão mais novo de George. Embora tivesse as mesmas feições atraentes, os olhos azuis e o cabelo com reflexos âmbar característico dos homens da família, faltavam a Thomas Taylor o brilho travesso no olhar, o sorriso preguiçoso e estonteante, a simpatia e a autoconfiança que tornavam George tão irresistível. Thomas era uma versão mais alta e mais séria do irmão carismático. E fora uma fonte de apoio e estabilidade desde que George morrera.

– Thomas – disse Holly, forçando um tom animado e um sorriso duro nos lábios –, está se divertindo esta noite?

– Não especialmente – respondeu ele, enquanto um lampejo de compaixão cintilava no fundo dos olhos muito azuis. – Mas acredito que estou levando a situação melhor do que você, minha cara. Seu rosto está contraído, como se uma de suas enxaquecas estivesse começando.

– Sim, está – admitiu Holly.

Subitamente, tomou consciência da dor persistente nas têmporas e na nuca, um latejar que alertava que o ápice estava a caminho.

Ela nunca tivera uma enxaqueca na vida antes da morte de George, mas as dores haviam começado a atormentá-la logo depois do funeral. Apareciam inesperadamente e a deixavam de cama por dois ou três dias.

– Posso acompanhá-la até em casa? – perguntou Thomas. – Tenho certeza de que Olinda não se importaria.

– Não – apressou-se a dizer Holly –, fique e aproveite o baile com sua esposa, Thomas. Sou perfeitamente capaz de voltar para casa desacompanhada. Na verdade, até prefiro.

– Está bem.

Thomas sorriu para ela, e a semelhança de suas feições com as de George fez Holly sentir um aperto no peito, enquanto sua dor de cabeça se intensificava.

– Ao menos permita-me mandar chamar a carruagem, sim?

– Obrigada – disse ela. – Espero no saguão de entrada?

Thomas fez que não com a cabeça.

– Temo que haja uma quantidade tão excessiva de veículos do lado de fora que talvez leve vários minutos até nossa carruagem chegar à frente da casa. Mas, enquanto isso, há muitos lugares mais tranquilos onde você pode esperar. Que eu me lembre, há uma saleta que dá para uma estufa privada. Passe pelo saguão de entrada e siga pelo corredor à esquerda da escada curva.

– Thomas – murmurou Holly, tocando ligeiramente o braço do cunhado e conseguindo dar um sorrisinho fraco. – O que eu faria sem você?

– Você nunca terá que descobrir – respondeu ele, o tom grave. – Não há nada que eu não faria pela esposa de George. Toda a família sente o mesmo. Sempre cuidaremos de você e de Rose. Sempre.

Holly sabia que deveria se sentir reconfortada pelas palavras dele. No entanto, não conseguia se livrar da sensação perturbadora de ser um fardo para a família de George. A anuidade deixada para seu sustento após a morte do marido era tão pequena que chegava a ser irrelevante, de modo que ela se vira obrigada a vender a casa de colunas brancas elegantes em que haviam morado. Holly era grata pela generosidade dos Taylors, que lhe cederam dois quartos na residência da família. Ela já fora testemunha de como outras viúvas eram postas de lado ou forçadas a se casar novamente só para que a família pudesse se ver livre delas. Mas os Taylors a tratavam como uma hóspede amada e, mais ainda, como um monumento vivo à memória de George.

Holly seguia junto à parede do salão de visitas quando seu ombro esquerdo esbarrou subitamente em uma quina da moldura dourada da porta muito ornamentada. Ela saiu cegamente pela porta aberta e se viu no vistoso hall da mansão que pertencia a lorde Bellemont, o conde de Warwick. A propriedade urbana da família era destinada a festas nas quais questões políticas eram debatidas, casamentos eram arranjados e fortunas trocavam de mãos. Lady Bellemont havia conquistado a merecida reputação de exímia anfitriã por convidar para seus bailes e saraus a mistura perfeita de aristocratas, políticos e artistas talentosos. Os Taylors gostavam de lady Bellemont e confiavam nela, tendo, portanto, considerado apropriado que o retorno de Holly à sociedade acontecesse no primeiro baile da nova temporada social.

O saguão de entrada circular era flanqueado por duas imensas escadas curvas. Os cômodos principais da mansão ficavam convenientemente situados no térreo e se ramificavam em grupos de saletas e áreas de recepção que se abriam para estufas ao ar livre ou pequenos jardins pavimentados. Qualquer um que desejasse ter uma breve reunião particular, ou um encontro romântico, não teria dificuldade em achar um lugar reservado.

A cada passo que a levava para longe do salão de visitas lotado, Holly sentia a respiração ficar mais fácil. Ela seguiu pelo corredor em direção à saleta que Thomas havia sugerido. A saia de seu vestido de noite – fios de seda tingidos de um azul tão escuro que era quase preto – farfalhava pesadamente ao redor das pernas à medida que caminhava. A bainha do vestido recebera o peso de rolos de seda e crepe para garantir o volume que era a tendência do momento, muito diferente das saias leves e ondulantes que estavam na moda antes da morte de George.

A porta da saleta estava entreaberta e o cômodo, escuro. No entanto, uma luz fria e clara entrava pelas janelas, iluminando-o o suficiente para que Holly enxergasse sem a ajuda de uma vela. Em um dos cantos havia um par de poltronas francesas de linhas sinuosas e uma mesinha, enquanto alguns instrumentos musicais descansavam perto dali, sobre suportes de mogno. Cortinas franjadas de veludo protegiam as janelas e a parte de cima do console da lareira. O carpete grosso, estampado com medalhões florais, abafava seus passos.

Holly entrou no cômodo escuro e silencioso, levou a mão à faixa que envolvia a cintura do vestido e deixou escapar um longo suspiro.

– Graças a Deus – sussurrou, profundamente aliviada por estar só.

Era tão estranho... Havia se acostumado tanto com a solidão que se sentia desconfortável perto de muita gente. Antes, Holly era uma pessoa sociável, que gostava de se divertir e se sentia à vontade em qualquer situação, mas aquilo fora por causa de George. Ser esposa dele lhe investira uma confiança que, agora, a abandonara completamente.

Holly adentrou mais a saleta e uma corrente de ar frio a fez estremecer. Embora o decote canoa do vestido fosse discreto e alto, quase cobrindo a clavícula, seu pescoço e o topo dos ombros estavam expostos. Quando tentou identificar a origem da corrente de ar, avistou a estufa para a qual a saleta se abria e que levava aos jardins externos. Viu também que as portas francesas foram deixadas abertas. Holly já se preparava para fechá-las, a mão pousada nas maçanetas de metal frio, mas hesitou, uma estranha sensação percorrendo-a. Ela olhou através dos painéis de vidro embaçados pela condensação e seus batimentos se aceleraram desconfortavelmente, até parecer que todos os seus membros latejavam.

Holly teve a sensação de estar se equilibrando na beira de um penhasco, tendo apenas o abismo à sua frente. Viu-se dominada pela urgência de recuar rapidamente para a segurança da saleta, talvez até de volta para o burburinho do salão de visitas. Em vez disso, agarrou com mais força as maçanetas até o metal ficar escorregadio e quente por causa do suor nas palmas das mãos. A noite a chamava do lado de fora, longe de tudo que era seguro e conhecido.

Um pouco trêmula, Holly tentou rir da própria tolice e então saiu da saleta, com a intenção de encher os pulmões de ar fresco. De repente, uma enorme forma escura surgiu diante dela: a silhueta alta de um homem. Holly ficou paralisada pela mais absoluta surpresa. Suas mãos frouxas deslizaram das maçanetas, enquanto o choque fazia seu corpo inteiro vibrar. Talvez fosse Thomas, que estivesse ali para informá-la de que a carruagem estava pronta. Mas o homem diante dela era alto e grande demais para ser o cunhado ou qualquer outro homem que ela conhecia.

Antes que Holly conseguisse pronunciar uma única palavra, o estranho se adiantou e puxou-a para fora da saleta. Ela soltou um gritinho e cambaleou para a frente enquanto era arrastada contra a vontade para a noite do lado de fora. O impulso a fez trombar nele com tanta força que ela pareceu se tornar apenas um amontoado de seda e membros rígidos nos braços do desconhecido. Ele a conteve com facilidade, tão forte que ela se viu indefesa como um gatinho em suas mãos grandes.

– Espere... – disse Holly, perplexa.

O corpo dele era firme como se, em vez de feito de carne e osso, tivesse sido forjado em aço. Com as mãos suadas, Holly sentiu a maciez de seu paletó. Ela inspirou os aromas de tecido engomado, tabaco e conhaque, uma mistura absurdamente masculina que por algum motivo a fez lembrar do cheiro de George. Já fazia tanto tempo que não era abraçada daquele jeito... Nos últimos três anos, Holly não buscara homem algum para confortá-la, não quisera que abraço nenhum interferisse na lembrança da última vez que estivera nos braços do marido.

Mas não teve poder de escolha em relação ao abraço daquele estranho. Quando Holly protestou e se contorceu junto ao corpo sólido, o homem inclinou a cabeça e murmurou junto ao ouvido dela.

O som a surpreendeu... Era um sussurro profundo e rouco, como a voz de Hades enquanto arrastava uma Perséfone relutante para seu reino no submundo.

– Demorou a chegar, milady.

Holly então percebeu que o homem a confundira com outra pessoa. Sem querer, ela acabara se intrometendo no encontro romântico de alguém.

– Mas eu... eu não...

As palavras de Holly foram abafadas e ela se viu silenciada pela boca do homem. Holly recuou, espantada, surpresa e horrorizada, e de repente furiosa... Aquele estranho levava embora o último beijo de George... Mas o pensamento foi afastado por uma súbita onda de sensações. A boca do homem era muito quente e, com exigência, pressionou os lábios dela até forçá-la a abri-los. Holly nunca fora beijada daquele jeito – a boca do estranho comunicava um desejo tão violento que ela se sentiu fraca. Ela virou o rosto para escapar daqueles lábios, mas o homem acompanhou o movimento e inclinou a cabeça para encontrar mais intimamente a dela. Holly sentia o coração latejar cada vez mais forte em seus ouvidos e deixou escapar um gemido instintivo de medo.

Holly percebeu o exato momento em que o homem se deu conta de que ela não era quem ele esperava. Ele ficou paralisado de surpresa, a respiração presa. *Agora ele vai me soltar*, pensou Holly, a mente ainda nublada. Mas depois da longa hesitação, o estranho mudou o modo como a segurava, os braços ainda ao seu redor, mas não mais apertando o corpo dela junto ao seu, e levou a mão grande para a nuca exposta de Holly.

Ela já tinha sido casada e, até ali, pensara em si mesma como uma mulher experiente e vivida. Mas aquele estranho a beijara de um modo como ela nunca tinha sido beijada, invadindo-a, saboreando-a com a língua, fazendo-a estremecer, horrorizada. Havia um toque sutil de conhaque na boca quente e insinuante dele... e algo mais... um sabor íntimo que a atraiu fortemente. Holly acabou se deixando relaxar junto ao corpo firme dele, aceitando a terna invasão do beijo, até retribuindo a exploração da língua dele com toques tímidos da própria língua. Talvez fosse pela surpresa do encontro, ou pela escuridão ao redor escondendo-os, ou quem sabe por serem completos desconhecidos... mas o fato era que, por um instante febril, Holly se tornou outra pessoa nos braços daquele homem. Sentindo-se impelida a tocá-lo em algum lugar, qualquer lugar, ela passou a mão ao redor do pescoço dele e sentiu o contorno firme da nuca, os cachos curtos e pesados dos cabelos que se enroscaram ligeiramente nos dedos dela. Como ele era muito alto, Holly precisou ficar na ponta dos pés para alcançá-lo. Ela deixou a palma da mão deslizar pelo rosto fino, sentindo a aspereza da barba recém-feita.

O homem pareceu profundamente afetado pelo toque, a respiração acelerada aquecendo o rosto de Holly como vapor, a pulsação latejando no ponto macio sob o maxilar. Holly ansiava pela textura firme e deliciosamente masculina dele, e absorveu com voracidade o aroma e o sabor daquele homem antes de se dar conta do que estava fazendo.

Horrorizada, afastou-se com um grito abafado, e, ao primeiro sinal de que ela não estava à vontade, o estranho a soltou. Os braços que até então a envolviam caíram ao lado do corpo, enquanto Holly cambaleava na direção das sombras protetoras da estufa. Então finalmente parou sob o abrigo da estátua aninhada junto à parede de pedra, já que não havia mais para onde ir. O homem a seguiu, embora não fizesse qualquer menção de tocá-la de novo, e parou tão perto que Holly quase conseguia sentir o calor que emanava do corpo dele.

– Ah... – sussurrou Holly, a voz trêmula. Ela passou os braços ao redor do próprio corpo, como se daquela forma conseguisse conter as sensações que continuavam a fazer vibrar cada nervo. – Eu...

Estava escuro demais para que eles vissem o rosto um do outro, mas a forma grande do homem era delineada pelo brilho do luar. Ele estava usando roupas de festa, provavelmente era um convidado também, mas não tinha a constituição delgada e elegante de um cavalheiro com tempo ocioso de sobra. Seus músculos formidáveis eram como os de um trabalhador braçal.

Os ombros e o peito eram largos demais, as coxas musculosas demais. Cavalheiros da aristocracia normalmente não exibiam músculos tão óbvios. Prefeririam se distinguir dos homens que precisavam ganhar a vida por meio do trabalho físico.

Quando o estranho falou, a rouquidão em sua voz fez disparar vibrações deliciosas pela coluna de Holly. O sotaque carecia da precisão estridente característica de um nobre. Ele era das classes mais baixas, percebeu ela. O que um homem daquele estava fazendo em um baile tão elegante?

– Você não é a dama que eu estava esperando. – O homem fez uma pausa e acrescentou com um toque de humor tácito, plenamente consciente de que era tarde demais para desculpas: – Sinto muito.

Holly se esforçou para retrucar friamente, apesar do tremor traiçoeiro em sua voz.

– Exatamente. O senhor atacou a mulher errada. Estou certa de que o mesmo erro poderia ter acontecido a qualquer um que espreitasse nas sombras.

Ela percebeu que a resposta o surpreendeu, que ele esperara que ela tivesse um ataque histérico. O homem deu uma risadinha baixa.

– Talvez eu não sinta tanto quanto imaginei.

Quando Holly viu a mão dele se erguer lentamente, achou que o estranho pretendesse tomá-la de novo nos braços.

– Não me toque – disse ela, e se encolheu até seus ombros estarem pressionados contra a parede.

Mas o homem apoiou a mão na pedra ao lado da cabeça dela e se inclinou mais para perto, até Holly se sentir cativa da prisão musculosa do corpo dele.

– Não deveríamos nos apresentar? – perguntou ele.

– Com certeza, não.

– Ao menos me diga... Você pertence a alguém?

– Se pertenço a alguém? – repetiu Holly, sem entender, e recuou ainda mais junto à parede.

– Se é casada – esclareceu ele. – Noiva. Comprometida de alguma forma com alguém.

– Ah, eu... Sim. Eu sou.

Ela era viúva, mas era tão casada com a memória de George quanto fora com o homem enquanto ele era vivo.

Ao pensar em George, Holly se perguntou melancolicamente como a vida dela chegara àquilo: a um ponto em que seu marido tão esplêndido e amado partira, e ela agora se via ali nas sombras, conversando com um estranho que praticamente a atacara.

– Peço que me perdoe – disse o homem, mantendo a voz gentil. – Eu havia combinado de me encontrar com outra pessoa... Com uma dama que obviamente não foi capaz de cumprir o que prometeu. Quando a vi passando pela porta, pensei que fosse ela.

– Eu... queria ficar sozinha enquanto traziam minha carruagem até a porta.

– Indo embora cedo? Bem, não a culpo. Esses eventos são terrivelmente tediosos.

– Nem sempre – murmurou Holly, lembrando-se de como já rira, dançara e flertara com George até o nascer do dia. – Depende da companhia que escolhemos. Com o parceiro certo, uma noite como esta poderia ser... mágica.

A melancolia provavelmente estava evidente na voz dela, porque o estranho reagiu de um modo inesperado. Holly sentiu o calor da ponta dos dedos dele roçar seu ombro, seu pescoço, até encontrar a lateral do seu rosto e se deter ali. Ela deveria ter recuado, mas estava perplexa com o prazer do toque quente no rosto.

– Você é a criatura mais doce que eu já toquei – disse a voz dele na escuridão. – Quem é você? Qual é o seu nome?

Holly respirou fundo e se afastou da parede, mas não havia para onde ir. A forma masculina poderosa estava em toda parte, cercando-a. A contragosto, Holly foi direto para os braços dele.

– Preciso ir – disse em um arquejo. – Minha carruagem está esperando.

– Deixe que espere. Fique comigo.

Ele passou uma das mãos ao redor da cintura dela e com a outra envolveu suas costas, fazendo Holly sentir um tremor indesejado de prazer.

– Está com medo? – perguntou o homem.

– N-Não.

Holly deveria estar protestando, lutando para se desvencilhar dele, mas havia um prazer insidioso em ser abraçada por aquele corpo firme e protetor. Ela manteve as mãos entre os dois, mas o que mais queria era se aconchegar naqueles braços e pousar a cabeça em seu peito largo. Uma risada trêmula escapou de seus lábios.

– Isso é loucura. Você precisa me soltar.

– Pode sair dos meus braços quando quiser.

Ainda assim, Holly não se moveu. Eles ficaram parados ali, juntos, respirando, entrelaçados na consciência um do outro e na paixão que despertava, ao som da música que vinha do salão de baile. Um baile que parecia estar a um mundo de distância.

Holly sentiu o hálito morno do estranho junto a seu ouvido, soprando alguns fios de cabelo.

– Me beije de novo.

– Ora, como ousa sugerir...

– Ninguém vai saber.

– Você não entende – sussurrou ela, trêmula. – Eu não sou assim... Não faço essas coisas.

– Somos dois estranhos na escuridão – sussurrou ele de volta. – Nunca mais estaremos juntos como estamos agora e... Não, não se afaste. Me mostre como uma noite pode ser mágica.

Os lábios dele roçaram o contorno da orelha dela, inesperadamente macios e suplicantes.

Aquilo estava muito além das vivências de Holly. Ela nunca compreendera por que algumas mulheres se comportavam de forma imprudente nessas situações, por que corriam riscos e quebravam votos para satisfazer um prazer físico efêmero... mas naquele momento compreendeu. Ninguém em sua vida jamais a afetara como aquele homem a afetava. Ela se sentia vazia e frustrada e o que mais queria era ser engolida por aquele abraço. Tinha sido fácil ser virtuosa quando sempre estivera protegida da tentação. Só naquele momento Holly entendia plenamente a fraqueza do próprio caráter. Ela tentou invocar a imagem de George, mas, para seu desespero, não conseguiu. Havia apenas a noite estrelada, o brilho do luar em seus olhos atordoados e a sólida realidade do corpo de um estranho.

Respirando com dificuldade, Holly virou a cabeça em um movimento muito discreto, mas que fez sua boca encontrar o calor ardente dos lábios dele. Santo Deus, como aquele homem beijava bem! Ele usou a mão para apoiar-lhe a cabeça, ancorando-a com firmeza, enquanto seus lábios exploravam os dela. A sensação dos lábios dele era requintada, e o homem ofereceu a ela beijos lentos e provocantes, usando a ponta da língua para instigá-la. Holly chegou mais perto em um movimento tímido, cambaleando nas pontas dos pés enquanto tentava ficar ainda mais colada ao abrigo daquele corpo másculo e firme. O estranho passou um braço ao redor das costas dela e o outro pelos quadris. Fazia muito tempo desde que ela sentira qualquer tipo de prazer físico, mais ainda aquela sensação voluptuosa de entrega.

Os beijos se tornaram mais intensos, mais sensualmente agressivos, e Holly retribuiu, impotente, e por alguma razão a sensação de ser abraçada com paixão deixou seus olhos marejados. Ela sentiu lágrimas rolarem pelos cantos e escorrerem pelo queixo trêmulo, enquanto continuava a se entregar ao beijo com uma espécie de anseio desesperado que não conseguia sequer começar a controlar.

O estranho passou os dedos pelo rosto dela com gentileza e sentiu a face úmida de lágrimas. Ele afastou a boca lentamente, deixando os lábios dela úmidos e macios de tantos beijos.

– Ah... – sussurrou o homem, correndo a boca com ternura pelo rosto molhado de Holly. – Querida dama... me diga: por que um beijo a faz chorar?

– Sinto muito – disse Holly em um arquejo. – Me solte. Eu nunca deveria ter...

Ela se desvencilhou do homem, aliviada por ele não tentar segui-la quando saiu correndo da saleta em direção aos salões principais. Holly tinha a sensação de que seus pés não conseguiam afastá-la com a rapidez necessária daquele momento e da lembrança que certamente lhe provocaria pelo resto da vida um misto de vergonha, prazer e culpa.

⁓

Lady Bellemont, uma mulher de 45 anos, bela e cheia de vida, dava risadinhas enquanto era conduzida pela forte mão masculina pousada em seu braço até a janela da sua própria saleta de recepção. Era uma mulher acostumada a receber as maiores deferências de todos os homens que conhecia, a não ser por aquele, que parecia se dirigir da mesma forma a condessas e criadas. E a intrigava ser tratada com tanta familiaridade por aquele homem alto e carismático, que não dava sinais de estar ciente da grande barreira social que existia entre eles. Apesar da reprovação do marido e das amigas dela – ou talvez exatamente por causa disso –, lady Bellemont decidira ficar amiga dele. Afinal, uma mulher jamais deveria ser previsível demais.

– Muito bem – disse ela, com um suspiro risonho –, me mostre quem conseguiu atiçar tanto seu interesse.

Juntos, os dois observaram a fileira de carruagens e a agitação de um grande número de lacaios do lado de fora, enquanto a valsa do salão entrava pela porta aberta da saleta. A convidada de porte delicado que partia naquele momento se virou para agradecer ao lacaio que a ajudava a entrar na carruagem. A luz dourada das lamparinas que iluminavam a área externa cintilou diretamente em seu rosto.

Lady Bellemont ouviu o homem a seu lado prender a respiração.

– Ali – disse ele, a voz mais grave. – Aquela. De vestido azul-escuro. Me diga quem é ela.

O rosto era de lady Holland Taylor, uma jovem que lady Bellemont conhecia muito bem. Por algum motivo, a dor da viuvez, que normalmente cobrava um preço alto da beleza de uma mulher, apenas realçara a aparência de lady Holland. Seu corpo, antes mais roliço, permanecia atraente mesmo bem mais esguio. O penteado sóbrio, com os cachos castanhos sedosos presos com firmeza em um coque no alto da cabeça, apenas enfatizava a beleza incomum de suas feições: nariz reto, boca delicada, com a aparência de uma fruta madura, e olhos castanho-claros, da cor de um bom uísque. Desde a morte do marido, a personalidade cheia de vida dera lugar a um ar de discreta melancolia. Lady Taylor parecia estar perpetuamente absorta em algum sonho lindo e triste. Mas, depois de tudo o que perdera, quem poderia culpá-la?

Os homens teriam enxameado ao redor de uma viúva tão atraente, como abelhas próximas de uma flor particularmente viçosa. No entanto, lady Holland parecia carregar "não me toque" em uma placa invisível. Lady Bellemont observara o comportamento da jovem viúva naquela noite, se perguntando se ela estaria interessada em arrumar outro marido. Mas lady Holland recusara todos os convites para dançar e parecera ignorar os vários homens que se empenhavam em atrair sua atenção. Era notório que a viúva não queria outro parceiro, não naquele momento – e provavelmente nunca mais.

– Ah, meu caro amigo – murmurou lady Bellemont para o homem a seu lado –, ao menos dessa vez seu gosto foi impecável, mas aquela não é uma dama para você.

– Ela é casada – afirmou ele, os olhos escuros tão sem expressão quanto uma pedra de ardósia.

– Não, lady Holland é viúva.

Ele olhou para lady Bellemont com interesse aparentemente casual, mas ela percebeu o tremendo fascínio que vibrava por trás da fachada serena.

– Eu nunca a vi antes.

– O que não é de surpreender, meu caro. O marido de lady Holland faleceu há três anos, pouco antes de você entrar em cena. Este é o primeiro evento social a que ela comparece desde que saiu do luto.

Quando a carruagem de lady Holland começou a se afastar da mansão, o olhar do homem voltou a se fixar no veículo e permaneceu nele até que sumisse de vista. Lembrou a lady Bellemont um gato espreitando um pássaro empoleirado alto demais, fora de seu alcance. Ela deu um suspiro amigável, pois entendia a natureza ambiciosa do amigo. Aquele homem tentaria eternamente alcançar coisas que não nascera para possuir, coisas que jamais poderia ter.

– George Taylor era a epítome de tudo que um cavalheiro deve ser – comentou lady Bellemont, em um esforço para explicar a situação. – Belo, inteligente e nascido em uma família excepcional. Era um dos três filhos do falecido visconde Taylor.

– Taylor – repetiu ele, que não conhecia o nome.

– A família e a linhagem são impressionantes. George tinha a beleza da família, e era mais encantador do que deveria ser permitido a um homem. Acredito que toda mulher que o conheceu acabou se apaixonando um pouco... Mas ele adorava a esposa e não fazia segredo disso. Os dois tinham um casamento extraordinário, do tipo que não acontece duas vezes. Um dos Taylors me confidenciou que Holly com certeza jamais voltará a se casar, já que qualquer relacionamento futuro seria inferior ao que ela teve com George.

– Holly – repetiu ele baixinho.

– Um apelido usado pela família e por amigos muito próximos.

Lady Bellemont franziu um pouco o cenho, perturbada com o evidente interesse dele por lady Holland.

– Meu caro, posso lhe assegurar que há muitas damas encantadoras e *possíveis* presentes aqui esta noite. Permita-me apresentá-lo a algumas que adorariam ser objeto de sua atenção e...

– Me conte tudo que sabe sobre lady Holland – disse ele, encarando-a com intensidade.

Lady Bellemont fez uma careta e suspirou.

– Muito bem. Venha tomar chá comigo amanhã e conversaremos...

– Não, agora.

– No meio de um baile do qual eu sou a anfitriã? Há hora e lugar para...

Ela se interrompeu e riu quando se viu sendo puxada sem a menor cerimônia para um sofá próximo.

– Ora, querido, acho as suas qualidades masculinas profundamente charmosas, mas talvez você esteja exagerando...

– Tudo – repetiu ele, e brindou-a com um sorriso enviesado tão sedutor que ela sentiu o coração dar um salto. – Por favor.

E, de repente, lady Bellemont se deu conta de que não havia nada que preferisse fazer além de passar o resto da noite ignorando suas responsabilidades sociais e contando àquele homem qualquer coisa que ele desejasse saber.

∽

Holly entrou pela porta principal da mansão da família Taylor como um coelho se recolhendo novamente à segurança da toca. Embora os Taylors não possuíssem a abundância de fundos necessária para manter a casa perfeita, Holly amava cada centímetro daquele lugar, sua elegância conservada com carinho. As tapeçarias desbotadas e os tapetes Aubusson esfiapados lhe davam uma sensação de conforto e familiaridade. Dormir sob aquele teto antigo era como repousar nos braços de um avô ou de uma avó amados.

Aquela casa digna, com frontões e colunas na fachada, além de uma fileira de janelas pequenas e elegantes, era o lugar onde George vivera sua infância. Era fácil imaginar o menino travesso que provavelmente fora subindo e descendo a escadaria central, brincando nos gramados um pouco inclinados do lado de fora, dormindo no mesmo quarto onde a filha deles dormia naquele momento.

Para a alegria de Holly, a casa na cidade onde ela e George tinham morado durante o breve e delicioso casamento tinha sido vendida. Aquele lugar guardava as lembranças mais felizes e as mais angustiantes de sua vida. Preferia viver nessa casa, onde o luto era embotado pelas imagens agradáveis da infância de George. Havia retratos dele ainda menino, lugares nos quais ele entalhara o nome na madeira, baús com brinquedos e livros empoeirados que certamente o haviam distraído por horas. E a família de George... A mãe dele, os dois irmãos e as esposas, para não mencionar os criados que o serviram desde a infância, eram extremamente gentis e amáveis. Todo o afeto que um dia haviam dedicado a George, o queridinho da família, agora era dirigido a ela e a Rose. Holly conseguia se ver facilmente passando o resto da vida ali, na atmosfera suave que os Taylors lhe garantiam.

Era só nas ocasiões mais estranhas que se sentia limitada por aquela reclusão tão perfeita. Em certos momentos, quando estava bordando, acabava se deixando levar por fantasias loucas e estranhas, aparentemente incontroláveis. Também havia momentos em que experimentava uma emoção irreprimível, que não tivera intenção de sentir... Momentos em que desejava fazer alguma coisa escandalosa, como gritar dentro de uma igreja, usar um vestido vermelho chocante e sair para dançar... ou beijar um estranho.

– Santo Deus – sussurrou.

Holly se dava conta de que havia algo devasso dentro dela, algo que precisava ser mantido muito bem trancado. Era um problema físico, a necessidade de uma mulher ter um homem, o dilema que toda viúva enfrentava quando não havia mais um marido para visitar sua cama. Holly amara as carícias de George, e sempre aguardara com expectativa as noites em que ele ia até o quarto dela e permanecia até de manhã. Ao longo dos últimos três anos, lutara contra aquela necessidade indizível que sentia desde a morte dele. Holly não confidenciara seu problema a ninguém, já que sabia muito bem como a sociedade encarava o desejo feminino. Como se simplesmente não devesse existir. As mulheres deveriam viver como um exemplo para os homens, usar seu véu de virtude para domar os instintos básicos do marido. Deveriam se submeter aos desejos deles, mas jamais encorajar a paixão, e com certeza elas mesmas não deveriam mostrar qualquer sinal de desejo físico.

– Milady! Como foi o baile? Se divertiu? Dançou? Havia pessoas de quem a senhora se lembrava?

Holly se esforçou para sorrir quando sua criada, Maude, apareceu para recebê-la na porta do aposento de dois quartos que a patroa ocupava.

– Bom, sim, não e muitas – respondeu.

Maude era a única criada que Holly conseguira manter após a morte de George. Os outros tinham sido absorvidos pela casa dos Taylors, ou dispensados com boas referências e o máximo de recompensa financeira de que Holly fora capaz de dispor. Maude era uma mulher atraente, de seios fartos, com 30 e poucos anos. Dona de uma energia incansável e de um bom humor inabalável. Até seus cabelos eram exuberantes, com cachos loiros que teimavam em escapar do coque severo. Maude trabalhava duro o dia todo, antes de mais nada como ama de Rose, mas também como camareira de Holly quando necessário.

– Como está Rose? – perguntou Holly, seguindo em direção ao fogo baixo na lareira e estendendo as mãos para o calor convidativo. – Dormiu rápido?

Maude soltou uma risada sofrida.

– Lamento dizer que não. Ficou falando pelos cotovelos sobre o baile e sobre como a senhora estava bonita com o vestido azul.

A criada pegou a peliça de Holly e dobrou-a cuidadosamente sobre o braço.

– Mas, se me permite opinar, acho que seus vestidos novos ainda parecem trajes de luto... São todos muito escuros. Gostaria que a senhora encomendasse um amarelo, ou naquele lindo tom de verde-claro que todas as damas elegantes estão usando...

– Venho usando preto e cinza há três anos – interrompeu Holly com ironia.

Ela permaneceu imóvel enquanto a criada começava a abrir os botões nas costas do vestido azul-escuro.

– Não posso começar a usar todas as cores do arco-íris de repente, Maude. É preciso retornar gradualmente.

– Sei que a senhora ainda está de luto pelo pobre patrão, milady. – O vestido sufocante escorregou pelos ombros de Holly. – Acho que uma parte sua ainda quer mostrar isso para o mundo, especialmente para qualquer cavalheiro que queira cortejá-la.

O rosto de Holly na mesma hora ganhou um rubor que não tinha nada a ver com o calor do fogo. Felizmente, Maude estava atrás dela e não percebeu. Sentindo-se desconfortável, Holly pensou que havia pelo menos *um* homem do qual não fizera qualquer esforço para manter distância. Na verdade, encorajara o patife a beijá-la uma segunda vez. E a lembrança dos lábios dele colados aos seus ainda era vívida. Aquele homem acabara transformando uma noite comum em algo estranho, doce e sombrio. Ele a arrebatara com ousadia, mas ao mesmo tempo fora tão... delicado. Desde o momento em que o deixara, Holly não conseguia parar de se perguntar quem seria ele e qual seria sua aparência. Era possível que, caso voltasse a encontrá-lo, não se desse conta de que ele era o estranho que a beijara.

Mas a voz ela reconheceria. Holly fechou os olhos e se lembrou do sussurro baixo e másculo que a envolvera como fumaça: *Querida dama... me diga: por que um beijo a faz chorar?* Ela cambaleou ligeiramente e foi trazida de volta à realidade pela voz preocupada de Maude.

– Deve estar cansada, milady. Esse foi seu primeiro baile desde que o patrão faleceu... Foi por isso que a senhora voltou para casa cedo?

– Na verdade, vim embora porque uma de minhas enxaquecas ameaçou começar e...

Holly se interrompeu de repente, confusa, e esfregou as têmporas de maneira distraída.

– Que estranho... Parece que passou... – murmurou ela. – Depois que essas enxaquecas começam em geral não há como detê-las.

– Devo trazer o tônico que o médico receitou, caso a dor volte?

Holly balançou a cabeça e saiu de dentro do vestido.

– Não, obrigada – respondeu, ainda espantada.

Parecia que o episódio vivido naquela noite havia apagado qualquer vestígio de sua dor de cabeça. Um antídoto estranho, pensou com certa melancolia.

– Não. Acho que não terei mais problemas esta noite.

Com a ajuda de Maude, ela vestiu uma camisola branca de cambraia e uma peliça com acabamento em renda por cima, que abotoava na frente. Depois de enfiar os pés em um par de chinelos já bem gastos, Holly desejou uma boa noite à criada e subiu os degraus estreitos que levavam ao quarto das crianças. A luz da vela que ela carregava lançou um brilho bruxuleante no cômodo estreito e retangular.

Em um dos cantos, uma cadeira de tamanho infantil em veludo cor-de-rosa e com franjas de seda estava próxima a uma mesa de chá em miniatura, com um serviço de chá de brinquedo lascado e muito usado. Uma coleção de garrafas antigas de perfume cheias de água colorida estava cuidadosamente arrumada nas prateleiras mais baixas da estante. Havia pelo menos meia dúzia de bonecas espalhadas por toda parte. Uma delas estava sentada na cadeira e havia outra empoleirada em um cavalinho de balanço velho que pertencera a George. Uma terceira estava nos braços de Rose.

Holly sorriu enquanto se aproximava da cama, sendo invadida por uma onda de amor ao observar a filha adormecida, seu rostinho inocente transmitindo serenidade. Os cílios escuros descansavam sobre as bochechas redondas e sua boca estava ligeiramente aberta. Holly se ajoelhou ao lado da cama e tocou uma das mãos da filha, sorrindo ao ver as manchas desbotadas azuis e verdes que haviam resistido às vigorosas lavagens. Rose amava pintar e desenhar, e suas mãos estavam sempre manchadas de algum pigmento. Aos 4 anos, as mãos da menina ainda guardavam um traço das covinhas de bebê.

– Preciosas – sussurrou Holly, e deu um beijo em uma delas.

Então se levantou e continuou a fitar a filha.

Quando Rose nascera, todos, incluindo Holly, tinham achado que ela se parecia com os Taylors. No entanto, Rose acabara se transformando em uma cópia quase idêntica da mãe, pequena, de cabelos castanhos e olhos também castanhos. O que a menina tinha do pai era a personalidade, o mesmo encanto e inteligência inatos.

Se ao menos você pudesse vê-la agora, meu querido, pensou Holly, saudosa.

No ano seguinte ao nascimento da filha, os últimos doze meses da vida de George, Holly e ele com frequência observavam a menina dormir. A maior parte dos homens não teria demonstrado um interesse tão profundo nos próprios filhos, teria considerado uma atitude pouco máscula. Filhos eram parte do universo feminino e um homem tinha pouco a ver com eles; bastava fazer uma pergunta ou outra sobre o progresso das crianças, ou colocá-las sentadas como num cavalinho sobre as pernas por um minuto ou dois. George, no entanto, fora abertamente fascinado pela filha, se deixara encantar por ela, aconchegando-a no colo e brincando com ela de um modo que encantara Holly. O orgulho que ele sentia da filha não tinha limites.

– Estamos conectados para sempre por essa criança – dissera certa noite, quando ele e Holly estavam parados diante do berço com barrado de renda da menina. – Nós a fizemos juntos, Holly... É uma coisa tão natural duas pessoas terem um bebê, mas ao mesmo tempo é algo que quase desafia a minha compreensão.

Comovida demais para falar, Holly o beijara, amando-o por enxergar Rose como o milagre que ela era.

– Que pai você teria tido, Rose – sussurrou Holly.

Era triste saber que a filha cresceria sem a segurança e a proteção que um pai teria lhe garantido... Mas homem algum jamais substituiria George.

Capítulo 2

Zachary Bronson precisava de uma esposa. Ele tinha observado o tipo de damas com que homens abastados e de boa posição social se casavam: mulheres compostas, de voz baixa, que coordenavam o lar e todos os detalhes da vida do marido. Os criados de uma casa bem administrada pareciam trabalhar em conjunto, com a precisão do mecanismo de um relógio... Totalmente *diferente* do que acontecia na dele. Às vezes, os criados de Zachary pareciam fazer as coisas certas, mas outras vezes tornavam a vida dele um inferno. As refeições com frequência eram servidas com atraso, as roupas de cama, mesa e banho, a prataria e a mobília nunca estavam impecáveis como em outras casas ricas, e a despensa se dividia entre abundância excessiva ou falta de tudo.

Zachary havia contratado uma sucessão de governantas até se dar conta de que mesmo as melhores delas ainda careciam da supervisão da dona da casa. E Deus sabia que a mãe dele não fazia a menor ideia de como dar ordens a um criado ou uma criada a não ser para pedir timidamente que lhe preparasse uma xícara de chá ou a ajudasse a se vestir.

– São criados, mãe – dissera Zachary a ela, pacientemente, ao menos umas cem vezes. – Eles *esperam* que a senhora lhes peça para fazer as coisas. Eles *querem* que a senhora faça isso. Caso contrário, eles não teriam emprego. Então, por favor, não faça essa expressão contrita quando precisar de alguma coisa e toque a campainha com autoridade.

Mas a mãe apenas ria e balbuciava qualquer coisa, protestando que detestava dar trabalho aos outros, mesmo que fossem pagos para isso. Não, Zachary já chegara à conclusão de que ela jamais agiria diferente nesse aspecto. Sua mãe vivera em circunstâncias humildes por tempo demais para ser boa em administrar a criadagem.

Parte do problema era que os criados de Zachary, assim como o dinheiro dele, eram recentes. Outros homens ricos haviam herdado uma casa com criados experientes, que haviam morado e trabalhado juntos por anos, até mesmo décadas. Por necessidade, Zachary fora forçado a contratar toda a criadagem de uma vez. Alguns poucos eram novos na profissão, mas a maioria fora dispensada de casas anteriores por razões diversas. Em outras palavras, agora ele era o patrão do maior grupo de alcoólatras, fracassados e ladrões incompetentes do oeste de Londres.

Seus amigos tinham lhe dito que a esposa correta poderia fazer maravilhas quanto ao problema de administração da casa, deixando Zachary livre para se dedicar ao que fazia de melhor: ganhar dinheiro. Pela primeira vez na vida, ele achou a ideia de se casar sensata e até atrativa. No entanto, precisava encontrar a mulher certa e convencê-la a aceitar um pedido de casamento, e essa não era uma tarefa simples. Zachary tinha requisitos muito específicos para qualquer uma que viesse a considerar sua futura esposa.

Em primeiro lugar, se ele quisesse mesmo ter acesso aos círculos da alta sociedade aos quais aspirava frequentar, ela precisaria ter sangue azul. Na verdade, considerando sua própria falta de berço e instrução, seria melhor que a futura esposa compensasse isso sendo de uma linhagem que remontasse a Guilherme, o Conquistador. No entanto, não deveria ser uma mulher condescendente; Zachary não aceitaria uma esposa que olhasse para ele com ar de superioridade. Ela também deveria ter certa autonomia, assim não se importaria com as ausências frequentes do marido. Afinal, ele era um homem ocupado e a última coisa de que precisava era ter alguém requisitando-o o tempo todo e tentando ocupar o pouco tempo livre que ainda lhe restava.

Zachary não exigia beleza. Na verdade, não queria uma esposa bela a ponto de deixar os outros homens embasbacados, babando por ela e tentando seduzi-la o tempo todo. Já estaria perfeito se ela fosse moderadamente atraente. Boa saúde física e mental era imperativo, já que ele queria filhos fortes e inteligentes. Também era importante que a futura esposa tivesse traquejo social, já que ela serviria como seu passaporte de entrada em uma sociedade que obviamente relutava em aceitá-lo.

Tinha plena consciência de que muitos aristocratas zombavam secretamente de sua origem humilde e da rapidez com que construíra fortuna. Alegavam que Zachary tinha uma mente burguesa, de comerciante, que não compreendia o que era estilo, elegância e berço. E estavam certos. Ele conhecia as próprias limitações. No entanto, o fato de ninguém poder zombar abertamente dele lhe dava certa satisfação. Zachary havia estendido seus tentáculos financeiros a bancos, empreendimentos, ao setor imobiliário, a fundos de investimento... Era provável que tivesse alguma relação financeira, em menor ou maior escala, com todos os homens em boa situação financeira da Inglaterra.

Mas a nobreza não queria que Zachary se casasse com uma de suas preciosas filhas. Para um aristocrata, o casamento significava o alinhamento de duas grandes famílias, a mistura de sangues azuis. Não se cruzava um animal de excelente pedigree com um vira-lata. A não ser que aquele vira-lata em particular tivesse dinheiro suficiente para comprar qualquer coisa, até mesmo uma noiva nascida na aristocracia.

Com esse objetivo em mente, Zachary dera um jeito de marcar um encontro com lady Holland Taylor. Se o convite se provasse atraente o bastante, ela apareceria para o chá. Zachary calculara que levaria um dia para que a viúva esquiva considerasse a ideia, um segundo dia para que amigos e parentes tentassem dissuadi-la e um terceiro dia para que a curiosidade levasse a melhor sobre ela. Para satisfação de Zachary, lady Holland Taylor aceitara o convite. Ele a veria naquele dia.

Zachary foi até a janela da frente da biblioteca, o cômodo grande que ficava à esquerda de sua mansão gótica. A casa havia sido projetada em um estilo que seu arquiteto chamara de "chalé *orné*", um termo que, para Zachary, significava pretensioso e caro demais. No entanto, era muito admirado pela aristocracia, ou pelo menos muito comentado, o que produzia o efeito pretendido: deixar claro que Zachary era um homem importante, que deveria ser levado a sério. A casa parecia um gigantesco bolo de casamento, cheia de pináculos, torres, arcos, estufas e portas francesas cintilantes. O lugar tinha vinte quartos e se estendia, insolente, por uma ampla extensão de terra no oeste de Londres. Lagos artificiais e bosques luxuriantes enfeitavam o terreno, isso sem mencionar jardins, parques, detalhes decorativos e trilhas para caminhadas, tanto sinuosas quanto retas para atender ao gosto do visitante.

Zachary se perguntou o que lady Holly acharia da propriedade, se penderia para o encantamento ou o horror. Ela provavelmente tinha o bom gosto da maior parte das damas de sua posição social, o tipo que ele admirava mas parecia incapaz de imitar. Zachary sentia-se inclinado a gostar de estilos que exibiam ostensivamente seu sucesso, não conseguia evitar.

O toque do relógio de pêndulo no saguão o alertou da hora, e Zachary olhou para o caminho de entrada circular na frente da casa.

– Lady Holly – disse baixinho, cheio de expectativa –, estou esperando por você.

⁂

Apesar da objeção unânime dos Taylors, Holly decidira aceitar o inesperado convite do Sr. Zachary Bronson para o chá. Não conseguira resistir. Desde a noite do baile Bellemont, sua vida retomara o passo sereno de sempre, mas os rituais cotidianos da casa Taylor por algum motivo haviam perdido o encanto reconfortante. Holly estava cansada dos trabalhos de agulha, de escrever cartas e de todas as tarefas aristocráticas com as quais se ocupara nos últimos três anos. Desde aqueles beijos roubados na estufa dos Bellemonts, sentia-se terrivelmente inquieta. Holly ansiava por algo que alterasse o fluxo previsível de sua vida.

E então a carta do Sr. Zachary Bronson chegara, com uma frase inicial que a fascinara de imediato:

Embora nunca tenha tido a honra de ser apresentado à senhora, creio que preciso de sua ajuda em um assunto que diz respeito à administração de minha casa...

Como era possível que o famoso Sr. Bronson pudesse precisar da ajuda *dela*?

Todos os Taylors haviam sido contra quando Holly tomara a decisão de aceitar o convite. Argumentaram que muitas damas bem-nascidas não se rebaixaram a aceitar serem apresentadas a ele. Mesmo um inofensivo chá poderia provocar um escândalo.

– Um escândalo? Por causa de um simples chá da tarde? – retrucara Holly, cética.

O irmão mais velho de George, William, explicara:

– O Sr. Bronson não é um homem comum, minha cara. É um alpinista social, um *nouveau* na sociedade, vulgar na origem e nos modos. Há rumores sobre ele que conseguiram *me* chocar, *me* deixar estarrecido, e, como você bem sabe, sou um homem experiente. Não lhe faria bem algum se aproximar dele, Holly. Por favor, não se exponha a qualquer mal, a qualquer ofensa. Recuse logo o convite de Bronson.

Diante da convicção de William, Holly realmente considerara a possibilidade de recusar. No entanto, sentia-se extremamente curiosa, e a perspectiva de permanecer enclausurada em segurança enquanto um dos homens mais poderosos da Inglaterra pedia para se encontrar com ela... Ora, Holly simplesmente precisava descobrir o que ele queria.

– Bem, acho que sou capaz de suportar essa péssima influência por uma ou duas horas – respondera ela ao cunhado num tom leve. – E, se eu considerar o comportamento do Sr. Bronson questionável, simplesmente irei embora.

Os olhos azuis de William (da mesma cor e do mesmo formato dos do falecido irmão) cintilaram em reprovação.

– George jamais desejaria que você se expusesse a uma figura tão nefasta.

Aquela frase simples devastou Holly. Ela baixou a cabeça, a emoção fazendo vibrar cada músculo de seu rosto. Havia jurado passar o resto da vida agindo conforme os desejos do marido. George a protegera de tudo que não era digno e bom, e Holly confiara no julgamento dele para tudo.

– Mas George se foi – sussurrou ela, e, com os olhos marejados, encarou o rosto sério de William. – Agora preciso aprender a confiar no meu próprio julgamento.

– Mas quando o seu julgamento se prova equivocado – retorquiu ele –, me vejo obrigado a interferir, em honra à memória do meu irmão.

Holly deu um sorriso sem graça, pensando que desde o dia em que nascera sempre houvera alguém para protegê-la e guiá-la. Primeiro, os pais amorosos, depois George... e agora a família de George.

– Permita-me cometer alguns erros, William – falou Holly. – Preciso aprender a tomar decisões, pelo bem de Rose e pelo meu próprio bem.

– Holly... – disse ele, o tom contendo um toque de exasperação. – O que você poderia ganhar visitando um homem como Zachary Bronson?

Ela sentiu uma onda de expectativa dominá-la, e isso a fez perceber como precisava desesperadamente escapar da proteção da casa Taylor.

– Ora – respondeu –, espero descobrir em breve.

As informações que os Taylors haviam conseguido recolher sobre o Sr. Bronson claramente não os tranquilizaram em relação ao que consideravam uma falta de bom senso de Holly: ter concordado em se encontrar com o homem. Amigos e conhecidos se apressaram em compartilhar o pouco que sabiam sobre o misterioso recém-chegado à sociedade londrina. Zachary Bronson era chamado de príncipe mercador em vários círculos, e o termo não era usado como um elogio. Bronson era afrontoso, incompreensivelmente rico e se comportava com uma vulgaridade à altura da riqueza que possuía.

Excêntrico, interessado não apenas em dinheiro, mas no poder que isso lhe garantia, o homem ludibriava competidores e os destruía como um leão solto entre os cristãos. Bronson não conduzia seus negócios como um cavalheiro, ou seja, aceitando todas as limitações e regras não declaradas que costumavam ser praxe. Comentava-se que, se um parceiro de negócios não especificasse cada letra de um acordo, Bronson tirava vantagem daquilo de forma implacável. Cavalheiros relutavam em fazer negócios com ele, mas acabavam se vendo compelidos a isso, na esperança de receberem uma mera fração dos lucros tremendos que Bronson conseguia.

Diziam que Zachary Bronson começara a vida como pugilista. Um lutador de rua ordinário. Então acabara sendo contratado como capitão de um navio a vapor e conquistara um número crescente de rotas. Sua dureza e suas maquinações argutas haviam levado competidores à falência ou a se juntarem a ele.

A fortuna embrionária de Bronson explodira quando ele começara a fazer ofertas públicas de ações a preços inflacionados e então se voltara para o mercado imobiliário. Como havia muito pouca terra disponível para compra na Inglaterra, ele adquirira milhares de hectares de terra cultivável na América e na Índia. O tamanho de suas fazendas ofuscava os hectares em posse da aristocracia britânica havia séculos, e a enorme quantidade de mercadorias que ele produzia e importava multiplicara sua fortuna mais uma vez. Então, Bronson investira na construção de uma estrada de ferro em Durham, na qual uma locomotiva a vapor supostamente poderia puxar vagões carregados de mercadorias a vinte quilômetros por hora. Embora todos soubessem que os veículos a vapor jamais poderiam substituir os cavalos para transporte em geral, o investimento de Bronson no experimento fez com que todos o acompanhassem com expectativa.

– Bronson é perigoso – comentou lorde Avery.

Amigo mais antigo dos Taylors e membro dos conselhos de vários bancos e seguradoras, Avery tinha sido convidado para o jantar.

– Todo dia vejo a riqueza da Inglaterra sendo transferida das mãos das melhores famílias e de cavalheiros aristocráticos para oportunistas como ele. Se permitirmos que ele se misture a nós apenas porque amealhou uma fortuna... Bem, isso será nada menos do que o fim da alta sociedade como a conhecemos.

– Mas o êxito pessoal não deve ser recompensado? – perguntara Holly, hesitante.

Mesmo sabendo que uma mulher respeitável jamais deveria entrar em discussões políticas ou financeiras, resolveu questionar porque não conseguiu resistir.

– Não deveríamos valorizar o sucesso do Sr. Bronson e recebê-lo de braços abertos em nossa sociedade?

– Ele não se encaixa em nossa sociedade, minha cara – retorquiu Avery, o tom enfático. – A nobreza é fruto de gerações de boa linhagem, instrução e refinamento. Não se pode *comprar* um lugar na alta sociedade, e é exatamente isso que o Sr. Bronson está tentando fazer. Ele não tem distinção, não tem sangue azul e, pelo que entendi, tem apenas o mínimo de instrução. Bronson só tem uma carta na manga: ele sabe lidar com números como ninguém. Foi apenas por isso que acabou conseguindo transformar uma pequena soma em uma grande fortuna.

Os convidados mais velhos e os Taylors assentiram ao ouvir a explicação.

– Entendo – murmurou Holly.

Ela voltou a atenção à comida em seu prato, pensando consigo mesma que havia um traço de inveja na voz de lorde Avery. O Sr. Bronson podia até só ter uma carta na manga, mas era uma senhora carta! Todo homem bem-nascido sentado àquela mesa adoraria ter o toque de Midas dele. E a conversa depreciativa a seu respeito não conseguira alcançar o propósito de demovê-la da ideia de conhecê-lo. Na verdade, só a deixara mais curiosa.

Capítulo 3

Holly nunca vira nada parecido com a propriedade de Zachary Bronson em Londres – a opulência da casa teria feito inveja a um Medici. O saguão de entrada, de pé-direito duplo, era prodigamente pavimentado com mármore Rouge Royal, tinha colunas cobertas de ouro e tapeçarias de valor inestimável. Imensos candelabros de cristal pendiam de um teto ornamentado com caixotões dourados e prateados, iluminando uma quantidade impressionante de estátuas romanas. Enormes vasos de malaquita com palmeiras e samambaias luxuriantes emolduravam cada uma das quatro saídas que levavam ao corredor central.

Um mordomo surpreendentemente jovem guiou Holly pelo corredor, em direção ao complexo da biblioteca.

– Complexo? – repetira Holly, perplexa.

O mordomo explicou que a coleção particular de livros, manuscritos, documentos e mapas antigos do Sr. Bronson era grande demais para ser guardada em apenas um cômodo. Holly precisou conter a vontade de girar enquanto olhava ao redor. Os dois lados do corredor haviam sido forrados com seda azul, na qual tinham sido afixadas centenas de borboletas de vidro cintilante. A porta de entrada da biblioteca era flanqueada por um par de quadros – Rembrandts – mais belos do que as obras de arte mais grandiosas que os Taylors possuíam.

Como havia sido criada para crer que um ambiente mais simples garantia mais relaxamento e descanso, Holly achou o lugar de um mau gosto absurdo. Mas a casa era tão espetacular em seu excesso que provocou um sorriso de dúvida no rosto dela. Quando se lembrou de que supostamente Bronson começara a vida como pugilista, sentiu uma profunda admiração pelo fato de um único homem conseguir conquistar tanto.

O mordomo a levou até um cômodo banhado pela luz natural que entrava pelo vitral intrincado no teto. As paredes eram cobertas de veludo verde e exibiam uma grande quantidade de conjuntos de três quadros, que pareciam ser retratos de ancestrais importantes. Fileiras e fileiras de estantes protegidas por painéis de vidro continham uma intrigante coleção de livros. Holly achou incrivelmente tentadora a ideia de pegar um deles, se sentar em uma das poltronas de couro muito macias e se recostar em uma das almofadas de veludo. Ela passou por um globo marrom cintilante, que devia medir quase dois metros de diâmetro, parou e tocou-o, hesitante.

– Nunca vi uma biblioteca tão magnífica quanto esta – comentou.

Embora o mordomo se esforçasse para parecer impassível, sua expressão guardava uma mistura de bom humor e orgulho.

– Esta é apenas a *entrada* da biblioteca, milady. O salão principal é logo adiante.

Holly o acompanhou até o salão à frente e parou na porta com um breve arquejo. A biblioteca parecia saída de um palácio, espetacular demais para pertencer a apenas uma família.

– Quantos livros há aqui? – perguntou.

– Quase vinte mil volumes, eu acho.

– O Sr. Bronson deve adorar ler.

– Ah, não, milady, o patrão raramente lê, mas tem grande apreço por livros.

Holly conteve uma risada diante da declaração incongruente e adentrou a biblioteca. O salão principal tinha o pé-direito triplo, elevando-se até um teto de afrescos elaborados que exibia anjos e cenas celestiais. O chão de parquê cintilante sob seus pés emanava um aroma fresco de cera de abelha, que se misturava ao cheiro do couro dos livros e do pergaminho, com um toque leve e pungente de tabaco ao fundo. Na lareira de mármore verde entalhada, tão grande que se poderia estacionar uma carruagem ali dentro, crepitava um fogo alto. No outro extremo do salão havia uma escrivaninha de mogno enorme, que certamente exigira a força de uma dezena de homens para movê-la. O homem sentado atrás dela se levantou quando o mordomo anunciou o nome de Holly.

Embora se relacionasse com a nobreza, e até com a realeza, com absoluta confiança, Holly se sentiu um pouco nervosa naquele momento. Talvez por causa da reputação do Sr. Bronson, ou do esplendor do ambiente que a cercava, mas o fato é que se sentia um pouco sem fôlego à medida que ele se aproximava. Holly ficou feliz por ter escolhido seu vestido mais belo para o dia, de seda italiana cor de café, as mangas bufantes presas ao cotovelo por faixas de tecido.

Nossa, como ele é jovem, pensou ela, surpresa, já que esperara um homem na casa dos 40 ou 50 anos. Zachary Bronson, no entanto, não poderia ter mais de 30. Apesar das roupas elegantes – paletó preto e calça cinza-escura –, sua figura a lembrava um gato de rua, alto e de ossos grandes, sem o verniz aristocrático ao qual ela estava acostumada. Os cabelos escuros e volumosos que caíam sobre a testa de Bronson deviam ter sido penteados para trás com ajuda de uma pomada e o nó da gravata estava frouxo demais, como se ele a tivesse puxado sem se dar conta.

Bronson era belo, embora suas feições não fossem elegantes e seu nariz parecesse já ter sido quebrado. Tinha um maxilar forte, a boca larga e linhas de riso no canto dos olhos que traíam um senso de humor sempre a postos. Holly experimentou uma sensação estranha e chocante quando seu olhar encontrou o de Bronson. Os olhos dele eram de um tom de castanho tão profundo que pareciam pretos, o que conferia ao olhar alerta uma característica penetrante que a deixou bastante desconfortável. O diabo devia ter olhos como aqueles: audaciosos, experientes... sensuais.

– Seja bem-vinda, lady Holland. Não achei que viria.

A voz dele a fez cambalear ligeiramente. Quando recuperou o equilíbrio, ela ficou paralisada, a cabeça baixa. O chão parecia girar ao seu redor e, com o corpo todo tremendo de pânico e confusão, ela se concentrou com todas as forças em manter a compostura. Holly conhecia aquela voz e a teria identificado em qualquer lugar. Bronson era o estranho que falara com ela com tanta ternura e que a beijara com uma intimidade que deixara uma marca indelével em sua memória. Ela ficou profundamente ruborizada e parecia impossível voltar a encará-lo. O silêncio, no entanto, a impeliu a dizer alguma coisa.

– Quase fui dissuadida – sussurrou Holly.

Ah, se ao menos tivesse dado ouvidos à família de George e permanecido em segurança atrás dos muros dos Taylors!

– Posso perguntar o que a fez se decidir a meu favor? – quis saber ele.

O tom dele era tão educado, tão afável, que Holly levantou a cabeça, surpresa. Os olhos escuros não guardavam nenhuma expressão de zombaria, o que a tranquilizou.

Ele não a reconhecera, pensou Holly com um alívio e uma esperança insanos. Bronson não sabia que ela era a mulher que ele havia beijado no baile Bellemont. Holly umedeceu os lábios e tentou entabular uma conversa normal.

– Eu... sinceramente não sei – falou. – Curiosidade, suponho.

Aquilo provocou um rápido sorriso.

– A melhor razão que pode haver.

Bronson pegou a mão de Holly para cumprimentá-la, os dedos longos engolindo completamente os dela. O calor da palma da mão dele penetrou na lã delicada da luva que ela usava. Holly sentiu um princípio de vertigem diante do súbito lampejo de lembrança... da pele muito quente daquele homem na noite do baile Bellemont, dos lábios firmes e quentes quando a beijaram...

Holly recolheu a mão e deixou escapar um murmúrio de desconforto.

– Vamos nos sentar? – perguntou ele, indicando um par de cadeiras Luís XIV postas ao lado de uma mesa de chá com tampo de mármore.

– Sim, obrigada.

Holly ficou grata pela oferta, já que não confiava no apoio instável das próprias pernas.

Depois que ela se acomodou, Bronson ocupou a cadeira oposta. Sentou-se plantando os pés no chão, as coxas musculosas afastadas quando se inclinou ligeiramente para a frente.

– Chá, Hodges – murmurou para o mordomo, então voltou novamente a atenção para Holly com um sorriso que a desarmou. – Espero que o chá esteja aceitável, milady. Fazer refeições na minha casa é meio como jogar roleta.

Holly franziu o cenho, confusa diante do termo desconhecido.

– Roleta?

– Um jogo de apostas – explicou Bronson. – Em um dia bom, minha cozinheira é insuperável. Já em um dia ruim... Bem, a senhora poderia quebrar um dente com um dos biscoitos dela.

Holly riu, relaxando um pouco ao se dar conta de que Bronson tinha as mesmas reclamações domésticas de qualquer homem comum.

– Com certeza com um pouco de supervisão... – começou ela, mas parou subitamente ao perceber que estava prestes a oferecer um conselho não solicitado.

– Não existe a menor supervisão nesta casa, milady. Todos aqui seguimos sem rumo no que se refere a questões domésticas, mas isso é algo que quero conversar com a senhora mais tarde.

Então era para isso que ele a tinha convidado para ir até ali? Para ouvir conselhos sobre como gerenciar uma casa apropriadamente? É claro que não. Era mais provável que Bronson desconfiasse ser ela a mulher do baile Bellemont. Ele devia estar brincando com Holly, e logo começaria a fazer perguntas dissimuladas para tentar fazê-la morder a isca.

Se era esse o caso, a melhor defesa era deixar logo tudo às claras. Holly simplesmente explicaria que ele a pegara de surpresa naquela noite e que por isso ela acabara se comportando de um modo que não lhe era nada característico.

– Sr. Bronson – disse Holly, com a sensação de que cada palavra passava com dificuldade por sua garganta apertada –, há algo que preciso lhe dizer...

Ele a encarou com os olhos castanho-escuros muito atentos.

– Sim?

De repente, Holly achou impossível acreditar que havia beijado aquela criatura grande e máscula, que fora abraçada por ele e acariciara o maxilar áspero de barba recém-feita... e que ele beijara as lágrimas do rosto dela. Naqueles poucos momentos roubados que haviam passado juntos, Holly tivera mais intimidade física com ele do que jamais tivera com qualquer outro homem além de George.

– O senhor...

O coração dela estava disparado. Holly se amaldiçoou por sua covardia e desistiu da confissão.

– O senhor tem uma bela casa.

Ele deu um sorrisinho.

– Achei que talvez não fosse do seu agrado.

– Não exatamente, mas serve magnificamente bem ao propósito.

– E que propósito seria esse?

– Ora, anunciar para todos sua chegada.

– Isso é verdade – disse ele, fitando-a com atenção. – Alguns dias atrás, um barão pomposo me chamou de "arrivista". Era a isso que ele se referia?

– Sim – disse Holly com um sorriso gentil. – Afinal, o senhor é um recém--chegado à sociedade, e o termo pode muito bem ser interpretado como alguém que "chega com vontade".

– Não pareceu um elogio – comentou Bronson com ironia.

Holly sentiu certa compaixão ao se dar conta de que o homem à sua frente provavelmente já ouvira centenas de comentários depreciativos de pessoas da sociedade até então. Certamente não era culpa de Bronson ter tido um começo de vida modesto. No entanto, a aristocracia inglesa como um todo achava que um homem sempre deveria "saber o seu lugar". Serviçais ou pessoas das classes trabalhadoras jamais poderiam almejar frequentar os níveis mais altos da sociedade, não importava o tamanho da fortuna que conseguissem conquistar. Mas Holly acreditava sinceramente que aquele feito por si só já deveria ser o bastante para tornar um homem como Bronson aceitável na "alta sociedade". Perguntou-se se George concordaria com ela, ou o que ele teria pensado sobre aquele homem. Sinceramente, ela não fazia a menor ideia.

– Na minha opinião, suas conquistas são motivo de admiração, Sr. Bronson – declarou Holly. – A maior parte da nobreza deste país está meramente se aproveitando da riqueza garantida às suas famílias por antigos reis como recompensa por seus serviços. O senhor, por outro lado, conquistou sua própria riqueza, e isso é algo que exige muita inteligência e empenho. Embora o barão não o estivesse elogiando ao chamá-lo de arrivista, deveria ser esse o caso.

Bronson a encarou por um longo momento.

– Obrigado – murmurou finalmente.

Para surpresa de Holly, as palavras dela deixaram o pescoço de Bronson ruborizado. Ela imaginou que ele não estivesse acostumado a elogios tão diretos e torceu para que o anfitrião não enxergasse algo mais nisso.

– Sr. Bronson, minha intenção não foi bajulá-lo – falou.

Um sorriso curvou o canto da boca de Bronson.

– Tenho certeza de que a senhora jamais seria bajuladora... seja de que forma fosse.

Duas criadas entraram carregando enormes bandejas de prata e se ocuparam arrumando a mesa de chá. A criada robusta, que serviu pratinhos com sanduíches, torradas e biscoitos, parecia nervosa e inclinada a soltar risadinhas enquanto trabalhava. A outra, mais delgada, dispunha talheres e guardanapos, e colocou as xícaras e os pires do lado errado. Elas se esforçaram para pousar devidamente a chaleira sobre uma pequena chama e quase a entornaram. Aflita pelo serviço inepto, vendo claramente que as jovens precisavam de algumas palavras de orientação, Holly compôs sua expressão em uma máscara polida.

Estava surpresa com a óbvia falta de treinamento das criadas. Um homem na posição do Sr. Bronson deveria ter os melhores serviçais. Um criado bem treinado era silencioso e eficiente. Na experiência de Holly, uma criada com certeza jamais deveria chamar atenção para si mesma e em hipótese alguma daria uma risadinha na frente de um convidado.

Quando os preparativos para o chá finalmente foram concluídos, Holly começou a desabotoar o fecho no punho das luvas cinza e a descalçá-las. Mas parou ao sentir o olhar penetrante do Sr. Bronson sobre si e ergueu os olhos com um sorriso questionador.

– Posso? – perguntou, indicando o serviço de chá com um gesto.

Bronson assentiu e na mesma hora retornou a atenção para as mãos dela.

Havia alguma coisa nos olhos dele, um brilho inquieto que deixava Holly com a sensação de estar desabotoando a blusa e não as luvas. Era comum descalçar as luvas diante de um cavalheiro, mas o modo como ele a olhava fez com que o gesto parecesse estranhamente íntimo.

Ela jogou água quente no bule de porcelana de Sèvres, para aquecê-lo, e depois despejou o líquido em uma tigela de porcelana. Então mediu as folhas de chá com uma colher, com gestos precisos, colocou-as no bule e acrescentou água quente. Enquanto o chá descansava, Holly arrumou alguns sanduíches e biscoitos nos pratos e conversou despreocupadamente. Bronson pareceu contente em seguir a deixa.

– A coleção de retratos da sua biblioteca é adorável, Sr. Bronson.

– São ancestrais de outras pessoas – retrucou ele com ironia. – Os meus não eram do tipo que se senta para ser retratado.

Holly ouvira sobre outros novos ricos que faziam o mesmo, penduravam retratos de estranhos em casa para dar a impressão de uma linhagem familiar ilustre. No entanto, até onde ela sabia, Zachary Bronson era o primeiro a admitir isso abertamente.

Ela lhe entregou um pratinho e um guardanapo.

– O senhor mora sozinho?

– Não, minha mãe e minha irmã mais nova, Elizabeth, também moram aqui.

Isso capturou o interesse de Holly.

– Acho que ninguém mencionou que o senhor tinha uma irmã.

Bronson pareceu responder com grande cautela.

– Estou esperando o momento certo para promover a apresentação de

Elizabeth à sociedade. Temo que, devido às circunstâncias, as coisas talvez sejam difíceis para ela. Elizabeth não aprendeu a...

Ele fez uma pausa, claramente buscando a palavra certa para descrever todo o intrincado conjunto de boas maneiras e traquejo social que se esperava de uma jovem.

De testa franzida, Holly assentiu, compreendendo na mesma hora.

– Entendo.

Era mesmo uma tarefa difícil para uma jovem que não fora rigorosamente treinada em tais assuntos. A sociedade podia ser impiedosa. Além disso, a família Bronson era medíocre em todas as áreas a não ser na financeira, e a última coisa de que precisavam era uma horda de caça-dotes assediando Elizabeth.

– Já considerou a possibilidade de mandá-la para um colégio, Sr. Bronson? Se estiver interessado, eu poderia recomendar um...

– Ela tem 21 anos – interrompeu Bronson. – Seria mais velha do que todas as outras jovens... E Elizabeth já me disse que "preferiria morrer" a ir para um desses colégios. Ela quer morar em casa.

– É claro.

Holly serviu habilmente o chá através de uma peneira de prata com o cabo em forma de pássaro.

– Prefere o seu chá forte, Sr. Bronson, ou devo acrescentar um pouco de água?

– Forte, por favor.

– Um ou dois cubos de açúcar? – perguntou ela, com um par de pinças delicadas pairando sobre o açucareiro.

– Três. E sem leite.

Por algum motivo, Holly não conseguiu conter um sorriso.

– O senhor é uma formiga, Sr. Bronson.

– Algum mal nisso?

– De forma alguma – respondeu ela com suavidade. – Eu estava só pensando que provavelmente gostaria de ser convidado para um dos chás da minha filha. Para Rose, três cubos é o mínimo possível.

– Talvez eu peça a Rose que me sirva o chá um dia desses, então.

Holly não tinha certeza do que exatamente ele queria dizer com aquilo, mas a intimidade que sugeria, a promessa de familiaridade, a deixou desconfortável. Ela afastou o olhar e voltou a atenção para o chá. Depois de preparar a xícara de Bronson, ocupou-se de servir a própria xícara, acrescentando um cubo de açúcar e uma generosa quantidade de leite.

– Minha mãe serve o leite primeiro – comentou Bronson, observando-a.

– Talvez o senhor possa sugerir a ela que acrescente o leite por último, pois é mais fácil julgar o chá pela cor dessa maneira – murmurou Holly. – A nobreza tende a menosprezar pessoas que servem o leite primeiro, já que normalmente isso é feito por amas, criados e...

– Pessoas da minha classe – completou ele em um tom irônico.

– Sim – respondeu ela, forçando-se a encontrar o olhar de Bronson. – Entre os aristocratas costuma-se dizer que uma mulher é do tipo que "serve o leite primeiro" para inferir que ela não tem berço.

Tinha sido presunçoso da parte de Holly dar aquele tipo de conselho, por melhor que fosse sua intenção, e alguns teriam se ofendido. Bronson, no entanto, aceitou sem problemas.

– Direi à minha mãe – falou. – Obrigado.

Holly relaxou um pouco e pegou um biscoito. Era delicado, doce e ligeiramente esponjoso, um acompanhamento perfeito para o chá forte.

– A cozinheira está em um dia bom – declarou, depois de uma mordida.

Bronson deu uma risada baixa e grave, muito atraente.

– Graças a Deus – falou.

A conversa seguiu com leveza depois dali, em um tom amigável, embora fosse estranho para Holly estar sozinha com um homem que não era nem parente nem conhecido de longa data. Qualquer traço de timidez, porém, logo cedeu ao fascínio que sentia por Zachary Bronson. Ele era um homem extraordinário, com uma ambição e uma energia que faziam todos os outros homens que ela conhecia parecerem criaturas fracas e passivas.

Holly tomou um gole do chá enquanto ouvia Bronson descrever seus últimos experimentos com o vagão a vapor, ou locomotiva, em Durham. Ele falou sobre bombas que injetavam água quente em caldeiras e sobre explosões de vapor que saíam através de uma chaminé no alto do veículo, e sobre as várias tentativas para melhorar a versão preliminar da fornalha a fim de aumentar a potência. Em pouco tempo, declarou Bronson, a locomotiva seria usada não apenas para carregar carga, mas também gado e até mesmo passageiros humanos, e as estradas de ferro cortariam todas as principais cidades da Inglaterra. Holly ouvia com ceticismo, mas fascinada. Aquele era o tipo de assunto que cavalheiros raramente discutiam com uma dama, pois pressupunham que as damas estariam mais interessadas em temas como família, sociedade e religião. Mas era revigorante conversar sobre outra coisa que não as fofocas da sociedade, e Bronson tinha o dom de explicar assuntos técnicos de uma forma que Holly conseguia entender facilmente.

Zachary Bronson vinha de um mundo diferente do dela, feito de homens de negócios, inventores, empreendedores... Estava claro que ele jamais se encaixaria confortavelmente em uma aristocracia antiquada, saturada por séculos de tradição. No entanto, também estava claro que ele estava determinado a abrir um lugar para si na alta sociedade, e que Deus ajudasse qualquer um que tentasse detê-lo.

Devia ser exaustivo conviver com aquele homem, pensou Holly, imaginando como a mãe e a irmã dele lidavam com aquela energia inesgotável. Bronson tinha um cérebro tão ativo e tantos interesses... Seu óbvio apetite pela vida impressionava Holly. Não conseguiu evitar compará-lo a George, que adorava dar longas caminhadas, ficar lendo em silêncio ao seu lado diante da lareira em tardes chuvosas e se demorava ao lado dela pela manhã, observando Rose brincando. Holly não conseguia imaginar Zachary Bronson sentado, parado, fazendo algo tão mundano quanto assistir a uma criança aprender a engatinhar.

De algum modo, a conversa desviou suavemente para assuntos mais pessoais, e Holly se pegou descrevendo a vida que levava com a família de George e fatos da viuvez. Quando falava sobre o falecido marido com alguém que o conhecera, costumava sentir um nó na garganta e os olhos marejados. Mas Bronson não sabia nada a respeito de George, e, por algum motivo, foi muito mais fácil para Holly conversar sobre ele com um estranho.

– George nunca ficava doente – comentou. – Ele nunca tinha febres ou dores de cabeça... Estava sempre em boa forma e saudável. Então, um dia, começou a reclamar de cansaço e de dores nas juntas, não conseguia se alimentar. O médico diagnosticou febre tifoide... Eu sabia que era uma doença extremamente perigosa, mas também que muitas pessoas haviam sobrevivido. Então me convenci de que, com bons cuidados e muito descanso, ele se recuperaria.

Ela ficou olhando para a xícara vazia em cima do pires e passou o dedo ao redor da delicada borda dourada.

– Mas George foi definhando dia após dia diante dos meus olhos. Começou a ter delírios de febre, e em duas semanas ele se foi.

– Sinto muito – disse Bronson, com gentileza.

Sinto muito era o que todos diziam, porque realmente não havia muito mais a dizer. Mas um brilho cálido nos olhos de Bronson transmitia compaixão sincera, e Holly teve a sensação de que ele realmente compreendia a magnitude da perda dela.

Um longo silêncio se estendeu entre os dois, até Bronson voltar a falar:

– Gosta de morar com a família Taylor, milady?

Ela deu um sorrisinho débil.

– Na verdade, não se trata de uma questão de gostar ou desgostar. É a única opção disponível para mim.

– E sua família?

– Meus pais ainda sustentam três filhas solteiras, ainda tentam arranjar bons casamentos para elas. Não quis aumentar o fardo deles voltando para casa com minha filha. E, morando com os Taylors, de certo modo me sinto mais próxima de George.

Bronson estreitou os lábios ao ouvir a última frase. Ele olhou para a xícara e o prato vazios diante dela, se levantou e estendeu a mão.

– Venha dar uma caminhada comigo.

Espantada com a solicitação abrupta, Holly obedeceu automaticamente e aceitou a mão estendida. Ela sentiu os dedos vibrarem com o choque ardente do toque dele e sua respiração ficou presa na garganta. Bronson puxou-a para que se levantasse, enfiou a mão dela na dobra do próprio braço e levou-a para longe da mesa de chá. O toque dele tivera uma familiaridade excessiva; nem os irmãos de George ousavam tocar a mão nua dela. Mas, ao que parecia, o Sr. Bronson desconhecia esses limites.

Enquanto caminhavam, ele ajustou as longas passadas para acompanhar as dela, mais curtas, e Holly desconfiou que ele raramente andava a um passo tão lento. Não era o tipo de homem que ficaria vagueando pelos lugares.

Os cômodos que compunham o complexo da biblioteca se abriam para uma enorme galeria de arte particular, ladeada por longas janelas por onde se viam os jardins cultivados da propriedade. A galeria continha uma coleção impressionante de obras dos Antigos Mestres. Havia trabalhos de Ticiano, Rembrandt, Vermeer e Botticelli, todos extraordinários em suas cores preciosas e em seu romantismo.

– Como assim não há nada de Leonardo da Vinci? – perguntou Holly, brincalhona, certa de que a coleção particular de Bronson era sem dúvida a mais impressionante da Inglaterra.

Bronson olhou para as fileiras de quadros e franziu a testa, como se a ausência de um Da Vinci fosse uma omissão imperdoável.

– Devo comprar um?

– Não, não, eu estava só brincando – apressou-se a dizer Holly. – Na verdade, Sr. Bronson, a sua coleção é magnífica e mais do que completa. Além do mais, é quase impossível adquirir um Da Vinci.

Bronson deixou escapar um murmúrio evasivo e se concentrou em um lugar vazio na parede, claramente calculando quanto custaria colocar um Da Vinci ali.

Holly tirou a mão do braço dele e se virou para encará-lo.

– Sr. Bronson... O senhor não vai me dizer por que me convidou para vir aqui hoje?

Ele foi até um busto de mármore disposto sobre um pedestal e limpou um pouco de poeira com o polegar. Então olhou de lado para Holly, que estava parada dentro de um retângulo de luz que entrava pela janela alta.

– A senhora me foi descrita como a dama perfeita – disse Bronson. – Agora que a conheci, concordo plenamente.

Holly arregalou os olhos e, com um misto de culpa e nervosismo, pensou que ele jamais diria uma coisa assim se tivesse noção de que ela era a mulher que, poucas noites antes, reagira de forma tão libertina ao beijo dele.

– A senhora tem uma reputação impecável – continuou ele –, é recebida em toda parte e tem os contatos e a influência de que preciso. E preciso muito. Por isso, gostaria de contratá-la como uma espécie de... orientadora social.

Absolutamente surpresa, Holly só conseguiu ficar olhando para ele. E levou quase um minuto para reencontrar a voz.

– Não estou procurando nenhuma espécie de emprego, senhor.

– Eu sei.

– Então vai compreender por que devo recusar...

Ele a deteve com um gesto sutil.

– Primeiro ouça minha proposta.

Holly assentiu por pura cortesia, embora não houvesse a menor possibilidade de aceitar. Havia casos em que uma viúva era forçada a buscar empregos refinados por necessidade financeira, mas ela estava longe de chegar a esse ponto. A família de George jamais sequer cogitaria a possibilidade, e nem ela. Não era o mesmo que entrar para a classe trabalhadora, mas sem dúvida alteraria a posição dela na sociedade. E ser empregada de um homem como

Zachary Bronson, por mais rico que ele fosse... A verdade era que algumas pessoas e certos lugares talvez nem a recebessem mais.

– Preciso de elegância – continuou Bronson em um tom neutro. – Preciso de contatos. Sem dúvida, a senhora vai ouvir as pessoas se referindo a mim como um alpinista social, o que é verdade. Cheguei longe para diabo sozinho, mas preciso de ajuda para alcançar o próximo patamar. Preciso da sua ajuda. Também preciso que alguém ensine Elizabeth a ser... Bem, a ser parecida com a senhora. Alguém que a ensine a fazer as coisas que as damas de Londres fazem. É a única maneira de conseguir um casamento decente para minha irmã.

– Sr. Bronson – disse Holly, o tom cauteloso, os olhos fixos no banco de mármore ao lado dele –, estou sinceramente lisonjeada e gostaria de poder ajudá-lo. No entanto, há muitas outras pessoas que seriam mais adequadas do que eu...

– Não quero outra pessoa. Quero a senhora.

– Não posso, Sr. Bronson – respondeu Holly, com firmeza. – Entre as minhas muitas reservas, há a minha filha a considerar. Tomar conta de Rose é a responsabilidade mais importante do mundo para mim.

– Sim, há Rose a considerar.

Bronson enfiou as mãos nos bolsos, em uma atitude enganosamente relaxada, e deu a volta no banco.

– Não há uma forma delicada de dizer isto, lady Holland, portanto serei direto. Quais são seus planos para o futuro da sua filha? Vai querer mandar Rose para escolas caras... Vai querer que ela faça viagens ao continente... Vai querer lhe garantir um dote que atraia bons pretendentes. Mas, em sua condição atual, a senhora não será capaz de conseguir nada disso. Sem dote, Rose só conseguirá se casar com um membro da baixa nobreza... se tiver sorte.

Ele fez uma pausa e acrescentou, o tom suave:

– Se Rose tiver um bom dote, combinado com sua ótima linhagem, algum dia conseguirá o tipo de marido aristocrático que George desejaria para a filha.

Holly o encarou, perplexa. Estava entendendo naquele momento como Bronson havia conseguido conquistar tantos rivais nos negócios. Ele não se detinha diante de obstáculo algum e estava usando a *filha* dela para convencê-la a fazer o que queria. Zachary Bronson era implacável para alcançar seus propósitos.

– Acredito que eu vá precisar de sua ajuda por aproximadamente um ano

– continuou ele. – Poderíamos redigir um contrato que satisfizesse a ambos. Se a senhora não gostar de trabalhar para mim, se por algum motivo desejar romper esse acordo... basta dizer e poderá partir com metade da quantia que estou oferecendo.

– E que quantia seria essa?

Holly se ouviu perguntar isso com a mente repleta de pensamentos agitados. Estava profundamente curiosa para saber quanto ele achava que os serviços dela valiam.

– Dez mil libras. Por um ano de trabalho.

Uma soma pelo menos mil vezes maior do que uma governanta ganhava em um ano. Era uma fortuna, o bastante para garantir um dote generoso para a filha, o bastante para que Holly comprasse uma casa, para que pagasse criados. A ideia de ter o próprio lar quase a deixou zonza de anseio. Mas pensar em se envolver de forma mais próxima com aquele homem e em como seria a reação da família e dos amigos dela...

– Não – respondeu baixinho, quase se engasgando com a palavra. – Sinto muito, Sr. Bronson. Sua oferta é muito generosa, mas o senhor precisará encontrar outra pessoa.

Ele não pareceu nada surpreso com a recusa.

– Vinte mil libras, então – disse ele, abrindo um sorriso travesso. – Vamos, lady Holland. Não me diga que está planejando voltar para a casa da família Taylor e passar o resto da vida como passou os últimos três anos. A senhora é uma mulher inteligente... Sei que precisa de mais do que trabalhos de agulha e fofocas da sociedade para alimentar seu espírito.

Ele havia acertado em cheio novamente. A vida com os Taylors realmente se tornara monótona, e a ideia de não depender mais deles... de não depender mais de ninguém... Holly torceu as mãos com força.

Bronson apoiou um joelho no banco.

– Basta dizer sim e colocarei o dinheiro em um fundo em nome de Rose. Nunca faltará nada a ela. E quando sua filha se casar com um nobre, darei a ela uma carruagem com quatro cavalos como presente de núpcias.

Aceitar a oferta de Bronson seria como mergulhar no desconhecido. Se recusasse, Holly sabia exatamente o tipo de vida que ela e Rose teriam. Uma vida segura, mesmo que nem sempre confortável. Teriam tudo de que precisassem e poderiam contar com o amor e a aprovação de todos os conhecidos. Se aceitasse a oferta de Bronson, haveria um alvoroço de surpresa e de críticas. Fariam comentários maldosos e levaria anos até que os rumores fossem esquecidos, se é que algum dia seriam. Mas que futuro Rose teria! E havia algo dentro de Holly, uma inquietude, uma ousadia, a impulsividade terrível contra a qual ela vinha lutando desde a morte do marido.

Então, de repente, Holly perdeu a batalha.

– Eu aceitaria por trinta mil libras – disse, ouvindo a própria voz ao longe, como se a cena se desenrolasse com outra pessoa.

Embora a expressão de Bronson não se alterasse, ela conseguiu perceber a tremenda satisfação dele, como um leão se acomodando para saborear sua presa.

– Trinta – repetiu ele, como se a soma fosse um exagero. – Acho que vinte é suficiente para o que estou pedindo, não acha?

– Seriam vinte mil libras para Rose e dez para mim – retrucou Holly, a voz cada vez mais firme. – Influência social é como dinheiro: depois de gasta, não é fácil recuperar. Talvez não me sobre muita após esse ano de trabalho para o senhor. Se eu aceitar sua oferta, a aristocracia vai fazer fofocas e espalhar rumores a meu respeito. Podem até mesmo sugerir que sou sua...

– Amante – completou ele baixinho. – Mas estariam errados, não é mesmo?

Holly enrubesceu e continuou, agitada:

– Ninguém na sociedade consegue distinguir um rumor de um fato. Desse modo, a perda da minha respeitabilidade vale um adicional de dez mil libras. E... e quero que o senhor invista e administre o dinheiro para mim.

Bronson ergueu ligeiramente as sobrancelhas.

– A senhora quer que eu administre seu dinheiro? – repetiu ele, quase ronronando. – E não lorde Taylor?

Holly balançou a cabeça, pensando em William, que era responsável, mas extremamente conservador em seus investimentos. Como a maior parte dos homens de sua posição social, o talento do sogro era conservar os fundos que já possuía, e não multiplicá-los.

– Prefiro que o senhor tome conta disso – confirmou Holly. – A única condição é que não quero que invista meu dinheiro em nada que possa ser considerado imoral.

– Verei o que posso fazer – disse Bronson, a voz séria, mas com o riso dançando nos olhos travessos.

Holly respirou fundo.

– Então o senhor concorda com as trinta mil libras? E concorda que, se eu deixar o trabalho antes de um ano, ainda assim vou receber metade desse valor?

– Concordo. No entanto, em troca do dinheiro a mais que a senhora está exigindo, vou pedir que faça uma concessão.

– Qual? – perguntou ela, o tom cauteloso.

– Quero que more aqui. Comigo e com minha família.

Holly o encarou, perplexa.

– Não. Eu não poderia.

– A senhora e Rose terão seus aposentos separados, uma carruagem e cavalos para seu uso exclusivo e liberdade de ir e vir como melhor lhe convier. Traga até seus próprios criados se desejar. Cuidarei do pagamento dos salários deles ao longo do próximo ano.

– Não vejo por que isso seria necessário...

– Ensinar os Bronsons a se comportarem como aristocratas exigirá mais do que umas poucas horas por dia. Depois que nos conhecer melhor, a senhora não terá nenhuma dúvida disso.

– Sr. Bronson, eu não teria como simplesmente...

– Pode obter suas trinta mil libras, lady Holly, mas para isso terá que sair da casa dos Taylors.

– Bem, então prefiro receber menos e não morar aqui.

Bronson abriu um sorriso súbito, parecendo completamente indiferente à testa franzida dela.

– As negociações estão encerradas, milady. Morará aqui por um ano e aceitará as trinta mil libras, ou não há acordo.

Dominada pelo nervosismo, Holly sentia todo o corpo tremer.

– Certo, eu aceito – disse, ofegante. – Mas gostaria que a carruagem e os quatro cavalos que prometeu a Rose constassem do contrato.

– Certo.

Bronson pegou a mão pequena de Holly e trocaram um aperto firme.

– Sua mão está fria – disse ele, segurando os dedos dela por um instante além do necessário. E seus lábios se curvaram em um sorriso. – Está com medo?

Era a mesma pergunta que fizera a ela na estufa, na noite em que a beijara. Holly se sentia como naquela ocasião, aturdida por um acontecimento inesperado e que jamais teria conseguido prever.

— Estou — respondeu baixinho. — Estou com medo de não ser o tipo de mulher que sempre acreditei ser.

— Vai ficar tudo bem — afirmou Bronson, a voz baixa e gentil.

— O senhor não tem como prometer uma coisa dessas.

— Sim, eu tenho. Assim como tenho uma boa ideia de como sua família vai reagir ao nosso acordo. Não perca a coragem.

— É claro que não — disse Holly, em uma tentativa de manter a dignidade. — O senhor tem a minha palavra de que serei fiel ao nosso acordo.

— Ótimo — murmurou ele.

Seu olhar tinha um enervante brilho de vitória.

⁂

A carruagem de lady Holly partiu, o sol cintilando na lataria preta lustrosa do veículo com um brilho ofuscante. Atrás de uma das janelas da biblioteca, Zachary abriu uma fresta das cortinas e observou a carruagem sumir de vista. Estava dominado pela mesma energia explosiva de sempre quando fazia um negócio em que claramente levava vantagem. Lady Holland Taylor moraria sob o teto dele, com a filha. Era uma situação que ninguém, nem mesmo ele, jamais teria acreditado ser possível.

O que havia naquela mulher que o afetava tão profundamente? Zachary sentiu-se fisicamente excitado desde o instante em que ela entrou na biblioteca; excitado e fascinado como nunca se sentira em relação a qualquer outra mulher na vida. O momento em que ela descalçara as luvas, expondo as palmas das mãos pálidas e delicadas, fora o momento mais erótico do ano inteiro para ele.

Zachary já conhecera muitas beldades e mulheres de grande talento, tanto na cama quanto na vida. Não conseguia compreender por que uma viúva de compleição tão delicada provocava um efeito tão intenso nele. Talvez fosse o calor humano que exalasse através da fachada recatada. Lady Holland era claramente uma dama, mas sem o ar pretensioso que ele já vira em outras de sua classe. Zachary gostava do modo direto e amigável com que se dirigia a ele, como se fossem socialmente iguais. Lady Holland era uma mulher luminosa, cálida e refinada demais para o gosto dele.

Perturbado, Zachary enfiou as mãos nos bolsos da calça, franzindo a barra do paletó. Então atravessou a biblioteca, olhando distraidamente para a coleção de volumes e obras de arte de valor inestimável que reunira. Desde a infância, tivera consciência de uma urgência incômoda e permanente dentro de si, um impulso de conquistar. Uma insatisfação perene que o levava a trabalhar, planejar e arquitetar madrugada adentro quando outros homens já estavam dormindo. Sempre parecia haver mais um objetivo a alcançar, mais um acordo a conceber, uma última montanha a escalar, quem sabe depois disso conseguisse ser feliz. Mas isso nunca acontecia.

Por algum motivo, na companhia de lady Holly Taylor, Zachary se sentira como um homem comum, capaz de relaxar e se divertir. Durante a hora em que ela passara na casa dele, sentira como se toda a agressividade dentro de si tivesse desaparecido. Zachary se sentira quase... contente. Era algo inédito, uma sensação impossível de não perceber, e ele queria sentir de novo. Ansiava pela presença de lady Holly em sua casa.

E em sua cama. Quando se lembrou do momento exato em que lady Holly se dera conta de que ele era o homem que a beijara, Zachary sentiu um sorriso curvando seus lábios. Por um momento, chegou a imaginar se ela não ia desmaiar. E desejou que isso acontecesse, já que assim teria uma desculpa para abraçá-la de novo. Mas lady Holly recuperara a compostura e permanecera sem comentar a respeito do que acontecera, claramente torcendo para que ele não a tivesse reconhecido. Quem visse a reação pensaria que ela havia cometido um crime muito maior do que dar um beijo rápido em um estranho, no escuro. Mesmo com todo o traquejo social adquirido, ela não era uma mulher vivida. E Zachary não sabia bem por que aquilo o excitava tanto.

Lady Holly tinha uma inocência que as mulheres casadas não costumavam ter, como se não fosse capaz de reconhecer o pecado ou a depravação mesmo se estivessem diante do rosto dela.

Ela havia chorado na segunda vez que ele a beijara, e agora Zachary sabia por quê. Tinha certeza de que ela não havia sido beijada ou acariciada por ninguém desde a morte do marido. *Algum dia*, pensou, *ela vai chorar nos meus braços de novo. Mas da próxima vez será de prazer, não de tristeza.*

Capítulo 4

Durante todo o caminho de volta para casa, Holly repreendeu a si mesma por sua impulsividade. À medida que a carruagem avançava, saltando e sacolejando pelas ruas londrinas de pavimentação irregular, ela decidiu escrever uma carta para o Sr. Bronson assim que chegasse à casa dos Taylors. Explicaria que tomara uma decisão precipitada, que certamente não seria bom para ela e, sobretudo, para Rose alterar de forma tão radical a vida delas. Não sabia onde estava com a cabeça quando concordara em trabalhar para uma família que não conhecia, uma família que obviamente estava em uma posição social inferior, para um homem que era visto por todos como alguém inescrupuloso e mercenário, um canalha...

– Eu fiquei louca... – murmurou para si mesma.

No entanto, a ansiedade que sentia pela decisão tomada era contrabalançada por uma relutância estranha e crescente em retornar à existência tediosa que levara nos últimos três anos. Por algum motivo, a casa que fora um conforto tão grande para ela desde a morte de George agora lhe parecia uma prisão, e os Taylors eram como carcereiros muito gentis e bem-intencionados. Holly sabia que era injusto da parte dela se sentir daquela maneira.

Vai ficar tudo bem, murmurara o Sr. Bronson, pouco antes de Holly ir embora. Ele previra que ela questionaria a decisão que tomara, que mesmo a fortuna que lhe fora oferecida não seria o bastante para convencê-la a aceitar o trabalho, a menos que...

A menos que houvesse essa inquietude dentro dela, essa ousadia, algo que não permitiria que Holly recusasse daquele salto para o desconhecido. E a verdade era que ela queria, sim, pegar Rose e Maude e ir embora da casa dos Taylors. Queria sair do caminho previsível que sempre seguira até ali.

Qual era a pior coisa que poderia acontecer se ela fizesse exatamente aquilo? Encarar a reprovação da alta sociedade... Ora, e que importância tinha isso? A única pessoa cuja aprovação lhe importava estava morta. A reação da família de George era uma preocupação, é claro, mas ela sempre poderia se justificar insistindo que não desejava mais ser um fardo para eles. Havia Rose a considerar, mas Holly sabia que conseguiria persuadir a filha a ver aquilo como uma aventura. Algum dia Rose teria um dote magnífico e seria vista como uma excelente escolha por algum nobre com um bom título.

Holly gemeu e cobriu o rosto com as mãos, ciente de que não voltaria atrás na promessa que fizera a Zachary Bronson. Porque todas as suas ponderações acabavam em uma única conclusão: ela queria trabalhar para ele.

Embora todos da família, e também os criados, estivessem claramente ansiosos para saber como fora o chá com Zachary Bronson, Holly revelou muito pouco. Em resposta à variedade de perguntas, ela contou apenas que Bronson se comportara como um cavalheiro, que a casa dele era de um tamanho impressionante e que os dois haviam tido uma conversa agradável. Em vez de fazer um anúncio geral de sua partida iminente, Holly decidiu que a melhor maneira de dar a notícia era conversando com os irmãos de George e deixando a cargo deles fazer a comunicação ao restante da família. Depois do jantar, ela pediu a William e Thomas que se juntassem a ela na biblioteca. Mesmo surpresos com o convite fora do comum, os dois concordaram.

Foi servido vinho do Porto para os irmãos e uma xícara de chá para Holly, que se sentou em uma pesada poltrona de couro perto da lareira. Thomas ocupou a poltrona ao lado dela, enquanto William ficou de pé, o cotovelo apoiado no console de mármore branco da lareira.

– Muito bem, Holly – falou William, o tom tranquilo e amigável –, conte logo. O que, em nome de Deus, Bronson queria com você? Acho que o seu suspense já durou demais.

Diante daqueles dois homens tão dolorosamente parecidos com o falecido marido, os olhos azuis exibindo expressões idênticas de curiosidade, Holly sentiu a xícara tremer sobre o pires. E se sentiu inesperadamente feliz com o fato de que não moraria mais ali. Talvez fosse mesmo melhor, mais fácil, não estar cercada por tantas coisas que a faziam se lembrar constantemente de George. *Por favor, me perdoe, querido*, pensou, se perguntando se George a estaria vendo naquele exato momento.

Então, falando lentamente e tomando cuidado para não parecer insegura, Holly explicou que Bronson desejava contratá-la como orientadora social e instrutora para treinar a família dele por um ano.

Por um momento, os irmãos Taylors ficaram apenas encarando-a, surpresos, então Thomas caiu na gargalhada.

– Aposto que ele quer mesmo contratar você – disse Thomas em um arquejo, ainda rindo. – Pensar que poderia contratar um de nós como empregado... E logo a esposa de George! Espero que você tenha dito àquele arrogante que tem coisas melhores a fazer do que ensinar boas maneiras a ele. Mal posso esperar para contar aos outros sobre isso...

– Quanto ele ofereceu? – perguntou William, que não estava achando graça.

Como irmão mais velho, e sendo mais perceptivo, ele vira alguma coisa na expressão de Holly que o deixara preocupado.

– Uma fortuna – respondeu Holly num tom tranquilo.

– Cinco mil libras? Dez mil? – insistiu William.

Ele pousou o cálice de vinho do Porto em cima do console da lareira e virou-se de frente para a cunhada.

Holly balançou a cabeça, se recusando a revelar a soma.

– *Mais* de dez mil libras? – perguntou William, incrédulo. – É claro que você disse a ele que não poderia ser comprada.

– Eu disse que...

Holly parou para engolir o chá muito quente, então pousou a xícara e o pires em uma mesa próxima, cruzou as mãos no colo e falou sem olhar para nenhum dos dois.

– Morei aqui por três anos e vocês sabem da minha preocupação em relação a ser um peso para a família...

– Você não é um peso – apressou-se a interrompê-la William. – Já dissemos isso mil vezes.

– Sim, e agradeço a gentileza e a generosidade de vocês mais do que sou capaz de expressar em palavras. No entanto...

Quando ela fez uma pausa, em busca de palavras para continuar, os dois a encararam com expressões idênticas de incredulidade, se dando conta do que ela estava tentando dizer.

– Não – murmurou William. – Não me diga que está considerando a oferta dele.

Holly pigarreou, nervosa.

– Na verdade, eu já aceitei.

– Meu Deus! – exclamou William. – Você não ouviu uma palavra do que lorde Avery disse sobre ele ontem? O homem é um lobo, Holly. E você é tão indefesa quanto um cordeiro. Ele faz vítimas entre pessoas muito mais bem-informadas e experientes do que você. Se não está pensando em si mesma, ao menos pense em sua filha... Seu instinto maternal não lhe diz para proteger Rose?

– Eu *estou* protegendo Rose – disse Holly, a voz determinada. – Ela é a única coisa que me restou de George... É a única coisa em que eu penso.

– Ela é a única coisa que nos restou de George também. Seria cruel, realmente um pecado, afastá-la da única família que ela tem.

– Vocês têm suas próprias esposas e filhos para proteger e cuidar, William. Eu não tenho marido. Não tenho meios de me sustentar. E não quero depender de vocês para sempre.

William a encarou como se ela o tivesse agredido fisicamente.

– Tem sido tão terrível assim morar aqui? Eu não havia me dado conta de que nossa companhia era tão desagradável para você.

– É claro que não! Eu não quis dizer...

Holly deixou escapar um suspiro frustrado.

– Sempre serei grata por me acolherem e me protegerem desde que... Mas preciso pensar no futuro.

Ela olhou de relance para Thomas, que permanecia sentado na poltrona a seu lado. Holly havia esperado por um aliado, mas ele obviamente concordava com o irmão mais velho.

– Não consigo acreditar que isso está acontecendo – disse Thomas, e seu tom não era de raiva, mas de angústia. – Holly, me diga como impedir isso. Me diga o que há na oferta de Bronson que a fez aceitá-la. Eu sei que não foi o dinheiro, você não é do tipo que se deixa seduzir por isso. É a família? Algum de nós disse alguma coisa ou fez algo que a ofendeu? Alguma coisa que fez com que você não se sentisse bem-vinda entre nós?

– De forma alguma – apressou-se a garantir Holly, sentindo-se terrivelmente culpada. – Thomas, querido, acho que eu não teria conseguido sobreviver à morte de George sem a ajuda de vocês. Mas ultimamente eu...

– Bronson vai querer mais do que lições de etiqueta de você – interrompeu William, o tom frio. – Espero que tenha consciência disso.

Holly o encarou com severidade.

– Achei esse comentário de muito mau gosto, William.

– Você precisa saber o que esperar, já que vai morar na casa de um homem que toda a sociedade sabe que não é um cavalheiro. Vai estar à mercê dele, e seu desejo pela fortuna vai levá-la a fazer coisas que você nem sequer é capaz de imaginar.

– Não sou criança.

– Não, você é uma jovem viúva, que passou três anos sem a atenção de um homem – retrucou William, com uma rudeza tão brutal que a fez arquejar. – Você nunca estará tão vulnerável na vida quanto está neste momento, portanto, qualquer decisão que tome não é confiável. Se é dinheiro que quer, encontraremos uma forma de aumentar sua renda. Posso procurar algum investimento que lhe traga mais lucros. Mas não vou permitir que aceite um xelim de Bronson, aquele desgraçado inescrupuloso. Não vou permitir que faça isso consigo mesma, nem com a filha do meu irmão.

– Basta, William – falou Thomas, irritado. – Holly precisa de acolhimento e, em vez disso, você está fazendo tudo para agredi-la e afastá-la de nós...

– Está tudo bem, Thomas – disse Holly com calma.

Embora uma parte dela desejasse permitir que os irmãos de George tomassem as decisões por ela, outra parte se lembrou da expressão de desafio zombeteiro nos olhos de Bronson e da advertência dele para que ela não perdesse a coragem.

– Sei que William está preocupado com o meu bem-estar. Ele não quer que eu cometa um erro. Tive o luxo de ser protegida por vocês dois desde que George morreu e sempre serei grata por isso. Mas quero sair de debaixo das suas asas. Quero, inclusive, cometer alguns erros.

– Não consigo entender – falou Thomas lentamente. – Por que está fazendo isso, Holly? Nunca achei que dinheiro fosse tão importante para você.

Mas, antes que ela pudesse responder, foi interrompida pela voz fria de William.

– Pela primeira vez, fico feliz por meu irmão estar morto. Fico feliz por ele não poder ver o que está acontecendo com você.

Holly ficou pálida de choque. Esperou pelo impacto doloroso daquelas

55

palavras, mas se sentiu apenas entorpecida. Na mesma hora, ficou de pé e se afastou dos irmãos Taylors.

– Não há nada a ganhar levando esta conversa adiante – disse ela, com dificuldade. – Já tomei minha decisão. Partirei em uma semana e gostaria de levar Maude, minha criada, comigo, se for possível.

– Você vai morar com Bronson – disse William baixinho, interrompendo os protestos do irmão. – Agora compreendo exatamente o que está acontecendo. Leve Maude com você se quiser, mas e quanto a Rose? Vai descartá-la com a mesma facilidade com que descartou a memória do meu irmão? Vai deixá-la aqui para que nós tomemos conta dela? Ou vai levá-la com você e permitir que sua filha a veja se tornar amante de um homem rico?

Ninguém jamais falara com Holly de forma tão desrespeitosa. Ouvir aquilo de um estranho já teria sido ruim, mas saindo da boca de um dos irmãos de George era quase insuportável. Ela se manteve firme para não chorar e seguiu em direção à porta.

– Eu jamais deixaria Rose por razão alguma – falou por cima do ombro, a voz apenas ligeiramente trêmula.

Holly ouviu os irmãos discutindo enquanto saía, Thomas repreendendo William por sua crueldade e William respondendo com os monossílabos de um homem que estava contendo uma grande fúria. O que George teria desejado que ela fizesse?, se perguntou Holly, e soube a resposta na mesma hora. O marido teria desejado que ela permanecesse protegida na casa da família dele.

Holly parou diante de uma janela que dava para um pequeno pátio. O peitoril largo estava maculado por milhares de pequenos descascados e arranhões. Um dos criados lhe contara que George costumava organizar batalhas entre seus soldados de brinquedo exatamente naquele peitoril. Holly imaginou as mãos pequeninas mexendo nos homenzinhos de ferro pintados, as mesmas mãos que, na vida adulta, a haviam acariciado e abraçado.

– Desculpe, querido – sussurrou ela. – Ao fim deste ano, viverei exatamente da forma que você desejaria e Rose terá tudo de que precisar. Apenas um ano. Depois, manterei todas as promessas que lhe fiz.

Capítulo 5

Lady Holly saiu da carruagem e pisou delicadamente no chão com a ajuda de um lacaio. Enquanto observava a cena, Zachary se deu conta de uma sensação peculiar no peito, uma vibração de profundo prazer. Ela finalmente estava ali. O olhar dele se embriagou com a visão de lady Holly; perfeitamente arrumada, as mãos pequenas calçadas com luvas, o cabelo castanho-escuro liso e sedoso sob o chapéu de aba estreita enfeitado com um véu delicado na frente. Zachary se sentiu tentado a desarrumar aquela fachada severa, a enfiar as mãos no cabelo dela e abrir a fileira recatada de botões que fechava o vestido cor de chocolate até o pescoço.

Outro vestido marrom, pensou ele, de testa franzida. Os sinais de que ela continuava de luto – um "luto leve", como eram chamados aqueles trajes austeros – provocavam uma pontada de irritação nele. Zachary nunca conhecera pessoalmente uma mulher que escolhesse passar tanto tempo nesse estado. A própria mãe dele, que sem dúvida amara seu pai, estava pronta para abandonar os trajes escuros de luto depois de um ano da morte do marido, e Zachary não a culpara nem por um instante. Uma mulher não enterrava todas as suas necessidades e instintos junto com o marido, por mais que a sociedade gostasse de fingir o contrário.

Viúvas excessivamente devotadas eram muito admiradas, colocadas em pedestais como exemplo para outras mulheres. No entanto, Zachary desconfiava que lady Holly não se apegava ao luto porque estava na moda, ou porque desejava ser admirada por seu comportamento. Ela sofria sinceramente pela morte do marido.

Zachary se perguntava que tipo de homem havia inspirado uma devoção tão apaixonada. Lorde George Taylor fora um aristocrata, com certeza. Um homem da mesma posição social que Holly, alguém honrado e bem-

-nascido. Alguém completamente diferente dele mesmo, pensou Zachary, aborrecido.

Uma criada e uma criança também desceram pelos degraus colocados diante da porta da carruagem, e a atenção de Zachary foi capturada pela menininha. Enquanto a observava, um sorriso espontâneo surgiu em seus lábios. Rose era uma réplica em miniatura da mãe, com as mesmas feições belas, os mesmos longos cachos castanhos, que ela usava enfeitados com um laço azul no alto da cabeça. Parecendo um pouco ansiosa, Rose segurava alguma coisa – algo que cintilava como uma joia – enquanto fitava a grandiosidade da casa e do terreno ao redor.

Zachary pensou que talvez devesse permanecer dentro de casa e receber lady Holly na saleta da frente, ou talvez até no saguão de entrada, em vez de sair para cumprimentá-la. *Para o diabo com isso*, pensou irritado, e desceu os degraus da frente, concluindo que se estivesse cometendo uma gafe, lady Holly certamente o alertaria a respeito.

Ele se aproximou de Holly enquanto ela murmurava instruções para o lacaio que descarregava os baús e as valises. A aba do chapeuzinho se ergueu quando ela olhou para Zachary e deu um sorriso.

– Bom dia, Sr. Bronson.

Ele se inclinou para cumprimentá-la e examinou-a mais de perto. O rosto de Holly estava tenso e pálido, como se tivesse passado várias noites em claro, e Zachary deduziu que provavelmente os Taylors a haviam atormentado nos últimos dias.

– Foi tão ruim assim? – perguntou baixinho. – Imagino que devam ter convencido a senhora de que sou o diabo encarnado.

– Eles prefeririam que eu trabalhasse para o próprio – retrucou Holly, e ele riu.

– Tentarei não corrompê-la a ponto de deixá-la irreconhecível, milady.

Holly pousou a ponta dos dedos nos ombros delicados da filha, para que ela se adiantasse. O toque de orgulho materno em sua voz era inconfundível.

– Esta é minha filha, Rose.

Zachary se inclinou para cumprimentá-la e a menina retribuiu com uma reverência perfeita. Então Rose falou, sem tirar os olhos dele:

– Sr. Bronson, certo? Nós viemos lhe ensinar boas maneiras.

Zachary abriu um sorriso para Holly.

– Quando fechamos nosso acordo, não me dei conta de que teria duas da senhora.

Rose estendeu a mão com cautela para tocar a mão da mãe.

– É aqui que nós vamos morar, mamãe? Eu vou ter um quarto para mim?

Zachary se agachou e encarou o rostinho da menina com um sorriso.

– Acredito que um quarto bem ao lado do da sua mãe tenha sido preparado para a senhorita – disse a ela, e o olhar dele encontrou o conjunto de objetos cintilantes nas mãos de Rose. – O que é isso, Srta. Rose?

– É o meu cordão de botões.

A menina soltou parte do cordão, que se estendeu até o chão, deixando à mostra uma fileira de botões cuidadosamente presos: botões estampados com flores, frutas ou borboletas, feitos de vidro preto moldado, e alguns poucos esmaltados ou de papel pintado.

– Esse é o meu botão de perfume – declarou Rose com orgulho.

Ela mostrou um botão grande, com a parte de trás forrada de veludo, levou o botão até o nariz e inspirou profundamente.

– A mamãe colocou perfume nele para mim, para deixar o botão com um cheiro gostoso.

Quando a menina estendeu o botão para ele, Zachary abaixou a cabeça e sentiu uma fragrância ligeiramente floral que reconheceu na mesma hora.

– Sim – disse baixinho, e levantou a cabeça para fitar o rosto ruborizado de lady Holly. – Tem o mesmo perfume da sua mãe.

– Rose – disse Holly, claramente perturbada –, venha comigo... Damas não devem ficar conversando na entrada...

– Não tenho nenhum botão como esse – explicou Rose a Zachary, ignorando as palavras da mãe, enquanto fitava um dos grandes botões de ouro que enfeitavam o paletó dele.

Zachary olhou na direção apontada pela menina e viu que havia uma cena de caçada gravada na superfície do botão de cima do paletó que usava. Ele nunca prestara atenção naquilo antes.

– Então permita-me a honra de acrescentar este botão à sua coleção, Srta. Rose – falou Zachary.

Ele enfiou a mão no bolso, pegou uma pequena faca de prata dobrável, cortou com habilidade a linha que prendia o botão ao paletó e entregou o objeto à menininha animada.

– Ah, obrigada, Sr. Bronson! – exclamou Rose. – Muito obrigada!

A menina começou a enfiar rapidamente o botão no fio do colar, antes que a mãe pudesse fazer qualquer objeção.

— Sr. Bronson — disse Holly, agitada —, um c-cavalheiro não saca armas na presença de damas e crianças.

— Isto não é uma arma — disse Zachary, guardando a faca dobrável com toda a calma no bolso do paletó, e se levantou. — É uma ferramenta.

— Ainda assim, não é...

Holly se interrompeu ao ver o que a filha estava fazendo.

— Rose, você precisa devolver o botão ao Sr. Bronson agora mesmo. Ele é elegante e caro demais para fazer parte da sua coleção.

— Mas ele me deu... — protestou a menina, os dedos pequenos trabalhando freneticamente até o botão estar preso com segurança no fio do cordão.

— Rose, eu insisto...

— Deixe que ela fique com ele — falou Zachary, sorrindo ao ver a expressão perturbada de Rose. — É só um botão, milady.

— Mas o botão parece ser de ouro maciço e é parte de um conjunto...

— Venha comigo — interrompeu Zachary, e estendeu o braço para ela. — Minha mãe e minha irmã estão esperando lá dentro.

Lady Holly aceitou o braço dele com a testa franzida.

— Sr. Bronson — disse ela, com certa irritação —, eu me esforcei muito para garantir que minha filha não se tornasse uma criança mimada e cheia de vontades. Portanto...

— A senhora fez um bom trabalho — comentou ele, subindo os degraus da frente com ela, enquanto a criada seguia atrás deles com Rose. — Sua filha é um encanto.

— Obrigada. Mas não desejo que Rose seja envolvida em seu estilo de vida extravagante. E quero que minhas instruções em relação a ela sejam seguidas ao pé da letra. Minha filha deve ter uma vida disciplinada e organizada, exatamente como tinha na casa dos Taylors.

— É claro — concordou Zachary de imediato.

Ele tentou parecer contrito e humilde enquanto ouviam o som animado do cordão de botões de Rose sendo arrastado atrás deles.

A agitação de Holly não cedeu ao entrar na casa e ver, mais uma vez, a opulência absurda. *Santo Deus*, pensou com uma pontada de preocupação, *como pessoas comuns vivem aqui?* Ela desviou rapidamente os olhos para Maude, que encarava em um silêncio espantado as colunas douradas que se erguiam até o alto do pé-direito duplo, uma em cada ponta do saguão de entrada, e os candelabros gigantescos que iluminavam a cena.

– Escute, mamãe – exclamou Rose, e começou a fazer barulhos que ressoavam de um lado ao outro do saguão cavernoso. – Faz eco aqui!

– Silêncio, Rose.

Holly olhou de relance para Zachary, que parecia estar disfarçando um sorriso diante da travessura da menina.

Uma mulher pesada, de cerca de 40 anos, apareceu com certa brusquidão e se identificou como Sra. Burney, a governanta. Maude acompanhou a Sra. Burney com uma expressão perplexa e as duas subiram a escada rebuscada e bem iluminada até os quartos, onde ela supervisionaria as outras criadas na tarefa de desfazer as bagagens.

Holly manteve Rose a seu lado enquanto seguiam por uma sequência de salas de recepção muito ornamentadas. Entraram em uma saleta decorada com painéis que se alternavam entre veludo verde estampado e dourado, além de mobília francesa folheada a ouro. Duas mulheres os esperavam, e ambas se levantaram ansiosamente ao vê-los. A mais jovem, alta e de uma beleza deslumbrante, com cachos de cabelo preto presos indisciplinadamente no alto da cabeça, se adiantou.

– Seja bem-vinda, lady Holland – exclamou ela, com um sorriso largo, embora seu olhar avaliasse Holly com uma expressão cautelosa.

– Minha irmã, Elizabeth – murmurou Zachary.

– Eu não consegui acreditar no que estava ouvindo quando Zachary nos disse que a senhora viria morar aqui! – exclamou a jovem. – É muito corajosa por aceitar viver conosco. Tentaremos não ser uma provação.

– De forma alguma – respondeu Holly, que havia gostado de imediato da irmã de Bronson. – Só espero poder ajudar e talvez orientá-los em alguma coisa quando acharem necessário.

– Ah, nós vamos precisar de muita ajuda – garantiu Elizabeth com uma risada.

Sem dúvida havia uma grande semelhança física entre Bronson e a irmã mais nova. Tinham o mesmo cabelo preto, os olhos escuros cintilantes e sorrisos travessos. Também transmitiam a mesma energia malcontida, como se o cérebro ativo e o intenso vigor físico não lhes permitissem relaxar por mais do que alguns minutos.

Elizabeth não teria dificuldade em atrair pretendentes, pensou Holly. No entanto, a jovem precisaria de um parceiro vigoroso, já que a combinação da riqueza do irmão e do próprio espírito firme intimidariam muitos pretendentes.

Elizabeth sorriu, parecendo compreender os pensamentos por trás da análise discreta de Holly.

– Zach quer que eu adquira certo verniz apenas para facilitar a tarefa de orquestrar meu casamento com algum aristocrata bem-nascido – declarou ela, sem rodeios. – No entanto, devo avisar que minha ideia de um bom casamento é bem diferente da dele.

– Conhecendo um pouco a visão do seu irmão sobre o assunto – comentou Holly, no mesmo tom –, estou totalmente disposta a me colocar ao seu lado, Srta. Bronson.

A jovem riu, encantada.

– Ah, realmente gostei da senhora, milady – exclamou, e voltou sua atenção para a criança que esperava pacientemente ao lado de Holly. – Ora, você deve ser Rose – disse, e, em um tom ainda mais gentil, acrescentou: – Acho que deve ser a menininha mais bonita que eu já vi.

– A senhorita também é bonita, como uma cigana – falou Rose com franqueza.

– Rose – disse Holly em tom reprovador, com medo de que Elizabeth se ofendesse com o comentário, mas a jovem riu.

– Você é um amor – exclamou, e se ajoelhou para examinar o cordão de botões de Rose.

Enquanto a menina demonstrava as maravilhas da sua coleção de botões para Elizabeth, Holly voltou a atenção para a outra mulher na sala, que parecia estar com vontade de se encolher em um canto. A mãe de Bronson, pensou Holly, e sentiu uma onda de compaixão ao ver como a mulher parecia desconfortável enquanto o filho fazia as apresentações.

Estava claro que a Sra. Paula Bronson já fora uma linda mulher, mas os anos de trabalho e preocupações haviam cobrado seu preço. As mãos da Sra. Bronson tinham aparência áspera e avermelhada por causa do trabalho físico árduo, e seu rosto tinha rugas demais para uma mulher da idade dela. Os cabelos, que estavam torcidos com força e presos na nuca, já haviam sido pretos, mas agora mostravam muitos fios prateados. A beleza de sua estrutura óssea permanecia, e seus olhos eram de um castanho cálido e aveludado. Dominada por uma timidez evidente, Paula conseguiu dar boas-vindas a Holly em um murmúrio.

– Milady – falou, forçando-se a encontrar o olhar de Holly –, meu filho tem um modo todo especial de... convencer as pessoas a fazerem coisas que elas não desejam fazer. Espero sinceramente que não esteja aqui contra sua vontade.

– Mamãe – murmurou Zachary, os olhos cintilando com um brilho bem-humorado. – A senhora faz parecer que eu arrastei lady Holland até aqui acorrentada. E nunca obrigo as pessoas a fazerem o que não desejam. Eu sempre lhes dou uma escolha.

Holly lançou um olhar cético na direção de Bronson e se aproximou da mãe dele.

– Senhora Bronson – disse, em um tom caloroso, enquanto pegava a mão da outra mulher e a apertava gentilmente –, eu lhe garanto que tenho todo o desejo de estar aqui. É com grande prazer que me vejo diante da perspectiva de ser útil. Passei os últimos três anos de luto e...

Ela fez uma pausa, buscando as palavras certas, e Rose interrompeu-a com o que considerou ser um comentário importante.

– O meu papai não vai morar aqui com a gente porque ele agora está no céu. Não é isso, mamãe?

O grupo ficou subitamente silencioso. Holly olhou de relance para o rosto de Zachary e viu que sua expressão era impassível.

– É isso mesmo, querida – respondeu para a filha, com suavidade.

A menção a George pareceu lançar uma sombra sobre a cena, e Holly buscou por palavras para aliviar o súbito constrangimento.

No entanto, quanto mais o silêncio se estendia, mais difícil parecia ser quebrá-lo. Holly não conseguiu evitar pensar, com uma pontada de desespero, que, se George estivesse vivo, ela jamais estaria naquela posição, prestes a morar na casa de estranhos, aceitando trabalhar para um homem como Zachary Bronson.

De repente, Elizabeth rompeu a pausa com um sorriso animado e ligeiramente forçado.

– Rose, venha comigo. Vou lhe mostrar seu quarto novo. Sabia que meu irmão comprou praticamente uma loja inteira de brinquedos para você? Bonecas, livros e a maior casa de bonecas que eu já vi.

Enquanto a menina soltava um gritinho de alegria e seguia Elizabeth sem pestanejar, Holly encarava Zachary Bronson com uma expressão de reprovação crescente.

– Uma loja inteira de brinquedos?

– Não é nada disso – disse Bronson imediatamente. – Elizabeth gosta de exagerar.

Ele lançou um olhar de alerta para a mãe, exigindo silenciosamente que concordasse com ele.

– Não é verdade, mamãe?

– Bem – retrucou Paula, o tom hesitante –, na verdade, você realmente...

– Tenho certeza de que lady Holly vai querer conhecer a casa enquanto seus pertences estão sendo arrumados – interrompeu ele. – Por que a senhora não a acompanha em uma visita?

Claramente vencida pela timidez, a Sra. Bronson soltou um murmúrio evasivo e se afastou, deixando Holly e Zachary sozinhos na saleta.

Diante do olhar reprovador de Holly, Zachary enfiou as mãos nos bolsos, enquanto batia com a ponta do sapato caro no chão em um ritmo rápido e impaciente.

– Que mal pode fazer um ou dois brinquedos a mais? – disse ele, por fim, em um tom excessivamente moderado. – O quarto era quase tão alegre quanto uma cela de prisão. Achei que uma boneca e alguns livros tornariam o lugar mais atraente para Rose...

– Antes de mais nada – interrompeu Holly –, duvido que algum cômodo nesta casa possa ser descrito como uma cela de prisão. Em segundo lugar... não permitirei que minha filha seja mimada, nem que seja dominada e influenciada por seu gosto pelo excesso.

– Muito bem – falou Zachary, encarando-a com irritação. – Vamos nos livrar dos malditos brinquedos, então.

– Por favor, não pragueje na minha presença – pediu Holly, e suspirou. – Como eu poderia retirar os brinquedos depois de Rose já ter visto? O senhor não sabe muito sobre crianças, não é mesmo?

– Não – retrucou ele. – Sei apenas como suborná-las.

Holly balançou a cabeça, seu desprazer começando a se transformar em um súbito bom humor.

– Não há necessidade de subornar Rose... ou a mim. Eu lhe dei minha palavra de que não romperia nosso acordo. E, por favor, não bata com o pé dessa forma, não é um bom comportamento.

O ritmo impaciente cessou na mesma hora, e Bronson encarou-a com um olhar irônico.

– Mais alguma coisa sobre meu comportamento que a senhora gostaria de mudar?

– Na verdade, sim.

Holly hesitou quando seus olhares se encontraram. Era estranho ensinar a um homem feito aquele como se comportar. Ainda mais um tão poderoso e com uma presença física tão impositiva quanto Bronson. No entanto, ele a havia contratado para aquele propósito específico, e ela precisava se provar à altura do desafio.

– O senhor não deve ficar parado com as mãos nos bolsos... Não é de bom tom.

– Por quê? – perguntou Zachary.

Holly ergueu as sobrancelhas, pensativa.

– Acho que é porque sugere que o senhor tem algo a esconder.

O olhar intenso dele permaneceu fixo no rosto de Holly conforme ela se aproximava.

– Talvez eu tenha.

– Eu fui excessivamente bem orientada sobre a forma correta de me portar – confessou Holly. – Damas e cavalheiros devem parecer compostos o tempo todo. Tente nunca dar de ombros, ou balançar o corpo para lá e para cá, e faça o mínimo de gestos possível.

– Isso explica por que os aristocratas estão sempre rígidos como cadáveres – resmungou Bronson.

Holly conteve uma risada e olhou para ele com uma expressão séria.

– Faça uma cortesia para mim, por favor – pediu. – Quando nos cumprimentou do lado de fora, pensei ter percebido alguma coisa...

Bronson olhou de relance para a porta da saleta, para se certificar de que não estavam sendo observados.

– Por que não começamos as aulas amanhã? Estou certo de que deseja desfazer as malas e se aclimatar ao lugar...

– Não deixemos para amanhã o que podemos fazer hoje – disse Holly. – Incline-se, por favor.

Zachary resmungou baixinho mais uma vez e então fez o que lhe fora pedido.

– Isso mesmo – comentou Holly, o tom discreto –, o senhor fez de novo.

– O que eu fiz?

– Quando o senhor inclina o corpo, deve manter os olhos fixos na pessoa a quem está se dirigindo... Não deve esconder seus olhos nem por um instante. Parece um detalhe bobo, mas é muito importante.

Apenas criados e pessoas das classes mais baixas se inclinavam em uma cortesia mantendo o olhar baixo, e não saber disso colocaria um homem em imediata desvantagem.

Bronson assentiu, levando a correção tão a sério quanto ela pretendia. Ele voltou a inclinar o corpo, dessa vez mantendo os olhos fixos nela. Holly se sentiu subitamente sem ar e se viu incapaz de desviar o olhar das profundezas dos olhos dele, tão maliciosos e escuros quanto a madrugada.

– Assim está bem melhor – conseguiu dizer. – Acho que passarei o resto do dia fazendo uma lista de assuntos que precisamos abordar: comportamento, regras de conduta na rua e em casa, regras para visitas e para conversas, etiqueta de salão de baile e... O senhor sabe dançar?

– Não muito bem.

– Então teremos que cuidar disso imediatamente. Conheço um excelente professor de dança que o instruirá sobre as sutilezas da *allemande*, da jiga, da quadrilha e da valsa...

– Não – rebelou-se Bronson na mesma hora. – Nem em sonhos vou aceitar aprender a dançar com um almofadinha qualquer. Contrate-o para ensinar a Elizabeth, se quiser. Ela dança tão mal quanto eu.

– E quem ensinará ao senhor? – perguntou Holly, o tom bastante impaciente.

– A senhora.

Ela balançou a cabeça com uma risada de protesto.

– Sr. Bronson, não sou qualificada para ensinar toda a complexidade da dança.

– Mas a senhora sabe dançar, não sabe?

– Há uma enorme diferença entre saber fazer alguma coisa e ser capaz de ensiná-la. Me permita contratar um professor de dança experiente e...

– Quero a senhora – disse ele, teimando. – Estou lhe pagando uma fortuna, lady Holland, e espero que meu dinheiro tenha bom uso. Seja lá o que eu for aprender ao longo dos próximos meses, vou aprender com a senhora.

– Muito bem. Farei o melhor possível, Sr. Bronson. Mas não me culpe se comparecer a algum baile e não conseguir dar conta das sequências de uma quadrilha.

Bronson sorriu.

– Não subestime suas habilidades, milady. Nunca conheci ninguém com um talento tão grande para me dizer o que fazer. A não ser pela minha mãe, é claro – disse ele, estendendo o braço para ela. – Agora vamos até a galeria... Quero lhe mostrar o meu Da Vinci.

– O quê? – perguntou Holly, perplexa. – O senhor não tem um Da Vinci, Sr. Bronson. Ao menos não tinha na semana passada, e ninguém poderia de forma alguma...

Ela se interrompeu ao ver o brilho nos olhos dele.

– O senhor conseguiu um Da Vinci? – perguntou ela, baixinho. – Como... Onde...

– Na National Gallery – respondeu Zachary, caminhando com ela em direção à biblioteca e à galeria mais além. – Troquei alguns dos meus outros quadros e prometi construir um nicho onde poderão abrigar uma coleção de estátuas romanas. E, tecnicamente, a pintura não é minha. Paguei o equivalente ao resgate de um rei só para que me emprestassem a maldita coisa por cinco anos. A senhora deveria ter presenciado as negociações. Negociar com banqueiros e homens de negócios de Londres já é bem difícil, mas descobri que diretores de museus são os desgraçados mais ambiciosos de todos...

– Sr. Bronson, seu linguajar – reprovou Holly. – Que quadro o senhor adquiriu?

– Uma Madona com o filho. Eles disseram que é um exemplo soberbo de alguma técnica de arte italiana para luz e sombra...

– *Chiaroscuro*?

– Sim, isso mesmo.

– Santo Deus – disse Holly, fascinada. – O senhor tem um Da Vinci. É de se imaginar se alguma coisa está além do seu alcance financeiro.

Algo no jeito dele – um toque de presunção, um entusiasmo infantil – provocou uma pontada cálida e inesperada no coração de Holly. Zachary Bronson era um homem implacável, a quem muitas pessoas sem dúvida temiam. No entanto, ela percebia uma vulnerabilidade na necessidade de pertencer àquela sociedade tão determinada a rejeitá-lo. Como era um homem inteligente, ele adquirira todos os símbolos de pompa e riqueza – a casa e as terras, os cavalos puro-sangue, os quadros e as roupas bem-cortadas –, mas seu principal objetivo ainda estava longe de ser alcançado.

– Infelizmente, ainda há algumas coisas que não consigo comprar – declarou Bronson, como se tivesse lido os pensamentos dela.

Holly o encarou, fascinada.

– O que o senhor mais deseja?

– Ser um cavalheiro, é claro.

– Acho que não – murmurou ela. – O senhor não deseja realmente ser um cavalheiro, Sr. Bronson. Só quer fingir que é um.

Ele parou e se virou para encará-la, as sobrancelhas erguidas em uma expressão irônica e bem-humorada.

Holly prendeu o ar ao se dar conta do que acabara de dizer.

– Perdoe-me – apressou-se a dizer. – Não sei por que eu...

– A senhora tem razão. Se eu fosse realmente um cavalheiro, jamais teria sido bem-sucedido nos negócios. Cavalheiros de verdade não têm cabeça nem estômago para fazer dinheiro.

– Discordo.

– Ah, é mesmo? Pois me diga o nome de um cavalheiro que a senhora conheça que consiga se sair bem por conta própria no mundo dos negócios.

Holly pensou por um longo momento, repassando silenciosamente uma lista de homens conhecidos por sua sagacidade financeira. No entanto, os que realmente poderiam ser chamados de empreendedores, os que eram bem-sucedidos da forma como Bronson se referia, haviam perdido o verniz de honra e integridade que antes os definira como verdadeiros cavalheiros. Sentindo-se desconfortável, ela pensou que a busca da glória financeira corrompia rapidamente o caráter de um homem. Não se navega por águas tempestuosas sem sofrer algum dano.

Bronson abriu um sorriso presunçoso diante do silêncio dela.

– Exatamente.

Holly franziu a testa e caminhou ao lado dele, mas agora sem lhe dar o braço.

– Acumular riqueza não deve ser o principal objetivo da vida de um homem, Sr. Bronson.

– Por que não?

– Amor, família, amizade... Essas são as coisas que verdadeiramente importam. E elas não podem ser compradas.

– A senhora ficaria surpresa – comentou ele, e Holly não conseguiu conter uma gargalhada diante do cinismo de Bronson.

– Torço para que algum dia encontre alguém ou algo pelo qual desistiria de bom grado de sua fortuna, Sr. Bronson. E espero que eu esteja por perto para testemunhar isso.

– Talvez a senhora esteja – disse ele, e guiou-a por outro corredor longo e iluminado.

⁓

Embora a visão da filha pulando na cama para lhe dar um beijo de bom-dia sempre a fizesse acordar bem disposta, naquela manhã Holly resistiu a ser arrancada do sono. Murmurando, sonolenta, afundou mais a cabeça no travesseiro, enquanto Rose pulava ao redor.

– Mamãe – chamou a menininha, entrando embaixo das cobertas quentes. – Mamãe, acorde! O sol já nasceu e está um dia lindo. Quero brincar nos jardins. E visitar os estábulos. O Sr. Bronson tem muitos cavalos, sabia?

Maude escolheu exatamente esse momento para entrar no quarto.

– O Sr. Bronson tem muito de *tudo* – foi a observação irônica da criada.

Holly saiu de debaixo do travesseiro com uma risada abafada.

Maude se ocupou enchendo a bacia de água quente em cima do tampo de mármore do lavatório e dispôs ali a escova e o pente de prata de Holly, junto com vários outros artigos de toalete.

– Bom dia, Maude – disse Holly, sentindo-se inexplicavelmente feliz. – Dormiu bem?

– Sim, e nossa Rose também. Acho que ela ficou exausta de brincar com todos aqueles brinquedos. Como foi sua noite, milady?

– Tive o sono mais maravilhoso.

Depois de várias noites rolando inquieta na cama, acordando no meio da madrugada assolada por questionamentos, Holly finalmente sucumbira a um sono profundo. Ela imaginou que fosse natural relaxar agora que estavam sob o teto do Sr. Bronson e não havia mais como voltar atrás. A elas, fora designado um conjunto de aposentos encantador, grande e arejado, decorado em bege e cor-de-rosa e com painéis brancos cintilantes. As janelas tinham cortinas em camadas de renda de Bruxelas e as poltronas francesas eram estofadas com tapeçaria Gobelin. A cama havia sido entalhada em um padrão rebuscado de conchas que combinava com o imenso armário do outro lado do quarto.

Holly havia ficado satisfeita ao ver que o quarto de Rose ficava bem ao lado do seu, que a filha não havia sido relegada a um andar superior, onde costumavam ficar os quartos das crianças. O quarto da menina fora mobiliado com móveis de cerejeira em tamanho infantil, estantes cheias de volumes lindamente ilustrados e uma mesa de mogno em cima da qual estava a maior casa de bonecas que Holly já vira. Cada detalhe do brinquedo era de uma perfeição impressionante, desde os minúsculos tapetes Aubusson nos pisos até os presuntos e frangos de madeira pendurados no teto da cozinha.

– Tive um sonho esplêndido essa noite – disse Holly, bocejando e esfregando os olhos.

Ela se sentou e começou a empilhar os travesseiros de plumas.

– Eu estava caminhando em um jardim cheio de rosas vermelhas... Eram enormes, com pétalas aveludadas, e pareciam tão reais que eu quase conseguia sentir seu perfume de verdade. E o mais impressionante era que eu podia colher quantas braçadas desejasse, pois nenhuma delas tinha espinhos.

– A senhora disse rosas vermelhas? – perguntou Maude, que olhou de relance para ela com os olhos cintilando de interesse. – Dizem que sonhar com rosas vermelhas significa que a pessoa logo terá sorte no amor.

Holly a encarou, espantada, então balançou a cabeça com um sorriso melancólico.

– Eu já tive sorte no amor.

Ela abaixou os olhos para a criança aconchegada a seu lado e beijou o topo da cabeça de cachos escuros da filha.

– Todo o meu amor é para você e para seu papai – murmurou.

– A senhora ainda pode amar o papai mesmo ele estando no céu? – perguntou Rose.

A menininha estendeu a mão por cima da colcha bordada para pegar a boneca que trouxera consigo.

– É claro que posso. Você e eu ainda amamos uma à outra mesmo quando não estamos juntas, não é mesmo?

– Sim, mamãe – disse ela, sorrindo e mostrando a boneca. – Olha, esta é uma das minhas bonecas novas. É minha favorita.

Holly examinou a boneca com um sorriso de admiração. A cabeça, os braços e os pés eram feitos de porcelana coberta por um verniz de alto-brilho, e as feições delicadamente pintadas cintilavam sob a massa de cabelos verdadeiros que haviam sido presos fio a fio na porcelana. A boneca usava um lindo vestido de seda, enfeitado com botões, laços e babados, e sapatinhos vermelhos haviam sido pintados em seus pés.

– Que linda – comentou Holly com sinceridade. – Qual é o nome dela, meu bem?

– Srta. Crumpet.

Holly riu.

– Tenho a sensação de que vocês duas tomarão muito chá juntas.

Rose abraçou a boneca e olhou para Holly por cima da cabeça dela.

– Podemos convidar o Sr. Bronson para um desses chás, mamãe?

O sorriso de Holly se apagou e ela respondeu:

– Acho que não será possível, Rose. O Sr. Bronson é um homem muito ocupado.

– Ah.

Maude, que pegara uma peliça branca de babados no armário e a segurava enquanto Holly passava os braços pelas mangas, comentou:

– Esse Sr. Bronson é um homem estranho. Eu estava conversando com alguns criados hoje de manhã... Tive que pegar eu mesma a água quente, já que ninguém apareceu quando toquei a campainha... E eles tinham algumas coisas a dizer sobre ele.

– Tais como...? – perguntou Holly em um tom desinteressado, disfarçando sua enorme curiosidade.

Maude chamou Rose com um gesto e vestiu a menina com uma camisa e calções de baixo brancos limpos e meias grossas de algodão.

– Dizem que ele é um bom patrão e que ninguém passa qualquer necessidade aqui. Mas a casa não é bem administrada. A governanta, a Sra. Burney, e todos os criados sabem que o Sr. Bronson não tem a menor ideia de como funcionam as casas dos aristocratas de verdade.

– E assim eles tiram vantagem da ignorância do patrão nessa área – concluiu Holly, balançando a cabeça em reprovação.

Naquele momento, ela decidiu que, mesmo que não conseguisse mais nada no período que passasse ali, ao menos garantiria que os criados recebessem instruções corretas sobre como agir. Zachary Bronson com certeza merecia ser servido de modo adequado por seus empregados.

As palavras seguintes de Maude, no entanto, acabaram com qualquer sentimento de solidariedade de Holly. A camareira passou um vestido branco de babados pela cabeça de Rose, garantindo que os ouvidos da menina estivessem cobertos, antes de continuar.

– Disseram também, milady, que o Sr. Bronson é muito extravagante. Ele dá festas aqui, às vezes com bebida, jogos de azar e prostitutas por todo canto, e os convidados são todos o pior tipo de gente da alta sociedade. Depois de uma dessas noites, eles tiveram até que trocar os tapetes e a mobília de alguns dos cômodos.

– Maude! – chamou Rose, se contorcendo com impaciência embaixo da tenda de babados brancos.

– E dizem que o Sr. Bronson é o cavalheiro mais libertino de todos – continuou Maude, satisfeita ao ver a expressão de mais absoluto horror no rosto de Holly. – Ele não faz distinção entre uma lavadeira e uma duquesa, corre atrás de qualquer rabo de saia. Uma das criadas, Lucy, diz que em uma dessas ocasiões o viu com duas mulheres de uma só vez.

Ao se dar conta de que Holly não compreendera o que ela queria dizer, Maude acrescentou em um sussurro.

– Na *cama*, milady!

Enquanto Maude puxava o vestido de Rose para baixo e se ocupava amarrando a fita azul na cintura da menina, Holly permaneceu sentada no mais absoluto silêncio, assimilando a informação. Duas mulheres de uma vez? Ela nunca ouvira falar de uma coisa dessas, não conseguia imaginar como isso era possível, ou por que alguém ia querer fazer esse tipo de coisa. Uma sensação profundamente desagradável a dominou. Ao que parecia, Zachary Bronson tinha bastante familiaridade com a devassidão. Desconfortável, ela se perguntou como seria capaz de orientar um homem como ele. Sem dúvida, era tolice sequer tentar. Bem, Bronson teria que mudar seus modos. Não haveria mais convidados do pior tipo de gente da alta sociedade ali, e nada de jogos de apostas ou comportamentos licenciosos de qualquer espécie. Na primeira ocasião em que testemunhasse a mais breve sugestão de alguma coisa escandalosa acontecendo, ela, Rose e Maude iriam embora da propriedade.

– O patrão era lutador profissional, a senhora sabia? – perguntou Maude a Holly, enquanto pegava o pente para atacar o cabelo embaraçado de Rose.

A menina suspirou e esperou com enorme paciência, o olhar fixo na Srta. Crumpet com uma expressão de anseio.

– Já está terminando? – perguntou Rose, arrancando uma gargalhada da camareira.

– Estará assim que eu desfizer os nós do seu cabelo, senhorita!

– Sim, eu ouvi falar alguma coisa sobre isso – respondeu Holly, a testa franzida em uma expressão de curiosidade.

– Por cerca de dois anos, segundo me contou James, o lacaio – explicou Maude. – Lutava com as mãos nuas, o Sr. Bronson, e levava para casa uma bolsa cheia de dinheiro sempre que vencia. Acredita que James chegou a vê-lo lutar uma vez, muito antes de o Sr. Bronson conquistar sua fortuna? Ele disse que o patrão é o homem com o físico mais impressionante que já viu, com braços que não se conseguiria envolver com as mãos e um pescoço grosso como o de um touro. E ele lutava com a maior frieza, sem nunca se deixar dominar pela paixão. O perfeito campeão de luta livre.

A consternação de Holly aumentava um pouco a cada palavra dita pela camareira.

– Ah, Maude... Eu devia estar louca quando concordei que viéssemos para cá. É inútil tentar ensinar qualquer coisa a ele sobre etiqueta.

– Creio que não, milady – respondeu Maude enquanto afastava animadamente os cachos louros que haviam escapado do próprio penteado. – Afinal, o Sr. Bronson conseguiu avançar por mérito próprio do ringue de luta para a propriedade mais elegante de Londres. Com certeza se tornar um cavalheiro é apenas mais um passo adiante.

– Mas é o maior passo de todos – retrucou Holly, com ironia.

Rose pegou a boneca e foi até a lateral da cama.

– Eu vou ajudar a senhora, mamãe. Vou ensinar tudo sobre boas maneiras ao Sr. Bronson.

Holly deu um sorriso amoroso para a filha.

– Você é um amor por querer ajudar, meu bem. Mas quero que tenha o mínimo de contato possível com o Sr. Bronson. Ele não é... um homem refinado.

– Sim, mamãe – respondeu Rose, obedientemente, mas deixando escapar um suspiro de desapontamento.

Como Maude adiantara, por mais que ela puxasse a campainha, nenhum criado apareceu no quarto, e Holly acabou desistindo com um murmúrio de frustração.

– Se esperarmos que um criado sirva o café da manhã de Rose no quarto, ela vai morrer de fome – resmungou. – Vou conversar com a Sra. Burney. Talvez ela me explique por que nenhum dos cerca de oitenta criados desta casa consegue subir as escadas.

– Não são pessoas recomendáveis, milady – comentou Maude em um tom sombrio. – Nenhuma delas. Quando passei pelo salão dos criados essa manhã, vi uma das criadas com uma barriga desse tamanho... – Ela indicou um estado avançado de gravidez. – E outra beijando um namorado... bem ali, no salão, pode imaginar? Outra moça estava dormindo em cima da mesa. Um dos criados estava andando de um lado para outro com o cabelo apenas parcialmente empoado e outro reclamava para quem quisesse ouvir que ninguém havia lavado os calções do libré dele...

– Por favor, chega – implorou Holly com uma risada de desespero, erguendo as mãos. – Há tanto a ser feito que nem sei por onde começar.

Ela se inclinou e deu um beijo estalado na filha, que a encarava com uma expressão de perplexidade.

– Rose, querida, por que não leva a Srta. Crumpet lá para baixo e vamos tentar encontrar alguma coisa para comer no café da manhã?

– Vou tomar o café da manhã com a senhora? – perguntou a menina, encantada.

Como a maioria das crianças de sua posição social, Rose estava acostumada a fazer a refeição matinal no quarto. Comer com os adultos era um privilégio que costumava ser garantido apenas a crianças maiores, que já sabiam como se comportar adequadamente.

– Só hoje – falou Holly com uma risada, e endireitou com carinho o laço azul no alto da cabeça da filha. – E espero sinceramente que você seja um bom exemplo para os Bronsons.

– Ah, serei, sim!

Rose abraçou com firmeza a Srta. Crumpet e começou a orientar a boneca em relação à importância de se comportar como uma dama.

Holly conseguiu guiar a filha e a camareira até o salão de café da manhã, de onde escapava um aroma apetitoso. O salão era encantador – com janelas altas dando para os jardins suntuosos e paredes cobertas por painéis com estampas de frutas douradas. Um aparador tinha gavetas com *rechauds* que apoiavam enormes travessas de prata, e havia ainda um suporte giratório com vários andares, de porcelana. Seis pequenas mesas redondas cintilavam sob um candelabro de cristal.

Elizabeth Bronson já estava sentada diante de uma delas e levava uma delicada xícara de porcelana aos lábios. Quando viu Holly, Rose e Maude entrarem na sala, ela abriu um sorriso cintilante.

– Bom dia – cumprimentou, animada. – Ora, Rose, você vai tomar o café da manhã conosco? Que prazer. Espero que se sente ao meu lado.

– E a Srta. Crumpet também? – perguntou Rose, e ergueu a boneca nova.

– A Srta. Crumpet terá sua própria cadeira – garantiu Elizabeth, magnânima –, e nós três poderemos conversar sobre nossos planos para o dia.

Encantada por ser tratada como adulta, Rose seguiu na direção da jovem o mais rápido que suas pernas curtas conseguiram levá-la. Maude foi preparar discretamente um prato de café da manhã para a menina, como se quisesse demonstrar aos presentes como um criado bem treinado cumpria seus deveres.

Holly foi até o aparador, onde Zachary Bronson enchia um prato com uma variedade de ovos, frios, pães e legumes. Embora estivesse usando o traje de um cavalheiro, com o paletó grafite para o dia, calça preta e um colete cinza-claro, havia algo nele que lembrava um pirata. Holly pensou que ele jamais conseguiria se livrar completamente do ar de quem conhecia muito bem as ruas, que se escondia sob a fachada elegante. O olhar que ele lançou provocou nela uma vibração logo abaixo das costelas.

– Bom dia – murmurou Bronson. – Dormiu bem?

Holly se lembrou das histórias escandalosas sobre o comportamento libertino dele e respondeu com um sorriso educado, mas distante.

– Muito bem, obrigada. Vejo que nos juntamos ao senhor a tempo de começarmos o café da manhã juntos.

– Eu comecei há algum tempo – retrucou Bronson em um tom animado. – Esse é o meu segundo prato.

Holly ergueu ligeiramente as sobrancelhas ao ver a montanha de comida que ele pretendia consumir.

A governanta entrou no salão naquele exato momento, e Holly lhe lançou um olhar questionador.

– Bom dia, Sra. Burney... Como pode ver, trouxe minha filha para tomar café aqui embaixo, já que ninguém atendeu quando toquei a campainha. Por acaso o mecanismo está quebrado?

– Somos todos muito ocupados, milady – respondeu a governanta, o rosto inexpressivo, a não ser pelas linhas tensas de desagrado ao redor dos olhos e da boca. – As criadas não conseguem responder ao chamado da campainha a cada instante que ela é puxada.

Holly resistiu à tentação de perguntar se *alguma vez* as criadas atendiam à campainha, mas resolveu abordar o assunto com a Sra. Burney mais tarde. A governanta deixou mais talheres de prata e saiu do salão.

Apesar de já ter abastecido o próprio prato, Bronson permaneceu diante do aparador enquanto Holly se servia – uma fatia de torrada, uma colher de ovos mexidos, um pedacinho de presunto.

– Tenho uma reunião de negócios hoje de manhã – disse ele. – Mas posso começar nossas aulas depois do almoço, se estiver bom para a senhora.

– Está ótimo – disse Holly. – Na verdade, por que não organizamos uma agenda semelhante para todos os dias? Posso orientar sua irmã pela manhã, e suas aulas acontecerão durante o cochilo da tarde de Rose.

– Nem sempre estarei disponível durante o dia – retrucou Bronson.

– Bem, nessas ocasiões, talvez nós dois possamos nos reunir à noite, depois que Rose for se deitar – sugeriu Holly.

Bronson assentiu, concordando. Com isso resolvido, Holly estendeu seu prato para ele.

– Pode levar meu prato até a mesa, senhor. Quando não houver um lacaio disponível para esse serviço, um cavalheiro deve oferecer ajuda a uma dama.

– Por que eu deveria carregar o prato de uma mulher quando ela é perfeitamente capaz de levá-lo sozinha?

– Porque um cavalheiro deve agir como o criado de uma dama, Sr. Bronson. Ele deve fazer todas as concessões possíveis para a conveniência e o conforto dela.

Bronson arqueou uma das sobrancelhas.

– Vocês, damas, levam uma vida muito fácil.

– Engano seu – retrucou Holly, no mesmo tom irônico que ele usou. – Passamos todos os minutos de nossa vida criando filhos, administrando as contas da casa, atendendo aos doentes quando necessário, supervisionando a limpeza e a manutenção das roupas e das refeições da casa e planejando a agenda social de nosso marido.

Bronson a encarou com uma expressão risonha nos olhos escuros.

– É isso que eu posso esperar de uma esposa? Gostaria de conseguir uma logo, então.

– Algum dia vou ensiná-lo as regras de como fazer a corte a uma dama.

– Mal posso esperar – respondeu ele, baixinho.

Bronson carregou os pratos deles até a mesma mesa à qual Elizabeth e

Rose estavam sentadas. Antes que Holly pudesse instruí-lo a como ajudar uma dama a se sentar, a menina fitou-o com olhos cintilantes e curiosos e fez uma pergunta que quase fez Holly desmaiar.

– Sr. Bronson – disse inocentemente –, por que o senhor dormiu com duas mulheres na sua festa?

Perplexa, Holly se deu conta de que Rose ouvira toda a conversa que ela tivera mais cedo com Maude.

Maude ficou paralisada diante do aparador, onde fazia o prato da menina, e a porcelana delicada escorregou de suas mãos e bateu no tampo do móvel.

Elizabeth se engasgou com a comida que tinha na boca, mas acabou conseguindo engolir e disfarçar o rosto vermelho com um guardanapo. Quando foi capaz de falar, olhou para Holly com uma expressão que misturava desalento e bom humor em partes iguais, e disse em um murmúrio estrangulado:

– Peço licença... O pé direito de meu sapato está me machucando... Acho que vou trocar por outro par.

E assim ela saiu do salão rapidamente, deixando o resto dos presentes encarando Bronson.

De todos ali, Bronson foi o único que não mostrou qualquer reação visível, a não ser pelos lábios ligeiramente torcidos em uma expressão pensativa. Ele devia ser um jogador de cartas muito, muito bom, pensou Holly.

– Às vezes, as convidadas ficam muito cansadas nas minhas festas – respondeu Bronson, o tom prosaico. – Eu apenas as ajudo a se acomodarem para descansar.

– Ah, entendi – disse Rose, animada.

Holly finalmente conseguiu recuperar a voz.

– Acho que minha filha já terminou o café da manhã, Maude.

– Sim, milady.

A camareira se adiantou, com uma expressão de pânico no rosto, desesperada para pegar logo a menina e deixar aquela cena constrangedora.

– Mas, mamãe – protestou Rose –, eu ainda nem...

– Leve seu prato para o quarto – disse Holly com firmeza, e se sentou como se nada de extraordinário tivesse acontecido. – Imediatamente, Rose. Preciso conversar com o Sr. Bronson sobre um assunto.

– Por que eu nunca posso comer com as pessoas grandes? – resmungou a menina, emburrada, enquanto saía do salão com Maude.

77

Bronson se sentou ao lado de Holly, fitando o rosto reprovador dela com uma expressão cautelosa.

– Parece que os criados andaram falando – murmurou ele.

Holly manteve o tom o mais frio e seco possível.

– Sr. Bronson, não haverá mais "ajudar as damas a se acomodarem para descansar" nesta casa enquanto estivermos morando aqui, seja uma, duas, ou qualquer outro número. Não sujeitarei minha filha a um ambiente prejudicial a ela. E mais: embora os criados lhe devam respeito por definição do cargo, ajudaria imensamente se o senhor se comportasse de forma a ser *digno* do respeito deles.

Em vez de parecer contrito ou envergonhado, Bronson devolveu o olhar firme dela com uma expressão cada vez mais irritada.

– Sua tarefa é me ensinar algumas regras de etiqueta, milady. Como eu conduzo minha vida privada é problema meu.

Holly pegou o garfo e empurrou um pouco de ovo ao redor do prato.

– Infelizmente, o senhor não pode separar sua vida privada da sua vida pública. Ninguém é capaz de pendurar a moral na porta, como um chapéu, e pegá-la de volta ao sair.

– Eu sou.

Holly deixou escapar uma risada de incredulidade, impressionada com a declaração fria dele.

– Parece que o senhor gosta de pensar que sim!

– Não tente me convencer de que todos os momentos de sua vida privada estariam à altura do escrutínio público, milady. Sua auréola nunca escorregou nem um pouquinho?

Ela percebeu que estava segurando o garfo como se fosse uma arma de defesa e pousou-o na mesa.

– O que exatamente o senhor está perguntando?

– A senhora nunca bebeu demais? Nunca apostou todo o seu dinheiro? Nunca praguejou como um marinheiro quando teve um ataque de raiva? Nunca riu na igreja? Ou disse alguma coisa maldosa sobre uma amiga próxima pelas costas dela?

– Ora, eu...

Holly buscou na memória, consciente do olhar de expectativa dele.

– Acho que não.

– Nunca?

Bronson pareceu perturbado pela resposta. Contra todas as expectativas, parecia esperar que ela tivesse cometido algum erro mortificante ao menos uma vez.

– Nunca gastou demais na modista?

– Ora, há uma coisa – disse ela, alisando o guardanapo no colo. – Gosto muito de bolo. Sou capaz de comer uma travessa inteira de uma vez. Não consigo me conter.

– Bolo – murmurou ele, obviamente desapontado. – Essa é sua única fraqueza?

– Ah, se estamos falando de fraquezas de caráter, tenho várias – garantiu ela. – Sou indulgente comigo mesma, obstinada, e travo uma batalha constante contra a vaidade. Mas não é disso que estamos falando, Sr. Bronson. Estamos falando dos *seus* hábitos pessoais, não dos meus. E o fato é que, se o senhor deseja parecer um cavalheiro, se deseja se comportar como um, precisa evitar completamente que sua natureza mais vulgar domine a outra, mais elevada.

– Eu não tenho uma natureza mais elevada, lady Holland.

– Sem dúvida é mais conveniente, e mais prazeroso, fingir que acredita nisso. No entanto, um homem nunca é verdadeiramente dono de si mesmo até ser capaz de controlar seus impulsos lascivos. E, em excesso, esse tipo de comportamento acaba provocando a degeneração da mente e do corpo.

– Degeneração – repetiu ele, sério. – Com todo o respeito, nunca percebi qualquer efeito danoso, milady.

– Ora, um dia perceberá. Não é saudável que um homem satisfaça qualquer apetite excessivo, seja por comida, por bebida ou... ou...

– Por atividade sexual? – completou ele, prestativo.

– Sim. Sendo assim, eu espero que o senhor pratique a temperança em todas as áreas a partir de agora. Acho que ficará satisfeito ao descobrir os efeitos positivos que isso terá em seu caráter.

– Não sou um menino, lady Holland. Sou um homem, e homens têm certas necessidades. Se permite que eu me refira ao nosso contrato, não há menção alguma às atividades no meu quarto...

– Então, se precisa tanto de suas prostitutas, leve-as a outro lugar – insistiu Holly, que, embora não tivesse erguido a voz, falava em tom duro. – Em consideração à sua mãe e à sua irmã, à minha filha... e a mim. Insisto em um ambiente de respeito e decência, e não permanecerei sob o mesmo teto onde aconteça esse tipo de coisa.

Eles mantiveram o olhar fixo um no outro, desafiando-se.

– Está me dizendo que não posso me deitar com uma mulher na minha própria casa – falou Bronson, como se não conseguisse acreditar na audácia dela. – Na minha própria cama.

– Não enquanto eu estiver morando aqui, senhor.

– Os hábitos sexuais de um homem não têm nada a ver com ele ser um cavalheiro, milady. Eu poderia lhe dizer o nome de pelo menos uma dúzia de supostos "cavalheiros", todos altamente respeitáveis, que são convidados frequentes do mesmo bordel que eu costumo visitar. Na verdade, eu poderia lhe contar sobre as práticas mais notáveis pelas quais eles são conhecidos...

– Não, obrigada – apressou-se a interromper Holly, levando as mãos aos olhos que ardiam. – Já percebi sua tática, Sr. Bronson. Está tentando me distrair com histórias sobre o comportamento deplorável de outros homens para desviar minha atenção do seu próprio comportamento. Mas meus termos são esses e insisto para que o senhor os respeite. Se o senhor trouxer uma mulher de caráter duvidoso para esta casa e tiver relações íntimas com ela, romperei nosso acordo na mesma hora.

Bronson pegou uma fatia de torrada de um delicado suporte de prata e começou a espalhar geleia nela.

– Por tudo que estou tendo que aguentar – disse ele, aborrecido –, é melhor que eu aprenda muito com a senhora.

– Prometo instruí-lo da melhor maneira possível. E, por favor, não gesticule com esse talher.

Bronson fez uma careta e pousou novamente a colher no prato de geleia.

– Instrua-me quanto quiser, milady. Só não tente mudar quem sou.

Ele era um canalha incorrigível, mas sua libertinagem impenitente tinha certo charme. Holly se perguntou por que o achava tão estranhamente agradável. Talvez tivesse passado tempo demais cercada por homens dignos.

– Sr. Bronson, espero que algum dia o senhor compreenda que o ato sexual pode ser muito mais do que o senhor acredita ser. Que pode ser uma elevada expressão de amor, uma comunhão de almas.

Bronson respondeu com uma risada baixa, como se achasse muito divertido que ela pudesse saber alguma coisa que ele não soubesse sobre relações sexuais.

– É uma simples questão de necessidade física – retrucou ele. – Não importa quantos menestréis, poetas e romancistas tenham tentado vender o contrário. E, por acaso, também é um dos meus passatempos favoritos.

– Dedique-se a ele quanto quiser, então – declarou Holly em tom sarcástico. – Só não faça isso nesta casa.

Bronson lhe dirigiu um sorriso que tinha a intenção de irritá-la.

– Vou tentar.

Capítulo 6

Enquanto cavalgava em disparada em direção ao centro da cidade, Zachary tentou organizar os pensamentos e se preparar para uma reunião de conselho administrativo. Esperava havia muito tempo por aquele dia, em que assinaria um acordo, junto com dois sócios de uma enorme fábrica de sabão, para fazer melhorias no estabelecimento e construir novas moradias para muitos funcionários. Os dois sócios de Zachary, ambos nascidos na aristocracia, haviam resistido àqueles gastos, argumentando que a produção era tão lucrativa que não seria necessário fazer melhoria alguma na fábrica. Haviam considerado um desperdício de dinheiro a insistência de Zachary no assunto. Afinal, comentaram ambos, os operários estavam acostumados às condições miseráveis em que viviam e em que trabalhavam e não esperavam outra coisa.

Foi preciso muito rigor e intimidação da parte de Zachary até que os dois entendessem seu ponto de vista: de que os empregados seriam ainda mais produtivos se a vida diária deles não fosse uma miséria tão desgraçada. Zachary sabia exatamente por que os parceiros finalmente haviam cedido às suas demandas. Os dois se consideravam refinados e aristocráticos demais para se envolver nas preocupações sórdidas da vida fabril. Preferiram deixar tudo a cargo de Zachary, que achava isso bom. Ótimo, na verdade. Ele administraria o negócio de forma que o satisfizesse e garantiria que todos ganhassem dinheiro no futuro. Na verdade, garantiria que os lucros anuais dobrassem e que a fábrica acabasse sendo um modelo para todas as outras em Londres.

— Apenas assine e fique de boca fechada — aconselhara um dos sócios ao outro, na presença de Zachary. — Temos nos saído muito bem com Bronson até agora, não é? Ele transformou meu investimento original na maior fonte de renda que minha família já teve. Por que reclamar do sucesso?

A reunião para onde se dirigia naquele momento e os planos que tinha para a fábrica eram tudo em que Zachary deveria estar pensando. No entanto, sua mente estava totalmente ocupada por lady Holly: o ar de seriedade que o instigava a perturbá-la e provocá-la; a boca triste e reservada, que às vezes se curvava em um sorriso inesperadamente deslumbrante.

Zachary a achava irresistível, embora não soubesse exatamente *por quê*. Já havia conhecido mulheres agradáveis antes, mulheres gentis e virtuosas que ele admirava. Mas nunca sentira o menor desejo por nenhuma delas. Bondade não o excitava. Assim como não considerava qualquer forma de inocência meramente excitante. Zachary preferia passar seu tempo com mulheres experientes na cama, que tinham olhar travesso e alma aventureira, aquelas cujas mãos bem-cuidadas vagavam maliciosas sob as mesas em jantares. Gostava especialmente de mulheres que faziam uso vigoroso de palavrões e de linguagem suja, mulheres que podiam parecer damas requintadas por fora, mas que eram decididamente devassas no quarto.

Lady Holly não era nenhuma dessas coisas. Na verdade, levá-la para a cama não seria uma aventura, em nenhum sentido da palavra. Por que, então, só de pensar naquilo ele já começava a suar? Por que o simples fato de estar no mesmo cômodo que ela o excitava? Lady Holly era bonita, mas Zachary havia conhecido mulheres de grande beleza antes. Seu corpo era belo, mas não espetacular, e ela não tinha as linhas longas e elegantes que eram tão admiradas no momento. Na verdade, ela era baixa. Um sorriso despontou nos lábios de Zachary enquanto a imaginava nua entre os lençóis da enorme cama dele. Não conseguia pensar em nenhuma atividade mais desejável do que perseguir aquela mulher pequena e curvilínea de um canto do colchão ao outro.

Mas aquilo nunca aconteceria. Para seu grande pesar, Zachary se viu obrigado a reconhecer que gostava demais de lady Holly para seduzi-la. Ela ficaria devastada com a experiência. Qualquer prazer temporário que sentisse logo seria dominado pela culpa e pelo remorso. E ela o odiaria por aquilo. Era melhor deixá-la como estava, contente com as lembranças felizes do falecido marido, guardando-se para George Taylor até que se encontrassem novamente no outro mundo.

Zachary podia obter satisfação física com outras mulheres, mas nenhuma seria capaz de lhe dar o que Holly poderia. Ela era inteligente, tinha princípios e era fascinante, e, desde que ele não se comportasse mal, poderia usufruir da companhia dela por um ano. Aquilo era muito mais importante do que uma noite na cama com ela, por mais agradável que a noite em questão pudesse vir a ser.

Por sugestão de Holly, ela e Elizabeth passearam no jardim de mais de vinte mil metros quadrados, adiando temporariamente as aulas até se conhecerem melhor.

– Este é meu lugar favorito para caminhar – comentou Elizabeth.

Ela guiava Holly por uma "trilha rústica", que era muito menos estruturada e formal do que o resto do jardim. Enquanto seguiam por um caminho pavimentado com pedra calcária, Holly apreciava as enormes moitas de galanthus ao redor delas, com flores que pareciam flocos de neve. O caminho era ladeado por árvores ornamentais e canteiros de madressilva de inverno que perfumavam o ar. As sebes aparadas como topiarias exuberantes eram intercaladas por toques rosados de ciclâmen e clematites escarlate, instigando em Holly o desejo de ir cada vez mais longe na trilha sinuosa.

Na conversa com Elizabeth, Holly percebeu que a jovem era realmente extraordinária. A natureza bem-humorada da irmã de Zachary não significava que ela desconhecia os fatos mais desagradáveis da vida. Elizabeth não era uma menina protegida pela redoma das salas de aula, que via o mundo através de persianas estreitas, mas uma jovem que crescera na pobreza, um tipo de pobreza que destruía todas as ilusões de uma moça. Seus olhos escuros eram vividos demais para uma jovem da idade dela e Elizabeth parecia não ter qualquer preocupação em agradar a ninguém, a não ser a si mesma. Essas duas características seriam extremamente depreciadas pela maioria dos possíveis pretendentes que ela pudesse vir a ter, porém a jovem também era dona de uma beleza indomada e romântica que a maior parte dos homens acharia irresistível.

Ela afastou os cachos escuros que volta e meia caíam no rosto e começou a falar com a franqueza que Holly logo descobriria que lhe era habitual.

– Espero que não pense muito mal do meu irmão, lady Holland.

Holly andou mais rápido, para conseguir acompanhar os passos longos e preguiçosos da jovem.

– Eu o considero um desafio interessante.

– Não desgosta dele, então?

– De jeito nenhum.

– Isso é bom – falou Elizabeth com óbvio alívio. – Porque eu compreenderia se a senhora o considerasse absolutamente repulsivo. Zach tem muitos hábitos ruins e é um pouco extravagante, sem falar naquela arrogância absurda... Mas por baixo de tudo isso ele é o homem mais gentil que existe. A senhora provavelmente nunca terá a chance de ver isso, já que Zach só mostra esse lado para a mamãe e para mim. Ainda assim, eu realmente queria que entendesse que vale a pena ajudá-lo.

– Se eu não acreditasse nisso, nunca teria aceitado o trabalho que ele me ofereceu.

Elas subiram uma encosta suave em direção a dois longos lagos retangulares. Ainda era cedo o bastante para que uma névoa branca pairasse sobre a água e o orvalho estivesse visível nas folhas das sebes. Holly respirou fundo o ar da manhã e sorriu para Elizabeth.

– Acho notável que seu irmão tenha conquistado tudo isso – comentou, indicando a beleza espetacular ao redor.

– Zach faz o que for necessário para conseguir o que deseja.

Elizabeth diminuiu o passo enquanto cruzavam uma ponte de pedra que conduzia a um jardim de topiarias.

– Não importa a que preço. Sabe, lady Holly, nunca conheci meu pai... Zach sempre foi tudo que eu e minha mãe tivemos. Durante toda a minha infância, ele trabalhou nas docas para nos sustentar, mas nunca havia dinheiro suficiente para uma vida decente. Então Zach começou a lutar. Ele era bom, é claro, mas as lutas eram tão brutais... Eu ficava nauseada só de ouvir o que contavam.

A jovem parou diante de uma topiaria em forma de três bolas, uma em cima da outra, e passou os dedos pela profusão de cachos escuros na testa. Então deixou escapar um suspiro pelo que pareceu ser uma lembrança dolorosa.

– Depois das lutas, ele voltava para a velha hospedaria malcheirosa onde morávamos e nossa... A aparência dele... Todo ensanguentado e machucado, o corpo cheio de hematomas. Ele não suportava ser tocado, não deixava nem que mamãe e eu passássemos unguento em seus machucados. Nós implorávamos a ele para não fazer mais aquilo, mas, depois que Zach se decidia em relação a alguma coisa, nada o convencia a mudar de ideia.

Holly caminhou até um arbusto em forma de cone.

– Por quanto tempo ele lutou?

– Por cerca de dois anos, eu acho.

Uma mecha pesada se soltou do penteado de Elizabeth, e ela ficou irritada.

– Ah, esse cabelo miserável... É impossível domá-lo.

A jovem estendeu a mão, torceu as mechas que haviam caído e prendeu-as de volta na massa indisciplinada.

– Quando eu tinha 12 anos – continuou –, nós nos mudamos da hospedaria para um chalezinho próprio. Então Zachary adquiriu parte de um navio a vapor, começou a conquistar mais riqueza e... bem, ele parece ter o toque de Midas. Zach alcançou quase todos os objetivos que estabeleceu para si. Só que... ele não mudou muito desde os dias em que lutava para ganhar a vida. Com frequência se comporta como se ainda estivesse no ringue. Não que seja fisicamente violento, mas... a senhora consegue entender o que quero dizer?

– Sim – murmurou Holly.

Zachary Bronson ainda não fora capaz de se livrar totalmente da agressividade que reprimia com firmeza. No momento, aquela agressividade estava sendo dirigida ao mundo dos negócios, e não ao pugilismo. E, além disso, ele era terrivelmente autocomplacente, buscando o prazer com muitas mulheres a fim de se recompensar por tudo de que fora privado. Zachary precisava de alguém que o domasse o bastante para que ele conseguisse se sentir à vontade vivendo em uma sociedade civilizada. No entanto, aquela pessoa com certeza não seria ela; Holly tinha consciência de que só seria capaz de polir um pouco a superfície de Zachary Bronson.

– Zach quer se casar, um bom casamento – comentou Elizabeth em um tom irônico. – Diga-me a verdade, lady Holly, a senhora conhece alguma mulher que seria capaz de domá-lo?

A pergunta deixou Holly desconfortável, porque ela mesma não seria. E sabia que nenhuma nas legiões de jovens recatadas que participariam daquela temporada social faria a menor ideia de como lidar com um homem como Bronson.

– Foi o que pensei – disse Elizabeth, lendo a resposta no rosto de Holly.

– Bem, temos um grande desafio, não é mesmo? Porque Zachary também quer que *eu* me case, e não serve qualquer barão ou visconde velhote.

Ela deu uma risada alegre e espontânea.

– Ele não vai sossegar enquanto eu não agarrar um duque!

Holly se sentou em um pequeno banco de mármore e olhou para a jovem com uma expressão preocupada, sem achar qualquer graça.

– É isso que você quer?

– Meu Deus, não!

Elizabeth parou de rir e caminhou ao redor das topiarias. Sua energia inquieta não permitia que se sentasse.

– O que eu quero é impossível... Portanto, provavelmente vou me tornar uma solteirona e viajarei ao redor do mundo pelo resto de meus dias.

– Mas me diga – insistiu Holly gentilmente. – Qual é seu sonho?

Elizabeth lhe lançou um olhar estranhamente desafiador.

– É muito simples, na verdade. Eu quero um homem que me ame e que não esteja de olho na maldita fortuna do meu irmão. Um homem honesto e decente, forte o bastante para conseguir lidar com Zach. Mas nunca terei isso, por melhores que sejam as boas maneiras que a senhora tente me ensinar.

– Por que não?

– Porque sou uma bastarda – deixou escapar Elizabeth, dando uma risada súbita e trêmula ao ver que Holly não havia compreendido. – Zach não contou? Ah, é claro que não... Ele acha que ignorar o fato vai fazer com que deixe de existir. Mas a verdade é que sou resultado de um breve *affair* da minha mãe, muito tempo depois da morte do marido. Um canalha entrou na vida dela, seduziu-a com palavras bonitas e alguns presentes insignificantes e desapareceu quando se cansou dela. Eu nunca o conheci, é claro. Mas fui um fardo terrível para a família, até Zachary ter idade suficiente para começar a cuidar de nós.

Holly sentiu uma onda de compaixão ao ver a expressão envergonhada da jovem.

– Elizabeth, por favor, venha cá.

Ela indicou o assento a seu lado.

Depois de uma longa hesitação, Elizabeth obedeceu. Ficou ali sentada, observando a paisagem diante delas, o perfil bem marcado, as longas pernas esticadas diante do corpo. Holly falou com extremo cuidado.

– Elizabeth, ser filha ilegítima dificilmente pode ser visto como uma circunstância incomum. Existem muitos filhos assim na aristocracia que encontraram um lugar para si na sociedade.

– Bem – disse Elizabeth de forma brusca –, mas isso não contribui exatamente para me tornar um bom partido, não é?

– Realmente não é algo desejável – admitiu Holly. – Mas também não vai arruinar todas as suas chances de fazer um bom casamento.

Ela estendeu o braço e deu uma palmadinha carinhosa na mão esguia da jovem.

– Se fosse você, eu ainda não contaria em me tornar uma solteirona.

– Não vou me casar com qualquer um – afirmou Elizabeth. – Terá que ser um homem que valha a pena, ou prefiro continuar solteira.

– É claro – respondeu Holly com toda a calma. – Há muitas coisas piores do que não ter um marido, e uma delas é ter um marido ruim ou incompetente.

Elizabeth riu, surpresa.

– Sempre achei que aristocratas como a senhora achassem que qualquer casamento, não importa se bom ou ruim, era melhor do que casamento nenhum.

– Já vi muitas uniões malsucedidas, nas quais um marido e uma esposa inadequados causam imensa infelicidade um ao outro. É preciso que exista empatia e respeito entre os dois.

– Como foi seu casamento, milady?

Assim que a pergunta saiu de seus lábios, Elizabeth enrubesceu, temendo ter ofendido Holly.

– Perdão... A senhora se importa se eu perguntar...

– Não, é claro que não. Tenho grande prazer em falar sobre meu falecido marido, gosto de mantê-lo vivo em minha memória. Tivemos o casamento mais maravilhoso que se possa imaginar.

Holly deu um sorriso melancólico, esticou as pernas curtas e ficou olhando para as pontas gastas dos sapatos.

– Lembrando agora, quase parece um sonho. Amei George minha vida inteira... Nós éramos primos distantes e, durante minha infância, eu o via apenas de relance. George era um rapaz bonito, muito gentil e adorado pelos amigos e familiares. Eu era uma criança rechonchuda e muito tímida, e duvido que tenha chegado a trocar mais de dez palavras com ele. Então George saiu na tradicional viagem pela Europa, e não o vi por muito tempo.

Quando ele voltou, quatro anos depois, eu estava com 18 anos. Nós nos encontramos em um baile.

Holly sorriu e levou as mãos ao rosto quente, se dando conta de que a lembrança agradável ainda a fazia corar.

– George me convidou para dançar e naquele momento eu achei que meu coração fosse parar. Ele tinha um encanto tranquilo, um jeito confiante que achei irresistível. Nos meses seguintes, me cortejou com determinação, até meu pai dar consentimento para que nos casássemos. Passamos três anos juntos. Não houve um dia em nosso casamento em que eu não me sentisse amada e cuidada. Rose nasceu pouco antes da morte dele e me sinto muito grata por ele ter conseguido conviver algum tempo com a filha.

Elizabeth parecia fascinada com a história.

– Ah, lady Holland – disse ela, olhando-a com carinho e admiração. – Que sorte a sua ter tido um homem assim.

– Sim – disse Holly, baixinho. – Sem dúvida eu tive muita sorte.

As duas ficaram em silêncio por algum tempo, olhando para as flores que farfalhavam nos canteiros além das topiarias, até que Elizabeth pareceu deixar de lado seus pensamentos.

– Faremos o melhor com o material ruim que a senhora recebeu para trabalhar, lady Holland – disse ela bruscamente. – Que tal voltarmos para casa e começarmos nossas aulas?

– Ótima ideia.

Holly se levantou e passou as mãos na saia do vestido.

– Achei que poderíamos começar com o modo certo de se sentar, se levantar e caminhar.

Aquilo arrancou uma gargalhada da jovem.

– Achei que eu já sabia fazer essas coisas!

Holly sorriu.

– E faz muito bem, Elizabeth. No entanto, existem alguns pequenos detalhes...

– Sim, eu sei. Eu balanço os braços quando estou andando. Como se estivesse em uma competição de remo.

A descrição fez Holly sorrir.

– Eu garanto que não é tão ruim assim.

– A senhora é muito diplomática – comentou Elizabeth com um sorriso. – Mas sei muito bem que tenho a graça feminina de um soldado respondendo aos comandos do sargento. Será um milagre se a senhora conseguir me ajudar.

Elas começaram a se encaminhar de volta à mansão, e Holly mais uma vez se apressou para conseguir acompanhar os passos de Elizabeth.

– Para começar – disse, ofegante –, você pode tentar diminuir um pouco o passo.

Elizabeth conteve imediatamente a velocidade com que andava.

– Desculpe. Sempre pareço estar com pressa, mesmo quando não estou indo a lugar algum.

– Minha governanta sempre me ensinou que damas e cavalheiros nunca devem andar rápido, é um sinal de falta de educação.

– Por quê?

– Não sei por quê – disse Holly, com uma risadinha melancólica. – Na verdade, não sei a razão de muitas das coisas que pretendo ensinar a você... Só sei que é assim que as coisas são.

As duas seguiram conversando cordialmente no caminho de volta para casa, e Holly pensou consigo mesma que não esperava gostar tanto da irmã de Zachary Bronson. Elizabeth era o tipo de pessoa que valia a pena ajudar, e também era muito carente de afeto. Mas a jovem precisava de um tipo muito particular de homem para se casar, alguém que não fosse fraco ou controlador demais. Um homem forte, capaz de apreciar o espírito vivaz de Elizabeth em vez de tentar esmagá-lo. A ebulição natural da moça era parte do que a tornava tão atraente.

Deve haver alguém, pensou Holly, examinando mentalmente uma lista de conhecidos. Ela escreveria algumas cartas naquela noite, para amigos com quem não se comunicava havia muito tempo. Era hora de voltar a navegar na sociedade, de renovar antigas amizades e ficar *au courant* de todas as novidades e fofocas. Era estranho que, após os recentes anos de solidão, ela se sentisse subitamente ansiosa para voltar a frequentar os círculos aos quais já pertencera. Holly se viu dominada por uma sensação de leveza e alegria, sentindo-se esperançosa, empolgada, como não havia se sentido desde...

Desde que George morrera. De repente, um desconforto profundo dissipou a empolgação agradável. Holly se sentiu culpada por se divertir. Como se não tivesse o direito de ser feliz agora que George não estava mais com ela. Durante o período de luto, ele estivera em primeiro plano em seus pensamentos a cada minuto do dia... até aquele momento. Agora a mente dela estava sendo preenchida com novos pensamentos e ambições, e ela estava convivendo com pessoas que ele não conhecera.

Eu nunca vou esquecê-lo, meu amor, pensou Holly, com uma devoção feroz. *Jamais esquecerei um momento sequer do que tivemos. Eu só preciso de uma mudança de cenário, só isso. Mas passarei o resto da minha vida esperando para estar com você novamente...*

– Lady Holland, a senhora está bem? – Elizabeth parou perto da entrada da mansão, os olhos castanhos brilhantes cheios de preocupação. – Ficou tão quieta e enrubescida... Ah, eu estava andando rápido demais de novo, não estava? – perguntou ela, baixando a cabeça, arrependida. – Me perdoe. Vou tomar jeito, eu prometo.

– Não, não... – disse Holly, rindo constrangida. – Não é você, de forma alguma. É difícil explicar. É que minha vida caminhou muito devagar nos últimos três anos. Em um passo muito lento. Agora tudo parece estar mudando muito rápido, e estou tendo um pouco de dificuldade em me ajustar.

Elizabeth pareceu aliviada.

– Ah. Bem, é isso que meu irmão faz com as pessoas. Ele se intromete, remexe na vida delas, vira tudo de cabeça para baixo.

– Nesse caso, fico satisfeita por ele ter feito isso. Estou feliz por estar aqui e ser útil para alguém além da minha filha.

– Não mais feliz do que nós, milady. Dou graças aos céus por alguém tentar tornar essa família um pouco mais apresentável. A única coisa que lamento é que não vou poder ver a senhora dando lições de etiqueta a Zach. Acho que seria um excelente entretenimento.

– Eu não me importaria se você quisesse participar das nossas aulas – retrucou Holly, comprando a ideia na mesma hora.

Não se sentia nem um pouco ansiosa para ficar sozinha com Zachary Bronson, e a presença da irmã dele talvez ajudasse a minimizar a tensão que parecia rasgar o ar sempre que ele estava por perto.

– Zach se importaria – declarou Elizabeth, o tom irônico. – Ele deixou claro que as sessões que terá com a senhora deveriam ser estritamente particulares. Zach é um homem muito orgulhoso, sabe? Jamais permite que suas fraquezas sejam expostas, a não quer que ninguém, nem mesmo eu, descubra quão pouco ele sabe sobre ser um cavalheiro.

– Ser um cavalheiro abrange um pouco mais do que algumas lições sobre boas maneiras – respondeu Holly. – É uma condição de caráter... Significa ser nobre, gentil, discreto, corajoso, abnegado e honesto. Cada minuto do dia. Esteja o homem em questão na companhia de outros ou completamente sozinho.

Houve um breve momento de silêncio, então Holly ficou surpresa ao ouvir Elizabeth dar uma risadinha.

– Bem – disse a moça –, faça o melhor que puder com ele.

⁓

As aulas com Elizabeth foram muito boas. Holly a instruiu na arte de sentar-se em uma cadeira ou levantar-se graciosamente. O truque era evitar que o corpo se inclinasse muito para a frente durante qualquer parte do processo e manejar as saias com uma das mãos, sem um único vislumbre provocador do tornozelo. A mãe de Elizabeth, Paula, apareceu e sentou-se tranquilamente no canto de um sofá de veludo para assistir.

– Venha treinar conosco, mamãe – pediu Elizabeth.

Mas Paula, muito tímida, recusou com um sorriso. Houve vários momentos engraçados, quando Elizabeth fez palhaçadas que Holly desconfiou terem o objetivo de divertir a mãe: andar e se sentar com uma rigidez exagerada, então se inclinar de forma teatral até que as três estivessem rindo. Perto do final da manhã, porém, Elizabeth já dominava cada nuance de postura e movimento, até Holly estar mais do que satisfeita.

– Perfeito! Como você é graciosa, Elizabeth! – exclamou Holly.

A jovem enrubesceu, claramente desacostumada a um elogio tão direto.

– Amanhã já terei esquecido tudo.

– Vamos treinar bastante, até que tudo se torne um hábito – garantiu Holly.

Elizabeth cruzou os braços longos e esguios diante do peito e se recostou em uma cadeira, com as pernas esparramadas de uma maneira nada feminina.

– Lady Holland – chamou ela com um sorriso –, já lhe ocorreu que todas essas regras e maneiras sociais foram inventadas por pessoas com tempo livre demais?

– Você pode estar certa – disse Holly com uma risada.

Depois que deixou as mulheres Bronson para sair em busca da filha, Holly continuou a refletir sobre a questão. Tudo que sabia sobre a alta sociedade e os comportamentos associados à nobreza havia sido instilado nela desde o berço. Até o momento, nunca lhe passara pela cabeça questionar aquelas lições antigas. Muitas das virtudes sociais, como cortesia e compostura, eram sem dúvida necessárias a uma sociedade civilizada. Mas quanto às incontáveis pequenas afetações a que Elizabeth se referira... Seria realmente importante o modo como uma pessoa se sentava, ficava de pé ou gesticulava, ou que frases estavam sendo mais usadas e que roupas estavam na moda? Ou na verdade era tudo apenas um modo de certas pessoas tentarem se provar superiores às outras?

A ideia de que um homem como Zachary Bronson pudesse ser inerentemente igual a um homem como... ora, como um dos Taylors, ou mesmo como seu querido George... era polêmica. A maioria dos aristocratas sequer pensaria naquilo. Alguns homens nasceram com sangue azul, tinham gerações de ancestrais nobres atrás de si, e aquilo os tornava melhores e mais refinados do que os homens comuns. Fora isso que Holly sempre aprendera. Mas Zachary Bronson havia começado a vida sem nenhuma vantagem e se tornara um homem digno de nota. E estava se esforçando muito para se aprimorar, para garantir que o mesmo acontecesse com sua família e suavizar a rudeza do próprio caráter. Ele seria realmente tão inferior aos Taylors? Ou a ela?

Aquelas ideias nunca lhe teriam ocorrido se ela não tivesse concordado em trabalhar para Bronson. Pela primeira vez, Holly percebeu que aquele ano que passaria tão próxima a ele e à família dele poderia transformá-la, assim como os transformaria. E aquilo a incomodava. George teria aprovado?

Depois de uma tarde agradável de leituras e um passeio pelos jardins, Holly e Rose se sentaram na biblioteca e esperaram por Zachary. Rose devorou um copo de leite e um pão com manteiga e começou a brincar no chão enquanto Holly tomava chá em uma xícara de porcelana florida. O fogo ardia na enorme lareira de mármore verde, seu brilho se misturando aos raios de luz da tarde que entravam pelas janelas decoradas com cortinas de veludo.

Como não ousou se sentar à enorme escrivaninha muito masculina de Bronson, Holly ocupou uma cadeira em uma mesa lateral próxima, enquanto fazia algumas anotações sobre as formas adequadas de tratamento em relação aos vários níveis da aristocracia. O assunto era complicado, mesmo para os que nasceram na nobreza, mas era importante para Bronson dominá-lo completamente se desejava se misturar com sucesso à alta sociedade. Estava tão concentrada na tarefa que não teria notado a entrada de Bronson na sala se não fosse pela exclamação de alegria da filha.

– Aqui está ele, mamãe!

Holly levantou os olhos e ficou tensa com a aproximação de Bronson, seus nervos reagindo à presença dele com uma estranha e prazerosa vibração. Zachary Bronson era um homem grande e cheio de vitalidade, que trazia consigo o aroma fresco do ar livre. Quando ele parou perto dela e se curvou, Holly não pôde deixar de notar a fragrância sedutora que exalava, uma mistura máscula de cavalos, linho engomado e suor. Com a pele bronzeada, os olhos cintilantes e a sombra da barba por fazer, parecia mais viril do que qualquer outro homem que ela conhecia. Bronson sorriu para Holly, os dentes brancos cintilando no rosto bronzeado, e ela se deu conta, com renovada surpresa, de que ele era bonito. Não de um modo clássico, e não de um modo poético ou artístico... mas Zachary Bronson era definitivamente um homem atraente.

Holly ficou perturbada com a própria reação. Zachary Bronson não era o tipo de homem que ela deveria achar atraente, não depois de ter conhecido e amado alguém como George. O marido tinha sido impecável em sua autoconfiança tranquila e em sua bela aparência dourada. Holly até se divertia com a maneira como as mulheres olhavam para George e ficavam afogueadas. Mas não fora a aparência deslumbrante que o tornara tão atraente, e sim seu absoluto refinamento, tanto no caráter quanto nos modos. Ele havia sido um homem polido, cortês, um cavalheiro de dentro para fora.

Comparar George a Zachary Bronson era como comparar um príncipe a um pirata. Mesmo que alguém passasse dez anos incutindo regras e rituais da alta sociedade na cabeça de Bronson, ainda assim qualquer um diria imediatamente se tratar de um homem sem berço. Nada jamais dissiparia o brilho travesso dos olhos pretos ou o encanto pagão em seu sorriso. Era muito fácil imaginar Bronson como um lutador sem camisa, nu até a cintura, esmurrando um oponente no ringue. O problema era que a imagem provocava em Holly um arrepio de interesse vergonhoso e pouco digno de uma dama.

– Boa tarde, Sr. Bronson – disse ela, gesticulando para que ele se sentasse a seu lado. – Espero que não se incomode se Rose ficar brincando ali no canto durante nossa conversa de hoje. Ela prometeu ficar bem quietinha.

– Obviamente eu não faria objeções a uma companhia tão encantadora.

Bronson sorriu para a menina, que estava sentada com seus brinquedos no chão acarpetado.

– Está tomando chá, Srta. Rose?

– Sim, Sr. Bronson. A Srta. Crumpet me pediu para servir. Também gostaria de uma xícara?

Antes que Holly pudesse contê-la, a menina correu para Bronson com uma xícara e um pires em miniatura.

– Aqui está, senhor – disse ela, franzindo um pouquinho a testa. – É só "chá de vento", mas é uma delícia se o senhor for bom em fazer de conta.

Bronson aceitou a xícara como se fosse uma grande honra. E provou com todo o cuidado o chá invisível.

– Acho que precisa de um pouco mais de açúcar, talvez – disse ele, o tom pensativo.

Holly ficou olhando enquanto os dois deixavam o chá de mentira ao gosto de Bronson. Ela não esperava que ele interagisse com tanta facilidade com uma criança. Na verdade, nem os irmãos de George, tios de Rose, haviam se mostrado tão à vontade com ela. As crianças raramente faziam parte do universo de um homem. Mesmo o pai mais amoroso fazia pouco mais do que ver o filho uma ou duas vezes por dia e perguntar sobre seus progressos.

Bronson desviou os olhos brevemente para Holly e percebeu sua expressão perplexa.

– Fui coagido a participar de muitos chás por Elizabeth, quando ela não era muito mais velha do que Rose – explicou ele. – Embora Lizzie tenha tido que se contentar com telhas de madeira como pratos e uma velha xícara de metal no lugar da de porcelana. Sempre jurei que algum dia daria a ela um jogo de chá de brinquedo decente. Quando finalmente tive condições de fazer isso, Lizzie já estava crescida demais para querer um.

Uma criada entrou na sala – obviamente haviam solicitado que servisse um lanche – e Bronson esfregou as mãos em expectativa. Ela trazia uma enorme bandeja de prata com um serviço de café e um prato de doces e pousou pratos e travessas desajeitadamente na mesinha.

Holly perguntou o nome da moça e murmurou algumas sugestões para ela.

– Você pode pousar a bandeja no aparador, Gladys – falou –, e trazer os pratos até aqui um ou dois de cada vez. E sirva pela esquerda, por favor.

Visivelmente surpresa com o conselho inesperado, a criada olhou de soslaio para Bronson. Ele reprimiu um sorriso e falou muito sério.

– Faça o que lady Holland diz, Gladys. Temo que ninguém esteja isento da autoridade dela... Nem mesmo eu.

A jovem assentiu na mesma hora e obedeceu às instruções que recebera. Para surpresa de Holly, a criada preparou um prato com uma pilha alta de bolinhos, cada um coberto com uma delicada camada de glacê rosa-claro.

Holly lançou um olhar de reprovação a Bronson, sabendo que ele havia encomendado a guloseima especificamente para agradá-la.

– Sr. Bronson – disse Holly, lembrando-se da conversa que haviam tido mais cedo –, não consigo imaginar que razão o senhor tem para me encher de bolo.

Bronson se recostou na cadeira, não parecendo nem um pouco arrependido.

– Eu queria vê-la se debatendo contra a tentação.

Holly não conseguiu reprimir uma risada. Que malandro insolente!

– Temo que o senhor seja um homem perverso – disse ela.

– Eu sou – admitiu ele sem hesitação.

Ainda sorrindo, Holly pegou dois garfos, segurando-os como se fossem uma tesoura, e levantou com habilidade um bolinho delicado, sem deformá-lo. Ela serviu o bolinho em um pequeno prato de porcelana e o entregou à filha, que exclamou de alegria e começou a devorar o doce. Depois de servir a si mesma e a Bronson, Holly mostrou a ele as páginas com as anotações que havia feito.

– Depois do sucesso que tive com sua irmã hoje, estou me sentindo bastante ambiciosa – disse ela. – Achei que poderíamos começar com um dos assuntos mais difíceis de todos.

– Títulos e regras de nobreza – murmurou Bronson, olhando para as longas colunas escritas em caligrafia elegante. – Que Deus me ajude.

– Se o senhor conseguir aprender isso – disse Holly – e souber dançar uma quadrilha decentemente, a batalha estará quase ganha.

Bronson pegou com os dedos um dos bolinhos com cobertura cor-de-rosa e comeu a maior parte em uma mordida só.

– Faça o seu pior – aconselhou, falando pelo canto da boca que não estava cheio.

Holly fez uma anotação mental para futuramente tomar alguma atitude em relação àquele estilo primitivo de se alimentar, então começou a explicar:

– Tenho certeza de que o senhor já conhece os cinco títulos de nobreza: duque, marquês, conde, visconde e barão.

– E quanto aos cavaleiros?

– Cavaleiro não é um título de nobreza, nem baronete.

Holly levou o garfo aos lábios, comeu um pedaço de bolinho e fechou os olhos por um breve momento de prazer, enquanto a delicada cobertura crocante se dissolvia em sua língua. Ela tomou um gole de chá, então percebeu que Bronson a observava com uma expressão estranha. Ele pareceu repentinamente tenso, e os olhos cor de café estavam tão alertas quanto os de um gato atento a algum movimento na grama.

– Lady Holland – disse Bronson, a voz ligeiramente rouca –, há um grão de açúcar na sua...

Ele parou de repente, aparentemente perturbado demais para encontrar as palavras. Holly logo passou a ponta da língua no canto esquerdo da boca, descobrindo um pedacinho de doce.

– Ah, obrigada – murmurou, enquanto limpava a boca com o guardanapo.

Holly procurou manter o tom enérgico enquanto continuava, e se perguntou por que Bronson parecia ligeiramente desconfortável e distraído.

– Agora, de volta à nobreza. Considera-se que apenas um nobre de verdade possa ter o título por direito. Todos os outros títulos, incluindo os do filho mais velho do nobre, são meramente títulos de cortesia. Se o senhor checar a terceira página das folhas que lhe dei, verá um pequeno gráfico onde espero ter deixado as coisas mais claras...

Holly se levantou da cadeira e ficou parada ao lado de Bronson, inclinando-se sobre o ombro dele, que folheava o maço de papel.

– Aqui. Faz sentido para o senhor? Ou acabei criando uma terrível confusão?

– Não, está bem claro. A não ser... Por que não há títulos de cortesia nessas duas colunas?

Holly se obrigou a se concentrar no papel que ele segurava, mas era difícil. Suas cabeças estavam muito próximas, e ela se sentia fortemente tentada a tocar no cabelo cheio dele. Os fios desordenados precisavam ser escovados e alisados com um pouco de pomada, principalmente no lugar onde uma mecha indisciplinada caíra na testa. Tão diferente do cabelo louro e macio de George... O cabelo de Bronson era preto como a meia-noite, um pouco áspero, e se cacheava ligeiramente nas pontas e na nuca. Os músculos do pescoço se destacavam e pareciam rígidos como ferro. Holly quase roçou a superfície tentadora com os dedos. Horrorizada com aquele impulso, ela cerrou o punho ao responder:

– Porque filhos de duques, marqueses e condes podem usar "lorde" ou "lady" antes do nome, mas filhos de viscondes e barões usam apenas "Sr." ou "Srta.".

– Como seu marido – murmurou Bronson, sem tirar os olhos da lista.

– Sim, é um excelente exemplo. O pai do meu marido era visconde. Ele era conhecido como visconde Taylor de Westbridge ou, simplesmente, Albert, lorde Taylor. Teve três filhos, William, George e Thomas, e todos os três eram chamados de "Sr. Taylor". Quando o visconde faleceu, há alguns anos, seu filho mais velho, William, assumiu o título e se tornou William, lorde Taylor.

– Mas George e o outro irmão nunca se tornaram "lordes".

– Não, os dois continuaram a ser chamados de "Sr.".

– Então por que a senhora é chamada de "lady Holland"?

– Bem... – Holly fez uma pausa e deu uma risadinha melancólica. – Agora estamos pisando em um território mais complicado. Eu sou filha de um conde. Portanto, tenho o título de cortesia de "lady" desde que nasci.

– E a senhora não perdeu o título quando se casou com George?

– Não, quando a filha de um nobre se casa com um homem que não é da nobreza, ela pode manter o próprio título de cortesia. Depois que me casei, minha posição na sociedade ainda derivava do meu pai, e não de George.

Bronson virou a cabeça e encarou-a fixamente. A expressão em seus olhos insondáveis, tão próximos, provocou um choque breve e caloroso em Holly, deixando-a ligeiramente afogueada. Ela conseguia ver os reflexos marrons nas profundezas escuras.

– Então sua posição social sempre foi mais alta do que a de seu marido – disse ele. – De certa forma, a senhora se casou abaixo do seu padrão.

– Tecnicamente – admitiu Holly.

Bronson pareceu saborear a informação. Holly teve a impressão de que, por algum motivo, a ideia o agradara.

– O que aconteceria com a sua posição se a senhora se casasse com um plebeu? – perguntou ele, com a voz arrastada. – Como eu, por exemplo.

Perturbada com a pergunta, Holly se afastou dele e voltou ao próprio assento.

– Bem, eu... eu continuaria sendo "lady Holland", mas adotaria seu sobrenome.

– Lady Holland Bronson.

Ela se assustou um pouco ao ouvir o próprio nome junto a um sobrenome que não era Taylor.

– Sim – confirmou ela baixinho. – Em teoria, está correto.

Holly se ocupou em ajeitar as saias e alisou-as no colo ao sentir que Bronson a encarava. Quando levantou a cabeça, viu nos olhos dele um brilho indisfarçado de interesse masculino. Holly se sentiu dominada por uma onda de ansiedade que fez seu coração acelerar. Algum homem já havia olhado para ela daquele jeito? Os olhos azuis de George transbordavam amor e ternura quando a contemplavam, mas nunca aquela expressão de apreciação sexual... de ardor... de voracidade.

O olhar de Bronson se deslocou para a boca de Holly, então para os seios e de volta para o rosto, fazendo a pele dela vibrar e enrubescer. Era o tipo de olhar íntimo que nenhum cavalheiro dirigiria a uma dama. Fazia aquilo para perturbá-la, pensou Holly. Bronson estava se divertindo por desconcertá-la deliberadamente. No entanto, ele não parecia estar achando nada divertido. Na verdade, estava com a testa franzida e parecia tão perturbado quanto ela, talvez mais.

– Mamãe! – chamou a voz risonha de Rose, cortando o silêncio desconfortável. – Seu rosto está vermelho!

– Está? – perguntou Holly, o tom hesitante, e levou os dedos frios ao rosto quente. – Devo estar sentada muito perto do fogo.

Rose colocou a Srta. Crumpet embaixo do braço e foi até Bronson.

– Eu sou só uma "Srta." – informou ela, depois de ouvir a conversa deles sobre a nobreza. – Mas quando eu me casar com um príncipe algum dia, vou ser "princesa Rose", e então o senhor vai poder me chamar de "Vossa Alteza".

Bronson riu, e a tensão que o dominara alguns instantes antes pareceu se dissipar.

– Você já é uma princesa – disse ele, erguendo a menina e colocando-a no colo.

Pega de surpresa, Rose soltou uma risada estridente.

– Não, eu não sou! Eu não tenho uma coroa!

Bronson pareceu levar o assunto a sério.

– De que tipo de coroa você gostaria, princesa Rose?

– Hum...

Rose franziu o rostinho em profunda concentração.

– De prata? – sugeriu Bronson. – Ou de ouro? Com pedras preciosas coloridas ou com pérolas?

– Rose não precisa de uma coroa – interveio Holly com certa preocupação, ao se dar conta de que Bronson estava mais do que disposto a comprar uma tiara ostentosa para a criança. – Volte a brincar, Rose... A não ser que você prefira tirar a soneca da tarde. Se for esse o caso, vou chamar Maude.

– Ah, não, eu não quero tirar uma soneca – disse a menina, descendo na mesma hora do colo de Bronson. – Posso comer outro bolinho, mamãe?

Holly sorriu com ternura e balançou a cabeça.

– Não, não pode. Vai estragar seu apetite para o jantar.

– Ah, mamãe, só mais um? Dos pequenininhos?

– Eu acabei de dizer não, Rose. Agora, por favor, brinque em silêncio enquanto o Sr. Bronson e eu terminamos nossa conversa.

Rose obedeceu com relutância e voltou os olhos para Bronson.

– Por que o seu nariz é torto, Sr. Bronson?

– Rose! – repreendeu Holly com severidade. – Você sabe muito bem que nunca se deve fazer observações sobre a aparência de uma pessoa.

Mas Bronson respondeu à criança com um sorriso.

– Eu esbarrei em uma coisa certa vez.

– Em uma porta? – tentou adivinhar a menina. – Uma parede?

– Em um gancho de esquerda firme.

– Ah – disse Rose, que o encarou pensativa. – O que quer dizer isso?

– É um termo de luta.

– Brigar é feio – disse Rose com firmeza. – Muito, muito feio.

– Sim, eu sei.

Bronson abaixou a cabeça, tentando parecer envergonhado, mas seu ar de arrependimento estava longe de ser convincente.

– Rose – disse Holly em tom de advertência. – Espero que não haja mais interrupções.

– Não vai haver, mamãe.

A menina voltou obedientemente para o lugar onde estava brincando antes. Quando passou atrás da cadeira de Bronson, ele lhe entregou discretamente outro bolinho. Rose pegou o doce e correu para o canto da sala como um esquilo furtivo.

Holly lançou um olhar de reprovação a ele.

– Não vou permitir que minha filha seja mimada, senhor. Ela vai acabar se acostumando com todas as suas extravagâncias e, depois que este ano terminar, terá dificuldade em retornar à vida que sempre levou.

Ciente da menina travessa brincando perto deles, Bronson manteve o tom baixo.

– Não vai fazer mal nenhum a ela ser um pouco mimada. Crianças são crianças por um período tão curto...

– Rose não deve ser protegida das realidades e responsabilidades da vida...

– É esse o pensamento que rege a criação de filhos hoje em dia? – perguntou ele, o tom arrastado. – Isso explica por que a maior parte das crianças aristocráticas que conheci são criaturas pálidas e reprimidas, com expressões taciturnas. Desconfio que muitos pais se sintam um pouco ansiosos demais para expor os filhos à realidade.

Holly se sentiu ofendida e abriu a boca para discordar, mas, para seu profundo desgosto, descobriu que não era capaz. Os Taylors haviam criado os próprios filhos com o objetivo de garantir um "preparo adequado e severo para a vida" e frequentemente estimulavam Holly a fazer o mesmo com Rose. Disciplina, treinamento moral constante e privação eram os métodos empregados para tornar uma criança devidamente obediente e bem-educada. Não que funcionasse, é claro. Os filhos dos Taylors eram pequenos diabretes, e Holly achava que Rose também teria sido, se ela não tivesse sido muito mais gentil com a filha do que os Taylors haviam aconselhado. Mas a postura deles era comum nas famílias nobres e compartilhada pela maioria das pessoas da posição social dela.

– A infância deve ser uma época maravilhosa – falou Bronson abruptamente. – Sem preocupações. Feliz. Eu não dou a mínima se alguém concorda comigo ou não. Eu só gostaria ...

De repente, seus olhos escuros encontraram os papéis à sua frente.

– Sim? – perguntou Holly gentilmente, inclinando-se para a frente.

Bronson respondeu sem olhar para ela.

– Eu gostaria de ter conseguido garantir esse tipo de infância a Lizzie. Ela passou por um inferno quando criança. Nós éramos pobres, vivíamos na sujeira e passávamos fome na maior parte do tempo. Eu falhei com ela.

– Mas o senhor não é muito mais velho do que Elizabeth – murmurou Holly.

– Também era só uma criança, com um grande fardo de responsabilidade.

Bronson reagiu com um gesto de desprezo, claramente não aceitando desculpas para si mesmo.

– Eu falhei com ela – repetiu ele, o tom ríspido. – A única coisa que posso fazer agora é tentar compensá-la, e aos meus próprios filhos, quando eu os tiver.

– E, nesse ínterim, o senhor pretende mimar minha filha sem piedade? – perguntou Holly, com um leve sorriso curvando seus lábios.

– Talvez eu também mime a senhora.

Havia um toque de provocação na voz dele, mas seu olhar tinha um brilho de desafio que a surpreendeu. Holly não sabia como reagir. Indignação ou repreensão teriam apenas zombaria como resposta. No entanto, não podia permitir que Bronson brincasse com ela daquela forma. Jogos de gato e rato não eram seu forte, e ela não gostava deles.

Holly se forçou a falar com a voz nítida e serena:

– Já me paga um excelente salário, Sr. Bronson, que pretendo fazer por merecer orientando-o em todas as complexidades dos tratamentos sociais. Agora, se consultar a segunda página das anotações, verá as diferenças entre as formas corretas de se dirigir a alguém na correspondência e em uma conversa. Por exemplo, nunca se refira a um homem como "O honorável" em pessoa, mas faça-o no papel...

– Mais tarde – interrompeu Bronson, entrelaçando os longos dedos e pousando-os em cima do abdômen liso. – Meu cérebro está cheio de títulos. Já tive o suficiente por hoje.

– Muito bem. Devo deixá-lo, então?

– A senhora *quer* ir embora? – perguntou ele baixinho.

Holly ficou confusa ao ouvir a pergunta, então sentiu uma gargalhada subindo por sua garganta.

– Sr. Bronson, gostaria que parasse de tentar me desconcertar!

Um sorriso zombeteiro apareceu nos olhos dele.

– Ora, o que há de tão desconcertante em uma simples pergunta?

– Porque se eu dissesse sim seria rude, e se eu dissesse não...

– ... então isso poderia significar que gosta da minha companhia – completou ele, os dentes muito brancos cintilando em um sorriso largo. – Vá, então. Deus sabe que eu não a forçaria a admitir algo tão terrível.

Holly permaneceu onde estava.

– Eu ficarei, se o senhor me contar como quebrou o nariz.

103

O sorriso continuava no rosto de Bronson quando ele tocou a ponte angulosa do nariz em um reflexo.

– Lutando com Tom Crib, que havia sido carregador de carvão e a quem todos chamavam de "Diamante Negro". Ele tinha punhos grandes como presuntos e um gancho de esquerda que fazia o oponente ver estrelas.

– Quem ganhou a luta? – perguntou Holly, incapaz de resistir.

– Eu resisti a Crib por vinte rounds e consegui nocauteá-lo no fim. Foi depois dessa luta que ganhei meu apelido: "Bronson, o Açougueiro".

O óbvio orgulho masculino que ele tinha pelo apelido deixou Holly um pouco nauseada.

– Que encantador... – murmurou em um tom irônico que o fez rir.

– Mas o fato de Crib ter quebrado meu bico não ajudou a melhorar muito minha aparência – brincou ele, esfregando a ponte do nariz entre o polegar e o indicador. – Eu nunca fui mesmo do tipo bonito. Agora com certeza jamais serei confundido com um aristocrata.

– De qualquer modo, o senhor não seria.

Bronson fingiu estremecer.

– Esse foi um golpe tão doloroso quanto qualquer um que eu já recebi no ringue de luta, milady. Então a senhora não gosta exatamente dessa minha cara amassada, é isso que está dizendo?

– Sabe muito bem que é um homem atraente, Sr. Bronson. Só que não de uma forma aristocrática. Por um lado, o senhor tem muitos... Quer dizer, o senhor é muito... musculoso.

Holly indicou com um gesto as mangas e ombros protuberantes do casaco.

– Nobres mimados não têm braços como os seus.

– Foi o que meu alfaiate me disse.

– Não há como torná-los... hum... menores?

– Não que eu saiba. Mas, só para satisfazer minha curiosidade, quanto eu teria que encolher para conseguir me fazer passar por um cavalheiro?

Holly riu e balançou a cabeça.

– A aparência física é a menor das suas preocupações. O senhor precisa adquirir o ar certo de dignidade. É irreverente demais.

– Mas atraente – retrucou ele. – A senhora disse que eu era.

– Disse? Tenho certeza de que pretendia usar a palavra "incorrigível".

O sorriso que os dois compartilharam fez com que Holly se visse dominada por um misto de alegria e ardor. Ela se apressou a abaixar os olhos para o colo, a respiração um pouco mais acelerada do que o normal. Sentia-se estranha, inquieta, como se a pressão da empolgação dentro de si fosse fazê-la pular da cadeira. Holly não ousou olhar para Bronson, temendo a própria reação caso o fizesse. Ele a fazia querer... Bem, ela não sabia ao certo o quê. Só sabia que a lembrança do beijo, a invasão quente e deliciosa daqueles lábios, de repente voltara com força à sua mente. Holly enrubesceu e cruzou as mãos com força, procurando se conter.

– A minha carreira de lutador não durou muito – ouviu Bronson dizer. – Só fiz aquilo pelo tempo necessário para ganhar dinheiro suficiente para comprar a participação em um navio a vapor.

– É mesmo? – perguntou Holly, finalmente capaz de voltar a olhar para ele. – Eu me pergunto se o senhor não acabou se divertindo quando lutava, mesmo que só um pouquinho.

– Bem, sim, eu me divertia – admitiu Bronson. – Gosto de competir. E de vencer. Mas dentro do ringue há dor de mais e ganhos de menos. E logo aprendi que há outras formas de derrubar um homem que não envolvem mãos ensanguentadas.

– Meu Deus, Sr. Bronson. Precisa mesmo levar a vida como se fosse uma batalha constante pela supremacia?

– De que outra forma eu deveria me comportar?

– Poderia tentar relaxar um pouco e aproveitar o que conquistou.

Os olhos escuros, que pareciam salpicados com canela, davam a impressão de zombar dela.

– A senhora alguma vez brincou de rei da montanha quando era criança, lady Holly? Provavelmente não... Porque não é exatamente uma brincadeira para meninas respeitáveis. Para ser o rei da montanha, as crianças encontram uma pilha de sujeira ou lixo e competem com os colegas para ver quem consegue chegar ao topo. E essa é a parte fácil.

– Qual é a parte difícil, Sr. Bronson?

– Permanecer lá em cima.

– Aposto que o senhor consegue ficar no alto da pilha do amanhecer ao anoitecer – comentou Holly, o tom suave. – Chutando e esmurrando todos os meninos que tentassem tomar seu lugar.

– Só até a hora do jantar – confessou Bronson com um breve sorriso. – Sempre fui derrotado pelo estômago.

Holly soltou uma gargalhada súbita e pouco feminina. Ela não conseguiu se conter, nem mesmo quando a filha, claramente surpresa ao ouvir aquele som, se aproximou da cadeira da mãe.

– O que houve, mamãe?

– O Sr. Bronson – explicou Holly – estava me contando uma história de quando ele era pequeno.

Embora Rose não tivesse ideia do motivo, começou a rir também.

Enquanto observava as duas, os olhos castanhos de Bronson se iluminaram com um brilho cálido peculiar.

– Acho que vocês duas são a coisa mais bonita que eu já vi.

Holly parou de rir na mesma hora e se levantou subitamente, alarmada, obrigando Bronson a se levantar também. *Eu não deveria estar aqui*, o pensamento gritava em sua mente. *Jamais deveria ter concordado em trabalhar para ele, por mais tentador que fosse.* Agora ela se dava conta da própria inexperiência, da vida protegida que levara, pois, caso contrário, ele não conseguiria desestabilizá-la com tanta facilidade. Se não se protegesse de Bronson, ele abalaria completamente as emoções dela. A atenção que ele lhe dedicava a perturbava tanto só porque ela estava sem um homem havia muito tempo? Ou seria porque ele era tão diferente de qualquer outro homem que ela já conhecera?

O pior de tudo era a sensação de que qualquer momento de diversão na companhia dele ou achar bela sua aparência robusta e experiente das ruas eram modos de trair George.

Por um momento, Holly se lembrou dos dias de desespero absoluto depois que o marido morrera e do desejo sombrio que a consumira. Ela havia desejado de todo o coração morrer junto com George. Apenas o amor e a preocupação que sentia pela filha a mantiveram sã. E, em vez de ceder ao desespero, ela havia jurado honrar George passando o resto da vida amando apenas ele, pensando apenas nele e nos desejos que ele tivera para a vida deles. Nunca lhe ocorrera que poderia ser difícil cumprir aquele voto. Mas ali estava um completo estranho afastando-a sutilmente do decoro, um passo de cada vez.

– Sr. Bronson – disse Holly, a voz ligeiramente instável. – Nos vemos no jantar.

A expressão grave no rosto de Bronson era idêntica à dela.

– Deixe Rose comer conosco – disse ele. – Nenhuma criança de classe alta janta com a família?

Holly demorou um bom tempo para responder.

– Em algumas casas de campo, as crianças têm permissão de comer *en famille*. No entanto, na maioria das famílias abastadas, elas fazem as refeições em seus aposentos, separadamente. Rose se acostumou com esse tipo de arranjo com a família do pai e eu não gostaria de alterar um ritual familiar...

– Mas lá Rose tinha outras crianças para lhe fazer companhia, não é mesmo? – argumentou Bronson. – E aqui ela acaba fazendo a maioria das refeições sozinha.

Holly olhou para o rostinho da filha. Rose parecia estar prendendo a respiração, esperando com uma empolgação muda para ver se seu paladino inesperado teria sucesso em conseguir um lugar para ela à mesa dos adultos. Seria fácil para Holly insistir para que Rose seguisse a separação tradicional das refeições, mas, diante dos olhares de expectativa de Bronson e Rose, ela percebeu, com um lampejo de humor e desespero, que mais um limite estava para ser ultrapassado.

– Muito bem – concordou. – Se Rose se comportar bem, ela pode fazer as refeições com a família a partir de agora.

Para surpresa de Holly, Rose disparou na direção de Bronson com uma exclamação de felicidade e passou os braços ao redor da perna dele.

– Ah, Sr. Bronson – exclamou –, obrigada!

Bronson se desvencilhou dos bracinhos dela e se agachou, sorrindo.

– Agradeça a sua mãe, princesa. Eu só pedi. Foi ela quem deu permissão.

Rose voltou saltitando na direção da mãe e encheu o rosto dela de beijos.

– Meu bem – murmurou Holly, tentando não sorrir –, vamos subir, trocar de roupa e lavar o rosto antes do jantar. Não podemos permitir que você pareça uma maltrapilha.

– Sim, mamãe.

A mãozinha de Rose envolveu a dela e a menina saiu às pressas, levando Holly junto.

Capítulo 7

À medida que começava a se corresponder com vários amigos, muitos dos quais não via desde o funeral de George, Holly ficou surpresa com as respostas que recebeu ao informar que estava trabalhando e residindo na propriedade londrina do Sr. Zachary Bronson. Naturalmente, muitas das reações foram de reprovação, e as pessoas chegaram mesmo a oferecer a ela um lugar em suas próprias residências, se estivesse assim tão necessitada. No entanto, uma maioria inesperada expressou grande interesse por sua nova situação e perguntou se poderia visitá-la na propriedade de Bronson. Ao que parecia, muitas mulheres estavam ansiosas para conhecer a casa dele e, mais do que isso, para conhecer o dono da casa.

Bronson não pareceu surpreso com o fato quando Holly comentou a respeito.

– Ah, acontece o tempo todo – afirmou ele com um sorriso cínico. – As mulheres da sua classe prefeririam a guilhotina a se casar com um vira-lata como eu, mas um número surpreendente delas quer ser minha "amiga".

– Está querendo dizer que elas estariam dispostas a... com *o senhor*...? – Holly fez uma pausa, sentindo-se surpresa e consternada. – Até as casadas?

– Particularmente as casadas – informou Bronson com ironia. – Enquanto a senhora estava isolada, de luto, na casa dos Taylors, eu entretive muitas belas damas de Londres entre os meus lençóis.

– Um cavalheiro não se vangloria de suas conquistas sexuais – repreendeu Holly, enrubescendo com a informação.

– Eu não estava me gabando, apenas declarando um fato.

– Bem, pois é melhor guardar alguns fatos para si.

A rispidez incomum do tom de Holly pareceu deixar Bronson profundamente interessado.

– Está com uma expressão estranha, lady Holly – comentou ele, o tom suave. – Quase parece ciúme.

Uma onda de crescente irritação quase a fez engasgar. Zachary Bronson tinha o talento de despertar o mau gênio dela com mais facilidade do que qualquer pessoa que Holly já havia conhecido.

– De forma alguma. Só me ocorreu, e não foi um pensamento agradável, o número de doenças que alguém pode contrair com tamanha dedicação à galanteria.

– "Dedicação à galanteria" – repetiu Bronson com uma risadinha. – Essa é a maneira mais bonita que já ouvi de descrever isso. Não, eu nunca peguei varíola ou qualquer outra doença como consequência da minha devassidão. Há maneiras de um homem se proteger...

– Eu lhe garanto que não desejo ouvir falar delas!

Holly tapou os ouvidos com as mãos, horrorizada. Como a criatura mais sexualmente indulgente que ela conhecia, Bronson estava excessivamente disposto a discutir assuntos íntimos que um cavalheiro de forma alguma deveria admitir saber.

– O senhor é um abismo moral.

Em vez de parecer envergonhado, Bronson sorriu ao ouvir aquilo.

– E a senhora é uma puritana.

– Obrigada – respondeu ela bruscamente.

– Não foi um elogio.

– Pode ter certeza de que receberei qualquer crítica sua como um elogio, Sr. Bronson.

Bronson tinha rido, como sempre fazia quando Holly tentava lhe incutir o mínimo que fosse de orientação moral. A ele interessavam apenas as lições superficiais de como se comportar como um cavalheiro e estaria mais do que pronto a abandonar a fachada educada quando lhe conviesse. No entanto, por mais que tentasse, Holly não conseguia não gostar dele.

Quando os dias morando na propriedade de Bronson se transformaram em semanas, ela já havia aprendido muitas coisas sobre o homem que a contratara, incluindo o fato de que ele tinha muitas qualidades pessoais dignas de admiração. Bronson era honesto sobre seus defeitos e notavelmente despretensioso a respeito de seu passado e sua carência de uma instrução formal. Era dono de uma modéstia incomum e vivia minimizando sua tremenda inteligência inata e suas consideráveis realizações. E, com frequência, usava seu encanto travesso para fazer Holly rir mesmo contra a vontade. Na verdade, ele parecia ter prazer em provocá-la até começar a irritá-la, e então a fazia rir no auge da frustração.

Os dois passavam muitas noites juntos, às vezes com Rose brincando aos pés deles enquanto conversavam. De vez em quando, ficavam sozinhos até tarde da noite, ainda conversando, muito depois de Elizabeth e Paula já terem se recolhido. Enquanto as brasas cintilavam na lareira, Bronson servia a Holly taças de vinhos raros e a regalava com histórias vulgares mas fascinantes da própria vida. Em troca, insistia em ouvir histórias da infância de Holly. Ela, por sua vez, não fazia ideia de por que os detalhes banais do seu passado poderiam ser de algum interesse, mas Bronson insistiu até que ela lhe contasse coisas tolas, como a prima travessa que certa vez, quando as duas eram crianças, tinha amarrado os longos cabelos de Holly nas costas da cadeira, ou quando ela havia deixado cair de propósito uma esponja molhada na cabeça de um lacaio, quando estava em um balcão no andar de cima.

E às vezes Bronson perguntava sobre George. Sobre o casamento deles... Até mesmo como tinha sido dar à luz.

– Sabe que não posso conversar sobre uma coisa dessas com o senhor – protestou Holly.

– Por que não? – perguntou ele, os olhos escuros e alertas suavizados pela luz do fogo.

Eles estavam sentados na sala de estar privada da família, que parecia uma aconchegante caixinha de joias, as paredes cobertas de veludo em um tom precioso de verde-oliva. O mundo fora daquela salinha elegante parecia muito distante. Holly sabia que era errado os dois ficarem juntos naquela atmosfera íntima. Próximos demais, isolados demais. Mas não conseguia se obrigar a se recolher. Havia uma parte perversa dela que queria ficar, apesar dos ditames do decoro.

– O senhor sabe muito bem que é indecente – falou Holly. – É muito impróprio da sua parte fazer uma pergunta dessas.

– Ora, me diga – insistiu Bronson, o tom preguiçoso, enquanto levava a taça de vinho aos lábios. – A senhora foi como um bom soldadinho ou gritou como uma banshee?

– Sr. Bronson! – Holly lhe lançou um olhar extremamente severo. – Não tem escrúpulos? Ou mesmo um mínimo de respeito por mim?

– Eu a respeito mais do que jamais respeitei outro ser humano, milady – retrucou ele prontamente.

Holly balançou a cabeça, tentando conter o sorriso relutante que apareceu em seus lábios.

– Eu não fui um bom soldadinho – admitiu. – Foi absurdamente doloroso e difícil, e o pior de tudo foi que durou apenas doze horas, então todos disseram que foi um parto fácil... Quase não recebi qualquer sinal de solidariedade.

Bronson riu, parecendo achar graça da reclamação melancólica dela.

– A senhora teria mais filhos? Se George estivesse vivo?

– É claro. Uma mulher casada não tem escolha quanto a isso.

– Não?

Perplexa, ela encontrou o olhar astuto dele.

– Não, eu... O que o senhor quer dizer?

– Quero dizer que há maneiras de prevenir uma gravidez indesejada.

Holly ficou olhando para ele em um silêncio horrorizado. Mulheres decentes evitavam qualquer conversa sobre tais assuntos. Na verdade, era um tema tão proibido que nunca houvera qualquer menção a respeito entre ela e George. Claro, Holly já havia escutado inadvertidamente outras mulheres falando sobre isso, mas sempre se afastara prontamente. E ali estava aquele homem sem escrúpulos ousando mencionar diretamente aquele tipo de coisa!

– Agora eu realmente a ofendi – comentou Bronson.

Ele tentou parecer arrependido, mas Holly percebeu o ar travesso por baixo da fachada.

– Perdão, milady. Há momentos em que esqueço que é possível alguém ser tão protegido do mundo.

– Bem, está na hora de eu me recolher – disse Holly com grande dignidade.

Ela chegava à conclusão de que sua única opção era ignorar os comentários desagradáveis, como se nunca tivessem ocorrido.

– Boa noite, Sr. Bronson.

Ela se levantou e Bronson fez o mesmo.

– Não precisa ir embora – pediu ele, o tom persuasivo. – Vou me comportar de agora em diante. Prometo.

– Está tarde – disse Holly com firmeza, afastando-se em direção à porta.
– Mais uma vez, senhor, boa noite...

De alguma forma, Bronson conseguiu chegar à porta antes dela, mesmo sem parecer ter se apressado. Ele pressionou levemente a porta com a mão grande, fechando-a com um clique baixo.

– Fique – murmurou –, vou abrir uma garrafa daquele vinho do Reno de que gostou tanto na outra noite.

Holly franziu a testa e se virou para encará-lo. Estava prestes a dizer que um cavalheiro não discutia com uma senhora quando ela desejava ir embora, e que não seria apropriado que os dois permanecessem na sala com a porta fechada. Mas quando encontrou aqueles olhos escuros e provocantes, ela se viu cedendo.

– Se eu ficar, vamos encontrar algum assunto apropriado para conversarmos – disse com cautela.

– Como quiser – respondeu ele de pronto. – Impostos. Preocupações sociais. O clima.

Holly sentiu vontade de sorrir ao ver a expressão exageradamente afável de Bronson. Ele parecia um lobo tentando fingir que era uma ovelha.

– Está certo, então – disse ela, e voltou a se sentar no sofá.

Bronson serviu uma taça de um vinho tinto bem encorpado, e Holly saboreou a rica safra com grande deleite. Havia passado a apreciar os vinhos escandalosamente caros que ele colecionava, o que era uma pena, pois um dia eles não estariam mais disponíveis para ela. Naquele ínterim, no entanto, poderia muito bem desfrutar dos benefícios de residir na propriedade de Bronson: os vinhos, as belas obras de arte e o luxo mais pecaminoso de todos, a companhia dele.

Anos antes, Holly teria medo de ficar sozinha com um homem como Zachary Bronson. Ele não a tratava com a cortesia cuidadosa e protetora tal qual sempre fizera o pai dela, e o jovem cavalheiro educado que a cortejara, e o homem impecável com quem se casara. Bronson muitas vezes usava termos rudes e falava de assuntos pelos quais nenhuma dama deveria se interessar, além de sequer tentar esconder dela os fatos mais desagradáveis da vida.

Ele manteve a taça dela generosamente abastecida enquanto conversavam e, à medida que a noite se estendia, Holly se aconchegou no canto do sofá e deixou a cabeça pender para o lado. *Nossa, bebi demais*, se deu conta com surpresa, e por algum motivo não experimentou o horror ou o constrangimento que deveriam ter acompanhado aquele pensamento. As damas nunca bebiam muito, apenas se permitiam alguns goles de vinho diluído em água de vez em quando.

Confusa, Holly ficou olhando para a taça quase vazia e esticou o corpo para pousá-la na mesinha ao lado do sofá. A sala pareceu oscilar de repente e a taça começou a se inclinar em sua mão. Em um movimento ágil, Bronson estendeu a mão, segurou-a pela haste e a colocou de lado. Holly fitou o belo rosto do homem à sua frente, sentindo-se um tanto tonta e com a língua solta, além de estranhamente aliviada e livre, como sempre se sentia quando Maude a ajudava a despir um vestido especialmente apertado antes de dormir.

– Sr. Bronson – disse ela, as palavras parecendo vagar sem rumo para fora de sua boca –, me deixou beber demais desse vinho... Na verdade, me encorajou, o que foi muito errado da sua parte.

– Ora, não está tão embriagada assim, milady – disse ele, com um sorriso de divertimento. – Está apenas um pouco mais relaxada do que o normal.

A declaração era obviamente falsa, mas por algum motivo a tranquilizou.

– Está na hora de eu me recolher – anunciou Holly, levantando-se do sofá.

Mas, ao fazê-lo, a sala pareceu girar e ela se sentiu caindo, afundando no ar como se pairasse acima de um penhasco. Bronson estendeu a mão e amparou-a com facilidade, impedindo a queda.

– Ah... – disse Holly, agarrando os braços que a firmavam. – Parece que estou um pouco tonta. Obrigada. Devo ter tropeçado em alguma coisa.

Ela se inclinou para olhar vagamente para o tapete, procurando pelo objeto que a havia atrapalhado, e ouviu a risada baixa de Bronson.

– Por que está rindo? – perguntou ela enquanto ele a acomodava de volta no sofá.

– Porque nunca vi ninguém ficar tão bêbado com apenas três taças de vinho.

Holly fez menção de se levantar, mas ele se sentou ao lado dela, impedindo a débil tentativa de fuga. Seu quadril estava perigosamente perto do dela, o que a fez se encolher com força contra o encosto do sofá.

– Fique comigo – murmurou Bronson. – Já estamos mesmo no meio da madrugada.

– Sr. Bronson – perguntou Holly desconfiada –, está tentando me comprometer?

O rosto dele cintilou com um sorriso, como se ele a estivesse provocando, mas havia um brilho perturbador em seus olhos.

– Eu poderia estar. Por que não passar as próximas horas comigo neste sofá?

– Conversando? – perguntou ela, a voz muito baixa.

– Entre outras coisas.

Ele tocou a curva do maxilar dela com o dedo indicador, deixando uma linha ardente ao longo da pele sensível.

– Prometo que vai gostar. E depois vamos culpar o vinho.

Holly mal podia acreditar que ele ousara sugerir algo tão ultrajante.

– Vamos culpar o vinho – repetiu ela, indignada, e deu uma risadinha repentina. – Quantas vezes já usou essa frase?

– Esta é a primeira vez – garantiu ele com tranquilidade. – É boa, não acha?

Ela o encarou com a testa franzida.

– O senhor fez a proposta para a mulher errada, Sr. Bronson. Existem centenas de razões pelas quais eu jamais faria *aquilo* com o senhor.

Os olhos de Bronson eram maliciosamente convidativos.

– Ah, é? Me diga algumas – pediu ele.

Holly balançou um dedo instável diante do rosto dele.

– Moralidade... Decência... Respeito próprio... A responsabilidade de dar o exemplo para minha filha... Sem mencionar o fato de que qualquer indiscrição cometida com o senhor tornaria impossível minha permanência aqui.

– Interessante – comentou ele, pensativo.

Holly recuou um pouco enquanto Bronson se inclinava sobre ela, até sentir a cabeça encostar pesadamente no braço do sofá e seu corpo ficar esticado sob o dele.

– O que é interessante? – perguntou, respirando fundo uma vez, então outra.

O ar na sala estava muito quente. Holly sentiu o braço pesado quando estendeu a mão para afastar uma mecha de cabelo que estava grudada na testa suada. Ela deixou o cotovelo descansar acima da cabeça, a palma úmida voltada para cima. Tinha bebido demais, estava embriagada... e, embora aquele fato não a incomodasse especialmente no momento, sabia no fundo de sua mente que seria motivo de grande preocupação mais tarde.

– A senhora listou todos os motivos, menos o que realmente importa.

O rosto de Bronson estava muito próximo, e sua boca – sem dúvida a boca mais tentadora que Holly já vira, cheia, larga e carregada de promessas – estava tão perto que ela sentiu o hálito dele tocar suavemente seu rosto... Um hálito agradavelmente impregnado do aroma do vinho e do sabor do próprio Bronson.

– A senhora se esqueceu de dizer que não me deseja.

– Ora, isso... isso é óbvio – balbuciou Holly.

– É?

Em vez de parecer ofendido, ele pareceu achar a declaração dela vagamente divertida.

– Eu me pergunto, lady Holly, se eu conseguiria fazer com que me desejasse.

– Ah, eu não acho....

Ela se interrompeu para deixar escapar um suspiro débil quando viu a cabeça dele se aproximando mais, e seu corpo vibrou com o choque de perceber o que estava acontecendo. Holly fechou os olhos com força, esperando, esperando... e sentiu a boca dele roçar o interior delicado do pulso dela. O toque aveludado provocou um arrepio erótico ao longo de todo o braço e Holly contraiu involuntariamente os dedos. Bronson deixou a boca se demorar na pele macia e fina, fazendo a pulsação dela disparar. Todo o corpo de Holly ficou tenso como um arco prestes a soltar a flecha e ela sentiu vontade de levantar os joelhos e passá-los ao redor do corpo dele. Seus lábios estavam inchados e quentes, esperando com ansiedade a pressão do beijo. Bronson ergueu a cabeça e fitou-a com olhos escuros como o fogo do inferno.

Ele estendeu a mão para pegar algo que estava próximo e segurou diante dela. A taça de cristal cintilou à luz do fogo, com apenas alguns goles restantes do líquido no fundo.

– Termine o vinho – sugeriu Bronson suavemente – e me deixe fazer o que quero com você. Pela manhã, nós dois fingiremos que você não se lembra.

Holly se assustou ao perceber como se sentia tentada pela oferta pecaminosa. Ele estava zombando dela, pensou zonza... Obviamente não estava fazendo uma proposta daquelas a sério. Bronson estava esperando para ver qual seria a resposta dela, então, independentemente do que ela dissesse, zombaria dela.

– O senhor é perverso – murmurou Holly.

O sorriso havia desaparecido dos olhos dele.

– Sim.

Holly respirava com dificuldade quando passou a mão nos olhos, como se tentasse afastar a névoa provocada pelo vinho.

– Eu... eu quero ir para meu quarto. Sozinha.

Um longo silêncio se estendeu entre eles, então Bronson respondeu em um tom leve e amigável, toda a intensidade já seguramente contida.

– Permita-me ajudá-la.

Ele sustentou-a pelos cotovelos e colocou-a de pé. Depois de firmar o corpo, Holly descobriu que a sala havia parado de oscilar. Aliviada, ela se afastou do corpo firme e convidativo e seguiu em direção à porta.

– Sou perfeitamente capaz de ir para meu quarto sem ajuda – disse ela, lançando um olhar suplicante a Bronson.

– Está certo.

Ele se adiantou para abrir a porta para ela, mirando-a de cima a baixo.

– Sr. Bronson... Isso será esquecido amanhã de manhã – disse Holly, a voz contendo a pergunta ansiosa.

Bronson assentiu brevemente e ficou observando enquanto ela se afastava o mais rápido que suas pernas bambas permitiam.

༄

– O diabo que vou esquecer – murmurou Zachary assim que Holly sumiu de vista.

Havia ido longe demais com ela – sabia disso mesmo enquanto estava se permitindo cruzar as barreiras invisíveis entre eles –, mas não conseguira se conter. Era incapaz de controlar o desejo que sentia por lady Holly. Era uma tortura das mais sofisticadas ser colocado sob o poder de uma mulher virtuosa. O único consolo era que ela não parecia ter ciência da extensão do domínio que exercia sobre ele.

Bronson se debateu com a situação, atormentado, já que nunca havia experimentado nada parecido antes. Em sua autoconfiança arrogante, sempre soubera que poderia seduzir qualquer mulher que quisesse, não importava a posição social. E até tinha certeza de que poderia ter Holly em sua cama, se tivesse tempo suficiente para derrubar suas reservas. Mas, no momento em que dormisse com Holly, a perderia. Não haveria como convencê-la a permanecer ali, em sua casa. E o mais extraordinário era que ele desejava a companhia dela ainda mais do que desejava levá-la para a cama.

Sempre que Zach imaginara a mulher que poderia finalmente capturar sua atenção, suas emoções, todos os seus pensamentos ao acordar, ele estivera certo de que ela seria mundana, ousada... Uma igual, sexualmente falando. Jamais havia considerado a possibilidade de perder o coração e a cabeça por uma viúva recatada. Inexplicavelmente, Holly exercia sobre ele o efeito de uma droga, estimulante e doce, e, como uma droga, sua ausência o deixava se sentindo vazio e ansiando por mais.

Não era idiota. Era óbvio que lady Holly não era mulher para ele. Seria melhor se dedicar a colher frutos muito mais acessíveis na árvore. Mas lá estava ela, tentadora e requintada, sempre fora de alcance.

Em um esforço para saciar o desejo desesperado que ardia em seu ventre, Zachary se voltou para outras mulheres. Como membro do bordel mais exclusivo e absurdamente caro da cidade, ele podia comprar uma noite com uma linda prostituta de sua escolha. Nos últimos tempos, frequentava o lugar quase todos os dias da semana.

À noite, Zachary aproveitava o prazer da companhia de Holly, de apenas olhar para ela, enquanto se deleitava com o som da sua voz. Então, quando ela se retirava para a cama solitária que a aguardava, ele cavalgava até Londres e passava as horas seguintes na mais completa devassidão. Infelizmente, a habilidade de uma prostituta garantia apenas um alívio temporário do desejo que o consumia. Pela primeira vez na vida, Zachary estava começando a reconhecer que a verdadeira paixão não se satisfazia tão facilmente, que havia uma diferença entre as necessidades do seu membro e as do órgão que residia meio metro acima. E aquela não foi uma descoberta agradável.

෴

– O senhor está construindo outra casa? – perguntou Holly, surpresa.

Ela estava de pé ao lado de uma longa mesa na biblioteca, enquanto Bronson desenrolava um conjunto de plantas baixas e prendia os cantos com pesos de metal.

– Mas onde? E por quê?

– Eu quero a maior casa de campo que a Inglaterra já viu – afirmou Bronson. – Comprei um terreno em Devon... Três propriedades que serão transformadas em uma. Meu arquiteto fez as plantas para a casa. Quero que a senhora veja.

Holly o fitou com um sorriso irônico. Como uma covarde, ela fingira não se lembrar da cena estranha e sedutora que ocorrera na noite anterior e, para seu profundo alívio, Bronson não dera qualquer indicação, fosse com uma palavra ou um olhar, de que algo inconveniente havia acontecido. Em vez disso, ele a envolvera em uma conversa sobre um de seus muitos projetos em desenvolvimento. Consigo mesma, Holly chegara à conclusão de que seu comportamento chocante da noite anterior fora resultado de muito vinho, e resolveu evitar a bebida em ocasiões futuras.

– Sr. Bronson, eu gostaria muito de ver as plantas, mas devo avisá-lo de que não tenho nenhum conhecimento sobre o assunto.

– A senhora tem, sim. Sabe o que a aristocracia admira. Quero saber sua opinião sobre o lugar.

A mão larga dele se moveu com gentileza sobre as plantas, alisando os vincos e ajeitando o papel com habilidade. Enquanto examinava os esboços das várias fachadas da casa, Holly tinha a consciência aguda de Bronson parado ao seu lado. Ele apoiou as mãos nas plantas e se inclinou sobre os desenhos.

Holly tentou se concentrar nos papéis, mas a proximidade de Bronson a distraía. Não pôde deixar de notar a forma como os braços esticavam as costuras do paletó, ou a forma como o cabelo preto e volumoso se cacheava na nuca, ou o trecho áspero da pele marrom barbeada. Bronson era meticuloso com a própria aparência sem ser exagerado; ele cheirava ao amido usado para engomar a camisa e a sabonete em vez de colônia, as roupas eram bem cortadas, mas um pouco folgadas em um esforço para esconder o volume dos músculos nada compatíveis com um cavalheiro. Talvez não fosse o tipo ideal para uma sala de visitas elegante, mas havia algo poderosamente atraente em sua masculinidade.

– O que acha? – perguntou ele, a voz baixa e rouca.

Holly se concentrou por um longo tempo antes de responder.

– Eu acho, Sr. Bronson – disse lentamente –, que o arquiteto projetou o que ele pensa que o senhor deseja ver.

A casa era pomposa demais, excessivamente cara e muito formal. E se destacava com grande estranheza na paisagem de Devon. Sim, era bem visível. Sem dúvida, grandiosa. Mas "elegante" e "apropriada" não eram palavras que pudessem ser aplicadas àquela homenagem arrogante ao gosto antiquado.

– É muito grande – continuou ela –, e quem a visse não teria dúvidas de que o proprietário é um homem de muitas posses. Mas...

– Mas a senhora não gosta.

Seus olhares se encontraram enquanto eles permaneciam parados um ao lado do outro, e Holly sentiu o rosto quente ao encarar os intensos olhos dele.

– O *senhor* gosta?

Bronson sorriu.

– Eu tenho mau gosto – respondeu em um tom categórico. – Minha única virtude é que tenho consciência disso.

Holly abriu a boca para argumentar, mas logo voltou a fechá-la. Quando se tratava de questões de estilo, Bronson realmente tinha um gosto péssimo.

Uma risada silenciosa vibrou na garganta dele ao reparar na expressão dela.

– O que a senhora mudaria na casa, milady?

Holly levantou um dos cantos no alto do papel, examinou a ampla planta do primeiro andar e balançou a cabeça, desolada.

– Eu não saberia por onde começar. E o senhor deve ter gastado muito dinheiro para mandar fazer essas plantas...

– Isso não é nada comparado com a construção da porcaria do lugar.

– Sim, bem...

Holly fez uma pausa, pensativa, mordendo o lábio inferior enquanto considerava o que deveria dizer. Os olhos de Bronson se fixaram em sua boca, com um brilho súbito, e ela se sobressaltou, inquieta.

– Sr. Bronson, seria muito presunçoso da minha parte sugerir que consultasse outro arquiteto? Talvez possa encomendar outro conjunto de plantas com base em um conceito diferente e, então, decidir qual prefere. Tenho um primo distante, o Sr. Jason Somers, que vem se tornando conhecido e admirado por seus projetos. É um arquiteto jovem, com um gosto moderno, embora eu ache que ele ainda não tenha sido responsável por um projeto tão grande quanto este.

– Ótimo – concordou Bronson na mesma hora, os olhos ainda fixos nos lábios dela. – Vamos enviá-lo a Devon imediatamente para ver o que ele acha da propriedade.

– Pode levar algum tempo até que o Sr. Somers tenha condições de atendê-lo. Pelo que entendi, os serviços dele são muito solicitados, a agenda está sempre cheia.

– Ah, ele irá a Devon sem demora, assim que a senhora mencionar meu nome – garantiu Bronson em um tom cínico. – Todo arquiteto sonha em conseguir um cliente como eu.

Holly não conseguiu conter o riso.

– Sua arrogância não tem limites?

– Espere para ver – aconselhou ele. – Em duas semanas, Somers terá um conjunto de plantas prontas para me mostrar.

Como Bronson previra, Jason Somers realmente apareceu na propriedade com uma coleção de esboços e plantas parciais em um tempo incrivelmente curto – dezesseis dias, para ser exato.

– Elizabeth, lamento, mas teremos que reduzir nosso tempo juntas esta manhã – murmurou Holly.

Ela acabava de avistar pela janela a modesta carruagem preta de Somers entrando pelo longo caminho que levava à casa. O primo conduzia o veículo sozinho, manuseando as rédeas com uma perícia evidente.

– O arquiteto está chegando e seu irmão insistiu para que eu participasse da reunião com ele.

– Bem, se a senhora precisa mesmo... – disse Elizabeth, aparentando tristeza, e deu de ombros.

Holly reprimiu um sorriso, ciente de que a tristeza dela pelo cancelamento da aula era totalmente falsa. Elizabeth tinha pouca paciência com o tema que estavam abordando no momento: as regras de correspondência. Como uma jovem enérgica, apaixonada por equitação, arco e flecha e outras atividades físicas, Elizabeth achava o ato de encostar a pena no papel extremamente cansativo.

– Gostaria de conhecer o Sr. Somers? – perguntou Holly. – O trabalho dele é muito bom e tenho certeza de que seu irmão não faria objeções...

– Pelo amor de Deus, não. Tenho coisas melhores a fazer do que ver os esboços e rascunhos de um arquiteto velho e chato. A manhã está linda, então acho que vou dar uma volta.

– Muito bem. Vejo você ao meio-dia, então.

Depois de deixar Elizabeth, Holly desceu a grande escadaria em um passo acelerado. Ela se pegou sorrindo com a perspectiva de ver o primo distante. Os dois haviam se encontrado pela última vez em uma reunião de família, pelo menos cinco anos antes, quando Jason mal tinha saído da adolescência. Era um rapaz de natureza calorosa, com bastante senso de humor e um sorriso envolvente, e sempre tinha sido uma das pessoas favoritas dela na família. Desde criança, ele desenhava e fazia esboços compulsivamente, o que resultara em muitas repreensões por seus dedos estarem sempre manchados de tinta. Já adulto, no entanto, vinha construindo uma reputação formidável por seu estilo único de arquitetura "natural", projetada para se misturar à paisagem.

– Primo Jason! – exclamou Holly, chegando ao saguão de entrada exatamente ao mesmo tempo que ele.

Somers abriu um sorriso no momento em que a viu, e parou para tirar o chapéu e fazer uma reverência bem treinada. Holly ficou satisfeita em ver que Jason havia se tornado um homem extremamente atraente nos últimos anos. O cabelo castanho cheio estava cortado bem curto e seus olhos verdes cintilavam com um brilho sagaz. Embora ainda mantivesse o corpo esguio de quando era mais jovem, Jason tinha um ar de surpreendente maturidade para um homem de apenas 20 e poucos anos.

– Milady – disse Jason em um tom de barítono agradavelmente rouco.

Holly estendeu a mão para ele, que a apertou com carinho. Seu sorriso se tornou contrito enquanto ele continuava em um tom mais suave:

– Por favor, aceite um pedido de desculpa que venho querendo fazer há muito tempo. Não consegui ir ao funeral de George.

Holly o fitou com ternura. Não havia motivo para Jason se desculpar, já que ele estava viajando pelo continente na época da morte inesperada de George. Como estava longe demais para conseguir voltar a tempo, Jason escrevera uma carta de condolências. Fora uma carta doce, um pouco constrangida e carregada de sentimento, que expressava uma compaixão tão sincera que tocou o coração de Holly.

– Você sabe muito bem que não é necessário pedir desculpa – respondeu ela com carinho.

A governanta, Sra. Burney, se adiantou para pegar o chapéu e o casaco de Jason.

– Sra. Burney – chamou Holly em um tom discreto –, sabe onde está o Sr. Bronson?

– Acredito que na biblioteca, senhora.

– Vou levar o Sr. Somers até lá.

Holly deu o braço ao primo e guiou-o pela casa, enquanto ele carregava as plantas debaixo do outro braço.

Jason olhou ao redor à medida que avançavam e deixou escapar um suspiro que misturava espanto e desgosto.

– É incrível – murmurou. – Excesso em cima de excesso. Milady, se esse é o estilo que Bronson prefere, teria sido melhor fazer contato com outro arquiteto. Eu não conseguiria me forçar a projetar algo assim.

– Espere até falar com ele – sugeriu Holly.

– Certo.

Jason sorriu para ela enquanto continuavam a caminhar.

– Lady Holly, sei que é por sua influência que estou aqui e agradeço por essa oportunidade. Mas preciso perguntar... O que a levou a trabalhar para Bronson?

Um toque de humor deixou o tom dele mais leve.

– Como a senhora sem dúvida já deve saber, de um modo geral a família "não está satisfeita".

– Minha mãe me informou desse fato – admitiu Holly com um sorriso pesaroso.

Quando tomaram ciência dos planos de Holly de aceitar trabalhar para Bronson, os pais dela deixaram evidente sua desaprovação. A mãe havia chegado a questionar a sanidade da filha, sugerindo que o luto prolongado destruíra a capacidade de Holly de tomar decisões razoáveis. O pai dela, no entanto, por ser um homem extremamente prático, parou de fazer objeções assim que a filha mencionou o fundo que Bronson estava criando para garantir o futuro de Rose. Como pai de quatro mulheres, três delas ainda solteiras, ele entendia a importância de um dote considerável.

– E...? – insistiu Jason.

– É difícil dizer não ao Sr. Bronson – comentou Holly com ironia. – Você vai descobrir isso em breve.

Ela levou o primo até a biblioteca, onde Bronson já os aguardava. De forma surpreendente, Jason não mostrou qualquer sinal de intimidação ao ver o homem musculoso se levantar da enorme poltrona. Como Holly sabia por experiência própria, o primeiro encontro com Zachary Bronson era um evento memorável. Poucos homens tinham aquela presença poderosa e descomunal. Mesmo se ninguém nunca houvesse fornecido qualquer informação de Bronson a Holly, ela teria sabido instintivamente que se tratava de um homem que forjava não apenas o próprio destino, como também o de outros homens.

Jason encarou diretamente os olhos pretos argutos de Bronson e apertou a mão dele.

– Sr. Bronson – disse com seu jeito franco e simpático –, antes de mais nada, permita-me agradecer pelo convite para ir até sua propriedade e pela oportunidade de mostrar meu trabalho.

– Deve agradecer a lady Holly – respondeu Bronson. – Foi sugestão dela que eu entrasse em contato com o senhor.

Holly o encarou, surpresa. Algo sutil no modo de Bronson falar dava a entender que as sugestões e opiniões dela eram de grande valor para ele. Para sua consternação, aquilo não escapou a Jason Somers, que lhe lançou um rápido olhar especulativo antes de voltar novamente a atenção para Bronson.

– Então, vamos torcer para que eu esteja à altura da fé que lady Holly deposita em mim – disse Jason, erguendo um pouco mais o maço de plantas que carregava embaixo do braço.

Bronson indicou a ampla escrivaninha de mogno, que estava vazia naquele momento, e o arquiteto abriu os papéis sobre a superfície encerada.

Embora tivesse decidido se manter neutra enquanto via o trabalho do primo, Holly não conseguiu conter uma exclamação de satisfação ao se debruçar sobre o material. Com matizes góticos românticos, a proposta para a casa de campo era ao mesmo tempo aconchegante e sofisticada, com muitas janelas – longos painéis do que parecia ser uma placa de vidro única – cujo propósito era levar a paisagem "para dentro". Grandes salões principais e jardins de inverno arejados proporcionariam cenários espetaculares para festas, mas também havia alas que garantiriam privacidade e reclusão à família.

Holly esperava que Bronson apreciasse o estilo despretensioso e que não cometesse o erro de achar que elegância era sinônimo de uma decoração ostensiva. Tinha certeza, porém, de que ao menos a abundância de tecnologia moderna – incluindo água corrente em todos os andares, um grande número de sanitários, áreas de banho azulejadas e "paredes quentes" para dar calor e conforto no inverno – o deixaria satisfeito.

Bronson se manteve impassível enquanto examinava as plantas e fez só uma ou duas perguntas, que Jason se apressou em responder. No meio da inspeção, Holly percebeu que alguém entrava na biblioteca. Era Elizabeth, usando um elegante traje de montaria cor-de-rosa com detalhes em vermelho. As roupas, com seu corte simples mas elegante, e o babado de renda branco, muito feminino, no pescoço, eram especialmente atraentes. Com os cachos pretos firmemente trançados e cobertos por um chapéu vermelho, e os olhos escuros de cílios volumosos, Elizabeth parecia jovem, viçosa e lindíssima.

– Não resisti a dar uma olhadinha nas plantas antes de sair... – começou Elizabeth.

Ela se interrompeu no momento em que Jason Somers se virou e fez uma reverência.

Holly se apressou a fazer as apresentações, observando com orgulho quando Elizabeth retribuiu o cumprimento de Jason com uma cortesia perfeitamente executada. Concluídas as saudações iniciais, os dois permaneceram se fitando com curiosidade por mais um instante – um breve instante carregado de eletricidade. Então Somers voltou para a escrivaninha e concentrou sua atenção em uma pergunta que Bronson havia feito, parecendo ignorar completamente a presença de Elizabeth.

Intrigada com a aparente indiferença do primo, Holly se perguntou como ele ou qualquer outro homem jovem e saudável era capaz de não se sentir cativado pela aparência deslumbrante da moça. No entanto, quando Elizabeth se juntou a eles na escrivaninha, Holly percebeu o breve olhar que o primo lançou a ela, examinando-a de cima a baixo. Ele estava interessado, mas era inteligente o bastante para não demonstrar, pensou Holly, tentando disfarçar o quanto estava se divertindo com a situação.

Um pouco irritada com a falta de atenção do estranho, Elizabeth se colocou entre Jason e Holly e examinou as plantas.

– Como pode ver – murmurou Jason para Bronson –, tentei projetar uma casa em harmonia com a paisagem. Em outras palavras, não se poderia simplesmente pegar esta casa, transportá-la para outro lugar e fazer com que parecesse apropriada.

– Eu sei o que significa "em harmonia" – disse Bronson com um sorriso irônico.

Ele continuou a avaliar os desenhos, o olhar aguçado atento a cada detalhe. Como já tinha certa noção da forma como Bronson absorvia as informações, Holly sabia que em poucos minutos ele já conheceria as plantas baixas quase tão bem quanto o próprio Jason Somers. Bronson tinha uma memória surpreendente, embora a usasse apenas em questões que lhe interessavam.

Elizabeth também examinou as plantas e seus olhos escuros aveludados se estreitaram em uma expressão crítica.

– O que é isso? – perguntou, apontando para uma parte do projeto. – Não sei se gosto...

Jason respondeu em uma voz que parecia um ou dois tons mais grave do que o normal.

– Faça a gentileza de retirar o dedo das minhas plantas, Srta. Bronson.

– Certo, mas o que é isso? Essa coisa desalinhada, essa saliência estranha...

– É chamada de ala – disse Jason brevemente. – E esses pequenos retângulos são o que nós, arquitetos, gostamos de chamar de janelas e portas.

– A sua ala leste não combina com a ala oeste.

– Algum dia, eu adoraria lhe explicar por que combina – murmurou Jason em um tom que implicava exatamente o oposto.

– Bem, parece torto – insistiu Elizabeth.

Os olhares dos dois se encontraram, desafiando-se, e Holly desconfiou que ambos estavam secretamente gostando do embate.

– Pare de provocar o homem, Lizzie – murmurou Zachary, ignorando a interação silenciosa, a atenção totalmente concentrada em Holly. – O que acha das plantas, milady?

– Acho que seria uma casa magnífica – respondeu ela.

Bronson assentiu, decidido.

– Então vou mandar construir.

– Espero que não apenas porque *eu* gosto – disse Holly.

– Por que não?

– Porque é uma decisão que deve ser tomada de acordo com seu próprio gosto.

– O projeto me parece bom – respondeu Bronson pensativo –, embora eu não fosse me incomodar de ter uma torre aqui e ali e algumas ameias.

– Sem torres – apressou-se em interromper o arquiteto.

– Ameias? – perguntou Holly ao mesmo tempo.

Então viu o brilho nos olhos de Bronson e percebeu que ele estava brincando.

– Construa exatamente o que projetou – aconselhou Bronson ao arquiteto com um sorriso.

– Exatamente assim? – perguntou Jason, claramente surpreso com a rapidez da decisão. – Tem certeza de que não quer examinar as plantas em particular? Pensar a respeito com mais calma?

– Já vi tudo que precisava ver – garantiu Bronson.

Holly não pôde deixar de sorrir diante da surpresa do primo. Ela sabia que Jason nunca havia conhecido um homem tão confortável com a própria autoridade quanto Zachary Bronson. Ele gostava de tomar decisões rápidas e raramente perdia tempo refletindo sobre questões difíceis. Certa vez, ele havia dito a ela que, embora dez por cento de suas decisões acabassem se mostrando erradas e outros vinte por cento geralmente tivessem resultados razoáveis, os setenta por cento restantes costumavam ser excelentes. Holly não fazia ideia de como ele chegara àqueles números, mas não tinha dúvidas de que seria capaz de comprová-los. Aquela era uma peculiaridade de Bronson: ele gostava de aplicar números e porcentagens a cada situação. Chegara até mesmo a calcular que a irmã, Elizabeth, tinha dez por cento de chance de se casar com um duque.

– Por que apenas dez por cento? – perguntara Elizabeth com petulância, perto do final daquela conversa em particular. – Quero que saiba que eu poderia me casar com quem quisesse.

– Calculei o número de duques disponíveis, subtraí aqueles que eram muito idosos ou enfermos, então calculei o número de aulas que você precisará ter com lady Holland para se tornar apresentável. Também levei em consideração o número de mulheres jovens no mercado casamenteiro com as quais estará competindo.

Bronson fizera uma pausa e lançara um sorriso malicioso para a irmã.

– Infelizmente, sua idade piorou um pouco os números.

– Minha idade? – bradara Elizabeth, fingindo indignação. – Está tentando dizer que já passei do meu apogeu?

– Você tem mais de 21, certo? – argumentara Bronson, enquanto desviava habilmente da pequena almofada de veludo que a irmã tinha arremessado em sua cabeça.

– Elizabeth, uma dama não joga coisas em um cavalheiro quando ele a desagrada – repreendera Holly, rindo da dupla turbulenta.

– Uma dama pode acertar a cabeça do irmão irritante com um atiçador de lareira, então?

Elizabeth avançara sobre Bronson de forma ameaçadora.

– Infelizmente, não – dissera Holly. – E, considerando quanto o Sr. Bronson é cabeça-dura, esse esforço provavelmente teria pouco efeito.

Bronson fingira parecer insultado, mas um sorriso rápido surgira em seus lábios.

– Então, como uma dama pode se vingar? – retrucara Elizabeth.

– Com indiferença – foi a resposta de Holly, em um tom muito tranquilo. – Ignorando o cavalheiro em questão.

Elizabeth se deixou cair em uma cadeira, as pernas compridas afastadas sem qualquer compostura por baixo das saias.

– Eu esperava algo mais doloroso.

– Uma pancada com um atiçador de ferro não causa nem um pingo de medo – comentara Bronson com uma risada baixa. – Mas a indiferença de lady Holly...

Ele fingira tremer, como se de repente tivesse sido exposto a um frio ártico.

– Essa é uma punição maior do que qualquer homem deveria ter de suportar.

Holly havia balançado a cabeça, achando graça, enquanto pensava consigo mesma que nenhuma mulher seria capaz de permanecer indiferente a um homem como Zachary Bronson.

Havia dias, no entanto, em que Bronson não a fazia sorrir... Dias em que ele conseguia ser irascível e obstinado e descarregava seu mau humor em todos ao redor. Às vezes parecia possuído por demônios. Nem mesmo Holly escapava de suas zombarias ou do seu sarcasmo, e parecia que quanto mais fria e cortês ela se tornava, mais as chamas do descontentamento dele aumentavam. Holly desconfiava de que havia algo que ele queria, mas que chegara à conclusão de que não poderia ter, e, fosse o que fosse, Bronson sofria imensamente por não ser capaz de satisfazer aquele desejo. O que era exatamente aquele "algo", se aceitação social ou talvez um acordo de negócios que não conseguira fechar, era impossível saber. Holly tinha certeza de que não era solidão, já que ele não carecia da companhia de mulheres. Como o restante da família, ela estava bem ciente de suas incessantes atividades noturnas, de suas idas e vindas frequentes, dos sinais de embriaguez e libertinagem que transpareciam em seu rosto depois de uma noite selvagem.

Aquele apetite por diversão e mulheres começava a incomodar Holly de forma crescente. Ela procurou racionalizar que Bronson não era diferente de outros homens nesse aspecto. Havia muitos aristocratas que se comportavam de forma ainda pior, passando a noite toda acordados e dormindo até muito tarde durante o dia para descansar de seus excessos. O fato de que Bronson por algum motivo era capaz de passar a noite entregue à devassidão e, ainda assim, trabalhar durante o dia era a prova de uma energia impressionante. Mas Holly não conseguia deixar facilmente de lado o fato de ele ser tão mulherengo e, em um momento de pura sinceridade, admitiu para si mesma que sua desaprovação tinha muito menos a ver com moralidade do que com os sentimentos que nutria.

A ideia de Bronson nos braços de outra mulher fazia com que ela se sentisse estranhamente triste. E absurdamente curiosa. Todas as noites, quando ele saía de casa para uma madrugada de excessos, a imaginação dela corria solta. De algum modo, Holly sabia que as atividades sexuais de Bronson eram em todos os sentidos diferentes dos interlúdios doces e gentis que ela havia compartilhado com George. Embora o marido não fosse virgem na noite de núpcias, a experiência dele no assunto era muito limitada. Na cama, George era respeitoso e gentil, amoroso em vez de lascivo e, apesar de sua natureza afetuosa, ele acreditava que a relação sexual era um prazer que não deveria ser praticado com muita frequência. O marido jamais visitava o quarto de Holly mais de uma vez por semana. Os encontros íntimos haviam sido ainda mais doces e especiais por não serem corriqueiros para nenhum dos dois.

Zachary Bronson, entretanto, tinha o autocontrole de um gato. A maneira como a beijara no jardim de inverno durante o baile era prova de uma experiência sexual que ia muito além da dela, ou da de George. Holly sabia que deveria sentir repulsa por aquele aspecto da personalidade de Bronson. Se ao menos conseguisse evitar os sonhos que às vezes a despertavam à noite, com as mesmas imagens eróticas e confusas que a perturbavam desde a morte de George... Sonhos em que era tocada, beijada, em que se via abraçada e nua junto ao corpo de um homem... Só que as imagens se tornaram mais perturbadoras do que nunca, porque agora o estranho em seus sonhos tinha um rosto. O rosto de Zachary Bronson, sua tez marrom, pairando acima dela, a boca quente possuindo-a, as mãos tocando-a intimamente.

Holly sempre acordava daqueles sonhos agitada e suando, e mal conseguia olhar para Bronson no dia seguinte sem ficar profundamente enrubescida. Ela sempre se considerara acima de tais desejos primitivos, e até sentia pena de pessoas que pareciam incapazes de dominar a própria paixão física. Nunca fora perturbada pela luxúria. Mas não havia outra palavra para descrever aquilo, aquele anseio delicioso que às vezes a dominava, aquele incômodo terrível com as atividades noturnas de Zachary Bronson... aquele desejo constrangedor de ser uma das mulheres que ele visitava para satisfazer as necessidades.

Capítulo 8

Embora Holly usasse um vestido cinza naquele dia, a monotonia da cor era quebrada por arremates cor de framboesa na gola e nos punhos. Era o tipo de roupa em que uma freira teria se sentido confortável... a não ser por um pequeno recorte de cinco centímetros no decote do vestido de gola alta. O recorte tinha o formato de um buraco de fechadura e deixava entrever um vislumbre de sua pele pálida e macia. Apenas aquele breve vislumbre foi o bastante para fazer a imaginação de Zachary pegar fogo. Ele nunca ficara tão fascinado pelo pescoço de uma mulher. Sua vontade era encostar a boca naquela depressão deliciosa, cheirá-la, lambê-la... Era quase insuportável pensar no corpo macio sob o tecido cinza sufocante.

– Parece distraído hoje, Sr. Bronson – comentou Holly.

Ele desviou o olhar do vestido dela para encontrar os olhos cálidos cor de uísque. Olhos castanhos tão inocentes... Zachary poderia jurar que ela não tinha ideia de como o afetava.

Os lábios macios de Holly se curvaram em um sorriso.

– Sei que está relutante em fazer isso – disse ela. – Mas o senhor precisa aprender a dançar, e a dançar bem. Faltam apenas dois meses para o baile dos Plymouths.

– O baile dos Plymouths – repetiu ele, arqueando as sobrancelhas em uma expressão sarcástica. – É a primeira vez que ouço falar disso.

– Achei que seria a ocasião perfeita para estrear suas novas habilidades sociais. O baile é um evento anual organizado por lorde e lady Plymouth, sempre no auge da temporada. Conheço os Plymouths há muitos anos, são uma família muitíssimo agradável. Vou conseguir discretamente que nos enviem convites. Apresentaremos Elizabeth à sociedade na ocasião, e o senhor... Bem, não há dúvida de que terá a oportunidade de conhecer muitas jovens de boa família, e uma delas pode vir a atrair seu interesse.

Zachary assentiu automaticamente, embora soubesse que nenhuma mulher na face da Terra seria capaz de capturar tão intensamente o interesse dele quanto lady Holland Taylor. Ele deve ter franzido a testa ou parecido descontente, pois Holly lhe dirigiu um sorriso tranquilizador.

– Vai acabar descobrindo que não é tão difícil quanto imagina – garantiu ela, obviamente achando que ele estava preocupado com as aulas de dança. – Daremos um passo de cada vez, e, se eu chegar à conclusão de que não sou capaz de ensiná-lo como se deve, falaremos com *monsieur* Girouard.

– Nada de professor de dança – falou Zachary mal-humorado, sentindo uma antipatia instantânea pelo homem.

Ele havia assistido às aulas de dança de Elizabeth na manhã anterior e resistira fortemente à tentativa equivocada de Girouard de incluí-lo nas orientações que estava dando. Holly suspirou, como se sua paciência estivesse acabando.

– Sua irmã gosta bastante dele – argumentou. – *Monsieur* Girouard é um professor de dança muito talentoso.

– Ele tentou segurar minha mão.

– Posso lhe garantir que *monsieur* Girouard não teve qualquer outra intenção que não fosse ensiná-lo os passos da quadrilha.

– Eu não fico de mãos dadas com outros homens – declarou Zachary. – E aquele francês minúsculo pareceu decepcionado.

Holly revirou os olhos e não reagiu ao comentário. Eles estavam sozinhos no suntuoso salão de baile, as paredes cobertas de seda verde-clara com uma miríade de entalhes dourados e exagerados. Fileiras de preciosas colunas de malaquita verde, dignas de um palácio russo, preenchiam os espaços entre os espelhos de moldura dourada que chegavam a cinco metros de altura. Parecia incrível que o teto conseguisse suportar o peso dos seis lustres enormes, cintilando com milhares de gotas de cristal. Como não era necessário música para que Zachary conseguisse aprender os padrões básicos de várias danças, o espaço dos instrumentistas nos fundos do salão estava vazio.

Zachary viu o reflexo de sua parceira nos inúmeros espelhos que os cercavam. O vestido cinza parecia incongruente em um cenário tão ornamentado. Qual seria a aparência de Holly em um vestido de baile? Zachary a imaginou em um traje decotado, com ombros nus, enfeitado com o tecido diáfano que ele vira em vestidos de noite femininos nos últimos tempos: as belas formas arredondadas dos seios de Holly se insinuando acima do corpete, o brilho de diamantes em sua pele clara. O cabelo castanho-escuro penteado para o alto, a fim de revelar os brincos com pedras preciosas presos nas orelhas delicadas.

– O senhor se lembra das regras de etiqueta de salões de baile que discutimos ontem?

Zachary a ouviu perguntar e se forçou a prestar atenção no assunto em questão.

– Se eu convidar uma jovem para dançar – recitou ele em um tom monocórdio –, não devo me afastar até devolvê-la a quem a estiver acompanhando. Depois que a dança terminar, devo perguntar se ela deseja beber ou comer alguma coisa. Se a resposta for sim, devo encontrar um lugar para acomodá-la no salão de refeições, servir o que ela desejar e ficar ao lado pelo tempo que a jovem quiser permanecer ali.

Ele fez uma pausa e perguntou com uma leve carranca:

– Mas e se ela quiser se sentar e se empanturrar de comida por uma hora? Ou até mais?

– O senhor vai continuar fazendo companhia a ela até que esteja satisfeita – explicou Holly. – Só depois disso deve levá-la até a pessoa que a estiver acompanhando, fazer uma reverência e agradecer pelo prazer da companhia. Além disso, o senhor deve dançar tanto com as moças de aparência comum quanto com as muito belas, e nunca dançar mais do que duas vezes com a mesma moça. E no caso de um jantar dançante, deve se oferecer para acompanhar a pessoa que estiver responsável pela jovem até a mesa de jantar, e ser o mais agradável e encantador possível.

Zachary soltou um suspiro profundo.

– Agora vamos à marcha de abertura – disse Holly, a voz carregada de energia. – Quando se está conduzindo a marcha em seu próprio baile, é preciso manter o passo lento e digno. Siga a direção das paredes e execute a mudança de passo nos cantos.

Ela se inclinou para um pouco mais perto dele e disse de maneira conspiratória:

– Na verdade, uma marcha é apenas uma caminhada pelo salão para que as mulheres tenham a chance de exibir suas melhores roupas. Não há como errar, Sr. Bronson. Basta conduzir os casais pelas laterais e de volta ao centro do salão. E tente parecer um pouco arrogante. Isso não deve ser um grande problema para o senhor.

A provocação gentil fez com que uma onda de prazer percorresse o corpo de Zachary. A ideia de dançar a marcha sóbria e pretensiosa em um baile costumava fazê-lo zombar e rir. Mas pensar em desfilar pelo salão exibindo uma mulher como Holly... Bem, aquilo tinha algum valor. Era um atestado de posse e territorialidade que o agradava bastante.

– E o senhor nunca, nunca deve marchar com duas damas ao mesmo tempo – alertou Holly.

– Por que não?

– Bem, primeiro porque, por um lado, as mudanças de passo nos cantos seriam impossíveis, e por outro...

Ela se interrompeu e pareceu esquecer o que estava prestes a dizer quando os olhares deles se encontraram. Holly piscou lentamente, como se estivesse distraída, e se forçou a continuar.

– A marcha é uma honra que um cavalheiro concede a uma dama em particular – explicou ela, estendendo a mão e pousando-a de leve no braço dele. – Vamos prosseguir até o primeiro canto.

Os dois caminharam com grande dignidade, com Zachary sentindo-se absurdamente constrangido pelo som alto que seus pés faziam no reluzente piso de parquete. Ao chegar no canto do salão, pararam para Holly explicar a mudança de passo.

– Vou soltar seu braço e pegar sua mão, e o senhor vai me conduzir do seu lado esquerdo para o direito...

Ela começou a executar o movimento enquanto falava, e Zachary fez como solicitado. Suas mãos se tocaram, e a sensação dos dedos pequenos e frios de Holly deslizando contra a palma da mão dele o fez prender a respiração.

Holly parou, parecendo confusa, e puxou a mão de volta com um leve suspiro. Provavelmente também tinha sentido a vibração provocada pelo toque. Zachary observou a mulher, que mantinha a cabeça abaixada, e desejou poder colocar as mãos naquele cabelo escuro e brilhoso e erguer o rosto dela. Jamais esqueceria a sensação de beijá-la, a forma como os lábios de Holly haviam se colado aos seus, a doçura da boca, o som vulnerável da respiração.

– Nós... – disse Holly, hesitante – deveríamos estar usando luvas. Damas e cavalheiros sempre usam luvas quando dançam.

– Devo pedir a alguém que pegue pares para nós? – perguntou Zachary, surpreso com a rouquidão da própria voz.

– Não, eu... creio que não seja necessário.

Holly respirou fundo e pareceu se recompor.

– Mas sempre leve um par de luvas extra para um baile – murmurou ela. – Um cavalheiro nunca deve oferecer uma luva suja a uma senhora.

Sem olhar para ele, Holly pegou a mão de Zachary mais uma vez. Seus dedos nus se entrelaçaram por um momento breve e elétrico, e ela o guiou através da mudança de passos.

– Já faz tanto tempo... – disse ela, quase em um sussurro. – Quase me esqueci de como se faz.

– A senhora não dança desde George? – perguntou ele.

Ela assentiu em uma resposta silenciosa.

Aquela era sua ideia particular de inferno, pensou Zachary, com a mente e o corpo em chamas enquanto a aula prosseguia. Sentia-se grato pelo comprimento longo do casaco, como era moda no momento, porque cobria a frente da calça. Se Holly tivesse ideia de como ele estava excitado, de como estava a um passo de puxá-la para si e violá-la com as mãos, com a boca e com cada parte concebível do corpo, ela provavelmente sairia correndo e gritando do salão.

No entanto, a marcha não foi tão ruim quanto a quadrilha, um padrão tedioso de *glissades* e *chasseés* e todo tipo de passos rebuscados. E a valsa acabou sendo o tormento mais excruciante que o homem – ou a mulher – já havia arquitetado.

– Fique um pouco à minha direita – orientou Holly, os cílios grossos sombreando os olhos – e coloque o braço direito ao redor da minha cintura. Com firmeza, mas não com muita força.

– Assim?

Zachary passou o braço com cuidado ao redor da curva perfeita da cintura dela, sentindo-se inexplicavelmente constrangido. Ele, entre todos os homens, estava mais do que acostumado a ter uma mulher nos braços, mas a experiência daquele momento era diferente de todas as outras. Nunca havia tocado em alguém tão refinada quanto ela, nunca havia desejado tanto agradar uma mulher. Ao menos daquela vez, era difícil ler as emoções de Holly, e Zachary se perguntou se a desagradava estar tão perto dele. Afinal, ela estava acostumada a ser guiada pelos braços esguios e elegantes de aristocratas, não por um brutamontes musculoso e de origem humilde como ele. Suas mãos pareciam patas enormes, os pés tão grandes e pesados quanto as rodas de uma carruagem.

Holly pousou a mão esquerda suavemente no ombro direito dele. O alfaiate havia retirado todo o acolchoamento do ombro do paletó, em um esforço para fazer Zachary parecer menor, mas, infelizmente, nada conseguia esconder o volume brutal dos músculos.

Holly segurou a mão esquerda dele com a direita. Seus dedos pareciam delicados e frágeis. Ela era tão leve e doce em seus braços que Zachary sentiu uma pontada de anseio.

– O homem guia a parceira com essa mão – disse Holly, com o rosto voltado para cima. – Não coloque muita força ao segurar minha mão... O toque deve ser firme e estável, mas gentil. E mantenha o braço um pouco arqueado.

– Estou com medo de pisar na senhora – murmurou Zachary.

– Se concentre apenas em manter a distância certa entre nós. Se me segurar com força vai acabar restringindo meus movimentos, mas se ficarmos muito distantes, não terei apoio suficiente.

– Acho que não consigo fazer isso – disse Zachary com a voz rouca. – A senhora me ensinou a marcha, e consigo me sair razoavelmente bem em uma quadrilha. Vamos deixar as coisas assim.

– Ah, mas o senhor precisa aprender a valsar – insistiu Holly. – Não vai conseguir cortejar adequadamente uma dama se não souber.

Ele deu uma resposta sucinta e vulgar que a fez franzir a testa em uma determinação repentina.

– Diga todas as obscenidades que quiser, Sr. Bronson. Nada vai me impedir de ensiná-lo a valsar, está bem? E, se não cooperar, vou mandar chamar *monsieur* Girouard.

A ameaça do professor de dança o deixou ainda mais carrancudo.

– Maldição. Está bem! O que eu faço agora?

– Uma valsa é composta por dois passos, cada um com três tempos. Agora, deslize para trás com o pé esquerdo... Calma, é um passo *pequeno*... Então puxe o pé direito para trás um pouco além do esquerdo e vire para a direita...

No início, foi um esforço... para dizer o mínimo. No entanto, quando Zachary se concentrou nas instruções de Holly e a sentiu deslizar com ele em uma harmonia aparentemente mágica, seus passos pesados se tornaram um pouco mais seguros. Também ajudou que ela se deixasse guiar por ele com tanta facilidade, rodopiando ao sentir a menor pressão da mão dele. E também que Holly parecesse estar se divertindo, embora Zachary não conseguisse entender por que ela gostaria de cambalear com ele em uma tentativa de valsa pelo salão.

– Mantenha o braço firme – alertou Holly, os olhos cintilando enquanto olhava fixamente para o rosto dele. – O senhor parece estar movendo a manivela de uma bomba de água.

O comentário o distraiu da contagem dos passos, que provavelmente era o que ela pretendia. Zachary ergueu uma sobrancelha em uma expressão irônica que geralmente fazia o destinatário se encolher.

– No momento, milady, só consigo me concentrar em tentar não mutilar a senhora dando um passo errado.

– O senhor está indo muito bem, na verdade – afirmou Holly. – Não me diga que nunca tentou dançar valsa antes.

– Nunca.

– Bem, pois saiba que é surpreendentemente ágil. A maioria dos iniciantes coloca peso demais nos calcanhares.

– É por causa da luta – disse Zachary, puxando-a para outra meia-volta. – Num ringue, se o lutador tem pés de chumbo, não há como se abaixar e se esquivar.

Embora ele não tivesse intenção de fazer um comentário divertido, Holly pareceu achar engraçado.

– Sugiro que não aplique muitas de suas habilidades de pugilista em nossa aula de dança, Sr. Bronson. Eu não gostaria de me ver envolvida em uma troca de socos com o senhor.

Zachary ficou olhando fixamente para o rosto sorridente e corado dela e experimentou uma sensação dolorosamente deliciosa, uma dor que tinha menos a ver com o corpo do que com o espírito. Holly era a mulher mais adorável que já conhecera. Não pela primeira vez, ele sentiu uma inveja aguda de George Taylor por ter sido amado por ela. Por ter tido o direito de tocá-la e beijá-la quando quisesse. Por Holly ter se voltado para ele a fim de suprir todas as suas necessidades. Por ainda ser amado por ela.

Levando em consideração tudo que ouvira, Zachary chegara à conclusão de que George Taylor fora o homem perfeito. Bonito, rico, honrado, respeitável, cavalheiro e compassivo. Parecia ter merecido uma mulher como Holly tanto quanto Zachary *não* a merecia. Ele sabia que não era nada do que

George havia sido. Tudo que poderia oferecer a Holly, incluindo o próprio coração, estava maculado.

"Se ao menos" era uma das expressões que mais detestava. E aquela expressão parecia chacoalhar impiedosamente em seu cérebro. *Se ao menos, se ao menos...*

Ele perdeu o ritmo da valsa e parou abruptamente, fazendo com que Holly esbarrasse em seu corpo. Ela deixou escapar uma risadinha ofegante.

– Nossa... O senhor parou tão de repente, eu...

Zachary murmurou um pedido de desculpas e firmou o corpo dela com as mãos. O impulso trouxe o corpo pequeno de Holly para mais perto do dele. A sensação de tê-la tão junto de si, mesmo com as camadas de vestido cinza, tão limitantes, fez com que os sentidos dele se agitassem com um prazer primitivo. Zachary tentou soltá-la, afrouxar o braço, mas, rebeldes, seus músculos se contraíram até tê-la presa firmemente junto ao corpo. A respiração de Holly estava acelerada pelo esforço, e ele sentiu os movimentos suaves dos seus seios contra o peito. Pareceu um instante suspenso no tempo. Zachary esperou que Holly quebrasse o encanto, que protestasse, mas ela estava estranhamente silenciosa. Quando os cílios se ergueram como leques de seda, revelaram um olhar chocado. Os dois ficaram se encarando com um fascínio impotente, paralisados em algo que estava se tornando, inegavelmente, um abraço.

Depois de algum tempo, Holly desviou o olhar, mas seu hálito abrasador alcançou-lhe o queixo. Zachary sentia a boca quente e seca e estava morrendo de vontade de pressioná-la com ardor contra a dela. Ele esperou que as mãos pequenas em seus ombros se movessem... Se Holly erguesse um pouco o pescoço e o estimulasse a abaixar a cabeça... Se ela desse apenas um mínimo indício de que o queria... Mas Holly permaneceu paralisada nos braços dele, sem recuar, mas também sem encorajá-lo.

Zachary deixou escapar um suspiro trêmulo e conseguiu de algum modo relaxar os músculos, embora seu corpo torturado parecesse gritar em um protesto silencioso. Sentindo a visão ligeiramente turva, ele se perguntou se Holly teria alguma ideia de como estava perto de erguê-la no colo e carregá-la para algum lugar. Qualquer lugar. Parecia que todo o desejo que já havia sentido na vida corria por ele naquele momento, acumulando-se ardente em seu ventre. Zachary queria senti-la embaixo de seu corpo, queria ter prazer dentro dela. E, mais do que isso, queria a afeição dela, suas carícias, os sussurros apaixonados daquela mulher em seus ouvidos. Nunca se sentira tão tolo, desejando desesperadamente algo que claramente não era para ele.

De repente, uma voz fria e nítida em sua cabeça disse que o que ele não poderia ter de Holly, teria de outra. Havia centenas de mulheres em Londres que lhe garantiriam todo o carinho que quisesse, pelo tempo que quisesse. Grato, Zachary se agarrou àquela ideia como um homem que está se afogando e alcança uma jangada. Não precisava de lady Holland Taylor. Poderia conseguir uma mulher mais bonita, mais espirituosa, alguém com olhos igualmente calorosos. Não havia nada particularmente especial em Holly, e provaria aquilo a si mesmo naquela noite, e na noite seguinte... Pelo tempo que fosse necessário.

– Acho que por hoje já é o bastante – murmurou Holly, ainda parecendo um pouco atordoada. – Fez grandes progressos, Sr. Bronson. Tenho certeza de que vai dominar a valsa em muito pouco tempo.

Zachary respondeu com uma reverência, forçando-se a colocar um sorriso educado no rosto.

– Obrigado, milady. Nos veremos na nossa próxima aula, amanhã, então.
– O senhor não vai jantar em casa esta noite?
Ele balançou a cabeça.
– Planejei encontrar amigos na cidade esta noite.

O brilho rápido nos olhos de Holly traiu sua reprovação. Zachary sabia que ela não gostava de sua vida social desenfreada e de suas aventuras sexuais, e sentiu um prazer selvagem e repentino em desagradá-la. Que Holly dormisse em sua cama casta todas as noites; ele não tinha escrúpulos em buscar o próprio prazer onde quer que fosse.

Holly foi andando lentamente até o quarto de Rose, onde a menina e Maude estavam ocupadas com as leituras e as brincadeiras da tarde. Sentia uma dificuldade surpreendente de controlar os próprios pensamentos. A mente continuava invocando imagens dela mesma presa nos braços de Zachary Bronson, girando lentamente pelo salão de baile espelhado enquanto o reflexo dos corpos unidos cintilava ao redor deles. Estar tão perto de Bronson, conversando e rindo tão intimamente com ele por mais de duas horas, havia perturbado terrivelmente seus sentidos. Ela se sentia agitada, ansiosa, infeliz com algo que não conseguia identificar. E estava satisfeita por a aula de dança ter acabado. Houve um momento delicioso e terrível em que Bronson a abraçara com força e ela havia pensado que ele a beijaria.

E se aquilo tivesse acontecido? Qual teria sido a reação dela? Holly estava com medo de pensar. Bronson tocara em algo profundo e primitivo dentro dela. Para uma mulher que aprendera que até a atração sexual pelo próprio marido deveria ser contida de forma rigorosa, a situação era alarmante.

Holly deveria sentir repulsa pela vulgaridade de Bronson, mas, em vez disso, sentia-se atraída por ele, que não a tratava como uma boneca frágil ou como alguém digno de pena. Bronson a provocava, brincava com ela e falava sem rodeios. Fazia com que ela se sentisse viva, cheia de energia e muito interessada no que existia além de seu mundo. Em vez de estar refinando Zachary Bronson, Holly temia que o inverso estivesse acontecendo: *ele* a estava transformando, e não para melhor.

Com uma risadinha um pouco trêmula, Holly passou a mão pelos olhos, que pareciam doloridos e sensíveis. Sua visão foi nublada por faíscas e ela prendeu a respiração.

– Ah, não – murmurou, reconhecendo os sinais que anunciavam uma de suas enxaquecas.

Como sempre, a dor aguda surgia sem qualquer motivo aparente. Talvez, se pudesse se deitar um pouco com um pano frio sobre a testa, evitasse a dor que se aproximava.

Holly foi subindo as escadas apoiada no corrimão, apertando os olhos contra a dor crescente nas têmporas e na nuca. Quando finalmente alcançou os aposentos que compartilhava com a filha, ouviu a voz dela.

– ... não, isso não é um trote, Maude! Está muito lento. *Isso* é um trote...

Holly espiou pela fresta da porta e viu a filha sentada no chão acarpetado com a criada loura, as duas cercadas de brinquedos. Rose segurava um dos brinquedos que Bronson havia lhe dado, um cavalinho coberto de couro. O bichinho tinha uma cauda imponente, a crina de verdade e olhos de vidro cintilantes, e puxava uma carruagem em miniatura, com um grupo de bonecas dentro, que passava por construções feitas de blocos e livros.

– Para onde eles estão indo, querida? – perguntou Holly em voz baixa. – Para o parque ou para as lojas na Regent Street?

Rose olhou para cima e sorriu, os cachos escuros balançando.

– Mamãe! – exclamou a menina, e voltou a atenção para o cavalo que trotava. – Eles estão indo para a refinaria de aço.

– A refinaria de aço? – repetiu Holly, achando divertido.

Um sorriso irônico apareceu no rosto redondo de Maude.

– Sim, milady. O Sr. Bronson tem contado a Rose sobre a vida dos operários, e o que eles fazem nas refinarias e fábricas dele. Tentei dizer a ele que uma criança não precisa ouvir essas coisas, mas o Sr. Bronson não me deu atenção.

O primeiro instinto de Holly foi ficar irritada com Bronson. Ele não tinha o direito de falar com uma criança que vivia em um ambiente tão protegido sobre as circunstâncias da classe trabalhadora. Por outro lado, até aquele momento, nunca ocorrera a Holly que a filha estava crescendo sem ter qualquer noção das diferenças entre ricos e pobres e sem saber por que algumas pessoas viviam em boas casas enquanto outras viviam nas ruas e passavam fome.

– Suponho – disse em um tom hesitante – que isso não seja ruim. É bom que Rose saiba um pouco mais sobre o mundo... Que saiba que a vida da maioria das pessoas é diferente da dela...

Holly esfregou a testa dolorida enquanto a dor se intensificava em pontadas contínuas. Pela primeira vez, se deu conta de que Zachary Bronson estava se tornando mais real, mais influente na vida da filha dela do que George jamais poderia ser. Bronson brincava de caça ao sapato e de esconde-esconde com Rose; tinha provado a geleia que a menina "ajudara" a cozinheira a fazer em uma tarde chuvosa; e construíra um castelo de cartas para ela enquanto os dois estavam sentados no chão, diante do fogo. Coisas que o pai nunca seria capaz de fazer com a filha.

Bronson nunca ignorava Rose ou considerava suas perguntas tolas. Na verdade, ele a tratava como se ela tivesse a mesma importância, se não mais, que qualquer outro membro da família. A maior parte dos adultos considerava crianças meramente pessoas em formação, indignas de usufruírem de direitos ou privilégios até atingirem a maioridade. Mas era claro que ele gostava da menina e Rose, por sua vez, gostava dele. Aquela era outra faceta inesperada de uma situação que incomodava Holly em muitos níveis.

– Ah, milady – disse Maude, olhando-a fixamente. – É a sua enxaqueca, não é? A senhora está muito pálida, parece doente da cabeça aos pés.

– Sim.

Holly apoiou a maior parte do seu peso no batente da porta e deu um sorriso triste para a filha.

– Sinto muito, Rose. Sei que prometi levar você para um passeio agora à tarde, mas hoje não vou conseguir.

– A senhora está doente, mamãe?

A menina franziu o rosto em uma expressão preocupada e se levantou de um pulo. Chegou perto da mãe e passou os braços ao redor de sua cintura.

– Precisa tomar seu remédio – aconselhou, soando como uma adulta em miniatura. – E fechar as cortinas e os olhos.

Apesar do desconforto crescente, Holly sorriu e deixou a mãozinha da filha guiá-la até o quarto. Maude fechou rapidamente as pesadas cortinas, apagando todos os vestígios de luz, e ajudou Holly a se despir.

– Ainda temos o tônico que o Dr. Wentworth deixou da última vez? – perguntou Holly em um sussurro, encolhendo-se enquanto Maude abria os botões da parte de trás do vestido.

O menor movimento no quarto fazia sua cabeça latejar violentamente. Quando tivera o último ataque de enxaqueca na casa dos Taylors, o médico da família havia lhe dado um frasco de tônico que a fazia cair em um misericordioso esquecimento.

– É claro – murmurou Maude.

A criada tinha experiência o bastante com o mal-estar ocasional da patroa para saber que deveria manter a voz bem baixa.

– Eu nunca teria deixado o frasco para trás, milady. Vou servir uma colherada bem generosa assim que a senhora estiver acomodada na cama.

– Graças a Deus – disse Holly, com um suspiro que foi quase um gemido. – O que eu faria sem você, Maude? Obrigada, muito obrigada por vir para cá, para a propriedade dos Bronsons, conosco. Eu não a teria culpado se tivesse preferido ficar com os Taylors.

– E deixar a senhora e Rose virem sozinhas para este lugar tão fora do comum?

Holly ouviu o sorriso no murmúrio de Maude.

– Para dizer a verdade, senhora, eu gosto muito daqui.

O vestido de Holly escorregou para o chão, seguido pelo conjunto de espartilhos leves e pelas meias. Quando estava apenas com a camisa e os calções de baixo, Holly se arrastou para debaixo das cobertas. Ela mordeu os lábios para abafar um gemido de desconforto e se recostou no travesseiro.

– Maude – sussurrou –, você anda tendo tão pouco tempo livre... Vou corrigir isso quando estiver me sentindo melhor de novo, sim?

– Não se preocupe com nada – disse a criada, tranquilizando-a. – Apenas descanse. Logo voltarei com seu remédio.

Zachary desceu a grande escadaria, pronto para sair para sua noitada de diversão. Ele usava um paletó azul impecável e calça cinza, com um lenço de seda preta ao redor do pescoço. Seu humor não era de expectativa, mas de determinação. Todas as sensações despertadas na aula de dança da tarde ainda fervilhavam em seu corpo, exigindo serem saciadas. Estava preparado para mergulhar fundo nos prazeres carnais, com uma mulher disposta e, depois disso, talvez passar algumas horas jogando cartas e bebendo. Qualquer coisa para ajudá-lo a esquecer a sensação de ter Holly nos braços.

No entanto, quando alcançou o patamar no meio da escada, Zachary diminuiu os passos rápidos e parou ao ver a figura desconsolada de Rose sentada em um dos degraus acarpetados. A visão da menina – que parecia uma bonequinha bem-arrumada em seu vestido de musselina, cheio de babados, as perninhas rechonchudas cobertas por meias brancas grossas e o cordão de botões sempre presente nas mãos minúsculas – o fez sorrir. Como ela era diferente da irmã dele, Elizabeth, naquela idade. Rose era bem-educada, introspectiva, docemente circunspecta, enquanto Elizabeth havia sido uma pestinha cheia de vigor. Holly havia feito um trabalho esplêndido até ali ao proteger a filha em uma existência segura e bem organizada, mas, na opinião de Zachary, Rose precisava da influência de um pai. Alguém para ajudá-la a compreender o mundo além das grades do parque e dos jardins elegantes cercados por muros de tijolos, um mundo que envolvia crianças que não usavam roupas com golas de renda e pessoas que trabalhavam duro para ganhar o pão de cada dia. A vida normal. No entanto, Rose não era filha dele e Zachary sabia que não tinha o direito de dar qualquer opinião a respeito de sua educação.

Ele parou alguns degraus abaixo de onde estava a menina e fitou-a com curiosidade.

– Princesa – disse com um sorriso de lado –, por que está sentada aqui sozinha?

Rose deu um suspiro, as mãozinhas rechonchudas mexendo nos botões brilhantes do cordão. Quando chegou a seu favorito, o botão de perfume, ela o levou ao nariz e cheirou.

– Estou esperando a Maude – respondeu, abatida. – Ela está dando o remédio da mamãe e depois nós vamos jantar no quarto das crianças.

– Remédio? – repetiu Zachary, franzindo a testa.

Por que diabos Holly precisava de remédio? Ela estava perfeitamente bem há menos de duas horas, após a aula de dança. Teria acontecido algo? Algum acidente?

– Para a enxaqueca dela – disse Rose, apoiando o queixo nas mãos. – E agora não tem ninguém para brincar comigo. Maude vai tentar, mas ela está muito cansada e não vai ser muito divertido. Ela vai me colocar para dormir mais cedo. Eu não gosto quando a mamãe está doente!

Zachary olhou para a menininha, pensativo, se perguntando se seria possível alguém desenvolver uma crise incapacitante de enxaqueca em apenas duas horas. O que teria causado aquilo? Qualquer ideia de sair para se dedicar às atividades noturnas que havia planejado desapareceu abruptamente de sua cabeça.

– Princesa, fique aqui – murmurou ele. – Vou visitar sua mãe.

– O senhor vai? – perguntou ela, olhando para ele com esperança. – Pode fazer a mamãe ficar boa de novo, Sr. Bronson?

A pergunta carregava uma fé tão inocente que provocou ao mesmo tempo um aperto no coração de Zachary e o fez rir. Ele se abaixou e pousou a mão com carinho sobre os cabelos escuros da menina.

– Receio que não, Rose. Mas posso me certificar de que sua mãe tenha tudo de que precisa para melhorar logo.

Ele a deixou e subiu a escada de dois em dois degraus. Zachary chegou ao quarto de Holly no momento em que Maude saía e, ao reparar na tensão e na preocupação no rosto da criada, sentiu a ansiedade apertar seu peito.

– Maude – perguntou bruscamente –, que diabo está acontecendo com lady Holland?

A loura e corpulenta Maude rapidamente levou um dedo aos lábios em sinal para que ele falasse baixo.

– É a enxaqueca que às vezes a atormenta, senhor – disse ela em um sussurro. – Elas chegam muito rápido e qualquer som, cheiro ou luz provoca uma dor terrível.

– Mas qual é a causa?

– Eu não sei, senhor. Milady tem essas enxaquecas de vez em quando, desde que o Sr. Taylor faleceu. Costumam durar um dia, às vezes um pouco mais, então ela volta a se sentir bem.

– Vou chamar um médico – anunciou Zachary, decidido.

Maude balançou a cabeça depressa.

– Perdão, senhor, mas não há necessidade disso. Lady Holland consultou um especialista, e ele disse que não há cura para esse tipo de enxaqueca, que ela precisa apenas descansar e tomar o remédio até se sentir melhor.

– Vou vê-la.

A expressão no rosto largo da criada foi de alarme instantâneo.

– Ah, senhor, eu preferiria que não a incomodasse! Lady Holland não está em condições de falar com ninguém... Ela está com dor e o remédio a deixa um pouco fora de si. E ela não está... Bem, ela não está vestida adequadamente.

– Não vou incomodá-la, Maude. Agora vá cuidar de Rose. Ela está sentada na escada, sozinha.

Ignorando os protestos da criada, Zachary passou pela porta e entrou no quarto. Então, piscou até que seus olhos se acostumassem à escuridão e às sombras. Podia ouvir o som tenso da respiração de Holly. Um cheiro levemente adocicado pairava no ar, e ele inspirou com curiosidade. Então caminhou até a cabeceira da cama e encontrou o frasco do remédio e uma colher pegajosa na mesa de cabeceira. Zachary encostou o dedo na colher, levou-a aos lábios e sentiu o gosto do xarope com opiáceos.

Holly se mexeu sob o lençol leve, sentindo a presença de alguém no quarto. Seus olhos e sua testa estavam cobertos com um pano úmido.

– M-Maude? – sussurrou.

Zachary hesitou antes de responder.

– Achei que a senhora sairia da nossa aula de dança com os *pés* doendo – murmurou –, não com a cabeça.

O ribombar suave da voz dele a fez estremecer.

– Ah... Sr. Bronson... Precisa sair daqui imediatamente.

A voz dela soou meio grogue, claramente sob a influência dos opiáceos.

– Eu... eu não estou vestida... e esse tônico às vezes... me faz dizer coisas que normalmente não digo...

– Nesse caso, eu insisto em ficar.

Holly deixou escapar uma risadinha.

– Por favor, não me faça rir... Dói muito.

Zachary se sentou na cadeira que havia sido colocada ao lado da cama. O rangido da madeira sob o peso dele fez Holly se encolher. Quando seu olhar se adaptou à penumbra, ele percebeu a brancura luminosa dos ombros dela e a curva suave entre o pescoço e a elevação do peito.

– Esse remédio que está tomando é cheio de ópio, querida dama, e eu odiaria vê-la se tornar viciada nisso. Já vi o mais saudável dos homens se transformar em um esqueleto ambulante por causa disso.

– É a única coisa que ajuda – murmurou Holly, as ideias bastante embotadas por causa da dor e do remédio. – Vou dormir por um ou dois dias, então a enxaqueca terá ido embora. Não teremos aula amanhã... Me perdoe...

– Que se danem as aulas – declarou Zachary, o tom suave.

– Cuidado com as palavras – reprovou ela com um suspiro débil.

– O que causa as enxaquecas? Mais cedo... Eu fiz algo que...

– Não, não... Não existe um motivo. De repente começo a ver faíscas e pontos de luz, depois a dor começa em um dos lados da cabeça ou no pescoço... e vai se espalhando até eu ficar nauseada e me sentindo péssima.

Zachary se levantou e se sentou ao lado dela, na cama, com cuidado. Holly resmungou um protesto ao sentir o colchão ceder sob o peso dele.

– Sr. Bronson... por favor... me deixe quieta.

Zachary passou os dedos por baixo do pescoço dela. A pele entre a nuca e a base do crânio estava tão rígida que ele podia sentir os músculos contraídos. Holly gemeu com a dor que o toque dele provocou. Zachary usou as pontas dos dedos de ambas as mãos para massagear os músculos tensos com extrema gentileza. Uma lágrima escorreu por baixo do pano que cobria os olhos de Holly e ela deixou escapar um suspiro trêmulo.

– Isso ajuda? – sussurrou Zachary depois de algum tempo, sentindo um pouco da tensão diminuir no local.

– Sim, um pouco...

– Quer que eu pare?

Ela levantou a mão, os dedos envolvendo o pulso dele.

– Não, não pare.

Zachary continuou massageando em silêncio, até sentir a respiração de Holly ficar mais calma e profunda, a tal ponto que achou que ela tivesse adormecido. Depois de um tempo, ela o surpreendeu ao falar com a voz trêmula e baixa:

– As enxaquecas começaram depois da morte de George. A primeira aconteceu depois de passar um dia inteiro lendo cartas de condolências... As pessoas eram tão gentis... Compartilhavam suas lembranças de George... Todos diziam ter ficado surpresos... Mas ninguém ficou tão surpreso quanto eu.

O tom dela era ausente, distante, como se falasse do meio de um sonho.

– Um homem tão saudável. Não tão robusto quanto o senhor, mas ainda assim... em ótima forma. Então a febre chegou e George não conseguia segurar nada no estômago além de chá. Ele ficou de cama por uma semana. Perdeu peso tão rápido... Os ossos se destacaram no rosto. Na segunda semana, eu tive medo quando percebi ele começar a divagar. George parecia saber que estava morrendo, então começou a se preparar. Um dia ele mandou chamar seu amigo mais querido, Ravenhill, que conhecia desde criança... Então fez com que Ravenhill e eu prometêssemos....

Ela suspirou, parecendo se perder na lembrança.

– Que prometessem o quê? – perguntou Zachary, olhando fixamente para a boca relaxada dela. – O que ele a fez prometer?

– Não importa – murmurou Holly. – Eu disse a ele que sim, qualquer coisa para lhe dar paz. Pedi um último beijo. Ele me deu... o beijo mais doce, embora estivesse fraco demais para me abraçar. Um pouco depois, sua respiração se alterou e o médico disse que já eram os estertores da morte. Segurei George em meus braços e senti a vida se esvair dele... Fiquei assim por um longo tempo, até seu corpo esfriar.

Zachary soltou seu pescoço e puxou o lençol protetoramente sobre seus ombros nus.

– Eu sinto muito – murmurou.

– Um tempo depois, comecei a sentir raiva dele – confessou Holly, pegando a mão de Zachary em um gesto infantil. – Eu nunca contei isso a ninguém.

Zachary ficou muito quieto e fechou os dedos ao redor dos dela em um aperto suave.

– Por que com raiva, meu bem?

– Porque George... não lutou nem um pouco. Ele simplesmente se foi... Aceitou... como um cavalheiro. Simplesmente se foi e me deixou aqui. Não era da natureza dele lutar, então... Como eu poderia culpá-lo por isso? Mas foi o que eu fiz.

Eu teria lutado, pensou Zachary, trancando com determinação as palavras dentro de si. *Eu teria ficado cara a cara com o próprio diabo para continuar com você e com Rose. Eu seria abatido aos uivos e chutes antes de largar o que tinha.*

Um sorriso cansado curvou os lábios dela.

– Agora o senhor sabe... como sou uma mulher má.

Zachary permaneceu inclinado sobre Holly, observando-a enquanto ela adormecia. Ela era tão pequena, a menor mulher que já conhecera. E, naquele momento, todo o seu ser foi consumido pelo desejo de poder protegê-la de alguma forma, para que Holly não passasse por mais nem um único momento de infelicidade. Zachary lutou contra o sentimento que ela despertava, aquela ternura absolutamente dolorosa, mas o sentimento se espalhou até se infiltrar em cada pedaço dele. O desejo de sair e encontrar consolo no corpo de outra mulher havia desaparecido completamente. Tudo que ele queria era ficar ali, naquele quarto escuro, velando o sono de lady Holland Taylor enquanto ela sonhava com o marido morto.

Profundamente abalado, Zachary se levantou da cama. Em um impulso, pegou a mão inerte de Holly e levou-a aos lábios com reverência, beijando a parte de trás dos dedos dela, a depressão macia da palma. Jamais havia experimentado algo tão delicioso quanto a textura sedosa da pele dela contra sua boca.

Zachary pousou a mão de Holly sobre as cobertas com muito cuidado e lançou um último olhar infeliz para ela antes de deixar o quarto. Precisava sair daquele lugar, da própria casa. Sentia-se confinado, preso, sufocado.

– Senhor? – chamou Maude, que estava parada no meio do corredor, olhando para ele com uma desconfiança patente.

– Onde está Rose? – perguntou Zachary secamente.

– Ela está na sala de estar da família, brincando com a Sra. e com a Srta. Bronson – disse Maude de testa franzida e parecendo inquieta. – Se me permite perguntar, senhor, o que fez no quarto de lady Holland por tantos minutos?

– Eu a violei enquanto ela estava inconsciente – respondeu Zachary muito sério. – Demorou um pouco mais do que eu esperava.

– Sr. Bronson – exclamou a criada, indignada –, que coisa perversa de se dizer!

– Acalme-se, está bem? – pediu ele com um leve sorriso. – Eu só fiz companhia a lady Holly até ela dormir. Você sabe que eu cortaria minha própria garganta antes de causar qualquer mal a ela.

Maude olhou para ele com uma expressão especulativa.

– Sim, senhor – disse ela, após um momento –, acho que sei disso.

O comentário da criada fez Zachary se perguntar se seus sentimentos por Holly estavam se tornando tão óbvios. *Maldição*, pensou irritado, e passou por ela pisando firme, angustiado pela necessidade de escapar dali.

Capítulo 9

Havia clubes em Londres para atender a todos os tipos de interesse: clubes para cavalheiros que eram ávidos esportistas, políticos, filósofos, bons bebedores, apostadores ou mulherengos. Havia clubes para os ricos, para os recém-chegados, para os inteligentes ou bem-nascidos. Zachary fora convidado a ingressar em inúmeros, os que recebiam cavalheiros profissionais, incluindo comerciantes, advogados e empresários de grande sucesso. No entanto, não queria fazer parte de nenhum. Queria entrar para um clube que não desejava aceitá-lo, um clube tão exclusivo e aristocrático que os sócios só eram admitidos se seus avós tivessem sido aceitos. Então o Marlow's foi a meta que acabou estabelecendo para si mesmo.

No Marlow's, um homem só precisava estalar os dedos para pedir alguma coisa – uma bebida, um prato de caviar, uma mulher –, que tudo logo lhe era servido com presteza discreta. Tudo sempre da melhor qualidade, no ambiente mais elegante, sem que as preferências de qualquer um dos membros jamais fossem mencionadas fora do clube. Localizado quase no final da St. James's Street, era um dos diversos refúgios para cavalheiros. O exterior do Marlow's não chamava qualquer atenção. A fachada de pedra branca e estuque era clássica, simétrica, com um frontão, nada imponente.

O interior, no entanto, era sólido e ostentosamente inglês, todas as paredes e todos os tetos forrados por painéis de mogno recém-polido, o piso coberto por um carpete em um padrão de grandes octógonos vermelhos e marrons. A mobília de couro era pesada e resistente, e a luz baixa saía de preciosas luminárias e arandelas de ferro forjado. O lugar havia sido planejado para homens, um ambiente muito masculino, sem nenhuma flor ou friso à vista.

O Marlow's era o Olimpo dos clubes, e por gerações e gerações algumas famílias tentavam ser admitidas, sem sucesso. Zachary havia levado três anos para conseguir ser aceito. Com sua mistura característica de extorsão financeira, suborno e manipulação, conseguiu ser admitido, não como membro, mas como um "convidado" permanente que poderia entrar e sair quando quisesse. Havia aristocratas demais cujos negócios estavam conectados aos dele, homens que perderiam as fortunas se Zachary começasse a brincar com as forças do mercado. Ele também havia comprado as dívidas de alguns cavalheiros imprudentes e não hesitara em usá-las como um machado pairando sobre a cabeça deles.

Zachary sentira prazer em oferecer aos principais membros do Marlow's a escolha de perder tudo ou permitir que um vira-lata como ele frequentasse o clube. A maioria tinha votado de má vontade a favor de permitir a Zachary o status de convidado, mas não havia dúvidas do profundo desejo coletivo de se livrar dele – que não se importava. Zachary sentia um prazer perverso em relaxar em uma das poltronas de couro fundas, folheando um jornal, como os outros homens faziam, enquanto aquecia os pés na grande lareira de pedra.

Naquela noite, Zachary gostou especialmente de infligir sua presença ao clube. Nem mesmo George Taylor seria bem-vindo ali, pensou ele com um humor sombrio. Na verdade, os Taylors provavelmente nunca haviam pensado em tentar a admissão no Marlow's. O sangue deles, embora azul, não era azul o suficiente, e Deus sabia que eles não tinham o dinheiro necessário. Mas Zachary conseguira, mesmo sendo apenas um "convidado permanente" e não exatamente um membro. E agora que havia aberto caminho à força até os mais altos escalões da sociedade, era um precedente para o próximo sujeito de sua estirpe. Aquilo era o que os aristocratas mais temiam: que suas fileiras fossem invadidas por arrivistas, que um dia suas linhagens não bastassem mais para distingui-los.

Enquanto Zachary estava sentado diante da lareira, contemplando melancolicamente as chamas que dançavam, uma matilha de três jovens se aproximou dele – dois se acomodaram em cadeiras próximas e um permaneceu de pé em uma postura insolente, com uma das mãos apoiada na cintura. Zachary olhou para o que estava ao seu lado e reprimiu um sorriso de desprezo. Lorde Booth, o conde de Warrington, era um asno presunçoso que não tinha muito que o recomendasse a não ser uma linhagem distinta. Após a morte recente do pai, Warrington havia herdado um bom título e um nome, duas belas propriedades e uma montanha de dívidas, muitas delas fruto de suas próprias tolices juvenis. Era evidente que o velho conde tivera dificuldades em reduzir os gastos extravagantes do filho, muitos deles direcionados a impressionar companhias que dificilmente valiam o esforço. Naquele momento, o jovem Warrington havia se cercado de amigos que o bajulavam e lisonjeavam o tempo todo, aumentando sua sensação de superioridade.

– Warrington – murmurou Zachary, mal inclinando a cabeça.

Ele também cumprimentou os outros dois, Turner e Enfield, sem entusiasmo.

– Bronson – disse o jovem conde com falsa simpatia –, que surpresa agradável encontrá-lo aqui.

Warrington era um homem grande e de boa constituição, com o rosto longo e estreito, não exatamente belo, mas aristocrático do começo ao fim. Ele se levantou, movendo-se com a confiança física de um homem com proficiência atlética e que praticava esportes.

– O clube não tem sido agraciado com sua presença há muitas semanas – continuou ele. – Presume-se que tenha estado muito ocupado com as novas... hum... circunstâncias em sua casa.

– A que circunstâncias está se referindo? – perguntou Zachary baixinho, embora soubesse exatamente que rumo a conversa estava tomando.

– Ora, todos em Londres conhecem sua nova *chère amie*, a requintada lady Holland. Gostaria de cumprimentá-lo por sua notável... e bastante surpreendente... demonstração de bom gosto. Parabéns, meu afortunado companheiro.

– Não há motivo algum para felicitações neste caso – retrucou Zachary secamente. – Não existe relacionamento íntimo entre nós, nem existirá.

Warrington ergueu as sobrancelhas escuras, como se estivesse sendo confrontado com uma mentira óbvia.

– A suposta dama está residindo sob seu teto, Bronson. Acha que somos todos tolos?

– Sob o mesmo teto que minha mãe e minha irmã – lembrou Zachary sem alterar o tom, embora por dentro a fúria ameaçasse explodir em uma chama fria e letal. – Para dar orientações e conselhos à família.

Warrington riu maldosamente, revelando uma série de dentes longos e irregulares.

– Ah, tenho certeza de que deve estar acontecendo muita "orientação" em sua casa, sim. Sobre como uma boa senhora prefere ser tratada na cama, talvez?

Os companheiros de Warrington riram de seu humor ácido.

Zachary permaneceu sentado, parecendo relaxado apesar da explosão de raiva gelada no peito. Naquele momento, fazia mais uma descoberta desagradável: que qualquer atitude de desprezo em relação à lady Holland Taylor bastava para provocar nele o ímpeto de cometer um assassinato. Quando ele e Holly assinaram o maldito contrato de trabalho, previra rumores. A própria Holly aceitara que haveria certo dano à sua reputação. Na época, a ideia não incomodara muito Zachary, que estivera decidido demais a conseguir o que queria. Naquele momento, no entanto, o fato o incomodava muito. Sentiu pequenas chamas explodindo atrás dos olhos.

– Retire o comentário que acaba de fazer – disse baixinho. – E aproveite para acrescentar um pedido de desculpa.

Warrington sorriu, claramente satisfeito por sua flecha ter acertado o alvo.

– Caso contrário?

– Eu o obrigarei a fazer isso – respondeu Zachary com uma seriedade letal.

– Uma luta de boxe? Excelente ideia.

Sem dúvida era aquilo que Warrington queria desde o começo.

– Se eu vencer, você me dará sua palavra de que deixará o clube imediatamente e nunca mais entrará aqui. E, caso você vença, farei uma retratação e um pedido de desculpa.

– E mais uma coisa – disse Zachary.

Ele observava o botão superior do paletó elegante de Warrington. Todos os botões da peça de roupa eram grandes e dourados, gravados com a insígnia da família. O de cima, no entanto, era adornado com um grande diamante branco que parecia ter pelo menos dois quilates.

– Se eu ganhar, também ficarei com esse botão de diamante.

A expressão de Warrington era de pura perplexidade.

– O quê? Mas... Ora, que exigência estranha. Para que diabos você quer um botão?

– Chame de um *souvenir* – respondeu Zachary.

O conde balançou a cabeça, como se achasse que estava lidando com um louco.

– Muito bem! Vamos organizar tudo para amanhã de manhã?

– Não.

Zachary não tinha intenção de permitir que aquele tolo arrogante e seus comparsas divulgassem o evento por toda a cidade de Londres ou lançassem mais calúnias à honra de lady Holly. O assunto seria resolvido imediatamente. Ele se levantou e flexionou as mãos em expectativa.

– Vamos resolver isso agora. No porão do clube.

Por um instante, Warrington pareceu perturbado com os modos frios e deliberados de Zachary.

– Não posso fazer isso agora, sem um mínimo de preparação. Há uma diferença entre uma luta organizada e uma briga de rua, Bronson... Não que você seja capaz de compreender tais distinções.

Subitamente, Zachary sorriu.

– Compreendo perfeitamente que você deseja fazer uma demonstração de suas habilidades de luta e se livrar da minha presença no clube de uma vez por todas. Pois terá sua oportunidade, Warrington, só que isso vai acontecer aqui e agora, ou então vamos declarar sua derrota.

– Nada de derrota – replicou Warrington. – Sou perfeitamente capaz de vencer quando e onde você quiser.

Ele se virou para um dos companheiros.

– Enfield, você fica como meu assistente?

O amigo assentiu de imediato, claramente satisfeito por ter sido convidado. Warrington olhou para o outro companheiro.

– Turner, suponho que isso significa que você terá que ser o assistente de Bronson.

Turner, um sujeito rechonchudo, de rosto redondo, com cabelo castanho-avermelhado que ia até os ombros, franziu a testa e cruzou os braços curtos sobre o peito. Era evidente que assumir a função de assistente técnico de Bronson, ou seja, aquele que permaneceria no canto do ringue para encorajá-lo e ajudá-lo, não era uma ideia muito atraente para ele.

Bronson lhe lançou um sorriso zombeteiro.

– Não se incomode, milorde – murmurou. – Não preciso de assistente.

Para surpresa de Zachary, uma nova voz entrou na conversa.

– Eu serei seu assistente, Bronson, se me permitir.

Zachary se virou na direção da voz irônica e educada e viu um homem sentado em uma cadeira, no canto. O homem deixou de lado a edição recém-impressa do *Times*, se levantou e se aproximou dele. O recém-chegado era alto, magro e louro, com a aparência que os aristocratas deveriam ter, mas raramente tinham. Zachary o examinou, pensativo, já que nunca o vira antes no Marlow's. Com olhos frios e cinzentos, cabelos claros como o trigo e traços perfeitamente esculpidos, era um homem bonito, principesco até. Seu ar contido e a expressão de uma inteligência atenta fizeram Zachary se lembrar da imagem de um falcão dourado.

– Vardon, lorde Blake de Ravenhill – disse o homem, e estendeu a mão.

Zachary aceitou o cumprimento, descobrindo um aperto de mão forte e firme. O nome do desconhecido agitou algo no fundo da mente de Zachary. Ravenhill, Ravenhill... Ora, era o mesmo que Holly mencionara apenas algumas horas antes, em suas reminiscências opiáceas de George. Ravenhill era o nome do amigo mais próximo de George Taylor, um homem tão confiável e respeitado que esteve presente nas últimas horas da vida de George. Seria a mesma pessoa? Por que ele se ofereceria para ser assistente de Zachary em uma luta livre? E o que Ravenhill pensava do fato de a amada esposa de George estar trabalhando para um plebeu como ele? Zachary olhou bem dentro dos olhos cinza-prateados e altivos do homem, mas não conseguiu perceber uma única emoção.

– Por que está se oferecendo para me auxiliar? – perguntou Zachary, fascinado mesmo contra a própria vontade.

– Tenho minhas razões.

Zachary o examinou por mais um momento e assentiu brevemente.

– Muito bem, então. Vamos.

Cabeças se viraram e papéis farfalharam silenciosamente enquanto os membros do Marlow's assistiam à estranha procissão. Ao se darem conta de que algum tipo de altercação estava para acontecer, vários homens se levantaram e seguiram os lutadores em direção à escada nos fundos do clube que levava ao porão. Enquanto desciam os degraus estreitos e escuros, Zachary captou trechos da conversa sussurrada entre Warrington e os companheiros, que seguiam à frente deles.

– Acho você um tolo por enfrentar... maldito bastardo enorme... – murmurou Turner.

– ... não conhece nada de técnica ou disciplina... é só um vira-lata – retrucou Warrington com desdém.

Zachary abriu um sorriso sombrio. Talvez Warrington tivesse muita técnica e disciplina. Talvez tivesse passado anos treinando boxe. Mas aquilo tudo não valia nada em comparação com a experiência que Zachary ganhara parado em uma esquina, enfrentando oponentes de todos os cantos. Por quantos dias e noites havia lutado por cada xelim possível, sabendo que a mãe e a irmã não teriam comida ou cama para dormir caso fosse derrotado? Lutar nunca havia sido uma diversão para Zachary... Era uma forma de sobrevivência, um jeito de ganhar a vida. Para Warrington, era apenas um esporte.

– Não o subestime – disse Ravenhill em voz baixa, atrás dele, como se os pensamentos de Zachary de algum modo fossem transparentes. – Warrington tem um golpe de direita matador e é mais rápido do que você pode imaginar. Eu lutei com ele algumas vezes em Oxford e sempre perdia o fôlego.

Eles chegaram ao porão, que era frio, mal iluminado e cheirava a mofo. O chão de terra estava ligeiramente úmido e as paredes eram de pedra verde e escorregadia. Intermináveis fileiras de prateleiras com garrafas de vinho enchiam metade da adega, mas ainda havia espaço suficiente para o que pretendiam fazer ali.

Enquanto Zachary e Warrington despiam os paletós e as camisas, os assistentes estabeleceram as medidas do ringue e marcaram dois sulcos, com trinta centímetros de distância, no centro da área. Ravenhill declarou os termos da luta.

– Segundo as Regras do Ringue de Londres, cada round só termina quando alguma parte do corpo de um dos lutadores tocar o solo. No final dos rounds, cada homem retorna ao seu canto, descansa por trinta segundos e, em oito segundos, volta à sua marca. Cair voluntariamente de joelhos resultará em declaração de derrota.

Ele olhou do rosto sem expressão de Zachary para o rosto determinado de Warrington.

– Me esqueci de alguma coisa, cavalheiros?

– Sim – disse Warrington, olhando para Zachary com uma expressão acusadora, como se esperasse que ele trapaceasse. – Sem chave de braço.

Ravenhill respondeu antes que Zachary tivesse chance de fazê-lo.

– Chaves de braço são perfeitamente legais, milorde.

– Não tem problema – disse Zachary, tranquilo, arrancando o lenço do pescoço. – Não darei chaves de braço se ele não quiser.

Zachary sabia o que Warrington temia: que o oponente prendesse sua cabeça entre os braços de um modo impossível de se desvencilhar e acabasse com todos os ossos do rosto quebrados.

– Uma concessão muito cortês, Sr. Bronson – comentou Ravenhill.

O amigo de George pareceu notar o quanto Warrington ficou irritado ao ouvir a palavra "cortês" aplicada ao oponente.

– Muito bem, então, sem chaves de braço.

Ele estendeu as mãos para receber a camisa, o paletó, o colete e o lenço de pescoço de Zachary, dobrou as roupas com a destreza de um valete e colocou-as em uma prateleira de vinho. Quando os dois homens sem camisa se encararam, Zachary viu os olhos de Warrington se arregalarem em evidente consternação.

– Cristo! – disse Warrington, incapaz de conter a exclamação. – O sujeito parece um... um armário!

Zachary estava acostumado àquele tipo de comentário havia muito tempo. Ele estava ciente da aparência do próprio corpo: o torso desenhado por músculos, cicatrizes em alguns lugares, os braços protuberantes, o pescoço de cinquenta centímetros de circunferência e o peito densamente coberto de pelos escuros. Era um corpo feito para a luta ou para trabalhos pesados em campos e fábricas. Warrington, por outro lado, tinha o corpo esguio, a pele sem marcas e músculos delgados em um peito quase sem pelos.

Ravenhill sorriu pela primeira vez, revelando um lampejo de dentes brancos e uniformes.

– Se não me engano, costumavam chamar Bronson de "Açougueiro" – informou a Warrington, então se virou para Zachary, as sobrancelhas arqueadas em uma expressão inquisitiva. – Não era?

Como não estava com humor para brincadeiras, Zachary assentiu brevemente. A atenção de Ravenhill se voltou para Warrington, e então ele falou em um tom mais sério:

– Talvez eu consiga persuadir o Sr. Bronson a abandonar a luta, milorde, caso concorde em retirar imediatamente seu comentário a respeito de lady Holland.

Warrington balançou a cabeça com um sorriso de escárnio.

– Não vou demonstrar qualquer respeito a uma dama que mora sob o teto dele.

Ravenhill lançou um olhar de frio encorajamento a Zachary. Qualquer insulto a Holly parecia ofendê-lo quase tanto quanto a Zachary. Quando Ravenhill passou por ele no caminho para o canto, murmurou algo entredentes.

– Arranque a maldita cabeça dele, Bronson.

Zachary se colocou em silêncio em sua marca e esperou que Warrington fizesse o mesmo. Os dois se encararam e adotaram a postura tradicional de combate no boxe: perna esquerda à frente, braço esquerdo à frente, cotovelo dobrado, nós dos dedos ao nível dos olhos. Warrington abriu a luta com um *jab* forte de esquerda e se moveu para a esquerda, enquanto Zachary imediatamente cedeu terreno. Logo Warrington descarregou mais *jabs* de esquerda, seguidos por um *uppercut* de direita. Embora tenha errado o golpe, seus companheiros começaram a gritar de empolgação, animados com a agressividade do amigo. Zachary permitiu que Warrington ditasse o ritmo, apenas recuando e se defendendo enquanto o oponente disparava uma série de golpes que atingiram com força as costelas de Zachary, o tipo de dor à qual ele era imune depois de anos de luta. Reagiu apenas com *jabs* leves que tinham a intenção de irritar o oponente e testar seu alcance.

Por fim, quando o rosto suado de Warrington se iluminou com um sorriso triunfante e Turner e Enfield aplaudiram vigorosamente a vitória prematura, Zachary lançou uma combinação de três golpes, seguidos por um forte cruzado de direita que acertou Warrington bem no olho.

Warrington cambaleou para trás, claramente surpreso com a força e a velocidade dos golpes. Os homens ao redor se calaram quando as pernas de Warrington cederam e ele caiu de joelhos, antes de se levantar de novo, embora não sem esforço.

– Fim do round – avisou Ravenhill.

Zachary obedeceu e foi para seu canto. Ele estava começando a suar com o esforço e passou a mão com impaciência nas mechas úmidas de cabelo que caíam na testa.

De repente, Ravenhill estendeu um pano limpo que Zachary usou para enxugar o rosto. No canto oposto, Enfield enxugava o rosto de Warrington e oferecia conselhos.

– Não brinque com ele por muito tempo – murmurou Ravenhill, sorrindo, embora seus olhos cinza permanecessem frios. – Não há necessidade de arrastar esse negócio, Bronson.

Zachary devolveu a toalha.

– O que o faz pensar que estou brincando com ele?

– Está claro que a luta está na sua mão e que você vai encerrá-la quando quiser. Mas aja como um cavalheiro em relação a isso, certo? Deixe seu recado bem dado, mas seja sucinto e acabe logo com essa história.

Trinta segundos se passaram e Zachary voltou à marca central para o próximo round. Estava incomodado com o fato de Ravenhill conseguir lê-lo tão facilmente. Realmente havia planejado prolongar a luta, provocando e humilhando Warrington com sua superioridade. Pretendia dar ao aristocrata mimado uma longa e dolorosa surra que deixasse hematomas em cada centímetro do corpo dele. Mas, em vez disso, Ravenhill queria que Zachary encerrasse a luta o quanto antes, permitindo que Warrington saísse com orgulho de sobra. Zachary reconhecia que o conselho era realmente a coisa mais cavalheiresca a se fazer, mas aquilo o irritou muito. Não queria agir como um cavalheiro, queria ser impiedoso e arrancar toda a vaidade de seu oponente.

Warrington avançou para cima dele com vigor renovado, firmando os pés e desferindo três *uppercuts* de direita que acertaram Zachary no queixo, jogando sua cabeça para trás. Zachary revidou com dois golpes fortes nas costelas do adversário e um gancho de esquerda na cabeça. O golpe explosivo fez Warrington oscilar e dar dois passos rápidos para se manter em pé. Zachary recuou e circundou o adversário, esperando até que o outro se aproximasse mais uma vez. Trocaram golpes até Zachary acertar um direto de esquerda poderoso no maxilar de Warrington. Atordoado, ele caiu no chão e praguejou enquanto tentava ficar de pé.

Enfield pediu o fim do round, e novamente os dois oponentes recuaram para seus cantos.

Zachary esfregou o rosto com o pano úmido. Estaria dolorido na manhã seguinte; já Warrington exibia um olho esquerdo roxo e um hematoma no lado direito do queixo. Mas, verdade fosse dita, Warrington não era um lutador ruim. Era preciso lhe dar crédito por ocupar bem o ringue, sem mencionar a determinação. No entanto, Zachary não apenas o superava em força, como também era muito mais experiente, desferindo menos golpes, mas infinitamente mais eficazes.

– Bom trabalho – comentou Ravenhill em voz baixa.

Zachary teve vontade de grunhir que não queria nem precisava da maldita aprovação dele. Assim como não precisava das instruções do cretino sobre como lutar tal qual um cavalheiro. No entanto, manteve a fúria sob controle, reprimindo a emoção até que fervilhasse, gélida, apenas em seu âmago.

Ao voltar para o terceiro round, Zachary permitiu uma rápida enxurrada de golpes de Warrington, que já começava a se cansar. Ele se esquivou de pelo menos metade dos golpes, e experimentou a sensação familiar de estar acomodado na luta, de ter chegado ao platô no qual aguentaria por horas. Poderia lutar daquele jeito o dia todo sem precisar de pausas. Seria fácil manter Warrington ocupado até que o outro simplesmente caísse de exaustão. No entanto, Zachary partiu para o ataque final e acertou uma combinação de cinco golpes que mandaram Warrington para o chão.

Obviamente perplexo, balançando a cabeça em um esforço inútil para clareá-la, Warrington permaneceu caído. Turner e Enfield gritaram para que o amigo se levantasse de novo, mas ele cuspiu um pouco de saliva ensanguentada e ergueu as mãos, se recusando.

– Não consigo fazer isso – murmurou. – Não consigo.

Mesmo quando Enfield se adiantou para levantá-lo e levá-lo ao centro novamente, Warrington recusou. Zachary teria ficado satisfeito se pudesse ter infligido mais danos ao adversário, mas sentiu-se um pouco apaziguado ao ver o rosto machucado e cheio de hematomas de Warrington e o modo como ele mantinha as mãos nas costelas com evidente dor.

– A luta acabou – declarou Warrington, a voz saindo de um dos lados da boca inchada. – Cedo a vitória a Bronson.

Depois de levar um ou dois minutos para recuperar as forças, Warrington se adiantou e encarou Zachary.

– Minhas desculpas a lady Holland – disse, enquanto seus companheiros reclamavam e resmungavam alto. – Retiro cada palavra que disse sobre ela.

E então o perdedor se virou para Enfield e acrescentou:

– Corte o botão de cima do meu casaco e entregue a ele.

– Mas o que ele vai fazer com isso? – questionou Enfield, olhando com raiva para Zachary.

– Não me interessa nem um pouco – respondeu Warrington secamente. – Arranque o maldito botão.

Ele então se voltou para Zachary e estendeu a mão.

– Bronson, sua cabeça é como uma bigorna. Suponho que isso o torna uma companhia adequada para o resto de nós.

Zachary ficou surpreso com o brilho de humor camarada nos olhos do outro homem. Ele estendeu a mão lentamente e apertou a de Warrington, o aperto fraco já que ambos tinham os dedos doloridos. O gesto significava que Warrington reconhecia Zachary como um igual, ou pelo menos como alguém que ele considerava um membro aceitável do clube.

– Você tem um bom cruzado de direita – retrucou Zachary rispidamente. – Tão bom quanto qualquer um que eu tenha enfrentado nos meus dias de lutador.

Apesar da boca inchada, Warrington sorriu, aparentemente satisfeito com o elogio. Zachary então voltou para onde estava Ravenhill, se enxugou e se vestiu, abotoando a camisa com dificuldade, mas deixando o colete desabotoado.

– Permita-me – ofereceu-se Ravenhill.

Mas Zachary balançou a cabeça irritado. Odiava tanto ser tocado por outros homens que chegara a abrir mão dos serviços de um valete.

Ravenhill balançou a cabeça, com um sorriso discreto no rosto.

– Tranquilo como um javali – comentou em um tom frio e irônico. – Como, em nome de Deus, você conseguiu que lady Holland concordasse com isso?

– Concordasse com o quê? – perguntou Zachary, embora soubesse exatamente a que Ravenhill se referia.

– A dama tímida e gentil que eu conheci três anos atrás nunca teria concordado em trabalhar para você. Ela teria sentido medo de você.

– Talvez ela tenha mudado – murmurou Zachary com frieza. – Ou talvez você não a conhecesse tão bem quanto imaginava.

Ele viu o desprazer nos olhos cinzentos e distantes do outro homem e experimentou uma estranha mistura de emoções. Triunfo, porque Holly realmente estava morando com ele e a vida dela estava entrelaçada à sua de uma forma que nunca tinha estado à daquele aristocrata altivo. E ciúme, um ciúme pungente e amargo, porque aquele homem a conhecera antes dele, e por muito mais tempo. E Holly e Ravenhill eram obviamente feitos da mesma matéria, ambos cultos e com pedigree.

Zachary passou o pano uma última vez no rosto machucado e sorriu brevemente para o belo aristocrata.

– Muito obrigado, Ravenhill. Eu o aceitaria como assistente a qualquer hora.

Os dois trocaram um olhar que não era hostil, mas também não era exatamente amigável. Zachary percebeu que Ravenhill não estava satisfeito com o que acontecera com Holly. O homem ficara ofendido com a ideia de que a esposa do falecido amigo estivesse trabalhando para um plebeu. *Lamento por você*, pensou Zachary com maldade, cada gota de instinto primitivo e territorial que havia em seu corpo subindo à tona. *Ela é minha agora, e não há nada aqui ou no inferno que você ou qualquer outra pessoa possa fazer a respeito.*

⁂

Quase vinte e quatro horas exatas depois do início da crise de enxaqueca, Holly se sentiu bem o bastante para sair da cama. Ainda estava fraca e um pouco tonta, como sempre acontecia depois de um episódio como aquele. Era início da noite, a hora em que os Bronsons costumavam se reunir na sala de estar da família para esperar o anúncio do jantar.

– Onde está Rose? – Foi a primeira pergunta de Holly, enquanto Maude a ajudava a se sentar na cama.

– Lá embaixo, com o patrão, a mãe e irmã dele – respondeu Maude, colocando alguns travesseiros de apoio atrás das costas dela. – Os três se empenharam em mimá-la enquanto a senhora dormia, brincando com ela e permitindo que comesse todos os doces que quisesse. O Sr. Bronson cancelou a ida ao centro da cidade e passou a manhã toda guiando Rose montada em um pequeno pônei marrom pelo pátio do estábulo.

– Ah, ele não deveria ter feito isso – disse Holly, imediatamente preocupada. – Ele não deveria ter deixado o trabalho de lado para... Não é função do Sr. Bronson cuidar da minha filha.

– Ele insistiu, milady. Achei um pouco impróprio e tentei lhe dizer que não havia necessidade. Mas a senhora sabe como é o patrão quando está decidido a fazer alguma coisa.

– Sim, eu sei – disse Holly, suspirando e levando a mão à testa dolorida. – Ah, quanto trabalho eu dei a você e a todos...

– Por favor, senhora, não comece a se preocupar. Isso pode acabar provocando outra enxaqueca – disse Maude. – Os Bronsons estão todos muito satisfeitos, ao que parece, e Rose adorou os mimos. Não houve mal a ninguém. Devo pedir que lhe tragam alguma coisa para comer, milady?

– Obrigada, mas gostaria de descer e jantar com a família. Passei tempo demais na cama. E preciso ver Rose.

Com a ajuda da criada, Holly se banhou e escolheu um vestido simples e macio de seda marrom, enfeitado com uma pequena gola de renda tingida com chá e debrum de renda nas mangas. Como seu couro cabeludo ainda estava sensível depois da crise de enxaqueca, optaram por prender os longos cachos soltos na nuca com apenas duas travessas. Depois de verificar sua aparência no espelho da penteadeira para saber se estava apresentável, Holly se dirigiu lentamente até a sala de estar da família.

Como Maude dissera, os Bronsons estavam todos lá. Zachary esticado no tapete, ao lado de Rose, os dois examinando uma pilha de peças de quebra-cabeça de madeira pintada, enquanto Elizabeth lia em voz alta uma coletânea de contos. Paula, em uma das pontas do longo sofá, consertava com ar de satisfação um babado rasgado em um dos aventais brancos de Rose. O pequeno grupo ergueu os olhos ao mesmo tempo quando Holly entrou na sala.

Abatida e cansada, conseguiu dar um sorriso contrito.

– Boa noite a todos.

– Mamãe!

Com um sorriso largo, Rose correu até a mãe e passou os braços ao redor da sua cintura.

– A senhora melhorou!

Holly passou as mãos com carinho pelos cachos escuros da filha.

– Sim, querida. Me desculpe por ter passado tanto tempo descansando.

– Eu me diverti muito enquanto a senhora dormia, mamãe – disse Rose, e começou um relato detalhado do passeio de pônei que fizera pela manhã.

Enquanto a menina tagarelava, Elizabeth se aproximou de Holly com exclamações de compaixão e preocupação e guiou-a até o sofá. Paula insistiu em cobrir os joelhos de Holly com uma manta de tricô, apesar dos protestos tímidos que esta manifestou.

– Ah, Sra. Bronson, quanta gentileza. Realmente, não há necessidade...

Enquanto as mulheres cuidavam dela, Bronson se levantou e se curvou em uma reverência de boas-vindas. Ao ver o olhar sério e avaliador dele, Holly deu um sorriso hesitante.

– Sr. Bronson, eu...

Ela se interrompeu, espantada ao ver a sombra de um hematoma no olho dele e outra em sua mandíbula.

– O que aconteceu com seu rosto, senhor?

Rose respondeu antes que ele tivesse oportunidade, com o orgulho de uma criança que dava uma notícia de grande importância.

– O Sr. Bronson esbarrou de novo em um gancho de esquerda, mamãe. Ele estava *lutando*. E trouxe isso para mim.

Ela puxou a ponta do cordão de botões do bolso grande do avental que usava e subiu no colo de Holly para exibir sua mais recente aquisição. Holly abraçou a filha e examinou o botão com cuidado. Era formado por um enorme diamante que cintilava envolto em ouro amarelo de muitos quilates. Perplexa, ela olhou primeiro para Elizabeth, que tinha uma expressão de reprovação no rosto, em seguida para Paula, cujos lábios se contraíram, antes de finalmente se voltar para os olhos pretos e enigmáticos de Bronson.

– O senhor não deveria ter dado um objeto tão valioso a Rose, Sr. Bronson. De quem é o botão? E por que o senhor estava lutando?

– Tive um desentendimento com uma pessoa do meu clube.

– Por causa de dinheiro? De uma mulher?

A expressão de Bronson não revelava nada, e ele deu de ombros, indiferente, como se o assunto não tivesse importância. Enquanto considerava várias possibilidades, Holly continuou a encará-lo no silêncio tenso que tomou conta da sala. De repente, a resposta lhe ocorreu.

– Por minha causa? – perguntou em um sussurro.

Bronson tirou lentamente um fio da manga.

– Não exatamente.

Nesse momento, Holly descobriu que já o conhecia bem o bastante para perceber quando ele estava mentindo.

– Foi, sim – insistiu ela com uma convicção crescente. – Alguém deve ter dito algo desagradável e, em vez de ignorar o comentário, o senhor aceitou o desafio. Ah, Sr. Bronson, como pôde?

Ao ver descontentamento no lugar da admiração agradecida que decerto esperava, Bronson ficou emburrado.

– A senhora preferia que eu permitisse que um almofadinha des...

Zachary fez uma pausa para se corrigir ao perceber que Rose prestava atenção à conversa com uma expressão extasiada.

– Que um almofadinha desrespeitoso – continuou, suavizando um pouco o tom – espalhasse mentiras sobre a senhora? Alguém precisava calar a boca dele. Eu era capaz de fazer isso e estava mais do que disposto.

– A única maneira de responder a um comentário desagradável é ignorá-lo – comentou Holly secamente. – O senhor fez exatamente o oposto e, com isso, criou na mente de algumas pessoas a impressão de que pode haver alguma verdade no que disseram. Não deveria ter lutado para defender minha honra, e sim sorrido com desdém a qualquer ofensa, deixando claro que não há nada de desonroso em nossa relação.

– Mas, milady, eu lutaria contra o mundo pela senhora.

A frase foi dita no mesmo tom em que ele costumava fazer aqueles comentários surpreendentes, com uma leviandade tão zombeteira que quem o escutava não tinha dúvidas de que estava brincando.

Elizabeth se intrometeu, então, com um sorriso bem-humorado no rosto.

– Zachary sempre usa qualquer desculpa para entrar em uma luta, lady Holly. Meu irmão gosta de usar os punhos, sendo o homem primitivo que é...

– Esse é um aspecto do seu caráter que teremos que corrigir...

Holly lançou um olhar de reprovação a Bronson, que riu. Uma criada apareceu para anunciar que o jantar estava pronto para ser servido, e Rose deu pulinhos de empolgação.

– Cordeiro com alecrim e batatas – disse a menina, animada, claramente tendo obtido a informação da cozinheira. – Meu prato favorito! Vamos, Lizzie, temos que nos apressar!

Elizabeth riu, deu a mão à criança e se deixou ser arrastada para fora da sala. Paula sorriu enquanto colocava o bordado de lado e as seguia. Holly demorou a se levantar, lutando contra uma súbita onda de náusea ao pensar em comer cordeiro, um prato que, naquele momento, não lhe parecia nem um pouco apetitoso. Infelizmente, o tônico que havia aliviado suas dores e feito com que dormisse por um dia inteiro tinha efeitos colaterais, e um deles era a perda de apetite.

Holly fechou os olhos por um momento e, quando voltou a abri-los, viu que Bronson se colocara ao seu lado com uma rapidez surpreendente.

– Está tonta? – perguntou ele baixinho, examinando o rosto pálido dela.

– Não, só um pouco enjoada – murmurou Holly, e se esforçou para ficar de pé. – Sem dúvida, vou me sentir melhor depois de comer alguma coisa.

– Me permita ajudar.

Zachary passou o braço forte e rígido por trás do corpo de Holly, sustentando seu peso enquanto a mulher se levantava, e ela sentiu um tremor de reconhecimento. Parecia que, desde a aula de dança, seu corpo havia se acostumado à proximidade do dele. Estar nos braços de Bronson parecia natural e prazeroso demais.

– Obrigada – murmurou ela, levando a mão à nuca para checar o coque, que parecia um pouco frouxo.

As travessas realmente haviam afrouxado com o abraço afetuoso da filha. Para desalento de Holly, elas se soltaram de vez e seu cabelo caiu livre pelos ombros. Ela se afastou de Bronson com uma pequena exclamação de horror.

– Ah, meu Deus...

Envergonhada ao sentir a cascata de mechas marrons descendo quase até a cintura, algo que as mulheres nunca revelavam a homem algum, exceto ao marido, Holly se apressou a prender novamente os cabelos.

– Perdão – disse, enrubescendo. – Vou me recompor em um instante.

Bronson estava estranhamente silencioso. Em sua agitação e constrangimento, Holly não olhou para o rosto dele, mas teve a impressão de que a respiração de Bronson havia se alterado e adquirira um ritmo mais profundo, mais acelerado do que o normal. As mãos do homem se ergueram em direção ao cabelo dela e, a princípio, Holly pensou que ele estava tentando ajudá-la. Mas, em vez disso, Bronson segurou os pulsos dela, os dedos longos envolvendo com suavidade o braço delicado, que ele então afastou para os lados.

Holly arquejou e o encarou.

– Meu cabelo... Ah, Sr. Bronson, por favor, me solte...

Ele continuou a impedir que Holly mexesse os braços, o toque quente e leve. Holly abria e fechava os dedos, impotente, incapaz de fazer qualquer coisa senão segurar o vazio.

Seu cabelo caía sobre os ombros e o corpete em ondas de um castanho brilhoso, a luz destacando os discretos reflexos dourados e vermelhos nas mechas escuras. Bronson a encarava com atenção, o olhar trilhando o caminho que o cabelo percorria ao longo do corpo de Holly, reparando na forma como os fios se afastavam sobre as colinas suaves dos seios. O rosto de Holly ardia de vergonha, e ela tentou mais uma vez libertar os pulsos. De repente, Bronson a soltou, permitindo que ela recuasse alguns passos, mas, tão logo ela se afastou, mais uma vez ele se aproximou.

Ela umedeceu os lábios secos e tentou encontrar alguma coisa para dizer, qualquer coisa que quebrasse o silêncio ardente entre eles.

– Maude me contou – disse Holly em um tom hesitante – que o senhor entrou no meu quarto ontem à noite, depois que eu já estava medicada.

– Eu estava preocupado com a senhora.

– Por mais gentis que tenham sido suas intenções, foi errado da sua parte. Eu não estava em condições de receber visitas. Nem me lembro do senhor lá, ou do que foi dito...

– Nada foi dito. A senhora estava dormindo.

– Ah...

Holly se interrompeu quando seus ombros se chocaram contra a parede, impedindo que ela continuasse a recuar.

– Zachary – sussurrou.

Ela não tivera a intenção de chamá-lo pelo primeiro nome... Não o usava nem em pensamentos, mas de alguma forma havia deixado escapar. Aquele pequeno ato de intimidade a chocou, e talvez a ele também. Bronson fechou os olhos por um longo momento e, quando os abriu, tinham um brilho intenso e quente.

– Ainda não recobrei totalmente os sentidos – murmurou, dando-se conta de que tremia. – O remédio, ele... ele ainda está me deixando um pouco...

– Shhhh...

Bronson segurou uma mecha do cabelo dela entre os dedos, erguendo-a do ombro, e esfregou o polegar com delicadeza nos fios sedosos. Movia-se lentamente, como se estivesse em um sonho. Quando olhou para a mecha brilhosa em sua mão, levou-a aos lábios e beijou-a.

Holly sentia as pernas tão bambas que mal conseguia permanecer de pé. Ficou surpresa com o gesto terno e reverente, o cuidado extremo com que ele colocou a mecha de cabelo para trás do ombro dela.

Bronson então se inclinou sobre Holly, o corpo grande sem tocá-la. A proximidade a fez se encolher com força contra a parede. Ela soltou um suspiro entrecortado quando ele pousou lentamente as mãos enormes no painel de madeira, uma de cada lado da cabeça dela, as mãos espalmadas.

– Estão esperando por nós – lembrou Holly, a voz débil.

Bronson pareceu não ouvir. *Ele vai me beijar*, pensou ela. O aroma tentador daquele homem, o cheiro másculo e delicioso de sua pele, invadiu sua boca e seu nariz, levando-a a inspirar profundamente. Suas mãos vazias se abriram e fecharam mais uma vez, tremendo com a vontade de puxar a cabeça dele para si. Confusa, Holly esperou em doce agonia que a boca de Bronson se aproximasse enquanto palavras silenciosas rodavam em sua mente: *Sim, faça isso agora, por favor...*

– Mamãe? – A risada surpresa de Rose quebrou o silêncio entre eles.

Ela havia voltado à sala de estar para saber por que eles ainda não tinham se juntado aos outros na mesa de jantar.

– O que vocês estão fazendo, parados assim?

Holly ouviu a própria voz como se viesse de uma grande distância.

– M-Meu cabelo se desprendeu do penteado, querida. O Sr. Bronson estava me ajudando a arrumar.

Rose se abaixou, encontrou as travessas e entregou a Holly.

– Estão aqui – disse a menina, animada.

Bronson abaixou um braço, permitindo que Holly escapasse, embora seu olhar permanecesse fixo nela. Holly respirou fundo, se afastou e se recusou a olhar para ele.

– Obrigada, Rose – disse ela, curvando-se para um abraço rápido na filha. – Que menina prestativa você é.

– Venham logo, por favor – pediu a criança, enquanto via Holly juntar os cabelos, enrolá-los e prendê-los mais uma vez. – Estou com fome!

O jantar transcorreu de forma tranquila, mas Zachary percebeu que seu apetite, normalmente voraz, estava reduzido a zero. Sentado à cabeceira da mesa, viu que Holly havia se acomodado o mais longe possível dele. Esforçando-se para recuperar a sanidade, ele se concentrou em manter a conversa leve, demorando-se em assuntos neutros e seguros, quando só o que desejava era ficar sozinho com Holly.

Maldita fosse... De algum modo, a mulher conseguira acabar com a capacidade dele de comer e dormir. Ele também não sentia vontade de apostar ou de se entregar à devassidão. Todos os seus desejos estavam concentrados nela. Passar a noite toda apenas sentado com Holly em uma sala silenciosa parecia mais empolgante do que passar uma noite no bordel mais dissoluto de Londres. Ela despertava nele as fantasias mais lascivas, e Zachary não conseguia olhar para as mãos, o corpo ou a boca de Holly sem ficar extremamente excitado. E ela inspirava outras fantasias também: imagens de domesticidade das quais ele costumava zombar.

Zachary ansiava por mais uma das noites íntimas que haviam compartilhado, depois que todos os outros já tivessem se recolhido, para ficarem conversando e bebendo diante da lareira, mas estava claro que Holly se sentia exausta. Ela pediu licença imediatamente após o jantar, mal olhando para ele, e se recolheu cedo.

Por algum motivo, Paula permaneceu à mesa com ele depois que os outros se foram, saboreando uma xícara de chá enquanto o filho tomava um cálice de vinho do Porto. Zachary sorriu para a mãe, sentindo prazer ao vê-la usando um vestido de seda azul elegante, a gola enfeitada com o broche de pérola que ele lhe dera de presente no último Natal. Zachary jamais se esqueceria dos vestidos velhos e surrados que ela costumava usar, de sua luta incansável para sustentar os filhos pequenos. A mãe havia trabalhado como costureira, lavadeira, vendedora de trapos. Agora ele tinha condições de cuidar dela, de garantir que nada lhe faltasse.

Zachary sabia que Paula com frequência se sentia pouco à vontade nas novas circunstâncias de vida da família, que ela teria preferido morar em uma pequena casa de campo com apenas uma cozinheira para servi-la. No entanto, ele queria que ela vivesse como uma rainha e não permitiria nada menos do que aquilo.

– A senhora tem algo a dizer, mãe – comentou ele, girando o vinho na taça e dando um sorrisinho rápido, enviesado. – Estou vendo em seu rosto. A senhora tem outro sermão a fazer sobre minha luta?

– Não se trata da luta – disse Paula.

Ela envolveu a xícara de chá fumegante com as mãos marcadas pelo trabalho duro. Seus olhos castanhos gentis o examinaram com afeto e preocupação.

– Você é um bom filho, Zach, apesar de seus modos extravagantes. Tem um bom coração, por isso contive minha língua quando você andava na companhia de prostitutas e vagabundos, e quando fez coisas das quais não teve nem a decência de se envergonhar. Mas há um assunto sobre o qual não posso me calar, e quero que você guarde cada palavra que eu lhe disser.

Zachary adotou uma expressão de falso alarme e esperou que ela continuasse.

– É sobre lady Holly.

– O que tem ela? – perguntou ele, o tom cauteloso.

Paula deixou escapar um suspiro tenso.

– Você nunca terá aquela mulher, Zach. Precisa encontrar uma forma de tirar da cabeça qualquer pensamento nesse sentido, ou arruinará a vida dela.

Zachary se obrigou a rir, mas o som saiu vazio. A mãe talvez não fosse culta ou refinada, mas era uma mulher inteligente, e ele não conseguia descartar suas palavras de modo tão simples.

– Não tenho intenção de arruiná-la. Eu nunca toquei nela.

– Uma mãe conhece o filho – insistiu Paula. – Pode esconder isso do mundo, mas não de mim. Eu vejo como você age com ela, Zach. Isso não está certo. Você está destinado a alguém como ela tanto quanto um... tanto quanto um burro está destinado a acasalar com um puro-sangue.

– Acho que sou o burro nessa história – murmurou Zachary em tom irônico. – Bem, à luz do seu repentino humor comunicativo, me diga por que não levantou objeções antes, quando mencionei que queria me casar com uma noiva bem-nascida.

– Você pode ter uma noiva bem-nascida, se é o que quer. Mas lady Holly não é a pessoa certa para você.

– Qual é sua objeção a ela?

Paula pesou as palavras com muito cuidado.

– Há um traço de dureza dentro de você, de mim e até de Lizzie... e dou graças a Deus por isso, já que é a única razão pela qual sobrevivemos àqueles anos no East End. Mas lady Holly é a personificação da suavidade. Se ela vier a se casar novamente, terá de ser com um igual. Um perfeito cavalheiro, como era o marido dela. Você nunca será assim, Zach. E, bem, eu já vi algumas mulheres com títulos que achei que combinariam mais com você. Fique com uma dessas e deixe lady Holly em paz.

– A senhora não gosta dela? – perguntou Zachary baixinho.

– Se eu não gosto de lady Holly? – repetiu Paula, encarando o filho com surpresa. – *É claro* que gosto dela. Lady Holly é a criatura mais agradável e gentil do mundo. Talvez a única dama de verdade que já conheci. Mas é justamente por gostar tanto dela que estou lhe dizendo essas coisas.

No silêncio que se seguiu, Zachary se concentrou em terminar o vinho do Porto. A verdade nos comentários da mãe era inegável. Ele se sentiu tentado a argumentar, mas aquilo o forçaria a verbalizar coisas que ainda não ousara reconhecer nem para si mesmo. Assim, Zachary apenas assentiu, sem nada dizer, em um reconhecimento amargo de que a mãe provavelmente estava certa.

– Ah, Zach – murmurou Paula com compaixão. – Será que não consegue aprender a ser feliz com o que tem?

– Aparentemente, não – disse ele, carrancudo.

– Deve haver uma palavra para homens como você, que buscam sempre ir alto demais... Mas não sei qual é.

Zachary sorriu para ela, apesar do peso de chumbo que parecia apertar seu peito.

– Eu também não, mãe. Mas tenho uma palavra que se aplica à senhora.

– E qual é? – perguntou Paula, desconfiada, balançando um dedo de advertência para o filho.

Ele se levantou, cruzou a distância entre eles e se curvou para beijar o topo da cabeça grisalha da mãe.

– Sábia – murmurou.

– Isso quer dizer que vai seguir meu conselho e esquecer lady Holly?

– Eu seria um tolo se não fizesse isso, não é?

– Isso é um sim? – insistiu Paula, mas Zachary riu e saiu da sala sem responder.

Capítulo 10

Nas semanas que se seguiram à crise de enxaqueca, Holly percebeu algumas mudanças na casa dos Bronsons. A diferença mais óbvia era a atitude dos criados. No lugar do serviço negligente, inconsistente e indiferente de antes, eles pareciam começar a exibir uma espécie de orgulho coletivo em relação ao papel que desempenhavam. Talvez fosse resultado da orientação discreta que Holly dera aos Bronsons sobre o que deveriam esperar de seus funcionários.

Certa tarde, quando as criadas serviram o chá com água morna no bule que deveria conter água fervendo, o leite cheirando a azedo e bolos já rançosos, Holly se manifestou.

– Entendo sua relutância, Sra. Bronson, mas precisa mandar que levem de volta essa bandeja e tragam outra. Não há nada de errado em apontar um serviço inaceitável.

– Mas eles já trabalham tanto – protestou Paula, já se ocupando com o serviço de chá como se tivesse toda a intenção de aceitá-lo como estava. – Não posso ocupá-los ainda mais, e não está tão ruim assim.

– Está péssimo – insistiu Holly, abafando uma risada frustrada.

– Mande de volta a *senhora* – implorou Paula.

– Sra. Bronson, precisa aprender a administrar seus próprios criados.

– Não consigo.

Paula surpreendeu Holly pegando sua mão e segurando-a com força.

– Eu já fui trapeira, lady Holly – sussurrou. – Uma ocupação que fica abaixo da copeira mais humilde que trabalha na cozinha lá embaixo. E todos os criados sabem disso. Como posso dar ordens a eles?

Pensativa, Holly fitou aquela mulher e sentiu uma onda de compaixão ao finalmente entender o motivo da timidez em relação a todos fora da família imediata. Paula Bronson tinha vivido tanto tempo na miséria que não se sentia digna das circunstâncias em que se encontrava no momento. A bela casa com suas tapeçarias raras e obras de arte, as roupas elegantes que usava, as refeições suntuosas e os vinhos caros só serviam para lembrá-la de suas origens humildes. No entanto, tinham trilhado um caminho sem volta. Zachary elevara a família a um nível de riqueza muito além de qualquer cenário que Paula poderia ter esperado ou imaginado. Era imperativo que ela se adaptasse às novas circunstâncias, ou jamais encontraria conforto nem felicidade em sua nova vida.

– A senhora não é mais uma trapeira – afirmou Holly, o tom decidido. – É uma mulher de posses, mãe de Zachary Bronson. A senhora colocou dois filhos notáveis no mundo, que criou sem a ajuda de ninguém. Qualquer pessoa com o mínimo de inteligência vai admirar seu feito.

Ela também apertou a mão de Paula.

– Insista em receber o respeito que merece – continuou, olhando diretamente nos olhos castanhos da mulher, que tinha uma expressão preocupada –, especialmente dos criados. Na verdade há muito mais que pretendo conversar com a senhora sobre o tema, mas por enquanto...

Holly fez uma pausa e tentou pensar em uma palavra forte para dar ênfase à sua declaração.

– Mande essa maldita bandeja de volta!

Os olhos de Paula se arregalaram e ela levou a mão à boca para abafar uma risada.

– Lady Holly, nunca ouvi a senhora praguejar antes.

Holly retribuiu o sorriso.

– Se eu consigo me forçar a praguejar, então a senhora com certeza consegue chamar as criadas e pedir que sirvam um chá decente.

– Está certo, muito bem!

Paula endireitou os ombros com determinação e se apressou até a sineta antes que mudasse de ideia.

Em um esforço para melhorar ainda mais as relações entre os Bronsons e seus criados, Holly instituiu uma breve reunião diária com a governanta, a Sra. Burney. Insistiu que Paula e Elizabeth estivessem presentes, embora ambas relutassem. Paula ainda se sentia terrivelmente tímida em dar instruções à Sra. Burney, e Elizabeth tinha pouco interesse pelos assuntos domésticos. No entanto, precisavam aprender.

– A administração da casa é uma tarefa da qual toda dama precisa se ocupar – instruiu Holly. – Todas as manhãs vocês devem se reunir com a Sra. Burney e revisar os cardápios do dia, decidir que tarefas especiais os criados devem realizar, como limpar os tapetes ou polir a prataria, por exemplo. Acima de tudo é preciso examinar as contas da casa, registrar o que for preciso e providenciar para que sejam feitas as compras necessárias.

– Achei que a Sra. Burney deveria cuidar de tudo isso.

Elizabeth não parecia nem um pouco satisfeita com a ideia de lidar diariamente com assuntos tão tediosos.

– Não, a *senhorita* deverá cuidar de tudo isso – esclareceu Holly, sorrindo. – E pode muito bem começar a treinar, junto com sua mãe, porque um dia terá sua própria casa para administrar.

Para espanto de mãe e filha, seus esforços foram recompensados com um serviço muito melhor do que estavam acostumadas. Embora Paula ainda se sentisse claramente desconfortável na posição de dar ordens, o aprimoramento dessas habilidades ia aos poucos aumentando sua autoconfiança.

A outra mudança significativa na rotina doméstica foi o comportamento do dono da casa. Aos poucos, Holly foi se dando conta de que Zachary Bronson não passava mais as noites vagando por Londres de ponta a ponta em busca de diversão. Embora não se arriscasse a sugerir que Bronson havia se regenerado, ele sem dúvida parecia mais quieto, mais tranquilo, um pouco menos insensível e ríspido. Não houve mais olhares maliciosos ou discussões com a intenção de provocá-la, nem beijos iminentes ou elogios desconcertantes. Durante as aulas, Bronson mantinha-se sóbrio e respeitoso enquanto se dedicava a aprender o que Holly tinha a ensinar. Em suma, se comportava perfeitamente, mesmo quando retomaram as aulas de dança. E, para desânimo de Holly, o "Bronson aspirante a cavalheiro" a atraía ainda mais do que o "Bronson canalha". Ela agora conseguia ver muito do que ele sempre escondera por trás da fachada de sarcasmo e cinismo, e começava a admirá-lo mais do que jamais imaginara ser possível.

Bronson tinha grande interesse em ajudar os pobres, não apenas fazendo doações de caridade, mas também criando oportunidades para que os mais necessitados pudessem obter ferramentas pessoais que os ajudassem a melhorar de vida. Ao contrário de outros homens extraordinariamente ricos como ele, identificava-se com as classes baixas, entendia suas necessidades, suas preocupações e tentava melhorar as circunstâncias em que viviam. Em um esforço para aprovar um projeto de lei que encurtaria a jornada dos trabalhadores para dez horas por dia, Bronson teve inúmeras reuniões com políticos e financiou generosamente as causas favoritas de cada um. Nas próprias fábricas, já abolira o uso de mão de obra infantil e garantira benefícios aos seus empregados que incluíam, entre outros, pensões para viúvas e idosos.

De modo geral, os empresários resistiam em proporcionar tais benefícios aos empregados, alegando não dispor de condições financeiras. Mas Bronson estava se tornando tão absurdamente rico que seu sucesso era o melhor argumento em favor de tratar os empregados de forma digna.

Bronson usava suas empresas para importar ou produzir bens acessíveis às massas, que melhoravam a vida do cidadão comum, como sabonete, café, doces, tecidos e talheres. No entanto, suas estratégias de negócios estavam lhe garantindo muito mais inimizade do que admiração entre seus pares. Aristocratas reclamavam que ele estava tentando apagar as fronteiras entre as classes e diminuir a autoridade legítima que detinham sobre os trabalhadores, e eram quase unânimes no desejo amargo de vê-lo derrotado.

Estava claro para Holly que, independentemente do quão refinado se tornasse, Bronson jamais seria bem-vindo na alta sociedade, apenas tolerado. Ela lamentaria profundamente vê-lo se casar com uma herdeira mimada que valorizaria apenas seu dinheiro, desprezando-o pelas costas. Se ao menos houvesse uma jovem de personalidade, disposta a defender as mesmas causas que ele, que talvez até gostasse de ser casada com um homem com sua inteligência e vigor... Bronson tinha muito a oferecer a uma esposa que tivesse o bom senso de apreciá-lo. Seria um casamento único, animado, interessante e apaixonado.

Holly havia cogitado a hipótese de apresentá-lo a uma das três irmãs mais novas que ainda eram solteiras. Seria um bom casamento e, certamente, vantajoso para a família dela receber tamanha injeção de riqueza. Mas a ideia de Zachary Bronson cortejando uma delas provocou em Holly uma pontada profunda de algo muito parecido com ciúme. Além disso, sendo as criaturas socialmente inexperientes que eram, suas irmãs teriam dificuldades em lidar com ele. Mesmo com sua nova postura, havia momentos em que Bronson agia de forma autoritária e exigia uma repreenda firme.

A questão dos vestidos, por exemplo.

Holly combinou de levar Elizabeth e Paula para visitar a modista que sempre frequentara, para que encomendassem trajes novos, um pouco mais elegantes do que os que as duas costumavam usar. Bronson chamou-a de lado e fez uma oferta surpreendente.

– A senhora também deveria encomendar alguns vestidos novos – disse ele. – Estou cansado de vê-la usando meio luto... Cinza, marrom, lilás... Ninguém mais espera isso da senhora. Encomende quantos quiser. Eu cuidarei das despesas.

Holly o encarou boquiaberta.

– O senhor não apenas se atreve a criticar minha aparência, como também me insulta ao se oferecer para pagar pelas minhas roupas?

– Não tive a intenção de que soasse como um insulto – retrucou ele, o tom cauteloso.

– Sabe muito bem que um cavalheiro jamais deve comprar peças de vestuário para uma dama. Nem mesmo um par de luvas.

– Então descontarei a quantia referente às roupas do seu salário – disse ele, dando um sorriso bajulador. – Uma mulher com sua aparência merece usar algo belo. Eu adoraria vê-la em um traje verde-jade ou amarelo. Ou vermelho. – A ideia pareceu despertar sua imaginação enquanto ele continuava: – Não consigo imaginar uma visão melhor do que a senhora em um vestido vermelho.

A lisonja não aplacou Holly.

– Eu certamente *não* vou encomendar vestidos novos e agradeço se puder me poupar de mais comentários sobre o assunto. Um vestido vermelho, sinceramente! Sabe o efeito que isso teria na minha reputação?

– Sua reputação já está manchada, milady. A senhora pode muito bem se divertir – disse Bronson, e pareceu achar graça da indignação de Holly com o comentário.

– E o senhor poderia... poderia...

– Ir para o inferno? – sugeriu ele prestativo.

Holly acatou a sugestão com entusiasmo.

– Sim, vá para o inferno!

Como ela deveria ter imaginado, Bronson ignorou sua recusa, agiu por suas costas e lhe encomendou vários vestidos novos. A tarefa fora fácil, já que a modista tinha as medidas de Holly e conhecia seus gostos. No dia em que as caixas do ateliê chegaram, Holly ficou furiosa ao descobrir que um terço lhe pertencia. Bronson havia encomendado tantos modelos para ela quanto para a mãe e a irmã, trajes completos, com luvas, sapatos e chapéus combinando.

– Nem sei como começar a descrever o quão aborrecida estou – declarou Holly, olhando para Bronson por trás de uma torre de caixas. – O senhor desperdiçou seu dinheiro, Sr. Bronson, porque não vou usar uma única fita ou botão que estiver nestas caixas, está entendendo?

Bronson riu da irritação dela e se ofereceu para queimar tudo ele mesmo, se isso a fizesse recuperar o bom humor.

Holly considerou a possibilidade de dar as roupas às irmãs, que eram de porte e altura parecidos com os dela. No entanto, como jovens solteiras, as duas estavam condenadas a se vestir basicamente de branco. Aqueles eram vestidos feitos para uma mulher experiente. Só quando ficou sozinha Holly se permitiu examinar as roupas bem-acabadas, tão diferentes de seus trajes de luto ou dos vestidos que costumava usar como esposa de George. As cores eram intensas, de um estilo arrojado e feminino, muito lisonjeiros para uma mulher com largos quadris como os dela.

Um dos trajes era de seda italiana verde-jade, com mangas bufantes que se estreitavam em punhos perfeitos e com pontas afuniladas que terminavam no dorso das mãos. Outro era um vestido de passeio de seda rosa-escuro, com um chapéu de aba larga combinando, enfeitado com delicada renda branca. Havia ainda um vestido para o dia, de listras lilás, com mangas brancas imaculadas e saia de babados duplos. E o de gaze de seda amarelo, com mangas e bainha ricamente bordadas com rosas.

Mas o de seda vermelha foi o pior de todos, um traje de noite de uma simplicidade e elegância tão impecáveis, que quase partia o coração de Holly saber que jamais seria usado. O decote cavado era o destaque de um corpete liso, sem adornos, e as saias cascateavam majestosamente em um tom de vermelho que ficava entre o de maçãs frescas e um vinho raro. O único adereço era uma faixa de veludo vermelho com franja de seda. Era o traje mais lindo que Holly já tinha visto. Se o vestido tivesse sido feito em um tom mais circunspecto, até mesmo um azul-escuro discreto, Holly teria aceitado o presente, e que se danasse o decoro. No entanto, Bronson, sendo quem era, tinha se certificado de encomendá-lo em uma cor que ela jamais poderia usar. Tinha feito aquilo pelo mesmo motivo que sempre pedia que lhe servissem bolos: porque gostava de tentá-la e de assistir enquanto ela se debatia com a própria consciência.

Ora, mas não daquela vez. Holly não experimentou um único vestido. Em vez disso, ordenou a Maude que os guardasse em um armário, para serem doados em alguma oportunidade futura.

– Pronto, Sr. Bronson – murmurou, girando a chave na fechadura do armário com um clique decisivo. – Posso não ser sempre capaz de resistir às suas tentações infernais, mas, ao menos nesse assunto, consegui!

Quase quatro meses haviam se passado desde que Holly fora morar na propriedade de Bronson, e chegara a hora de testar os resultados das orientações dadas com tanta paciência. A noite do baile dos Plymouths finalmente chegou. Seria o momento da apresentação de Elizabeth à alta sociedade, e também uma oportunidade para exibir os modos agora refinados de Zachary Bronson. Holly estava muito orgulhosa e esperançosa de que as pessoas ficariam agradavelmente surpresas com os irmãos naquela noite.

Por sugestão de Holly, Elizabeth usava um vestido branco enfeitado com faixas de gaze rosa-claro e tinha uma rosa fresca presa à cintura e outra aos cachos arrumados em um penteado alto. Parecia graciosa, a silhueta esguia e a altura considerável lhe emprestando um ar régio. Embora Zachary tivesse dado muitas joias de presente à irmã no passado, Holly examinou a coleção inestimável de diamantes, safiras e esmeraldas e percebeu serem pesadas e caras demais para uma moça solteira. Assim, escolheu uma única pérola em uma delicada corrente de ouro.

– Isso é tudo de que precisa – disse Holly, enquanto prendia a corrente ao redor do pescoço de Elizabeth. – Mantenha uma aparência simples e imaculada e guarde as joias extravagantes para quando tiver minha idade.

Elizabeth olhou para o reflexo das duas no espelho da penteadeira.

– A senhora fala como se estivesse decrépita – comentou Elizabeth com uma risada. – E está tão linda esta noite!

– Obrigada, Lizzie.

Holly apertou carinhosamente os ombros da jovem e se virou para olhar para Paula com ternura.

– Já que estamos distribuindo elogios, Sra. Bronson, devo dizer que está magnífica esta noite.

Paula, que usava um vestido verde-floresta adornado com contas brilhantes no pescoço e nas mangas, assentiu, com um sorriso tenso no rosto. Estava claro que havia milhares de coisas que ela preferiria fazer a ir a um baile formal.

– Não sei se sou capaz de enfrentar isso – confessou Elizabeth, nervosa, ainda de pé diante do espelho. – Meus nervos estão em frangalhos. Com certeza vou cometer algum erro terrível que vai acabar sendo o grande assunto do baile. Por favor, lady Holly, vamos desistir de ir a qualquer lugar esta noite e tentar novamente em outro momento, sim? Depois que eu tiver mais aulas.

– Quanto mais bailes, festas e *soirées* você frequentar, mais fácil vai ficar – retrucou Holly com firmeza.

– Mas ninguém vai me convidar para dançar. Vou ficar relegada a um canto. Todos sabem que eu sou... uma ninguém, e ainda por cima bastarda. Maldito seja Zach por fazer isso comigo! Além do mais, não combino com vestidos de baile. Eu deveria estar em algum lugar descascando batatas ou varrendo uma calçada...

– Você está encantadora – garantiu Holly.

Ela abraçou a jovem, que, parecendo alarmada, continuava examinando o próprio reflexo no espelho.

– Você está encantadora, Lizzie, tem excelentes modos e sua família é muito rica. Acredite em mim, você não vai ficar relegada a um canto do salão. E nem um único homem que olhar para você esta noite vai achar que deveria estar descascando batatas.

Foi preciso muita persuasão e insistência para forçar a Sra. e a Srta. Bronson a deixarem o quarto, mas Holly acabou conseguindo. Enquanto desciam, Holly se sentiu particularmente orgulhosa da aparência firme e tranquila de Elizabeth, apesar de saber que, por dentro, a jovem tremia de nervoso.

Bronson as esperava no saguão de entrada, o cabelo preto brilhando sob a luz abundante derramada pelos lustres e refletida pelos caixotões prateados que ornamentavam o teto. Embora não houvesse um único homem cuja aparência não se beneficiasse de um traje de noite, aquilo era particularmente verdade no caso de Zachary Bronson. O paletó preto absolutamente simples fora feito sob medida, de acordo com a tendência do momento: colarinho baixo, mangas justas, lapelas se estendendo quase até a cintura.

Extremamente lisonjeiro para alguém com a estatura de Zachary, de ombros largos e cintura delgada. A gravata branca estreita e o colete branco engomado pareciam luminosos como a neve em contraste com o rosto recém-barbeado. Do cabelo bem penteado às pontas dos sapatos de couro preto e bem engraxado, Zachary Bronson parecia um perfeito cavalheiro. No entanto, algo em sua postura sugeria um traço ousado, perigoso até... Talvez fosse o brilho irreverente nos olhos pretos, ou um toque de atrevimento no sorriso.

O olhar de Bronson se dirigiu primeiro a Elizabeth, e o sorriso que abriu demonstrava orgulho e carinho.

– Que bela visão é você, Lizzie – murmurou ele, pegando a mão da irmã e dando um beijo em seu rosto enrubescido. – Está mais linda do que nunca. Vai sair do baile deixando um rastro de corações apaixonados.

– É mais provável que eu deixe um rastro de dedos dos pés quebrados – retorquiu Elizabeth com ironia. – Contanto que alguém venha a ser tolo o suficiente para me convidar para dançar.

– Com certeza convidarão – disse ele.

Zachary apertou carinhosamente a cintura da irmã, para tranquilizá-la. Então se virou para a mãe e elogiou-a também, antes de finalmente se virar para Holly.

Depois de todas as orientações rigorosas que dera a ele sobre cortesia, Holly esperava um comentário educado sobre sua aparência. Um cavalheiro sempre deve fazer algum breve elogio a uma dama em circunstâncias assim – e Holly sabia que estava com ótima aparência. Havia optado por usar seu vestido favorito, de uma seda cinza-claro cintilante, com contas prateadas adornando o corpete decotado e as mangas curtas e bufantes. Um leve enchimento de plumas deixava as mangas mais arredondadas e a saia do vestido era sustentada por uma anágua engomada ao ponto da rigidez. Holly até permitira que a modista a persuadisse a usar um espartilho leve que reduzia sua cintura em quase cinco centímetros. Maude a ajudara a arrumar o cabelo na última moda, repartindo-o no meio e puxando a massa pesada para a nuca. Elas haviam prendido as mechas castanhas brilhosas em cachinhos, deixando alguns fios soltos junto ao pescoço.

Holly tinha um sorriso discreto quando olhou para o rosto inexpressivo de Bronson, que a observava da cabeça aos pés. No entanto, o esperado elogio cortês não chegou.

– É isso que a senhora vai vestir? – perguntou ele abruptamente.

– Zach! – repreendeu a mãe.

Paula soltou um arquejo horrorizado e Elizabeth deu um cutucão na lateral do corpo do irmão.

Holly franziu a testa, aborrecida e desconcertada, sentindo uma pontada aguda de desapontamento. Que homem rude e insolente! Era a primeira vez na vida que ouvia um homem fazer um comentário depreciativo sobre sua aparência. Sempre se orgulhara do próprio senso de estilo... Como Bronson ousava insinuar que ela estava usando algo inadequado?

– Nós vamos a um baile – respondeu Holly com frieza –, e estou usando um vestido de baile. Portanto, sim, Sr. Bronson, é assim que pretendo ir vestida.

Entreolharam-se por um longo momento, desafiando-se e ignorando tão claramente as outras duas damas, que Paula puxou Elizabeth para o outro lado do saguão, com o pretexto de procurar uma mancha em sua luva. Holly mal percebeu as mulheres se afastando. Então, voltou a falar em um tom cortante que deixava explícito seu desagrado.

– Qual, exatamente, é sua objeção à minha aparência, Sr. Bronson?

– Nenhuma – murmurou ele. – Se pretende deixar evidente para o mundo que ainda está de luto por George, esse vestido é perfeito.

Ofendida e estranhamente magoada, Holly o encarou com firmeza.

– Meu vestido é bastante adequado para a ocasião. A única coisa que o desagrada nele é o fato de não ser um dos que comprou para mim. Realmente esperava que eu usasse um daqueles?

– Considerando que eram sua única alternativa aos trajes de luto... ou meio luto, ou como diabo se chame isso... achei que fosse uma possibilidade.

Eles nunca haviam discutido daquele jeito, não tão abertamente, e o confronto despertou o temperamento forte havia muito adormecido de Holly, como uma chama encontrando pólvora. Sempre que os dois debatiam sobre algum assunto, costumavam temperar as palavras com humor, provocações e até certa malícia, mas aquela era a primeira vez que Holly ficava realmente com raiva dele. George jamais teria falado daquela maneira rude e brutal... George nunca a criticara, a não ser nos termos mais delicados, e sempre com a mais gentil das intenções. Em sua raiva crescente, Holly não parou para se perguntar por que estava comparando Bronson com o marido, ou como a opinião dele passara a ter tanto poder sobre suas emoções.

– Este vestido não é de luto – declarou, irritada. – É de se imaginar mesmo que o senhor nunca tenha visto um vestido cinza. Talvez tenha passado tempo demais em bordéis para reparar no que as mulheres decentes vestem.

– Chame como quiser – respondeu Bronson, a voz suave, mas ferina. – Mas reconheço um traje de luto quando vejo um.

– Bem, se eu escolher usar luto pelos próximos cinquenta anos, isso é problema meu, não seu!

Bronson deu de ombros, um movimento despreocupado e casual que ele sabia que ia incitá-la ainda mais.

– Sem dúvida, será muito admirada por andar por aí vestida como um corvo...

– Um *corvo?* – repetiu Holly, indignada.

– ... mas, da minha parte, nunca admirei demonstrações excessivas de luto, especialmente as públicas. Há um certo mérito em manter seus sentimentos privados, sabe? No entanto, se precisa tanto da compaixão alheia...

– Seu porco insuportável! – sibilou Holly, mais furiosa do que se lembrava de já ter estado na vida.

Como aquele homem ousava acusá-la de usar o luto como uma forma de ganhar a compaixão das pessoas? Como ousava sugerir que a dor que ela sentia pela perda de George não era sincera? A raiva fez seu rosto ficar muito quente e vermelho. Ela queria bater em Bronson, machucá-lo, mas viu que, por algum motivo insondável, sua fúria dava prazer a ele. A satisfação fria em seus olhos era inconfundível. Poucos minutos antes, Holly se sentira orgulhosa da aparência cavalheiresca dele, mas agora quase o odiava.

– Como o senhor poderia saber alguma coisa sobre luto? – falou Holly, a voz trêmula, mas incapaz de encará-lo enquanto falava. – Jamais seria capaz de amar alguém como eu amei George... Você não tem a capacidade de entregar nem um pedacinho do seu coração e talvez ache que isso o torna superior. Pois saiba que, a meu ver, isso só o torna digno de pena.

Incapaz de tolerar a presença de Bronson por mais um minuto que fosse, Holly se afastou rapidamente, a anágua engomada batendo contra as pernas. Ela ignorou as vozes preocupadas de Paula e Elizabeth e subiu a escada o mais rápido que suas saias pesadas permitiam, enquanto seus pulmões pareciam foles furados.

Zachary permaneceu exatamente onde ela o deixou, aturdido pela discussão que parecia ter explodido do nada. Ele não havia planejado aquilo, chegara a sentir uma onda de prazer ao avistar Holly... Até se dar conta de que o vestido dela era cinza. Cinza como uma sombra, como uma mortalha lançada pela lembrança sempre presente de George Taylor. Na mesma hora, ele teve certeza de que cada momento da noite de Holly seria dedicado a lamentar o fato de o marido não estar com ela, e de jeito nenhum ele passaria as próximas horas tentando disputá-la com o fantasma de George. O vestido cinza-prateado, por mais bonito que fosse, havia zombado dele, um pano vermelho diante do touro. Por que ele não poderia ter Holly só por uma noite, sem que o luto dela permanecesse tão insistentemente enfiado entre eles?

Então, concentrado demais na própria irritação e no desapontamento para se importar com o que estava dizendo, Zachary falara coisas de forma descuidada, talvez até cruel.

– Zachary, o que você disse a ela? – exigiu saber Paula.

– Parabéns – disse Elizabeth, o tom sarcástico. – Só você mesmo para arruinar a noite de todos em apenas trinta segundos, Zach.

Os poucos criados que haviam testemunhado a cena subitamente passaram a se ocupar de tarefas banais, que eles mesmos inventaram, em uma clara tentativa de evitarem ser vítimas do temperamento difícil do patrão. No entanto, Zachary não estava mais com raiva. No momento em que Holly saiu do seu lado, ele se viu inundado por uma sensação estranha e nauseante. Diferente de tudo que já experimentara, Zachary se deu conta de que, de certo modo, se sentia mais abatido naquele instante do que depois da pior derrota que sofrera em seus dias de lutador. Era como se houvesse um bloco imenso de gelo em seu estômago, o frio se espalhando até chegar aos dedos das mãos e dos pés. De repente, ficou com medo de ter feito Holly odiá-lo, de ela nunca mais sorrir para ele ou de nunca mais deixar que a tocasse novamente.

– Vou subir para falar com ela – disse Paula, num tom maternal e calmo. – Mas primeiro gostaria que me contasse o que foi dito entre vocês, Zachary...

– Não – interrompeu Zachary com gentileza, erguendo a mão em um gesto rápido para detê-la. – Eu vou até lá. Vou dizer a ela que...

Zachary se deu conta de que, pela primeira vez na vida, estava com vergonha de enfrentar uma mulher.

– Inferno.

Estava com raiva. Jamais havia se importado com a opinião de ninguém a seu respeito, mas sentia-se totalmente intimidado pelas palavras de uma mulher tão frágil. Teria sido muito melhor se Holly o tivesse amaldiçoado, jogado alguma coisa em cima dele, lhe dado uma bofetada. *Àquilo* ele teria sobrevivido. Mas o desprezo silencioso na voz dela o devastara.

– Só quero dar a ela um ou dois minutos para se acalmar.

– A julgar pelo modo como lady Holly saiu daqui – observou Elizabeth com amargura –, vai demorar pelo menos dois ou três dias até que ela esteja pronta para colocar os olhos em você novamente.

Antes que Zachary pudesse encontrar uma réplica apropriadamente sarcástica, Paula pegou o braço da filha atrevida e a puxou em direção à sala de estar da família.

– Venha, Lizzie. Vamos tomar uma taça de vinho para relaxarmos um pouco. Deus sabe que nós duas precisamos disso.

Elizabeth suspirou pesadamente e seguiu a mãe, afastando-se em seu vestido de baile com toda a graça de uma criança de 8 anos enfurecida. Se não fosse por suas próprias emoções turbulentas, Zachary teria sorrido ao ver a cena. Então foi até a biblioteca, parou diante do aparador e se serviu de uma bebida qualquer. Depois de virar o copo sem nem mesmo saborear o que bebia, se serviu de outra dose. Mas o calor do álcool não conseguiu aquecer o âmago gélido. Sua mente estava perdida em um dilúvio de palavras, tentando formular um pedido de desculpa que consertasse tudo. Ele poderia dizer qualquer coisa a Holly, menos a verdade – que sentia ciúmes de George Taylor, que queria que ela parasse de sofrer pela morte do marido, quando era óbvio que ela estava disposta a dedicar o resto da vida à memória do falecido. Com um suspiro, Zachary pousou o copo e se forçou a deixar a biblioteca. As solas dos sapatos pareciam feitas de chumbo enquanto ele içava os pés escada acima em direção aos aposentos de Holly.

Na ânsia de entrar em seus aposentos e se fechar lá dentro, Holly quase tropeçou ao passar pela porta. Lembrando-se de Rose dormindo pacificamente a apenas dois quartos de distância, tentou não batê-la ao entrar. Então ficou muito quieta, com os braços firmemente passados ao redor de si mesma. Em sua mente, ecos de cada palavra que acabara de trocar com Zachary Bronson.

O pior de tudo era que ele não estava de todo errado. O vestido cinza parecia perfeitamente adequado àquela ocasião, exatamente pelo motivo que ele havia sugerido. Era elegante e o modelo estava na moda, mas não diferia muito das roupas circunspectas do meio luto que ela usara durante o terceiro ano após a morte de George. Ninguém veria qualquer coisa de errado naquilo, nem mesmo a própria consciência atormentada de Holly. Mas a verdade é que estava apavorada com a ideia de voltar a habitar plenamente o mundo sem George, e o modo de se vestir era sua maneira de lembrar a todos – inclusive a si mesma – o que já tivera. Ela não queria perder o último vestígio de seu passado com George. Já haviam se passado dias demais sem que ela se lembrasse dele. Muitos momentos em que sentira uma atração inebriante por outro homem, sendo que antes acreditara que apenas George conseguiria despertar seus sentidos. Estava se tornando muitíssimo fácil tomar decisões por conta própria, sem primeiro considerar o que o falecido marido teria desejado ou aprovado. E aquela independência a assustava na mesma medida em que lhe dava prazer.

As atitudes que havia tomado nos últimos quatro meses provaram que ela não era mais a jovem matrona protegida nem a viúva virtuosa e circunspecta que a família e os amigos aprovavam. Estava se tornando uma mulher completamente diferente.

Atônita com o pensamento, Holly não percebeu a presença de Maude até que a camareira falasse:

– Milady, algum problema? Um botão solto ou algum aviamento...

– Não, nada disso.

Holly respirou fundo uma vez, então outra, tentando aplacar as emoções turbulentas.

– Parece que meu vestido cinza desagrada o Sr. Bronson – informou à criada. – Ele quer que eu vista algo que não se pareça com um traje de luto.

– Ele *ousou*... – começou Maude, chocada.

– Sim, ele ousou – retrucou Holly com ironia.

– Mas, milady, a senhora não vai ceder às vontades dele... Certo?

Holly arrancou as luvas, jogou-as no chão e tirou os sapatinhos prateados. Seu coração batia forte com os resquícios de fúria e uma agitação nervosa que não se parecia com nada que ela já sentira antes.

– O que vou fazer é deixar o Sr. Bronson de queixo caído – disse sem rodeios. – Vou fazer com que ele se arrependa amargamente de ter dito uma única palavra sobre meu traje.

Maude olhou para ela com estranhamento, já que nunca vira aquela expressão vingativa no rosto da patroa.

– Milady – aventurou-se a dizer com cautela –, a senhora parece um pouco fora de si.

Holly se virou, foi até o armário fechado, girou a pequena chave na porta e, ao abri-lo, tirou o vestido vermelho e o sacudiu com força, arejando-o rapidamente.

– Rápido, Maude – disse, virando-se de costas e indicando a fileira de botões que precisava ser desabotoada. – Me ajude a sair desta coisa o quanto antes.

– Mas... mas... – gaguejou Maude, atordoada. – A senhora quer usar esse vestido? Eu não tive tempo de arejá-lo como se deve, de desamassá-lo...

– Na verdade, ele parece ótimo, Maude.

Holly inspecionou as dobras de seda de um vermelho-vivo em seus braços.

– Mas eu não me importaria mesmo se estivesse totalmente amassado. Vou usar a maldita coisa.

Maude reconheceu a determinação da patroa e, embora claramente não a aprovasse, suspirou alto e começou a desabotoar o vestido cinza. Quando ficou nítido que a camisa de baixo branca recatada de Holly apareceria sob o corpete decotado do vestido, Holly despiu a peça.

– A senhora vai sem a camisa de baixo? – perguntou Maude em um arquejo, estupefata.

Embora a criada já a tivesse visto em todos os estágios de nudez, Holly enrubesceu completamente, a ponto dos seios nus ficarem rosados.

– Não tenho nenhuma camisa de baixo decotada o bastante para não aparecer sob esse vestido.

Ela se esforçou para puxar o vestido para cima e Maude se adiantou apressadamente para ajudá-la.

Quando o vestido estava finalmente bem colocado, a faixa de veludo vermelho bem amarrada na cintura, Holly foi até o espelho com moldura de mogno. A sucessão das três faces ovais garantiu uma visão completa da própria aparência. Ela ficou surpresa ao se ver vestida com uma cor tão forte, o vermelho vivíssimo contra a pele branca. Nunca havia usado nada tão ousado como aquilo para George, um estilo que exibia as curvas de seus seios e o terço superior das costas. As saias se moviam em uma massa fluida e ondulante a cada passo, a cada respiração. Holly se sentia vulnerável e exposta, e ao mesmo tempo estranhamente livre e leve. Aquele era o tipo de vestido que ela usava em todos os seus devaneios proibidos, quando sonhava em escapar da monotonia de sua vida normal.

– No último baile em que estive – comentou, examinando o reflexo –, vi damas usando vestidos muito mais ousados do que este. Alguns tinham as costas praticamente nuas. Este aqui parece quase modesto em comparação.

– A questão não é o estilo, milady – retrucou Maude, sem rodeios. – É a cor.

Holly continuou a se olhar no espelho e se deu conta de que o vestido era espetacular demais para exigir qualquer outro adereço. Por isso, retirou todas as joias que usava: a pulseira de diamantes que George lhe dera no nascimento da filha, os brincos de brilhantes que tinham sido um presente de casamento dos pais dela e as presilhas cintilantes que enfeitavam o penteado alto. Tudo menos a discreta aliança de ouro. E entregou tudo à criada.

– Há um arranjo de flores na sala de estar da família, no andar de cima – disse ela. – Acho que há algumas rosas vermelhas nele. Poderia pegar uma para mim, Maude?

A camareira fez uma pausa antes de obedecer.

– Milady – disse baixinho –, eu mal a reconheço.

O sorriso de Holly vacilou e ela respirou fundo.

– Isso é bom ou ruim, Maude? O que meu marido diria se tivesse tido a oportunidade de me ver assim?

– Acho que o patrão George teria adorado vê-la nesse vestido vermelho – respondeu Maude, pensativa. – Afinal, ele também era homem, certo?

Capítulo 11

Já diante da porta de Holly, Zachary bateu cuidadosamente com os nós dos dedos. Não ouviu qualquer som ou resposta vindos de dentro do quarto. Ele suspirou e se perguntou se ela já teria se recolhido para dormir. Era de se esperar que não quisesse voltar a vê-lo naquela noite. Zachary se repreendeu, se perguntando por que não tinha sido capaz de manter a maldita boca fechada. Embora não fosse um galanteador nato, tinha certo jeito com as mulheres e sabia que não deveria ter feito um comentário negativo sobre a aparência de Holly. Agora ela devia estar chorando sozinha em um canto do quarto, magoada e furiosa demais para sequer considerar...

A porta se abriu suavemente, deixando a mão de Zachary suspensa no ar quando ele se preparava para bater mais uma vez. E Holly surgiu diante dele, sozinha, usando um vestido que parecia uma brasa.

Zachary precisou agarrar o batente da porta para não cair para trás. Seu olhar deslizou por ela, absorvendo avidamente cada detalhe: a forma como os seios brancos pressionados se elevavam acima do corpete de seda vermelha... o ângulo delicado da clavícula... o contorno suave do pescoço, tão atraente que ele sentiu a boca ficar cheia d'água. O vestido vermelho simples era elegante mas sedutor, e exibia apenas o suficiente da pele pálida de Holly para colocar em risco a sanidade dele. Zachary nunca havia visto uma mulher mais vibrante e enlouquecedoramente linda na vida. O gelo em seu estômago se dissolveu à medida que foi sendo dominado por um inferno furioso de desejo. E, como um recipiente de vidro exposto a uma mudança radical de temperatura, seu autocontrole ameaçou se romper.

Zachary fitou os olhos castanhos aveludados de Holly. Pela primeira vez, não conseguiu interpretar o humor dela. A expressão era calorosa, absolutamente convidativa, mas, quando falou, o tom foi cortante.

– Aprova este traje, Sr. Bronson?

Incapaz de falar, Zachary conseguiu apenas assentir brevemente. Holly ainda estava com raiva, pensou, entorpecido. O que a levara a colocar o vestido vermelho era um mistério. Talvez, de algum modo, ela tivesse adivinhado que aquela seria a pior punição possível. Zachary a desejava tanto que chegava a doer, uma dor física que se espalhava por todo o seu corpo... e se concentrava em uma região específica. Ele queria tocá-la, colar as mãos e a boca em sua pele macia, enfiar o nariz no pequeno vale entre os seios. Se ao menos pudesse levá-la para a cama naquele exato momento... Se ao menos Holly o deixasse venerá-la, lhe dar prazer como ele tanto desejava...

O olhar dela percorreu-o com uma expressão de avaliação feminina, demorando-se em seu rosto.

– Entre, por favor – disse ela, gesticulando para que ele entrasse no quarto. – Seu cabelo está desarrumado. Vou ajeitar antes de partirmos.

Zachary obedeceu lentamente. Holly nunca o convidara para entrar em seus aposentos antes – ele sabia que não era certo, que não era apropriado, mas de alguma forma a noite já tinha mesmo virado de pernas para o ar. Enquanto seguia o corpo elegante e coberto de seda para dentro do quarto perfumado, o cérebro de Zachary despertou o bastante para que ele se lembrasse do pedido de desculpa que o levara até ali.

– Lady Holly, eu... – A voz de Zachary falhou, ele pigarreou e tentou mais uma vez. – O que eu disse lá embaixo... Eu não deveria... Lamento...

– Na verdade, deve lamentar *mesmo* – garantiu Holly, a voz ácida, mas não mais indignada. – Foi arrogante e presunçoso, embora eu não saiba por que tal comportamento me surpreenda vindo do senhor.

Normalmente Zachary teria respondido a tal repreensão com um comentário brincalhão. Mas naquele momento apenas assentiu, humilde. O som das saias dela farfalhando sob a abundância de seda preenchia sua mente como uma bruma quente e inebriante.

– Sente-se ali, por favor – disse Holly.

Ela apontou para uma cadeira minúscula ao lado da penteadeira e pegou uma escova de prata.

– O senhor é alto demais e não consigo alcançar seu cabelo se estiver de pé.

Zachary obedeceu na mesma hora, embora a poltrona delicada oscilasse e rangesse sob seu peso. Infelizmente, sua linha de visão agora estava perfeitamente nivelada com os seios de Holly. Ele fechou os olhos para não encarar aquela visão fascinante, mas nada conseguiria impedir que as imagens se gravassem em sua mente. Seria tão fácil estender a mão, puxá-la para si e enterrar o rosto naqueles seios macios... Zachary começou a suar profusamente. Sentia-se febril, ardendo por ela. Quando Holly voltou a falar, ele sentiu o som doce de sua voz se acumular na nuca e na virilha.

– Também me arrependo de uma coisa – falou Holly, baixinho. – O que eu lhe disse, que não é capaz de amar... Eu estava errada. Só disse aquilo porque estava aborrecida. Não tenho dúvidas de que algum dia entregará, sim, seu coração a alguém, embora eu não consiga imaginar a quem.

A você, pensou Zachary, sentindo uma pontada aguda de anseio. *Você.*

Será que ela não conseguia ver? Ou então presumia que era alvo apenas da luxúria aleatória dele, que não era especial, diferente de qualquer outra mulher?

No silêncio tenso que se seguiu, Zachary abriu os olhos e observou Holly pegar um frasco de vidro e pingar algumas gotas de um líquido transparente na palma da mão.

– O que é isso? – perguntou ele.

– Um produto para domar os fios.

– Não gosto disso – murmurou ele.

– Sim, estou ciente.

Havia um toque de humor na voz dela, enquanto esfregava as mãos, distribuindo a substância uniformemente pelos dedos e pelas palmas das mãos.

– Mas o senhor não pode comparecer a um evento formal com o cabelo caindo na testa. Vou usar só um pouquinho.

Resignado, Zachary permaneceu quieto sob os cuidados dela. Logo sentiu os dedos úmidos de Holly se movendo por seu cabelo, esfregando suavemente o couro cabeludo quente e espalhando o produto pelos fios pretos rebeldes.

– Vocês três têm cabelos muito similares – comentou Holly, ainda com um sorriso na voz. – Cabelos com vontade própria. Tivemos que usar dois conjuntos inteiros de grampos para prender o de Elizabeth.

Atormentado de prazer e sentindo o melhor tipo de tensão, Zachary não conseguiu responder. A sensação das mãos de Holly em sua cabeça, a massagem suave que ela fazia com a ponta dos dedos, era nada menos que uma tortura. Holly penteou o cabelo dele com capricho, afastando-o da testa e, por algum milagre, os fios permaneceram no lugar.

– Pronto – disse ela, satisfeita. – A aparência digna de um verdadeiro cavalheiro.

– Você já fez isso nele? – Zachary se ouviu perguntar com voz rouca. – Em George?

Holly ficou imóvel. Quando seus olhares se encontraram, Zachary viu a surpresa nos olhos castanhos afetuosos. Então ela deu um sorrisinho débil.

– Hum, não. Não acredito que George jamais tenha deixado um fio de cabelo fora do lugar.

É claro, pensou Zachary. Entre as tantas perfeições de George Taylor, ele também tinha o cabelo de um cavalheiro. Zachary forçou o corpo rígido e ardendo de desejo a se mover, levantou-se e se certificou de que o paletó estava abotoado para esconder a evidência de sua excitação. Esperou enquanto Holly lavava as mãos para remover os vestígios do produto e calçava um par de luvas compridas e imaculadamente brancas, que subiam acima dos cotovelos. Ela tinha cotovelos tão adoráveis, nem salientes nem pontudos, apenas um pouco rechonchudos, perfeitos para mordiscar.

Zachary se perguntou se era aquilo que os homens casados faziam, se eles tinham permissão para assistir aos últimos preparativos das esposas antes de saírem à noite. A cena parecia aconchegante e íntima e o deixou melancólico.

De repente, Zachary ouviu um arquejo. Quando olhou na direção do som, viu a criada de Holly parada na porta aberta, os olhos azuis muito arregalados. Uma rosa vermelha luxuriante caiu de sua mão trêmula no chão acarpetado.

– Ah... eu não...

– Entre, Maude – convidou Holly com toda a calma, como se a presença de Zachary em seu quarto fosse um evento cotidiano.

A criada recuperou a compostura, recolheu a rosa caída e a levou até a patroa. As duas confabularam por um instante, então a criada prendeu com habilidade a flor perfumada entre os cachos escuros e brilhosos de Holly. Satisfeita com o resultado, Holly se olhou no espelho, tocou a rosa com delicadeza e se voltou para Zachary.

– Podemos ir, Sr. Bronson?

Zachary se sentiu ao mesmo tempo triste e aliviado por acompanhá-la para fora do quarto. Foi necessário um esforço incessante para dominar o desejo furioso que tomava conta do seu corpo, ainda mais com a mão enluvada de

Holly enfiada com elegância em seu braço e o maldito farfalhar da saia de seda. Holly não era uma sedutora consumada, e Zachary sabia muito bem que sua experiência era limitada a apenas um homem. Mas ele a desejava mais do que jamais desejara qualquer mulher. Se possuí-la fosse uma mera questão de dinheiro, ele teria comprado países inteiros para ela.

Infelizmente, as coisas não eram tão simples. Jamais seria capaz de oferecer a Holly a vida aristocrática que ela merecia e da qual necessitava, do tipo que ela tivera com George. Se por algum milagre Holly algum dia o aceitasse, Zachary sabia que a desapontaria vezes sem conta, até que ela finalmente passasse a odiá-lo. Ela descobriria toda a brutalidade de sua natureza... e o acharia cada vez mais repulsivo. Acabaria, então, encontrando desculpas para mantê-lo longe de sua cama. Por melhor que a união deles começasse, terminaria em desastre. Porque, como a mãe dele havia apontado corretamente, ninguém cruza um puro-sangue com um burro. Era melhor deixar Holly em paz e concentrar suas atenções em outra mulher mais apropriada.

Se ao menos ele fosse capaz...

Zachary fez Holly parar no meio da escadaria principal da casa, desceu dois degraus e se virou para que seus rostos ficassem no mesmo nível.

– Milady – disse, muito sério –, as coisas que disse sobre seus vestidos de luto... Eu sinto muito. Não tinha o direito de fazer aquele tipo de comentário.

Zachary fez uma pausa e engoliu em seco, com desconforto.

– Estou perdoado?

Holly fitou-o com um sorrisinho no rosto.

– Ainda não.

O olhar dela era provocante, quase sedutor, e Zachary percebeu com uma onda repentina de prazer que Holly gostava de estar em vantagem em relação a ele. Ela parecia tão atrevida e adorável naquele momento, que foi necessária toda a força de vontade para que não a tomasse nos braços e beijasse até fazê-la perder os sentidos.

– Então, o que quer que eu faça? – perguntou ele, baixinho.

Por um instante que rapidamente se tornou o mais delicioso da vida dele, os dois ficaram sorrindo um para o outro.

– Avisarei quando eu pensar em algo, Sr. Bronson.

Ela desceu até o degrau onde ele estava e lhe deu o braço mais uma vez.

Holly só admitiria para si mesma que estava surpresa com a quantidade de atenção que seus protegidos estavam recebendo no baile dos Plymouths. O sucesso dos Bronsons a comoveu, principalmente porque socializavam facilmente com os outros convidados. Ao que parecia, as orientações os deixaram mais à vontade em suas interações com a alta sociedade, e as pessoas estavam impressionadas como deveriam.

Holly entreouviu uma conversa entre duas damas que observavam Bronson a distância, por trás dos leques, como soldados escolhendo um alvo militar.

– Aquele Sr. Bronson – disse uma – parece ter melhorado de algum modo. Seu nome vem tendo cada vez mais destaque em todo o mundo, mas, até esta noite, eu não imaginava que suas maneiras poderiam acompanhar esse avanço.

– Com certeza você não está querendo dizer que o consideraria um pretendente para sua filha, não é mesmo? – respondeu a outra, surpresa. – Digo isso porque, afinal, ele é muito *comum*.

– Certamente consideraria – disse a primeira, enfática. – Ele claramente se dedicou a aprender como se comportar na sociedade culta, e os resultados são bastante satisfatórios. E, embora o homem possa ser um pouco comum, sua fortuna é bastante *in*comum.

– É verdade, é verdade – concordou a outra viúva, distraidamente.

Enquanto Bronson se misturava aos convidados, Holly fazia companhia a Elizabeth e Paula. Mesmo antes de as danças começarem, Elizabeth foi apresentada a pelo menos uma dúzia de jovens, e todos aparentemente a acharam deslumbrante o bastante para merecer sua atenção. Seu cartão de dança, guardado em um estojo de prata, fino como papel, que ela amarrara com uma fita rosa em volta do pulso enluvado, já estaria completamente preenchido se Holly não a tivesse advertido a reservar alguns espaços.

– Você vai querer descansar de vez em quando – murmurou Holly no ouvido da jovem. – Além disso, talvez conheça algum cavalheiro para o qual deseje guardar uma dança extra.

Elizabeth assentiu obedientemente, parecendo um pouco atordoada com o cenário onde estava. O enorme salão de lorde e lady Plymouth acomodava pelo menos trezentos convidados, e mais duzentos se espalhavam pelo circuito de salas e galerias ao redor. A residência era conhecida como Pátio Plymouth, porque tinha sido construída em torno de um espetacular pátio de pedra e mármore, repleto de árvores frutíferas e flores exóticas. Outrora um castelo de defesa, Plymouth era uma propriedade antiga e bem estabelecida que, ao longo do século anterior, fora aos poucos reformada até atingir o tamanho e o padrão de luxo que exibia no momento. No salão, fachos de luz abundantes dos lustres do teto e o fogo na grande lareira de mármore refletiam um brilho conjunto nas paredes cor de damasco. A luz fazia cintilar loucamente as joias dos presentes, tantas que se equipararam ao valor do resgate de um rei. Viúvas e jovens nervosas aguardavam em cadeiras douradas, estofadas de seda estampada, e grupos de amigos conversavam de pé, contra um pano de fundo de tapeçarias flamengas desbotadas, mas de valor inestimável.

Holly inspirou com prazer o cheiro familiar e único de um baile. Era uma mistura complexa – o aroma penetrante dos produtos de limpeza e da cera usada na pista de dança, o perfume das flores, traços de colônia, suor, produtos para os cabelos e velas de cera de abelha. Durante seus três anos de ausência total dos eventos sociais, praticamente se esquecera daquele cheiro, mas, naquele momento, ele evocava uma centena de lembranças agradáveis dela e de George.

– Tudo isso parece tão irreal – sussurrou Elizabeth, depois que outro cavalheiro se apresentou, solicitando um espaço em seu cartão de dança. – O baile é tão lindo... e todos estão sendo tão gentis comigo. Não consigo acreditar na quantidade de jovens cavalheiros sem posses que devem querer colocar as mãos em uma parte da fortuna de Zach.

– Você acha que é por isso que todos querem dançar e flertar com você? – perguntou Holly com um sorriso afetuoso. – Por causa do dinheiro do seu irmão?

– Ora, é claro.

– Alguns dos cavalheiros que a abordaram dificilmente poderiam ser classificados como homens sem posses, Lizzie – informou Holly. – Lorde Wolriche, por exemplo, ou aquele Sr. Barkham, tão gentil. Os dois são de famílias com posses consideráveis.

– Então por que me convidaram para dançar? – murmurou Elizabeth, claramente perplexa.

– Talvez porque você seja linda, inteligente e espirituosa – sugeriu Holly, e riu quando a moça revirou os olhos, incrédula.

Outro homem se aproximou, daquela vez um conhecido. Era o primo de Holly, Jason Somers, o arquiteto que visitava Zachary semanalmente para conversar sobre os planos e materiais necessários para as obras da propriedade rural que havia projetado. Elizabeth comparecia com frequência a esses encontros, para dar suas opiniões não solicitadas sobre o trabalho de Somers, e ele sempre respondia com o sarcasmo apropriado. Holly se divertia secretamente com aquelas trocas, suspeitando que as alfinetadas entre os dois dissimulavam uma atração. Ela se perguntou se Bronson já teria chegado à mesma conclusão, mas ainda não havia mencionado o assunto a ele.

Embora Bronson parecesse ter respeito e admiração pelos talentos de Somers como arquiteto, ele ainda não expressara opinião sobre o caráter do rapaz. Jason Somers era o tipo de homem que Bronson aceitaria como cunhado? Holly não conseguia ver por que não. Jason era bonito, talentoso e de boa família. No entanto, era um profissional atuante e não possuía grande fortuna... ainda. Seria preciso tempo e muitas execuções de projeto com remuneração considerável antes que ele conquistasse a riqueza que um homem com seus dons merecia.

Jason cumprimentou Holly, Paula e Elizabeth com uma reverência educada, mas seu olhar permaneceu no rosto repentinamente enrubescido de Elizabeth. Ele estava belíssimo em um paletó preto, o corpo esguio e elegante nas roupas de noite imaculadas, tons de marrom e dourado brilhando em seu cabelo sob os candelabros cintilantes. Embora seus olhos verdes muito alertas não revelassem nada, Holly reparou no leve rubor que ele ostentava enquanto fitava Elizabeth. *Jason está fascinado por essa moça*, pensou, e olhou para Paula para ver se ela também havia notado. Paula devolveu o olhar com um leve sorriso.

– Srta. Bronson – disse Jason a Elizabeth em um tom muito casual –, está aproveitando a noite?

Elizabeth mexeu no estojinho prateado do cartão de dança e fingiu ajustar a fita ao redor do pulso.

– Muito, Sr. Somers.

Jason fitou a cabeça inclinada da jovem, os cachos escuros e sedosos confinados pelos grampos, e falou com certa rispidez.

– Achei melhor falar com a senhorita logo, antes que todos os espaços em seu cartão de dança estivessem ocupados... Ou já é tarde demais?

– Hummm... Deixe-me ver...

Elizabeth abriu o estojo de prata e consultou as páginas minúsculas, alongando deliberadamente o momento. Holly reprimiu um sorriso, pois sabia que Elizabeth havia seguido seu conselho e deixado alguns espaços livres exatamente para uma ocasião como aquela.

– Acho que consigo encaixá-lo em algum lugar – falou Elizabeth, fazendo um beicinho, pensativa. – A segunda valsa, talvez?

– A segunda valsa, então – concordou ele. – Estou curioso para descobrir se suas habilidades na pista de dança são mais refinadas do que seu gosto arquitetônico.

Elizabeth respondeu à pequena estocada virando-se para Holly e adotando uma expressão de perplexidade, os olhos arregalados.

– Isso teria sido uma réplica espirituosa do Sr. Somers, milady? – perguntou ela. – Ou talvez ele esteja guardando isso para mais tarde?

– Acho – respondeu Holly com uma risadinha – que o Sr. Somers está tentando provocá-la.

– Ah, é mesmo? – disse Elizabeth, e se voltou para Jason. – Esse método costuma conquistar muitas jovens, Sr. Somers?

– Não estou tentando conquistar tantas assim – retrucou ele, abrindo subitamente um sorriso. – Apenas uma, na verdade.

Sorrindo, Holly observou Elizabeth se perguntar em silêncio se seria *ela* a jovem que Jason Somers desejava conquistar. Jason voltou-se para Paula e perguntou se poderia lhe servir alguma coisa para comer ou beber. Quando Paula recusou com um sorriso tímido, Jason olhou para Elizabeth.

– Srta. Bronson, posso acompanhá-la até a mesa de comes e bebes para uma xícara de ponche antes de a dança começar?

Elizabeth assentiu, uma veia saltando visivelmente em seu pescoço quando aceitou o braço dele.

Enquanto os dois se afastavam, Holly pensou que formavam um belo par, ambos atraentes, altos e esguios. Era possível que Jason, com toda a sua energia juvenil e masculinidade autoconfiante, fosse o contraponto perfeito para Elizabeth. A jovem precisava ser cortejada, conquistada e arrebatada. Precisava de alguém que acabasse com o cinismo e a desconfiança que a impediam de se sentir digna do amor de um homem.

– Olhe só para eles – murmurou Holly para Paula. – Formam um belo par, não é mesmo?

Paula parecia preocupada e esperançosa ao mesmo tempo.

– Milady, acredita que um homem tão elegante como aquele ia querer se casar com uma moça como Lizzie?

– Eu espero... acredito, na verdade... que qualquer homem de bom senso vá desejar alguém tão especial como Elizabeth. E meu primo não é tolo.

Lady Plymouth, uma mulher corpulenta e alegre, de tez rosada, se aproximou delas com uma exclamação de prazer.

– Minha cara Sra. Bronson! – disse ela, pegando as mãos de Paula entre as próprias mãos roliças e apertando-as calorosamente. – Não gostaria de privá-la da companhia de lady Holland, mas simplesmente preciso roubar a senhora por um instante. Tenho alguns amigos que gostariam de conhecê-la e também temos de visitar a mesa de comes e bebes. Eventos como este sempre são um pouco fatigantes, é bom que estejamos bem alimentadas, certo?

– Lady Holland – disse Paula, olhando com uma expressão desamparada por cima do ombro enquanto era arrastada para longe –, se não se importa...

– De forma alguma – estimulou Holly com um sorriso. – Cuidarei de Elizabeth quando ela voltar.

Ela sentiu uma onda de gratidão por lady Plymouth, já que havia pedido à anfitriã, em particular, que apresentasse Paula a algumas damas que provavelmente a receberiam.

– A Sra. Bronson é muito tímida – confidenciara Holly a lady Plymouth –, mas é a dama de natureza mais agradável do mundo, cheia de bom senso e boa vontade... Se ao menos a senhora estivesse disposta a colocá-la sob sua proteção e andar com ela pelo salão...

Ao que parecia, seu apelo havia tocado o coração gentil de lady Plymouth. Além disso, a anfitriã dificilmente deixaria escapar a possibilidade de ser alvo da gratidão de um homem como Zachary Bronson por ser amável com a mãe dele. Ao verem Holly desacompanhada, pelo menos três homens se dirigiram rapidamente na direção dela, vindos de diferentes partes do salão. Não passara despercebido a ela que seu vestido vermelho estava atraindo mais atenção do que jamais recebera na vida.

– Não, obrigada.

Foi essa a resposta que deu várias vezes ao ser bombardeada com pedidos de danças. Holly exibiu o pulso enluvado, mostrando a ausência de um cartão de dança.

– Não vou dançar esta noite... Muito obrigada pelo convite... É uma grande honra, mas não...

No entanto, por mais firme que fosse a recusa, os homens não se afastavam. Mais dois apareceram, trazendo xícaras de ponche, e outro chegou com um prato de sanduíches minúsculos para tentar seu apetite. Os esforços para capturar o interesse de Holly se intensificaram rapidamente, com os homens se acotovelando e empurrando uns aos outros em um esforço para ficar mais perto dela.

A surpresa de Holly com aquela avalanche de atenção guardava também um certo alarme. Ela nunca havia sido tão assediada. Quando era uma jovem dama, de vestido branco, suas acompanhantes haviam supervisionado cuidadosamente todas as abordagens masculinas, e, já uma dama casada, ela fora protegida pelo marido. Mas o vestido vermelho – e sem dúvida os rumores e as insinuações sobre sua presença na casa dos Bronsons – atraiu um grande interesse masculino.

Apenas um homem teria conseguido atravessar a aglomeração de cavalheiros que a cercava. Zachary Bronson veio abrindo caminho, parecendo absurdamente grande e sério, além de um tanto furioso. Só naquele momento, quando viu Bronson se elevando acima de tantos outros homens, foi que Holly se deu conta de como ele era capaz de intimidar a todos apenas pela vantagem do tamanho. Ela sentiu um frêmito inadequado mas delicioso quando Bronson segurou seu braço possessivamente e olhou para a horda ao redor deles.

– Milady – disse ele bruscamente, o olhar frio examinando os homens ao redor –, posso ter uma palavrinha com a senhora?

– Sim, com certeza.

Holly suspirou de alívio quando ele a puxou de lado para um canto relativamente reservado.

– Chacais – murmurou Bronson. – E as pessoas dizem que *eu* não sou um cavalheiro. Pelo menos não fico arfando e babando em público por uma mulher.

– Estou certa de que está exagerando, Sr. Bronson. Certamente não vi ninguém babando.

– E o jeito como aquele desgraçado do Harrowby estava olhando para a senhora... – disse ele, irritado. – Acho que ele deslocou o maldito pescoço tentando espiar seu decote.

– Cuidado com o linguajar, Sr. Bronson – disse Holly com sarcasmo, embora sentisse uma gargalhada borbulhar em sua garganta.

Seria possível que ele estivesse com ciúme? Ela sabia que não deveria ficar animada com esse pensamento.

— E não preciso lembrá-lo de que minha escolha de traje é inteiramente culpa sua, certo?

Os músicos acomodados mais acima, no caramanchão, começaram a tocar, e uma melodia alegre e animada encheu o ar.

— As danças vão começar em breve — disse Holly, adotando um ar profissional. — O senhor anotou seu nome nos cartões de dança de muitas jovens?

— Ainda não.

— Ora, então deve começar agora mesmo. Vou sugerir algumas que valem a pena abordar: a Srta. Eugenia Clayton, por exemplo, e certamente lady Jane Kirkby, e aquela jovem dama ali, lady Georgiana Brenton. Ela é filha de um duque.

— É necessário que uma terceira pessoa faça as apresentações? — perguntou Bronson.

— Se este fosse um baile público, sim. Mas como é um baile particular, o fato de o senhor ter sido convidado já é prova suficiente de sua respeitabilidade. Não se esqueça de conduzir a conversa de uma forma que não seja muito séria nem banal. Fale sobre arte, por exemplo, ou sobre seus periódicos favoritos.

— Eu não leio periódicos.

— Depois, fale sobre pessoas importantes que o senhor admira ou tendências sociais que considera interessantes... Ah, o senhor sabe muito bem como se dá uma conversa de salão. Faz isso o tempo todo comigo.

— Isso é diferente — murmurou Bronson, olhando com uma inquietação mal disfarçada para os bandos de virgens vestidas de branco que enchiam o salão. — A senhora é uma mulher.

Holly não conteve uma risada.

— E o que são todas essas criaturas, se não mulheres?

— Não faço a mais maldita ideia.

— Não pragueje — alertou Holly. — E não diga nada indelicado para nenhuma dessas jovens. Agora vá dançar com alguém. E tenha em mente que um verdadeiro cavalheiro abordaria uma das pobres jovens esquecidas nas cadeiras junto à parede em vez de ir direto às mais populares.

Zachary examinou a fileira de jovens tomando chá de cadeira e suspirou. Não conseguia entender como já lhe parecera uma boa ideia se casar com uma jovem inexperiente e moldá-la a seu gosto. Na época, desejara um troféu, uma égua premiada da classe alta que emprestasse algum prestígio à sua linhagem comum. Mas a ideia de passar o resto da vida com uma daquelas jovens bem-educadas parecia absurdamente tediosa.

– Todas elas parecem iguais – murmurou.

– Mas não são – censurou Holly. – Lembro-me muito bem de como foi ser atirada no mercado casamenteiro, e é assustador. Eu não fazia ideia de que tipo de homem acabaria se tornando meu marido.

Ela fez uma pausa e tocou o braço dele com delicadeza.

– Ali, está vendo aquela moça sentada no final da fileira de cadeiras contra a parede? A jovem atraente com o cabelo castanho e o enfeite azul do vestido. É a Srta. Alice Warner, conheço bem a família. Se Alice for parecida com as irmãs mais velhas, será uma parceira encantadora.

– Então por que está sentada sozinha? – perguntou ele, mal-humorado.

– Ela é uma entre meia dúzia de filhas, e o dote que a família pode oferecer é praticamente insignificante. Isso acaba desanimando muitos jovens arrojados... Mas não tem qualquer importância para o senhor.

Holly lhe deu um empurrãozinho sutil nas costas.

– Vá até lá, convide-a para dançar.

Zachary resistiu à sugestão.

– E o que a senhora vai fazer enquanto isso?

– Estou observando sua irmã, que foi acompanhada até a mesa dos comes e bebes, e acredito que sua mãe também esteja indo para lá. Talvez eu me junte a elas. Agora vá.

Zachary lhe lançou um olhar irônico e saiu como um gato relutante sendo incitado a caçar.

Quando ficou claro que Holly estava sozinha mais uma vez, os homens avançaram em sua direção. Ao se dar conta de que estava prestes a se ver cercada novamente, optou por uma retirada estratégica: fingiu não ver nenhum dos cavalheiros que vinham e seguiu calmamente rumo à porta do salão, na esperança de se refugiar em uma das galerias e salas ao redor. Estava tão concentrada em executar sua fuga que não notou a forma massiva que cruzou seu caminho. De repente, esbarrou em cheio no corpo sólido de um homem e deixou escapar um arquejo de surpresa. Um par de mãos enluvadas segurou-a pelos cotovelos, mantendo-a firme.

– Perdão – disse depressa para o homem. – Eu estava com um pouco de pressa. Perdão, eu deveria ter sido...

Mas sua voz desapareceu em um silêncio atordoado quando ela percebeu em quem havia esbarrado.

– Vardon – sussurrou.

A mera visão de Vardon, lorde Blake, o conde de Ravenhill, fez com que as lembranças a invadissem com intensidade. Por um momento, sentiu a garganta apertada demais para conseguir falar ou respirar. Haviam se passado três anos desde a última vez que o vira, no funeral de George. Ele parecia mais velho, mais sério, e havia rugas nos cantos dos olhos que não estavam ali antes. No entanto, também parecia mais bonito, se é que aquilo era possível, e a maturidade emprestava à sua aparência uma severidade que o salvava de ter uma beleza sem graça.

O cabelo cor de trigo estava com o mesmo corte, e os olhos cinzentos de Vardon eram exatamente como ela se lembrava, muito frios e incisivos até que sorrisse. Então aquele mesmo olhar se tornava caloroso e de uma intensidade prateada.

– Lady Holland – disse ele com tranquilidade.

Milhares de lembranças os uniam. Quantas tardes preguiçosas de verão os três haviam dividido, a quantas festas e concertos compareceram juntos? Holly se lembrou de como ela e George riam ao aconselhar Vardon sobre o tipo de jovem com quem deveria se casar... ou de George e Vardon assistindo a lutas de boxe e depois voltando para casa bêbados como gambás... ou da noite sombria em que ela contara a Vardon que George havia contraído febre tifoide. Vardon tinha sido um apoio constante para Holly durante a doença do marido e na hora de sua morte. Os dois homens eram tão próximos quanto irmãos e, sob aquele aspecto, Holly considerava Vardon um membro da família. Mas revê-lo daquela forma, tão de repente, depois de ele ter passado tanto tempo ausente de sua vida, trouxe de volta uma sensação agradável e inebriante de como eram as coisas quando George ainda estava vivo. Holly quase esperou vê-lo surgir atrás de Vardon, com uma piada fácil e um sorriso alegre. Mas obviamente George não estava lá. Só restavam ela e Vardon.

– A única razão para eu estar aqui esta noite é porque lady Plymouth me disse que você viria – declarou Ravenhill em voz baixa.

– Já faz tanto tempo, eu...

Holly se interrompeu, a mente subitamente vazia enquanto o encarava fixamente. Ela queria muito falar com ele sobre George e o que acontecera aos dois nos últimos anos. De repente, Ravenhill sorriu, os dentes brancos cintilando no rosto bronzeado.

– Venha comigo.

A mão de Holly deslizou naturalmente para o braço dele e ela se deixou levar, sem pensar, com a sensação de estar no meio de um sonho. Ravenhill a conduziu em silêncio para fora do salão de baile e atravessou o saguão de entrada até uma longa fileira de portas francesas. Saíram para o pátio central da casa, onde o ar estava inebriante com o perfume de flores e frutas. Luminárias externas, adornadas com guirlandas de ferro forjado, lançavam fachos de luz sobre a vegetação abundante e iluminavam o céu até que seu tom se assemelhasse exatamente ao de ameixas pretas. Buscando um pouco de privacidade, caminharam até a borda do pátio, que dava para um grande jardim nos fundos da casa. Eles encontraram um círculo de pequenos bancos de pedra meio escondidos por uma fileira de sebes altas e se sentaram juntos.

Holly fitou com um sorriso trêmulo o rosto de Ravenhill, que estava parcialmente na sombra. Notou que ele se sentia da mesma forma que ela, constrangido mas animado – dois velhos amigos ansiosos por retomar o relacionamento. Ravenhill era tão caro a Holly, tão familiar, que ela sentiu uma forte vontade de abraçá-lo, porém algo a deteve. A expressão dele transparecia a posse de alguma informação que parecia causar desconforto... inquietação... vergonha. Ele começou a estender a mão enluvada para alcançar a dela, então recuou e pousou-as abertas sobre os joelhos estendidos.

– Holland – murmurou ele, o olhar buscando o dela. – Você está mais bonita do que eu jamais vi.

Holly também examinou Ravenhill, impressionada por ele parecer tão mais velho, a beleza loura misturada com uma amarga consciência da dor que a vida às vezes impunha aos desavisados. Ele parecia ter perdido a autoconfiança suprema que viera com sua educação privilegiada e, estranhamente, ficara ainda mais atraente por isso.

– Como está Rose? – perguntou ele com carinho.

– Feliz, linda, brilhante... Ah, Vardon, como eu gostaria que George pudesse vê-la!

Parecendo incapaz de responder, Ravenhill ficou olhando fixamente para algum ponto distante do jardim. A garganta provavelmente o incomodava, porque ele engoliu em seco várias vezes.

– Vardon – chamou Holly após um longo silêncio –, você ainda pensa em George com frequência?

Ele assentiu e deu um sorrisinho de autodepreciação.

– O tempo não ajudou tanto quanto todos me garantiram. Penso nele com muita frequência. Até George morrer, eu nunca havia perdido ninguém ou nada que fosse realmente importante para mim.

Holly entendia bem demais. A vida tinha sido quase magicamente perfeita para ela também. Quando jovem, não havia sido afetada pela perda ou pela dor, e tivera certeza de que as coisas seriam sempre maravilhosas. Em sua imaturidade, nunca lhe havia ocorrido que alguém que amava poderia ser tirado dela.

– Desde pequeno, George sempre foi o brincalhão, enquanto eu era o responsável – contou Ravenhill. – Mas eram só aparências, porque, na verdade, George era a âncora. Dono do senso de honra mais profundo, da maior integridade que já vi. Meu pai era um bêbado, um hipócrita, e você sabe que não penso muito melhor dos meus irmãos. Os amigos que fiz na escola não passavam de dândis e encostados. George foi o único homem que eu realmente admirei na vida.

Dominada por uma profunda sensação de melancolia, Holly pegou a mão dele e apertou-a com força.

– Sim – sussurrou com um sorriso terno de orgulho –, ele era um bom homem.

– Depois que o perdi – disse Ravenhill –, eu quase desmoronei. Tentei praticamente tudo para aliviar a dor, mas nada funcionou.

Sua boca se torceu em uma expressão de aversão si mesmo.

– Comecei a beber. E beber. Me perdi completamente em todo tipo de profanidades e parti para o continente para passar algum tempo sozinho e clarear as ideias. Em vez disso, fiz coisas ainda piores. Coisas que nunca me imaginei fazendo antes. Se você tivesse me visto em algum momento desses últimos três anos, Holland, não teria me reconhecido. E quanto mais tempo passava longe, mais vergonha eu tinha de encará-la. Eu abandonei você, depois de ter feito uma promessa a George...

De repente, os dedos enluvados de Holly tocaram suavemente os lábios dele, detendo o fluxo de palavras infelizes.

– Não havia nada que você pudesse ter feito por mim. Eu precisava de um tempo sozinha para viver meu luto.

Holly fitou-o com compaixão, mal conseguindo imaginá-lo agindo de qualquer modo que não fosse correto e honrado. Ravenhill nunca fora de se deixar levar por impulsividades. Nunca havia sido do tipo que se entregava à bebida, ou que corria atrás de rabos de saia, nunca fora dado a apostas, ou a embates físicos, ou a qualquer tipo de excesso. Ela não conseguia nem começar a imaginar o que o amigo poderia ter feito durante sua longa ausência da Inglaterra, mas não importava.

Ocorreu a Holly que provavelmente havia muitas maneiras diferentes de viver o luto. Enquanto ela, em sua tristeza, se voltara para dentro de si, talvez o sofrimento de Ravenhill por George o tivesse deixado um pouco desvairado por algum tempo. O importante é que ele estava de volta agora, e era um enorme prazer vê-lo novamente.

– Por que não foi me visitar? – perguntou Holly. – Eu não tinha ideia de que você havia voltado do continente.

Ravenhill fitou-a com um sorriso autodepreciativo.

– Até agora não cumpri nenhuma das promessas que fiz ao meu melhor amigo em seu leito de morte. E se eu não começar a fazer isso logo, não serei capaz de viver comigo mesmo por mais tempo. Achei que a melhor maneira de começar era lhe pedindo perdão.

– Não há nada a perdoar – respondeu Holly, com simplicidade.

Ele sorriu e balançou a cabeça diante da resposta dela.

– Ainda uma dama da cabeça aos pés, não é mesmo?

– Talvez não tanto quanto já fui – retrucou Holly com um toque de ironia.

Ravenhill encarou-a fixamente.

– Holland, ouvi dizer que agora você trabalha para Zachary Bronson.

– Sim. Estou atuando como orientadora social para o Sr. Bronson e a encantadora família dele.

Ravenhill não pareceu receber a notícia com o mesmo prazer que Holly teve em dá-la.

– Isso é culpa minha. Você nunca teria chegado a tal ponto se eu estivesse aqui para cumprir minhas promessas.

– Não, Vardon. Está sendo uma experiência verdadeiramente gratificante.

Mas Holly sentiu que se atrapalharia com as palavras. Como diabos conseguiria explicar seu relacionamento com a família Bronson para o amigo?

– Sou uma pessoa melhor depois de conhecer os Bronsons. Eles me ajudaram de maneiras que não consigo explicar facilmente.

– Você não foi feita para trabalhar, nunca – declarou Ravenhill, a voz baixa. – Sabe muito bem o que George teria pensado a respeito.

– Estou muito ciente do que George queria para mim – concordou ela. – Mas, Vardon...

– Há assuntos sobre os quais precisamos conversar, Holland. Agora não é a hora e aqui não é o lugar, mas preciso lhe perguntar uma coisa. A promessa que fizemos a George naquele dia... ainda é algo que você levaria em consideração?

Em um primeiro momento, Holly não conseguiu encontrar fôlego para responder. Experimentou uma sensação vertiginosa, como se o destino estivesse passando por cima dela em uma onda enorme e irresistível. E junto veio a mais estranha mistura de alívio e entorpecimento, como se tudo que ela tivesse que fazer fosse aceitar uma circunstância sobre a qual não tinha controle.

– Sim – respondeu baixinho. – É claro que eu ainda consideraria. Mas se você não desejar se ver preso àquela...

– Eu sabia o que estava fazendo naquele momento – disse ele, sustentando o olhar dela com obstinação. – Agora eu sei o que quero.

Os dois ficaram sentados lado a lado em um silêncio que não exigia palavras, o pesar girando em torno deles. No mundo de Holly e Ravenhill, felicidade não era algo que se buscasse por si só, mas, sim, algo a receber – às vezes – como recompensa por um comportamento honrado. Com frequência, cumprir o próprio dever terminava por causar dor e infelicidade, mas, em última análise, a pessoa era consolada pela certeza de que havia vivido com integridade.

– Então conversaremos em outro momento – murmurou Holly, por fim. – Pode me fazer uma visita na casa dos Bronsons, se quiser.

– Posso acompanhá-la de volta ao salão de baile?

Holly balançou a cabeça.

– Por favor, se não se importar, prefiro que me deixe aqui. Quero ficar um pouco sozinha e em silêncio para pensar.

Ao ver a objeção no olhar dele, ela deu um sorrisinho persuasivo.

– Ninguém vai me abordar na sua ausência, prometo. Estou a apenas poucos passos da casa. Por favor, Vardon.

Ele assentiu com relutância e deu um beijo nas costas da mão enluvada dela. Quando o amigo se afastou, Holly suspirou e se perguntou por que estava tão confusa e infeliz com a ideia de cumprir a última promessa que fizera a George.

– Ah, querido – sussurrou, fechando os olhos –, você sempre soube o que era certo para mim. Confio tanto em você agora quanto confiava antes, e vejo sabedoria no que nos pediu. Mas, se pudesse me dar um sinal de que ainda é isso que quer, eu ficaria feliz em passar o resto da minha vida como desejou. Sei que eu não deveria ver isso como um sacrifício, mas...

As ponderações emocionadas de Holly foram repentinamente interrompidas por uma voz irada:

– Mas que diabos você está fazendo aqui?

Por ser um homem com a natureza arraigada na competição, Zachary já experimentara o ciúme antes, mas nada parecido com aquilo. Não aquela mistura de fúria e agitação que parecia rasgar suas entranhas. Ele não era idiota – vira o modo como Holly olhava para Ravenhill no salão de baile e entendera muito bem o que estava acontecendo. Os dois eram maçãs do mesmo cesto e compartilhavam um passado do qual ele não fazia parte. Havia vínculos, lembranças em comum e, mais ainda, o conforto de saber exatamente o que esperar do outro. De repente, Zachary odiou Ravenhill com uma intensidade que se aproximou do medo. Ravenhill era tudo que ele *não* era... Tudo que ele nunca poderia ser.

Se ao menos aqueles fossem tempos mais primitivos, se estivessem em um período da História em que a força bruta se sobrepunha a tudo e um homem conseguia ter o que quisesse apenas reivindicando para si... Na verdade, tinha sido daquela forma que a maioria daqueles malditos sangue azul se originara. Eles eram os descendentes consanguíneos – mesmo que esses laços já tivessem sido muito diluídos – de guerreiros que conquistaram sua posição por meio de batalhas e morte. Gerações de privilégios e facilidades os haviam domesticado, suavizado, polido. Agora, aqueles aristocratas mimados podiam se dar ao luxo de olhar com desprezo para um homem que provavelmente se parecia mais com seus venerados ancestrais do que eles próprios.

Aquele era seu problema, percebeu Zachary. Nascera com alguns séculos de atraso. Em vez de ter que se esforçar para pertencer a uma sociedade que nitidamente era aperfeiçoada demais para comportá-lo, ele deveria poder dominar, lutar, conquistar.

Quando Zachary vira Holly sair do salão de baile, a mão pequena enfiada no braço de Ravenhill, precisara recorrer a toda a sua força de vontade para parecer contido. Ele quase tremera de vontade de erguer Holly nos braços e carregá-la como um bárbaro.

Por um momento, a parte racional de seu cérebro lhe ordenara que abrisse mão de Holly sem lutar por ela. Afinal, aquela mulher nunca havia sido dele, portanto não era possível perdê-la. Que tomasse as decisões certas por si mesma, as decisões mais confortáveis. Que encontrasse a paz que merecia.

Nem no inferno vou permitir isso, pensara com selvageria. Então Zachary havia seguido o par, atento como um tigre rondando a presa, sem permitir que nada se colocasse no caminho do que desejava. Agora encontrava Holly sentada sozinha ali no jardim, parecendo atordoada e sonhadora, e teve vontade de sacudi-la até que seu cabelo se soltasse do penteado.

– O que está acontecendo? – exigiu saber Zachary. – A senhora supostamente deveria facilitar o ingresso da minha irmã na sociedade e me dizer com quais jovens dançar, mas, em vez disso, a encontro no jardim lançando olhares lânguidos para Ravenhill.

– Eu não estava lançando olhares lânguidos – retrucou Holly, indignada. – Estava recordando coisas sobre George e... Ah, preciso voltar para ver como está Elizabeth.

– Ainda não. Primeiro, quero uma explicação do que está acontecendo entre a senhora e Ravenhill.

O rosto delicado e pálido dela mostrava uma expressão consternada.

– É complicado.

– Use palavras bem pequenas – sugeriu Zachary, o tom ácido –, e me esforçarei para acompanhar.

– Prefiro falar sobre isso mais tarde...

– Agora.

Zachary segurou-a pelos cotovelos cobertos pela luva quando ela se levantou do banco e, irritado, observou seu rosto iluminado pelo luar.

Holly arquejou baixinho pelo modo rude como ele a estava tratando.

– Não estou aborrecido, estou...

Ao se dar conta de que a segurava com força excessiva, Zachary soltou-a abruptamente.

– Maldição, lady Holly. Sobre o que estava conversando com Ravenhill?

Embora ele não a tivesse machucado, Holly colocou as mãos em concha nos cotovelos e esfregou-os lentamente.

– Bem, falávamos sobre uma promessa que fiz muito antes de eu e o senhor nos conhecermos.

– Continue – murmurou ele quando ela fez uma pausa.

– No dia em que George morreu, ele expressou seu medo em relação ao meu futuro e ao de Rose. Ele sabia que não estava nos deixando com muito para viver e, embora sua família assegurasse que cuidaria de nós, George continuava muito preocupado. Nada do que eu dissesse o confortava. Ele não parava de murmurar que Rose precisava de um pai para protegê-la e que eu... Ah, meu Deus...

A lembrança traumática a fez estremecer e Holly voltou ao assento, piscando com força para tentar conter a pressão crescente das lágrimas. Então baixou a cabeça e usou a ponta dos dedos para secar as gotas que haviam escapado.

Zachary praguejou e vasculhou os inúmeros bolsos internos do paletó em busca de um lenço. Encontrou o relógio de bolso, o par extra de luvas, maços de dinheiro, um estojo de ouro para tabaco e um pequeno lápis, mas o lenço parecia estar se escondendo. Holly provavelmente adivinhou o que ele estava procurando, já que de repente se engasgou com uma risadinha chorosa.

– Eu lhe disse para trazer um lenço – repreendeu.

– Não sei onde coloquei a maldita coisa – disse ele, entregando uma de suas luvas extras. – Pegue, use isso.

Holly enxugou o rosto e o nariz e apertou a luva com força. Embora não o tivesse convidado para se sentar a seu lado, Zachary se acomodou no banco e ficou olhando para a cabeça abaixada dela.

– Continue – disse rispidamente. – Me conte o que George pediu.

Holly soltou um suspiro profundo.

– Ele estava com medo do que poderia acontecer comigo... Achava que sem marido eu estaria sozinha, que precisaria da orientação e do afeto de um homem... George temia que eu acabasse tomando decisões imprudentes e que outros se aproveitassem de mim. Então ele mandou chamar Vardon... Hum, Ravenhill. George confiava no amigo mais do que em qualquer pessoa no mundo e tinha fé em seu julgamento e em seu senso de honra. Embora Ravenhill possa parecer um pouco frio, é um homem gentil, muito justo e generoso...

O ciúme se inflamou novamente no peito dele.

– Já chega de elogios a Ravenhill. Só me diga o que George queria.

– Ele...

Holly respirou fundo e exalou com força, como se fosse difícil forçar as palavras a saírem.

– Ele pediu que nos casássemos depois que se fosse.

Seguiu-se um silêncio cáustico, enquanto Zachary se perguntava, desesperado, se tinha ouvido direito. Holly se recusou a olhar para ele.

– Eu não queria ser empurrada para cima de Ravenhill como uma obrigação indesejada – sussurrou ela, por fim. – Mas ele me garantiu que o casamento era uma decisão sensata e muito desejada por ele. Que serviria para honrar a memória de George e, ao mesmo tempo, garantir um bom futuro para nós três... eu, Rose e ele mesmo.

– Nunca escutei uma coisa tão estúpida – rosnou Zachary, alterando rapidamente sua opinião sobre George Taylor. – Mas, obviamente, vocês recuperaram o bom senso e romperam o acordo, e isso também é bom.

– Bem, nós não rompemos exatamente.

– O quê?

Incapaz de se conter, Zachary segurou o queixo dela com uma das mãos e forçou-a a levantar o rosto. As lágrimas haviam secado, deixando o semblante de Holly úmido e vermelho, os olhos cintilando.

– Como assim não romperam? Não me diga que tem alguma intenção idiota de realmente seguir adiante com essa ideia.

– Sr. Bronson...

Holly se afastou, parecendo desconfortável e surpresa com a reação dele à notícia. Ela devolveu a luva molhada, que Zachary enfiou no bolso.

– Vamos voltar para o baile, está bem? Conversaremos sobre isso em um momento mais apropriado.

– *Para o inferno* com o baile, vamos conversar sobre isso agora!

– Não levante a voz para mim, Sr. Bronson.

Holly se levantou, sacudiu a saia vermelha cintilante e ajeitou o corpete. O luar brincava sobre a pele perolada dos seios, criando sombras visíveis no vale exuberante entre eles. Ela era tão linda e tão irritante que Zachary teve que cerrar os punhos para não agarrá-la. Ele se levantou, passando a longa perna por cima do banco em um movimento ágil. Nunca havia sentido raiva e desejo ao mesmo tempo antes, era uma sensação nova e nada agradável.

– Bem, mas parece que Ravenhill não estava tão disposto quanto deu a entender – argumentou em uma voz baixa e áspera. – Já que três anos se passaram desde a morte de George e nada aconteceu. Eu diria que é um sinal claro de relutância.

– Eu pensei a mesma coisa – confessou Holly, esfregando as têmporas. – Mas, conversando com ele agora há pouco, ele me disse que levou muito tempo para clarear a mente, e que ainda quer honrar os desejos de George.

– Sem dúvida ele quer – falou Zachary, irritado –, depois de dar uma boa olhada na senhora com esse vestido vermelho.

Holly arregalou os olhos e seu rosto ficou rubro de irritação.

– Essa sua observação me ofende. Vardon não é esse tipo de homem...

– Não é?

Zachary sentiu os lábios se curvarem em um sorriso de escárnio feroz.

– Pois eu lhe garanto, milady, que todos os homens naquele salão, *incluindo* Ravenhill, ficariam muito felizes em entrar por baixo da sua saia. Honra não tem nada a ver com o que ele quer da senhora.

Horrorizada com a crueza daquelas palavras, Holly deu a volta até o outro lado do banco e encarou-o com raiva. Seus dedos enluvados se contraíram como se ela se sentisse tentada a esbofeteá-lo.

– É de Ravenhill que estamos falando ou do senhor?

Ao se dar conta subitamente do que havia acabado de dizer, Holly levou a mão à boca e ficou olhando para ele, sem palavras.

– Agora estamos chegando a algum lugar – disse Zachary, que se encaminhou na direção dela em passos lentos e deliberados. – Sim, lady Holly... A esta altura, não é nenhum grande segredo que a quero. Que a desejo, que entendo seu jeito de ser... Maldição, até *gosto* da senhora, que é algo que eu nunca disse a uma mulher antes.

Claramente alarmada, Holly se virou e seguiu apressada por uma trilha que atravessava o jardim – não em direção à casa, e sim mais fundo em direção aos gramados mais baixos e escuros, onde havia pouca chance de ser vista ou ouvida. *Ótimo*, pensou Zachary com uma satisfação primitiva, abandonando toda a racionalidade. Ele a seguiu sem grande pressa, os passos largos acompanhando com facilidade os passos curtos e frenéticos dela.

– O senhor não me entende de jeito nenhum – retrucou Holly por cima do ombro, a respiração saindo em arquejos rápidos. – Não sabe nada sobre o que eu preciso ou o que quero...

– Eu a conheço mil vezes melhor do que Ravenhill jamais a conhecerá.

Ela deu uma risada incrédula e correu até a entrada de um jardim de esculturas.

– Conheço Vardon há *anos*, Sr. Bronson, enquanto nós dois nos conhecemos há apenas quatro meses e meio. O que o senhor poderia alegar saber sobre mim que ele não saiba?

– Para começar, que é o tipo de mulher que beijaria um estranho em um baile. Duas vezes.

Holly estacou no meio do caminho, o corpo pequeno muito rígido.

– Ah – disse ela, baixinho.

Zachary a alcançou e parou atrás dela, esperando que ela reunisse coragem para encará-lo.

– Então durante todo esse tempo... – disse Holly com a voz trêmula. – O senhor sabia que eu era a mulher que havia beijado naquela noite. E ainda assim não disse nada...

– Nem a senhora.

Holly então se virou, obrigando-se a encará-lo, o rosto muito vermelho de vergonha.

– Eu torcia para que o senhor não tivesse me reconhecido.

– Eu vou me lembrar daquele momento até o dia de minha morte. A sensação de ter você nos meus braços, sentir seu perfume, seu gosto...

– Não! – pediu Holly em um arquejo horrorizado. – Chega, não diga essas coisas...

– Daquele momento em diante, passei a querer você mais do que jamais quis alguém na vida.

– O senhor quer *todas* as mulheres – bradou ela.

Recuando, Holly se afastou e deu a volta ao redor de uma estátua de mármore branco, mas Zachary a seguiu prontamente.

– O que acha que tem me mantido em casa todas as noites ultimamente? Tenho mais satisfação em me sentar naquela maldita sala e ficar ouvindo você ler poesia do que em passar a noite com as prostitutas mais habilidosas de Londres...

– Por favor – falou Holly com desdém –, me poupe dos seus elogios sórdidos. Talvez algumas mulheres gostem desse seu charme depravado, mas não eu.

– A senhora não é totalmente imune ao meu charme depravado.

Zachary a alcançou no momento em que Holly tropeçou em um pedaço de cascalho. Ele a segurou por trás, as mãos se fechando ao redor dos seus braços.

– Eu vejo como olha para mim. Sinto a forma como reage ao meu toque, e não é com nojo. E retribuiu meu beijo naquela noite no jardim de inverno.

– Fui pega de surpresa! Eu levei um susto!

– Então, se eu a beijasse de novo – disse ele em voz baixa –, não retribuiria o beijo? É isso que está dizendo?

Embora não conseguisse ver o rosto de Holly, Zachary sentiu a tensão em seus músculos aumentar quando percebeu a armadilha em que havia acabado de cair.

– Acredite em minhas palavras, Sr. Bronson – disse ela hesitante. – Eu não retribuiria o beijo. Agora, por favor, me deixe...

Ele a fez girar, prendeu-a contra o próprio corpo e baixou a cabeça.

Capítulo 12

Holly deixou escapar um arquejo de surpresa e ficou totalmente imóvel, paralisada pelas sensações que a invadiam. Bronson a beijara da maneira chocante de que ela se lembrava, tomando sua boca por inteiro, faminto, com um desejo tão primitivo que tornava impossível não retribuir. A noite pareceu se fechar em torno deles, as estátuas de mármore se erguendo como sentinelas silenciosas para afastar intrusos. Bronson aproximou mais a cabeça da dela, a língua gentil mas urgente investigando a boca de Holly, cada vez mais fundo, cada vez com mais ardor. Ela sentia o corpo todo em chamas. De repente, era como se não conseguisse unir o corpo ao dele o suficiente. Holly enfiou a mão no paletó de Bronson e sentiu seu calor acumulado, as camadas de linho quentes e perfumadas. O cheiro dele era a fragrância mais atraente que ela já sentira: sal e pele, colônia e o aroma pungente de tabaco. Agitada e excitada, ela afastou os lábios dos de Bronson e pressionou o rosto contra a camisa dele, respirando em arquejos, enquanto envolvia a cintura firme com os braços.

– Holly – murmurou ele, parecendo tão abalado quanto ela. – Meu Deus... Holly...

Ela sentiu a mão grande dele segurar sua nuca, flexionando-a lentamente. Bronson inclinou a cabeça para trás e seus lábios cobriram os dela mais uma vez. Não bastava apenas deixá-lo explorar sua boca, Holly queria saboreá-lo também. Então enfiou a língua na boca quente com sabor de conhaque. Não era o bastante... nem de longe. Gemendo, Holly ficou na ponta dos pés, colando mais o corpo ao dele, mas Bronson era grande demais, alto demais para ela, e Holly arquejou, frustrada.

Bronson ergueu-a nos braços como se ela não pesasse nada e a carregou mais para dentro do jardim de esculturas, onde havia uma peça redonda e plana – uma mesa de pedra, talvez, ou um relógio de sol. Ele se sentou com ela no colo, um braço grande apoiando os ombros e o pescoço de Holly, enquanto sua boca continuava a devorar a dela em deliciosas investidas. Holly nunca havia experimentado um prazer físico tão primitivo. Sentindo-se compelida a tocá-lo, ela puxou freneticamente a luva direita até deixá-la cair no chão. Então enfiou a mão trêmula pelo cabelo de Bronson e deixou-a deslizar pelas ondas grossas até a nuca. Os músculos dele saltavam e se flexionavam, a nuca muito tensa, e ele gemeu em sua boca.

Bronson interrompeu o beijo e se inclinou sobre Holly, acariciando com a boca a pele macia sob o maxilar, encontrando as áreas vulneráveis ao longo do pescoço. A sensação do toque da língua dele a fez se contorcer e estremecer em seu colo. A boca de Bronson se demorou na cavidade da base do pescoço dela, onde uma veia pulsava loucamente.

O vestido de Holly estava desarrumado, o corpete escorregara, mal cobrindo o bico dos seios. Ao sentir o deslizar perigoso da seda vermelha, Holly recuperou o bom senso com um murmúrio assustado e cruzou o braço enluvado sobre os seios quase expostos.

– Por favor...

Seus lábios estavam quentes e inchados, as palavras saíam com mais dificuldade.

– Eu não posso... Eu... Temos que parar com isso!

Bronson pareceu não a ouvir e seus lábios iniciaram um longo passeio pelo colo dela. Ele mordiscou e lambeu o contorno da clavícula, então deixou a boca encontrar o vale voluptuoso entre os seios. Holly fechou os olhos, desesperada, e conteve uma exclamação de protesto quando sentiu que ele puxava o corpete para baixo, os dedos fortes forçando o tecido. Ela o faria parar em breve, logo, logo, mas naquele momento a sensação era tão deliciosa que nem a vergonha nem a honra seriam capazes de fazê-la tomar uma atitude para detê-lo.

Holly arquejou quando seus seios se libertaram do confinamento da seda vermelha, os mamilos intumescidos com a carícia da brisa fresca da meia-noite. Bronson arrancou a luva e a mão grande envolveu com ternura um dos seios macios, acariciando o mamilo rígido com o polegar. Holly manteve os olhos fechados, incapaz de acreditar no que estava acontecendo. Ela sentiu Zachary beijar toda a área ao redor da carne sensível, circundando-a e provocando-a, mas nunca a tocando diretamente, até ela finalmente gemer e arquear o corpo na direção da boca ávida. Os lábios de Bronson se fecharam ao redor da carne macia, sugando e lambendo o bico com habilidade e delicadeza.

Holly contorceu o corpo para se erguer um pouco e conseguir segurar a cabeça dele entre os braços, o gesto erótico parecendo reverberar em cada ponto sensível do corpo. Sua respiração saía encurtada, estranha, os pulmões lutando contra a compressão do espartilho. As roupas pareciam restringi-la demais. Queria sentir a pele de Bronson na dela. Queria sentir o gosto dele, seu toque, como nunca desejara nada na vida.

– Zachary – arquejou Holly no ouvido dele –, por favor, pare. Por favor.

A mão dele encontrou novamente o seio dela, cobrindo e moldando com delicadeza toda a sua extensão, a palma da mão áspera contra a pele delicada. Ele roçou a boca na dela em leves beijos ferozes, até Holly sentir os lábios macios, úmidos e flexíveis sob os dele. Zachary então a ergueu o bastante para que pudesse sussurrar em seu ouvido. Apesar do tom suave, as palavras foram brutais.

– Você é *minha*, e nenhum homem, deus ou fantasma jamais vai tirá-la de mim.

Qualquer pessoa que tivesse a mínima noção de quem era Zachary Bronson e do que ele era capaz ficaria alarmada. Holly ficou rígida de terror, não apenas com a perspectiva de ser reivindicada tão completamente, mas com a alegria imediata e insana que as palavras provocaram nela. Por toda a vida, esforçara-se para ser uma pessoa moderada, razoável, civilizada, jamais sonhara que uma coisa como aquela pudesse lhe acontecer.

Ela se debateu para se levantar do colo de Zachary com tamanho pânico que ele se viu forçado a soltá-la. Holly pousou os pés no chão e se ergueu, o corpo instável. Para sua surpresa, suas pernas estavam tão fracas que talvez tivesse caído se Bronson não tivesse se levantado e passado um braço ao redor da sua cintura. Vermelha da cabeça aos pés, Holly ajeitou o corpete do vestido, escondendo a carne nua que cintilava ao luar.

– Suspeitei que isso pudesse acontecer – declarou ela, se esforçando para recuperar o mínimo de compostura. – Conhecendo sua reputação com as mulheres, eu sabia que um dia o senhor poderia fazer um avanço na minha direção.

– O que acabou de acontecer entre nós não foi um "avanço" – retrucou Zachary com a voz rouca.

Holly não olhou para ele.

– Se vou continuar sendo hóspede na sua casa, precisamos esquecer esse incidente.

– Incidente – repetiu Zachary com desdém. – Isso vem crescendo entre nós há meses, desde a primeira vez que nos vimos.

– Isso não é verdade – contestou ela, enquanto seu coração parecia latejar na garganta, quase sufocando-a e impedindo que falasse. – Não vou negar que acho você atraente, eu.... Qualquer mulher acharia. Mas se está se permitindo a ideia equivocada de que eu estaria disposta a me tornar sua amante...

– Não – interrompeu Zachary.

Com as mãos muito grandes ele emoldurou o rosto dela, os polegares envolveram sua nuca. Ele a fez erguer o rosto, e Holly se encolheu por dentro ao ver a expressão nos olhos fervorosos.

– Não, eu jamais pensaria uma coisa dessas – afirmou, a voz mais rouca. – Eu a quero para mais do que isso. Eu a quero...

– Não diga mais nada – implorou Holly, fechando os olhos com força. – Nós dois enlouquecemos. Me deixe ir agora mesmo, antes que o senhor diga alguma coisa que torne impossível, para mim, permanecer mais tempo na sua casa.

Holly não previra o tamanho do impacto que aquelas palavras causariam nele. Seguiu-se um silêncio longo e tenso. Lentamente, as mãos dele se afastaram do rosto dela e caíram ao lado do corpo.

– Não há motivo para você ir embora – disse Bronson. – Vamos lidar com isso da forma que achar melhor.

O aperto de pânico começou a ceder na garganta dela.

– Acho... acho melhor ignorarmos o que acabou de acontecer e agirmos como se nunca tivesse acontecido.

– Tudo bem – concordou ele, embora a expressão em seus olhos fosse claramente cética. – A senhora define as regras, milady.

Zachary se abaixou para recuperar a luva que ela havia deixado cair. Holly se atrapalhou para calçá-la de volta.

– Precisa me prometer que não vai interferir nos meus assuntos com Ravenhill – conseguiu se forçar a dizer. – Eu o convidei para me visitar, e não gostaria que ele fosse rejeitado ou tratado com grosseria nessa ocasião, está bem? Quem toma as decisões sobre meu futuro... e o de Rose... sou eu. Você não tem direito nenhum de interferir nisso.

Holly percebeu pelo movimento da mandíbula de Bronson que ele estava cerrando os dentes.

– Muito bem – falou ele, em um tom neutro. – Mas quero lembrá-la de uma coisa. Ravenhill vagou pela Europa por três anos... e não tente me convencer de que essa maldita promessa que fez a George estava em primeiro lugar na mente dele. E quanto às *suas* ações, milady? A senhora não estava pensando na maldita promessa quando concordou em trabalhar para mim, sabe muito bem que George não teria aprovado isso... Maldição, nós dois sabemos que ele provavelmente se revirou no túmulo!

– Aceitei sua oferta porque não sabia se Ravenhill ainda desejava manter a promessa e porque precisava levar Rose, e o futuro dela, em consideração. Quando o senhor apareceu, eu não tinha ideia do paradeiro de Ravenhill e aquela pareceu a melhor escolha. E não me arrependo disso. Quando meu trabalho com o senhor for concluído, estarei livre para cumprir minhas obrigações para com George, se chegar à conclusão de que esse é o melhor caminho a seguir.

– Tudo muito sensato – observou Zachary em um tom suave mas cortante. – Mas me diga uma coisa: caso decida desposar Ravenhill, vai recebê-lo em sua cama?

Holly ficou mortificada.

– Ora, você não tem o direito de me perguntar uma coisa dessas.

– A senhora não o deseja dessa forma – afirmou ele categoricamente.

– O casamento é muito mais do que o que acontece no leito conjugal.

– Ah, foi isso que George lhe disse? – atacou ele. – Bem, eu me pergunto... Será que você reagia fisicamente a ele como reage a mim?

A pergunta fez Holly se sentir ofendidíssima. Ela jamais havia batido em ninguém na vida, mas sua mão pareceu se mover por conta própria. Como se estivesse olhando de longe, viu o lampejo branco da própria luva ao acertar um tapa no rosto de Bronson. O golpe foi lamentavelmente suave, insignificante, a não ser como um gesto de repreensão. E não pareceu abalá-lo nem um pouco. Na verdade, ela viu o brilho de satisfação em seus olhos e percebeu, com certo desespero, que dera a resposta que ele queria. Com um arquejo de angústia, Holly se afastou de Bronson o mais rápido que seus pés lhe permitiram.

Depois de algum tempo, Zachary retornou ao baile, fazendo o possível para parecer composto mesmo com o corpo doendo de desejo reprimido. Finalmente ele sabia como era a sensação de tê-la nos braços, o prazer de sua boca correspondendo ao beijo. Finalmente havia experimentado o sabor da pele de Holly, o latejar da pulsação dela contra os lábios. Distraidamente pegou uma bebida terrivelmente doce da bandeja de um criado que passava, parou na lateral do salão e ficou examinando a aglomeração de convidados até localizar o vestido vermelho-vivo de Holly. Ela parecia milagrosamente despreocupada e controlada, conversando animadamente com a irmã dele e apresentando-a aos possíveis pretendentes que se aproximavam. Apenas seus malares excessivamente corados traíam sua agitação interna.

Zachary desviou o olhar, sabendo que provocaria comentários se continuasse a fitá-la tão abertamente. Mas, por algum motivo, sabia que Holly estava ciente da presença dele, embora estivessem separados por um salão lotado. Sem pensar, voltou a atenção para o copo de ponche em sua mão e bebeu tudo em alguns goles impacientes, achando o gosto enjoativo como o de um remédio. Vários conhecidos se aproximaram, a maioria parceiros de negócios, e Zachary se forçou a manter uma conversa educada, sorrindo das piadas que ouvia apenas por alto, arriscando opiniões mesmo sem fazer muita ideia de qual era o assunto em questão. Toda a sua atenção, seus pensamentos, sua alma obstinada estavam voltados para lady Holland Taylor.

Estava apaixonado por ela. Cada sonho, esperança e ambição de sua vida combinados eram apenas uma pequena chama em comparação com as labaredas de emoção que ardiam em seu âmago. E o aterrorizava perceber que Holly tinha um poder tão imenso sobre ele. Jamais desejara amar ninguém daquela maneira – porque aquilo não trazia conforto ou felicidade, só a dolorosa constatação da quase certeza de perdê-la. A ideia de não ter Holly, de entregá-la a outro homem, aos desejos do marido falecido, quase o fez cair de joelhos. Beirando a insanidade, Zachary começou a considerar formas de atraí-la... Havia coisas que poderia oferecer. Maldição, seria capaz até de construir com as próprias mãos uma estátua de mármore em memória de George Taylor se esse fosse o preço para Holly aceitá-lo.

Distraído com os próprios pensamentos frenéticos, Zachary demorou a perceber a presença de Ravenhill nas proximidades. Aos poucos, se deu conta do homem alto e louro parado a apenas alguns metros de distância, uma bela figura solitária em meio ao clamor vibrante do baile. Os olhares dos dois se encontraram e Zachary se aproximou.

– Por favor, me diga – disse Zachary em voz baixa –, que tipo de homem pediria ao melhor amigo que se casasse com a esposa dele após sua morte? E que tipo de homem inspiraria duas pessoas aparentemente sensatas a concordar com um plano tão estúpido?

Os olhos cinzentos do outro homem o examinaram com uma expressão avaliadora.

– Um homem melhor do que você ou eu jamais seremos.

Zachary não conseguiu conter o deboche.

– Parece que o marido-modelo de lady Holland quer controlá-la do túmulo.

– Creio que George estava tentando proteger lady Holly de homens como você – retrucou Ravenhill, sem nenhuma raiva aparente.

A calma do desgraçado enfureceu Zachary. Ravenhill estava tão confiante... como se tivesse vencido uma competição da qual Zachary nem tivesse tido notícia até já estar encerrada.

– Você acha que ela vai levar essa história adiante, não é mesmo? – murmurou Zachary, ressentido. – Acredita que lady Holland vai sacrificar o resto da vida simplesmente porque George Taylor lhe pediu que o fizesse.

– Sim, é isso que eu acho – foi a resposta tranquila de Ravenhill. – E, se você a conhecesse melhor, não teria dúvidas disso.

Por quê? Mas Zachary não conseguiu se forçar a fazer a pergunta dolorosa. Por que era tão garantido que ela cumpriria a promessa? Holly amara tanto George Taylor, a ponto de ele conseguir influenciá-la mesmo após a morte? Ou era simplesmente uma questão de honra? Será que o senso de dever e de obrigação moral realmente a impeliria a se casar com um homem que não amava?

– Aproveito para alertá-lo – acrescentou Ravenhill, o tom baixo – que, se você magoar ou afligir lady Holland de alguma forma, vai se ver comigo.

– Toda essa preocupação com o bem-estar dela é comovente. Mas chega com alguns anos de atraso, não?

O comentário pareceu abalar a compostura de Ravenhill. Zachary sentiu uma pontada de triunfo ao ver o homem enrubescer ligeiramente.

– Cometi alguns erros – reconheceu Ravenhill secamente. – Tenho tantos defeitos quanto qualquer homem e achava a perspectiva de ocupar o lugar de George Taylor muito intimidante. Qualquer um acharia.

– Então o que o fez voltar? – resmungou Zachary.

Por dentro, desejava que houvesse alguma forma de transportar o homem de volta para o outro lado do Canal da Mancha, ainda que à força.

– A ideia de que lady Holland e sua filha poderiam precisar de mim de alguma forma.

– Elas não precisam. As duas têm a mim.

As linhas haviam sido demarcadas. Os dois poderiam muito bem ser generais de exércitos opostos no meio do campo de batalha. A boca fina e aristocrática de Ravenhill se curvou em um sorriso desdenhoso.

– Você é a última coisa de que elas precisam – falou. – E suspeito que até mesmo você sabe disso.

Ravenhill se afastou. Zachary o observou ir, imóvel e com o rosto impassível, enquanto por dentro se contorcia em uma fúria angustiada.

⁓

Holly precisava de uma bebida. Um copo grande de conhaque, para acalmar seus nervos agitados e ajudá-la a dormir por algumas horas. Desde o primeiro ano de luto por George ela não sentira mais necessidade de tomar bebidas alcoólicas. O médico havia prescrito uma taça de vinho todas as noites naqueles dias turbulentos, mas não fora o suficiente. Só uma bebida mais forte conseguia acalmá-la, por isso mandara Maude em missões secretas para buscar copos de uísque ou de conhaque depois que a casa se acomodava para dormir. Como sabia que a família de George não aprovaria que uma dama bebesse, e como também estava ciente de que perceberiam se a quantidade nas garrafas do aparador começasse a diminuir, Holly decidira contrabandear uma garrafa para o próprio quarto. Usando Maude como intermediária, conseguira que um lacaio comprasse conhaque e guardara a bebida na gaveta da penteadeira. Pensando com saudade naquela garrafa de conhaque de tanto tempo atrás, Holly se trocou para dormir e esperou com impaciência que a família Bronson se recolhesse.

O percurso de volta para casa depois do baile havia sido nada menos que infernal. Felizmente, Elizabeth estava animada demais com o próprio sucesso e com as atenções lisonjeiras de Jason Somers para notar o silêncio ardente entre Holly e Zachary. Paula obviamente percebera a tensão, que procurou encobrir conversando sobre banalidades. Holly se forçara a ignorar o olhar taciturno de Bronson e conversara com a mãe dele, sorrindo e brincando, mesmo com os nervos à flor da pele.

Quando já não conseguiu mais detectar qualquer som ou movimento na casa escura, Holly pegou uma vela em um pequeno castiçal e saiu do quarto. Pelo que sabia, o lugar mais provável em que encontraria conhaque era no aparador da biblioteca, onde Bronson sempre mantinha um estoque de uma excelente safra francesa.

Ela desceu descalça a grande escadaria, ergueu a vela, e se assustou por um instante quando a minúscula chama lançou sombras sinistras nas paredes douradas. A casa muito grande, sempre tão cheia e movimentada durante o dia, à noite parecia um museu deserto. Correntes de ar frio passavam pelos seus tornozelos e Holly ficou grata pelo calor da peliça branca com babados que vestira por cima da camisola fina.

Quando entrou na biblioteca, Holly inalou o cheiro familiar de couro e pergaminho e passou pelo enorme globo reluzente a caminho do aparador. Pousou a vela na superfície de mogno polido e abriu a porta de um armário em busca de uma garrafa.

Embora não houvesse qualquer som ou movimento na sala, algo a alertou para o fato de que não estava sozinha. Inquieta, Holly se virou para olhar ao redor e arquejou ao ver Bronson sentado em uma poltrona de couro funda, com as longas pernas esticadas diante do corpo. Ele a encarava com intensidade, os olhos fixos como os de uma serpente. Bronson ainda usava as roupas de festa, embora tivesse despido o paletó e o colete e a gravata estivessem abertos. A camisa branca estava desabotoada até o meio do peito, revelando a profusão de pelos. Ele segurava um copo de conhaque vazio frouxamente entre os dedos, e Holly supôs que já devia estar bebendo havia algum tempo.

O coração dela disparou. O ar deixou seus pulmões em um arquejo rápido, tirando-lhe a capacidade de falar. Cambaleando, Holly se encostou no aparador, segurando a borda com as mãos para se apoiar.

Bronson se levantou lentamente e se aproximou dela. Então olhou para a porta aberta do aparador, entendendo imediatamente o que ela queria.

– Permita-me – disse, a voz um ribombar aveludado na quietude da noite, e pegou um copo e a garrafa de conhaque.

Ele encheu dois terços do copo, segurou-o pela haste e usou a chama da vela para aquecê-lo. Então girou o copo uma, duas vezes, com habilidade, e entregou a bebida quente a Holly.

Ela pegou o copo e bebeu, desejando que sua mão não tremesse visivelmente. Não conseguiu evitar olhar para o ponto onde a camisa dele estava aberta. George tinha um peito liso, que ela sempre achara atraente, mas a visão de Zachary Bronson em uma camisa desabotoada enchia sua mente de pensamentos assustadores e inquietantes. Ela queria esfregar a boca e o rosto naqueles pelos escuros e macios, queria pressionar os seios nus contra eles... Um rubor intenso coloriu-a da cabeça aos pés e ela engoliu o conhaque até começar a tossir.

Bronson voltou para a poltrona e sentou-se pesadamente.

– Pretende se casar com Ravenhill?

O copo de conhaque quase caiu da mão de Holly.

– Eu lhe fiz uma pergunta – disse ele, a voz arrastada. – Pretende se casar com ele?

– Não sei a resposta para essa pergunta.

– Inferno. É claro que sabe! Me diga.

Todo o corpo dela pareceu murchar, derrotado.

– É... é possível que sim.

Bronson não pareceu surpreso. E soltou uma risada baixa e gutural.

– Bem, então vai ter que me explicar por quê. Receio que brutamontes comuns como eu tenham dificuldade em entender esses arranjos da classe alta.

– Eu prometi a George – disse Holly, com cautela.

Sentia-se bastante apreensiva em relação ao que via. Bronson parecia tão... ora, malévolo... sentado ali, no escuro. Belo e de cabelos pretos, e muito imponente, ele poderia ser Lúcifer sentado em seu trono.

– Se o senhor consegue ver algo em mim que seja digno de admiração ou afeto, então não vai desejar que eu me comporte de qualquer outra forma que não a mais honrada. Fui criada para jamais quebrar uma promessa. Sei que algumas pessoas acham que o senso de honra de uma mulher não é tão forte quanto o de um homem, mas sempre tentei...

– Santo Deus, eu não duvido da sua honra – disse Bronson. – O que estou dizendo, e o que acho que deve ficar claro para todos os envolvidos, é que George jamais deveria ter pedido que você fizesse uma promessa dessas.

– Mas ele pediu, e eu prometi.

– Simples assim – disse Bronson, e balançou a cabeça. – Eu não teria acreditado nisso vindo da senhora... *A senhora*, a única mulher que já conheci que se dispõe a me enfrentar quando estou furioso.

– George sabia o que poderia acontecer comigo depois que ele se fosse – argumentou Holly. – Ele sabia que eu jamais me casaria de novo por vontade própria. Queria que eu tivesse a proteção de um marido e, mais importante, que Rose tivesse um pai. Os valores e as crenças de Ravenhill eram semelhantes aos dele, e George sabia que Rose e eu nunca seríamos maltratadas pelo melhor amigo dele...

– Basta – interrompeu Zachary. – Vou lhe dizer o que penso sobre o bom e velho São George. Acho que ele queria que a esposa jamais voltasse a se apaixonar. E acorrentá-la a um casamento com um sujeito apático como Ravenhill foi a maneira de ter certeza de que continuaria sendo seu único amor.

Holly empalideceu.

– Que coisa horrível de se dizer! O senhor está *completamente* errado, não sabe absolutamente nada sobre meu marido nem sobre o amigo dele...

– Mas sei que você não ama Ravenhill. E sei que nunca vai amar. Se está tão decidida a se casar com um homem a quem não ama, então se case comigo.

De todas as coisas que Holly esperava que ele dissesse, essa foi a mais surpreendente. Confusa e espantada, Holly terminou o conhaque e pousou o copo vazio no aparador atrás dela.

– Você acabou de me pedir em casamento? – perguntou em um sussurro.

Bronson se adiantou, e só parou até ela estar com o corpo pressionado contra o aparador.

– Por que não? George queria que você fosse protegida e cuidada, certo? Posso fazer isso. E poderia ser um pai para Rose. Ela nem sabe quem diabos é Ravenhill. Eu vou cuidar de vocês duas.

Bronson enfiou os dedos por entre os longos cachos castanhos dela. Holly fechou os olhos e evitou um gemido de prazer ao sentir os dedos firmes envolverem sua nuca. Tinha a sensação de que todo o seu corpo respondia ao toque dele. Sentiu uma contração humilhante e excitada no ponto secreto entre suas coxas, e ficou envergonhada pelo desejo que latejava com tamanha força. Nunca desejara tanto ser possuída fisicamente por um homem quanto naquele momento.

– Eu poderia lhe dar coisas que nunca sonhou em desejar – sussurrou Bronson. – Esqueça as malditas promessas que fez, Holly. Isso tudo está no passado. Agora é hora de pensar no futuro.

Holly balançou a cabeça e estava se preparando para argumentar. Mas

Zachary abaixou rapidamente a cabeça e capturou sua boca, fazendo-a gemer de prazer quando enfiou a língua entre seus lábios. Seu beijo era tão vigoroso, tão ardente, que apagou qualquer pensamento racional. A boca de Zachary era provocante, mexia-se com habilidade, enquanto Holly esticava o corpo para cima, totalmente entregue. As mãos quentes dele deslizaram pelo corpo dela com ousadia chocante, e finas camadas de musselina cobrindo a forma dos seios, a curva do quadril e inclusive as nádegas cheias e redondas eram a única coisa que os separava. Holly arquejou quando ele apertou seu traseiro com gentileza e ergueu o quadril para encontrar os dele. Ainda a beijando, Zachary passou a roçar insistentemente sua ereção rígida como pedra no corpo dela e Holly quase desmaiou com a sensação. Nem mesmo o marido se atrevera a acariciá-la tão desavergonhadamente.

Holly afastou a boca da dele.

– Você está tornando impossível para mim pensar...

– Eu não quero que você pense.

Zachary guiou a mão dela até a frente de sua calça e ajustou os dedos complacentes sobre a saliência enorme e quente que se arqueava contra o tecido esticado. Holly arregalou os olhos ao sentir a carne intumescida, e enfiou a cabeça no peito de Zachary, para se desviar da boca que se aproximava. Zachary beijou a pele delicada sob a orelha dela, então, e deixou os lábios descerem por seu pescoço. Embora a parte racional de Holly – o que restava dela – a advertisse agudamente contra aquela imprudência erótica, ela pressionou o rosto contra os pelos fascinantes do peito dele. Estava encantada com a masculinidade implacável de Zachary, com cada detalhe poderoso, primitivo e eletrizante daquele homem. Mas Zachary não era para ela. Embora os opostos pudessem se atrair, não resultavam em bons casamentos. A única chance de um casamento dar certo era quando envolvia pessoas parecidas. E ela fizera uma promessa irrevogável ao marido poucos minutos antes de sua morte.

Pensar em George trouxe Holly subitamente de volta à realidade, e ela se desvencilhou dos braços de Zachary Bronson. Então cambaleou até uma cadeira e afundou o corpo ali, as pernas fracas e trêmulas. Para seu alívio, Bronson não a seguiu. Por um longo tempo, o único som na biblioteca era o da respiração arquejante de ambos. Finalmente Holly reencontrou a capacidade de falar.

– Não posso negar a atração entre nós. – Ela fez uma pausa e deu uma risada trêmula. – Mas com certeza você deve saber que jamais daríamos certo juntos! Eu fui feita para uma vida modesta e tranquila, enquanto seu estilo de vida é grandioso e acelerado demais. Você logo ficaria entediado e louco para se livrar de mim...

– Não!

– E eu seria terrivelmente infeliz se tentasse viver com um homem com sua voracidade e ambição. Um de nós teria que mudar e sabemos que isso provocaria um ressentimento enorme. O casamento teria um fim amargo.

– Você não tem como ter certeza disso.

– Mas não posso correr o risco – retrucou ela com absoluta determinação.

Bronson a encarou através das sombras, com a cabeça um pouco inclinada, como se contasse com algum sexto sentido para penetrar em seus pensamentos. Ele se aproximou dela e se agachou diante da cadeira. Holly levou um susto quando ele pegou sua mão, os dedos se fechando ao redor do punho delicado e frio. Lentamente, o polegar dele começou a roçar nos nós dos dedos dela.

– Há algo que você não está me dizendo – murmurou Zachary. – Algo que a deixa ansiosa, até com medo. Sou eu? É meu passado, o fato de eu já ter sido um lutador, ou é...

– Não – disse Holly com uma risada que ficou presa na garganta. – É claro que não tenho medo de você.

– Reconheço o medo quando o vejo – insistiu Zachary.

Holly balançou a cabeça, recusando-se a rebater o comentário.

– Precisamos esquecer esta noite – afirmou ela –, ou terei que partir com Rose amanhã mesmo. E não quero deixar você ou sua família. Quero ficar o máximo de tempo possível e cumprir nosso acordo. Vamos combinar de não voltar a falar sobre isso.

Os olhos dele cintilaram com um fogo sombrio.

– Você acha que isso é possível?

– Precisa ser – sussurrou Holly. – Por favor, Zachary, diga que vai tentar.

– Vou tentar – falou ele, a voz sem emoção.

Ela deixou escapar um suspiro trêmulo.

– Obrigada.

– É melhor você ir agora – disse Zachary, sem sorrir. – Vê-la nessa camisola está me deixando louco.

Se não estivesse se sentindo tão infeliz, Holly teria achado graça do comentário. As camadas de babado que enfeitavam a camisola e a peliça tornavam o conjunto muito menos revelador do que um vestido diurno comum. Era apenas o estado de espírito inflamado de Bronson que a fazia parecer desejável.

– Você também vai se recolher agora? – perguntou ela.

Ele foi até o aparador para reabastecer o copo e respondeu por cima do ombro.

– Não, ainda preciso beber um pouco.

Abalada pela emoção não expressa, Holly tentou torcer os lábios em um sorriso.

– Boa noite, então.

– Boa noite.

Zachary não olhou para ela, e manteve os ombros rígidos enquanto ouvia o som dos passos de Holly se afastando.

Capítulo 13

Durante as duas semanas que se seguiram, Holly quase não viu Bronson e percebeu que ele estava se mantendo deliberadamente longe dela até que ambos estivessem prontos para retomar a amizade que haviam desenvolvido. Bronson se dedicava o dia todo ao trabalho, ia para seus escritórios no centro da cidade e raramente voltava para jantar. Ficava fora até tarde da noite e acordava com os olhos injetados e linhas de tensão no rosto. Aquela rotina incessante não foi mencionada pelos outros membros da casa dos Bronsons, mas Holly tinha a impressão de que Paula sabia o motivo.

– Quero que saiba, Sra. Bronson – disse Holly a ela com cuidado certa manhã –, que eu jamais causaria deliberadamente qualquer desconforto ou infelicidade a ninguém da sua família.

– Milady, a culpa não é sua – respondeu Paula, com sua franqueza costumeira, e esticou a mão para dar uma palmadinha carinhosa na de Holly. – A senhora talvez seja a primeira coisa que meu filho desejou de verdade e não conseguiu ter. Mas, a meu ver, é bom para ele finalmente conhecer o que são limites. Sempre o alertei sobre essa mania de querer dar um passo além das pernas.

– Ele conversou com a senhora a meu respeito? – perguntou Holly, enrubescendo até a ponta das orelhas ficar quente.

– Nem uma palavra – disse Paula. – Mas não havia necessidade. Mãe sempre sabe.

– Ele é um homem maravilhoso – disse Holly, muito séria, temendo que Paula tivesse a ideia equivocada de que ela não achava Zachary bom o suficiente.

– Sim, também acho – retrucou Paula com naturalidade. – Mas isso não o torna o homem certo para a senhora, milady, assim como a senhora não é a mulher certa para ele.

Saber que a mãe de Bronson não a culpava pela situação deveria ter feito Holly se sentir melhor. Infelizmente, isso não aconteceu. Cada vez que Holly via Bronson, por mais breve ou casual que fosse o encontro, era tomada por um desejo que ameaçava dominá-la. Começou a se perguntar se realmente conseguiria viver daquela forma pelo restante do ano que prometera passar na casa dos Bronsons. E então, para se manter o mais ocupada possível, procurou se dedicar a Rose, Elizabeth e Paula. E havia muito a fazer, ainda mais depois da apresentação de Elizabeth à sociedade. O grande saguão de entrada estava constantemente abarrotado de buquês de rosas e arranjos florais que chegavam para ela, e a bandeja de prata perto da porta se enchia diariamente com cartões de pretendentes esperançosos.

Como Holly havia previsto, a combinação da beleza e da fortuna de Elizabeth, sem falar em seu encanto irreprimível, atraíra muitos homens que pareciam mais do que dispostos a ignorar as circunstâncias de seu nascimento. Holly e Paula precisaram se esforçar para acompanhar as visitas diárias, os passeios de carruagem e os piqueniques com os vários cavalheiros que apareciam para cortejar Elizabeth. No entanto, houve uma visita em particular que pareceu capturar com mais intensidade o interesse dela: Jason Somers.

Ela recebera a visita de pretendentes com o sangue mais azul e com maior riqueza, mas nenhum que tivesse a autoconfiança e o encanto de Jason. Um homem firme, cheio de talentos e ambições – não muito diferente do irmão de Elizabeth. Pelo que Holly observara, a estabilidade e a força de Jason eram capazes de contrabalançar o espírito exuberante da moça. Formavam um bom casal e aquela prometia ser uma união feliz, se tudo corresse como Holly esperava.

Durante uma das visitas matinais de Jason, Holly por acaso avistou o par quando ele e Elizabeth voltavam de um passeio no jardim.

– ... além disso, você não é alto o bastante para mim... – dizia Elizabeth.

Sua voz veio misturada à própria gargalhada efervescente, enquanto os dois passavam pelas portas francesas e entravam na galeria de esculturas de mármore. Holly parou na outra extremidade da galeria, por onde por acaso estava andando. Estava escondida por uma imponente representação alada de algum deus romano.

– Santo Deus, mulher, dificilmente sou o que alguém poderia chamar de baixinho – respondeu Jason. – E sou uns bons cinco centímetros mais alto que você.

– Não é, não!

– Sou, sim – insistiu Jason, e puxou-a junto ao corpo com uma facilidade que fez Elizabeth arquejar.

Os dois ficaram com os corpos colados, a silhueta esguia de Elizabeth junto ao corpo mais alto de Jason.

– Está vendo? – disse ele, a voz repentinamente rouca.

A expressão travessa desapareceu do rosto da jovem, que ficou subitamente em silêncio, fitando o homem que a segurava, os olhos cheios de uma apreensão tímida. Holly considerou brevemente a possibilidade de interromper a cena, pois sabia que Elizabeth não estava acostumada àquele tipo de atenção masculina. Mas havia uma expressão no rosto de Jason que Holly nunca vira antes, absurdamente terna e carregada de anseio. Ele abaixou a cabeça para murmurar algo no ouvido de Elizabeth, que enrubesceu e deixou uma das mãos subir lentamente até o ombro dele.

Holly também enrubesceu um pouco enquanto se afastava discretamente, para permitir aos dois um pouco de privacidade. Parecia já ter se passado tanto tempo desde que fora cortejada por George da mesma maneira. Como ela era inocente e esperançosa... Mas essas lembranças eram difusas e Holly já não encontrava mais prazer nelas. Sua vida com George havia se tornado um sonho distante.

Dominada pela melancolia, Holly passou o restante da manhã brincando com Rose, depois deixou a filha aos cuidados de Maude. Sentia-se desanimada demais para comer qualquer coisa, recusou o almoço e foi passear pelos jardins, levando consigo um romance da biblioteca. O céu estava nublado e a brisa, impregnada por uma névoa fria, fez Holly estremecer e puxar o xale de cashmere marrom mais para junto dos ombros. Ela parou primeiro diante de uma mesa de pedra, então em um banco ao lado de vasos cheios de flores, até finalmente encontrar um local para ler, um chalezinho com menos de quatro metros de largura. As janelas eram protegidas por pequenas venezianas de madeira e, lá dentro, havia bancos acolchoados. Os assentos e as costas dos bancos eram cobertos por um pesado tecido verde que guardava um leve cheiro de mofo, embora não fosse desagradável.

Holly se enrodilhou em uma das almofadas e colocou os pés embaixo do corpo, então se recostou e começou a ler. Não demorou muito, estava envolvida na história de um caso de amor condenado – e havia algum outro tipo de caso de amor? – e nem se deu conta do estrondo de um trovão no céu. A luz prateada se tornou de um cinza-escuro e a chuva começou a tamborilar pesadamente no gramado e na trilha pavimentada do lado de fora. Algumas gotas errantes conseguiram entrar pela veneziana e caíram no ombro de Holly, alertando-a finalmente para a piora do tempo do lado de fora. Ela desviou o olhar do romance e franziu a testa.

– Ora, mas que perturbação – murmurou, e se deu conta de que seu momento de leitura estava chegando ao fim.

Sem dúvida estava na hora de voltar para a casa principal. Mas a chuva já estava forte e Holly se perguntou se não seria melhor esperar um pouco. Suspirando, fechou o livro no colo e encostou a cabeça na parede enquanto observava a tempestade se abater sobre o gramado e as sebes. O cheiro pungente da chuva forte de primavera encheu o chalé.

Seus pensamentos melancólicos foram interrompidos quando alguém abriu a porta bruscamente e entrou.

Holly ficou surpresa ao ver Zachary Bronson, o corpo grande protegido por um sobretudo encharcado. Ao entrar, trouxe consigo uma rajada de vento fresco carregado de chuva, depois fechou a porta de veneziana com a sola do sapato. Zachary praguejou baixinho enquanto se esforçava para fechar um enorme guarda-chuva gotejante. Holly aconchegou mais o corpo a uma almofada e o observou com um sorriso crescente enquanto ele se esforçava para dobrar a engenhoca desajeitada. O homem era um demônio de tão belo, pensou ela com um lampejo de prazer, o olhar absorvendo a visão do rosto lavado pela chuva, dos olhos cor de café e do cabelo escuro e brilhoso colado à cabeça.

– Achei que estava no centro da cidade – comentou Holly, erguendo a voz acima do longo ribombar de um trovão.

– Voltei mais cedo – respondeu ele, o tom seco. – Consegui chegar um pouco antes de a tempestade atingir a propriedade.

– Como soube que eu estava aqui?

– Maude estava preocupada... Ela disse que você estava em algum lugar no jardim.

Ele finalmente conseguiu vencer o guarda-chuva e fechá-lo com um golpe certeiro.

– Foi fácil, na verdade. Não há muitos lugares para se abrigar da chuva.

Seus olhos se fixaram no rosto dela e ele retribuiu o sorriso de Holly com outro, largo.

– Então cá estou para resgatá-la, milady.

– Nem me dei conta de que precisava ser resgatada – disse Holly. – Estava absolutamente concentrada na leitura. Talvez a chuva diminua logo.

Como se lhe desse uma resposta sarcástica, o céu ficou vários tons mais escuro e um trovão ensurdecedor acompanhou uma sequência de relâmpagos que cortaram o céu. Holly riu de repente e olhou para Bronson, que sorria.

– Vamos voltar para casa – disse ele.

Holly estremeceu ao olhar para a chuva torrencial. Parecia um longo caminho de volta.

– Mas vamos ficar encharcados – reclamou ela. – E o gramado, sem dúvida, virou lama. Não podemos simplesmente esperar a chuva parar?

Holly tirou um lenço seco da manga, ficou na ponta dos pés e enxugou o rosto molhado de Bronson. De repente, ele ficou impassível, imóvel sob os cuidados dela.

– Essa chuva vai continuar por horas. E não confio em mim mesmo para ficar sozinho com você por mais de cinco minutos.

Ele tirou o sobretudo e passou-o ao redor dos ombros dela. A peça ficou absurdamente grande em Holly.

– Portanto – continuou Bronson bruscamente, olhando para o rosto dela –, vamos logo.

Mas nenhum dos dois se moveu.

Holly levou o lenço até o maxilar dele e secou mais algumas gotas de água que ainda molhavam a pele recém-barbeada. Ela apertou com força a peça delicada de linho e renda e segurou o sobretudo para evitar que caísse no chão. Não conseguia compreender por que estar sozinha com aquele homem lhe causava um prazer tão intenso, por que vê-lo e ouvir sua voz era tão reconfortante e, ao mesmo tempo, tão empolgante. Holly sentiu um aperto no peito ao se lembrar de que a vida deles estava entrelaçada apenas por um período determinado de tempo. Bronson havia se tornado importante para ela muito rapidamente, muito facilmente.

– Senti sua falta – sussurrou Holly.

Ela não tivera a intenção de falar as palavras em voz alta, mas elas pareceram sair por conta própria e pairaram de leve no ar em meio ao barulho da chuva. Holly quase se sentiu enlouquecida por um anseio que era mais profundo do que a fome, mais agudo do que a dor.

– Eu precisava me manter distante – retrucou Bronson em um tom ríspido. – Não consigo ficar perto de você sem...

Ele se calou e fitou-a com uma expressão infeliz. E não se mexeu quando Holly tirou o sobretudo dos ombros, nem quando colou o corpo ao dele, nem mesmo quando passou os braços ao redor do seu pescoço. Holly esfregou o rosto no colarinho úmido da camisa dele e o abraçou com força. Parecia que pela primeira vez em dias ela conseguia respirar de verdade, a dor surda da solidão finalmente deixando seu peito.

Zachary deixou escapar um gemido abafado e virou a cabeça para colar a boca à dela e abraçá-la com firmeza. Holly sentiu que o ambiente do chalezinho se dissolvia em um borrão e o cheiro da chuva foi substituído pelo perfume masculino da pele de Zachary. Ela pousou a mão no rosto quente dele, no pescoço, e o homem a abraçou com mais força, quase a esmagando em seus braços, como se estivesse tentando puxá-la para dentro de si.

Só desta vez... A ideia perversa invadiu a mente dela e não foi mais embora. *Só uma vez...* Ela se alimentaria daquela lembrança, revisitando-a e saboreando-a quando os dias de sua juventude já tivessem passado. Ninguém jamais saberia.

A tempestade atingiu a estrutura de madeira ao redor deles, mas sua força não era nada comparada às batidas violentas do coração de Holly. Ela puxou freneticamente o nó da gravata dele, soltando-o, então se dedicou aos botões do colete e da camisa. Zachary ficou imóvel, embora seu peito largo se elevasse em arquejos profundos e entrecortados.

– Holly... – A voz dele era baixa e hesitante. – Você sabe o que está fazendo?

Sem pensar, ela abriu a camisa dele e o deixou exposto do pescoço ao umbigo, prendendo a respiração quando avistou o torso nu de Zachary. Ele era uma criatura magnífica, seu corpo, uma obra-prima de músculos firmes. Holly tocou-o com espanto e admiração, espalmando as mãos no peito coberto de pelos, deslizando a ponta dos dedos até encontrar o músculo bem desenvolvido por baixo e, logo, acariciando a superfície rígida e desenhada do abdômen. Desceu as mãos até os pelos mais ralos ao redor do umbigo, e a ponta dos dedos passou a investigá-los com delicadeza. Zachary deixou escapar um gemido de prazer angustiado. Ele a segurou pelo pulso, afastou a mão dela e manteve-a erguida de lado enquanto fitava Holly com intensidade.

– Se você me tocar de novo – falou, a voz rouca –, não vou conseguir parar e vou possuí-la aqui mesmo... está entendendo?

Sem responder, Holly se aproximou mais, colou o corpo à pele nua do peito largo e enterrou o rosto naquela profusão de pelos. No mesmo instante, sentiu a resistência de Bronson desaparecer – o corpo grande estremeceu quando ele passou os braços ao redor dela. Então a boca procurou a dela com urgência, provocando sensações que eram absurdamente prazerosas tamanha indecência. Com uma série de puxões rápidos e delicados, os botões entalhados do corpete do vestido de Holly se abriram e a roupa caiu até os cotovelos. Depois de abrir também o espartilho, Zachary segurou a fita que mantinha no lugar a camisa de baixo dela, enrolou-a no dedo e puxou. Os seios de Holly transbordaram, pálidos e rosados, as pontas já rígidas por causa do ar frio no chalé. Ele encheu as mãos com a carne redonda e macia, envolvendo os mamilos sensíveis.

– Rápido... – pediu Holly, agitada. – Zachary, por favor, eu... eu preciso de você.

Agora que havia se abandonado à paixão, Holly perdera toda a vergonha, todo o controle. Queria Zachary em cima dela, dentro dela, queria o calor dele entre suas pernas.

Zachary calou-a com um beijo, enquanto despia a camisa e o colete, deixando à mostra os ombros musculosos. Ele se sentou nas almofadas verdes e a puxou para o colo. Então enfiou a mão por baixo das saias de Holly e afastou as pernas dela, fazendo com que encostasse os joelhos nos quadris dele. Holly estava rubra de desejo e de apreensão enquanto se acomodava sobre o ventre dele e sentia a rigidez intensa da ereção esticando o tecido da calça. A forma imensa do membro fazia arder o tecido delicado dos calções de baixo dela. Zachary passou a mão por baixo dos braços de Holly, puxou-a mais para a frente e beijou o espaço entre seus seios. Ela segurou a cabeça dele e arquejou ao sentir a boca quente se fechar ao redor de um mamilo rijo e sensível. Os golpes da língua de Zachary eram delicados e quentes. Ele passou para o outro seio e Holly sentiu a pressão suave dos dentes dele quando sugou a carne intumescida.

Holly emitiu sons baixos e incoerentes e deslizou o corpo mais para baixo, colando os seios úmidos ao peito dele. A sensação dos pelos crespos e macios contra sua pele a excitou, estimulou, e ela se esfregou contra ele com um gemido de prazer. Mais tarde, ficaria mortificada com seu comportamento devasso... Mas apenas muito mais tarde. Porque naquele momento só existia Zachary, o corpo belo e musculoso dele, seus lábios apaixonados e vorazes, e Holly estava determinada a saborear cada momento.

Zachary deixou as mãos deslizarem mais uma vez por baixo das saias dela e acariciou a curva redonda do seu traseiro. Então seu toque seu tornou gentil, quase preguiçoso, enquanto percorria o corpo dela com uma lentidão enlouquecedora. Trêmula, Holly implorou mais uma vez para que ele se apressasse, enquanto no fundo da mente sentia-se horrorizada com o desespero do próprio desejo. De repente, Zachary riu, o som suave, baixo e rouco, e desamarrou a fita dos calções de baixo dela, que puxou até o quadril. Holly moveu o corpo desajeitadamente para ajudá-lo e sentiu a cabeça zonza quando os calções foram despidos.

– M-Me diga o que fazer – pediu, ciente da pouca experiência que tinha e ansiosa por aprender.

Aquele encontro imprudente no meio de uma tempestade vespertina era totalmente diferente dos pacíficos interlúdios noturnos que havia compartilhado com George. Zachary Bronson era tão absurdamente experiente, enfastiado até, que parecia impossível satisfazê-lo.

– Está querendo saber como me agradar? – perguntou ele, roçando os lábios delicadamente na borda da orelha dela. – Porque, se for isso, saiba que não precisa nem se esforçar...

Holly pressionou o rosto enrubescido contra o ombro dele, a respiração irregular, enquanto Zachary afastava mais suas pernas. Estrondos de trovões continuaram a rasgar o céu, mas o barulho havia perdido o poder de assustá-la. Todo o seu ser estava concentrado no homem que a segurava, no corpo rígido debaixo do dela, na mão masculina que a acariciava com tanta gentileza. A ponta dos dedos de Zachary roçou na dobra delicada da coxa de Holly, bem no ponto em que se encontrava com a pele mais macia da virilha. Ele acariciou os pelos macios, procurando o lugar onde a carne íntima dela se abria... e encontrou a pequena enseada secreta que umedeceu ansiosamente ao toque. Todos os músculos de Holly se contraíram naquele momento, e ela permaneceu sentada sobre ele, trêmula de espanto. Ela afundou ainda mais o rosto no ombro musculoso e disse o nome dele em um gemido.

– Zachary...

Jamais havia aprendido qualquer espécie de etiqueta de alcova, mas ela e George compartilhavam o mesmo entendimento instintivo da maioria dos casais – um cavalheiro garantia à esposa o mais profundo respeito em todos os momentos, até no abraço conjugal. Era preciso se abster de toques indecentes e não encorajar o ardor da mulher. O caráter deveria ser mantido imaculado e, embora um homem devesse fazer amor com sua amada com gentileza, jamais deveria tocá-la ou falar com ela de maneira lasciva.

Ao que parecia, ninguém jamais havia transmitido essas informações a Zachary Bronson. Ele sussurrou palavras de amor e luxúria no ouvido de Holly enquanto a provocava impiedosamente, a ponta dos dedos circundando o ponto sensível escondido entre as dobras do sexo dela. Excitada e suando, Holly empurrou mais o corpo contra a mão dele e arquejou ao sentir o dedo de Zachary deslizar para dentro de si.

Uma sensação estranha e ardente se espalhou pelo corpo de Holly, que se contorceu, abrindo e fechando as mãos em seu ombro, a boca aberta pressionando o pescoço forte em beijos suplicantes. Ele sussurrou para acalmá-la, e Holly pôde sentir a incrível tensão do corpo másculo, os músculos fortemente contraídos com energia reprimida. Lentamente, como se tivesse medo de assustá-la, Zachary retirou a mão de dentro dela e abriu o fecho da calça. Holly sentiu o peso firme escapando do tecido que o continha e se sobressaltou com o toque escaldante do membro muito rijo. Zachary afastou mais as pernas dela para recebê-lo e se posicionou contra a abertura úmida.

Holly estremeceu ao sentir que ele se acomodava dentro dela, esticando sua carne delicada, e deixou escapar um leve assovio por entre os dentes.

– Estou machucando você?

Os olhos escuros como a meia-noite examinaram o rosto dela e Zachary deslizou a mão entre o corpo dos dois, acariciando e ajustando, abrindo-a para tocar diretamente a protuberância latejante escondida entre os pelos úmidos do sexo dela. O momento era tão surpreendentemente íntimo, que Holly quase chorou. Seu corpo relaxou para acomodá-lo, a tensão diminuindo, e de repente não havia dor na penetração, apenas prazer. Ela se entregou completamente ao momento e passou as pernas ao redor do quadril dele.

Zachary fechou os olhos e a puxou pela nuca, reivindicando avidamente os lábios dela. Espalmou a outra mão em seu quadril e puxou Holly para si em um ritmo insistente, penetrando-a em arremetidas profundas que a fizeram se contorcer, totalmente entregue. Zachary não parou de beijá-la nem por um instante, sua boca oferecendo, tomando, consumindo a dela com um ardor febril.

Holly se rebelou contra o emaranhado de roupas entre eles, louca para se ver totalmente livre do vestido, querendo sentir as pernas nuas dele contra as dela, e não o tecido da calça. Uma tensão voluptuosa se acumulou dentro dela, enquanto gritos de desejo escapavam de sua garganta. Foi dominada por uma febre estranha, selvagem, e não conseguia parar de se contorcer com mais vigor contra ele. Amava a textura áspera e densa do corpo de Zachary, o tamanho dele dentro dela, as mãos grandes que seguravam seus seios enquanto ela o cavalgava. Até que, de repente, os músculos se contraíram e um prazer fulminante emanou do seu sexo e se espalhou por todo o corpo. Paralisada, ela mordeu o lábio e gemeu, sentindo os nervos pegarem fogo e seus sentidos explodirem.

Embora Holly não entendesse inteiramente o que estava acontecendo, Zachary entendeu – então começou a murmurar baixinho e a embalou nos braços, o quadril sem parar de arremeter em movimentos constantes. Holly estremecia e seu corpo se contorcia em deliciosos espasmos ao redor do membro que a invadia, o que foi o bastante para também levar Zachary ao limite. Ele estremeceu, suspirou e arremeteu uma última vez. Suas mãos agarraram as nádegas dela, puxando Holly com força contra o ventre enquanto a penetrava o mais fundo possível.

Sentindo-se embriagada, Holly relaxou e deixou o corpo cair com força contra o peito dele, sentindo a ardência e a pulsação dos sexos ainda unidos. Ela sentiu vontade de rir e chorar ao mesmo tempo e, por fim, deixou escapar um som exultante e nervoso. Zachary esfregou suas costas nuas com carinho, e Holly apertou o rosto contra o ombro dele.

– Isso nunca aconteceu com você quando estava com seu marido – sussurrou ele.

Foi uma afirmação, não uma pergunta.

Holly assentiu, encantada e perplexa. Era difícil acreditar que poderiam conversar daquele jeito, com o calor dele ainda alojado fundo dentro dela. Mas a tempestade ainda estava forte lá fora, cercando-os em uma privacidade escura e chuvosa, e ela se ouviu responder com a voz entorpecida:

– Eu gostava de fazer amor com George, sempre foi agradável... Mas havia coisas que ele nunca... E eu não... Porque não é certo, entende?

– O que não é certo?

Zachary tirou alguns grampos do cabelo dela e soltou as mechas castanhas sedosas, espalhando-as sobre as costas nuas.

Ela falou devagar, procurando as palavras certas:

– Uma mulher deve domar a natureza selvagem de um homem, não encorajá-la. Eu disse a você uma vez que fazer amor deveria ser...

– Uma elevada expressão de amor – lembrou Zachary, brincando com o cabelo dela. – Uma comunhão de almas.

Holly ficou surpresa por ele ter se lembrado.

– Sim, exatamente. Não deve se rebaixar à lascívia.

Holly o sentiu sorrir junto à cabeça dela.

– Não vejo nada de errado em um pouco de lascívia de vez em quando.

– É claro que não – disse ela, escondendo um sorriso nos pelos espessos do peito dele.

– Então agora você provavelmente acha que seu caráter começou a se degenerar – deduziu Zachary, e o sorriso de Holly desapareceu.

– Acabei de ter relações ilícitas com meu empregador no chalé do jardim da casa dele. Acho que ninguém usaria isso como prova de um caráter elevado.

Ela tentou se afastar e arquejou quando a extensão do membro pesado saiu de dentro do seu corpo. Uma sensação terrivelmente mortificante dominou-a ao sentir a umidade abundante que escorria por entre suas coxas, e ela tateou ao redor, tentando encontrar algo com que se enxugar. Zachary pegou o paletó descartado e, daquela vez, conseguiu encontrar um lenço. Ele o entregou a Holly e falou em um tom que misturava bom humor e carinho:

– É a primeira vez que vejo uma mulher ficar vermelha da cabeça aos pés.

Quando abaixou a cabeça, Holly viu que cada centímetro de pele exposta em seu corpo tinha nuances diversas de cor-de-rosa. Ela pegou o lenço da mão dele e se afastou o máximo possível para usá-lo.

– Não consigo acreditar no que fiz – desabafou em um tom sufocado.

– Vou me lembrar desta tarde pelo resto da vida – retrucou Zachary. – Vou mandar folhear este lugar a ouro e pendurar uma placa na porta.

Holly se virou para encará-lo, horrorizada com a possibilidade de ele estar falando sério, e viu a risada cintilante em seus olhos.

– Como você consegue fazer piada com isso?

Ela se contorceu, tentando puxar de volta para o lugar a massa de tecido do vestido que estava enrolada ao redor de sua cintura.

– Espere, fique parada.

Zachary ajeitou a roupa de baixo dela com habilidade, prendeu o espartilho e ajudou-a a deslizar os braços para dentro das mangas. A evidência da experiência dele no trato com roupas femininas era desanimadora. Não havia absolutamente nenhuma dúvida de que Zachary já havia tido encontros como aquele com muitas amantes... Ela era a mais recente de uma longa lista.

– Zachary...

Holly fechou os olhos enquanto ele levantava o cabelo dela com uma das mãos e se abaixava para colar a boca em seu pescoço. Os lábios dele eram como veludo, causavam arrepios. Holly deixou escapar um gemido de desespero e se recostou no peito sólido.

– Estou realmente chocada com minha fraqueza de caráter no que diz respeito a você – disse ela, por fim. – Sem dúvida, muitas outras mulheres já devem ter dito isso.

– Não me lembro de nenhuma outra mulher – disse ele.

Ela deu uma risada incrédula, mas Zachary virou-a para que o encarasse, as mãos grandes se movendo em gestos possessivos na cintura e nas costas dela.

– O que acabamos de compartilhar, Holly... Não sei se foi uma comunhão de almas, mas foi o mais perto disso que eu vou chegar.

Ela manteve os olhos fixos no peito nu dele, a mão parecendo se mover com vontade própria para acariciar os músculos rígidos, a espessa camada de pelos.

– Foi um instante descolado do tempo, Zachary. Não tem nada a ver com nossa vida real. Eu não deveria... É que... eu queria estar com você pelo menos uma vez. Queria tanto que não me importei com mais nada.

– E agora você acha que vamos seguir vivendo como se nada tivesse acontecido? – perguntou ele, o tom incrédulo.

Holly engoliu em seco e balançou a cabeça, lutando contra o desejo de se aconchegar ao corpo seminu dele e chorar como uma criança.

– Bem, não, é claro que não. Eu... eu não posso continuar aqui depois disso.

– Holly, meu bem, você não acha mesmo que vou deixar você partir, acha?

Zachary a puxou para junto do seu corpo e encheu-a de beijos.

Holly nunca imaginara que alegria e dor poderiam se misturar daquela forma. Ela se agarrou a ele e, por um breve momento, se permitiu retribuir o afeto, beijando-o com uma adoração feroz, agarrando-o com força por todas as vezes que não teria mais a chance de abraçá-lo. Por fim, desvencilhou-se, ficou de pé e puxou o tecido amarrotado das saias. Encontrou um dos sapatos descartados no meio do chalé e o outro embaixo de um banco. Zachary se movia atrás dela, procurando a próprias roupas e vestindo-as.

Holly suspirou e olhou fixamente para algum ponto além da janela salpicada de gotas de chuva, onde as sebes altas se dissolviam em um borrão aquoso.

– Mesmo antes do que aconteceu hoje, eu sabia que teria que ir embora – disse ela, permanecendo de costas para Zachary. – Agora, depois disso, certamente não posso viver sob o mesmo teto que você.

– Eu não quero que você vá.

– Meus sentimentos por você não mudam o que devo fazer. Já expliquei o motivo.

Zachary ficou em silêncio por um longo instante, compreendendo todo o significado daquelas palavras.

– Você ainda está planejando se casar com Ravenhill – falou ele em uma voz sem expressão. – Mesmo agora.

– Não, não é isso.

Holly sentia muito frio, como se todo o calor pulsante do encontro íntimo finalmente tivesse se dissipado. Ela tentou examinar as escolhas que tinha, mas todas a deixavam se sentindo vazia e estranhamente assustada. Era muito natural recuar para os hábitos de uma vida inteira, seguir os caminhos que haviam sido escolhidos para ela havia muito tempo, primeiro pelo pai e depois por George.

– Eu não sei o que vai acontecer com Ravenhill. Não sei nem se ele ainda vai me querer.

– Ah, ele vai querer.

Zachary virou-a para que o encarasse. Parecia enorme, olhando para ela com uma espécie de fúria resignada.

– Sabe, eu tive que lutar muito por tudo que já conquistei, mas não vou lutar por você, Holly. Você virá a mim porque me quer, e Deus me livre de intimidar ou implorar para que fique comigo. Suponho que, do ponto de vista da alta sociedade, um Ravenhill valha cerca de cem Bronsons, então ninguém vai culpá-la por se casar com ele, ainda mais quando souberem que George desejava o casamento. E você pode até ser feliz por algum tempo. Mas um dia, quando for tarde demais para eu e você fazermos qualquer coisa a respeito, vai se dar conta de que foi um erro.

Holly ficou muito pálida, mas conseguiu responder com calma:

– O nosso acordo... Vou devolver o dinheiro...

– Guarde o dinheiro para Rose. Não há razão para que o fundo de investimento dela fique pela metade só porque a mãe é uma covarde.

Holly abaixou os olhos ao nível do terceiro botão da camisa dele.

– Agora você está sendo cruel – sussurrou.

– Acho que eu conseguiria agir como um cavalheiro em relação a quase tudo, exceto a perder você. Não espere que eu aceite isso de bom grado, Holly.

Ela passou a mão pelos olhos e conseguiu murmurar:

– Eu quero voltar para casa.

Apesar da proteção do sobretudo de Zachary e do abrigo do guarda-chuva, Holly estava completamente encharcada quando chegaram na casa. Entraram pelas portas francesas que davam para a galeria de esculturas. O longo cômodo retangular estava escuro, com reflexos prateados dos desenhos que a chuva havia feito na janela. As estátuas pareciam matizadas e pintadas com filetes cinzentos. Encharcado, com o cabelo grudado na cabeça, Zachary olhou para a mulher obstinada diante dele. Ela estava tremendo, tensa e tão desconectada dele pelas obrigações e promessas que fizera que os dois poderiam muito bem estar separados por uma parede de granito.

Havia mechas de cabelo castanho coladas ao rosto delicado e pálido, fazendo-a parecer uma sereia infeliz. Zachary queria carregá-la escada acima, despir suas roupas úmidas e frias e aquecê-la com o calor do fogo, e então com o próprio corpo.

– Falarei com sua mãe e sua irmã amanhã – disse Holly, hesitante. – Direi a elas que meu trabalho aqui acabou e que não há motivos para eu ficar mais tempo. Rose, Maude e eu faremos as malas e partiremos até o final da semana.

– Partirei para Durham amanhã – murmurou Zachary. – Prefiro arder no inferno a participar da farsa de me despedir de você, desejar boa sorte e fingir que não houve nada entre nós.

– Sim. Claro.

Ela estava de pé diante dele, o corpo pequeno muito rígido. Tão esquiva, tão magoada, arrependida, intratável... e tão claramente apaixonada por ele. Zachary sentiu-se furioso por a honra e o bom senso significarem mais para Holly do que ele. Ela se forçou a sustentar o olhar dele, e havia um brilho desconcertante de medo em seus olhos. Holly tinha medo de confiar em qualquer tipo de futuro com ele. Zachary sabia como persuadir, perturbar e induzir as pessoas a fazerem coisas que relutavam em fazer, mas não usaria aquelas habilidades com Holly. Ela teria que o escolher por vontade própria, e estava claro que aquilo era algo que jamais teria coragem de fazer.

Abalado com a derrota amarga, Zachary subitamente quis ficar longe de Holly, antes que fizesse ou dissesse algo de que ambos acabariam se arrependendo para sempre.

– Só mais uma coisa – disse ele, a voz saindo muito mais áspera do que pretendia. – Se me deixar agora, não volte. Eu não dou segundas chances.

As lágrimas escorreram de seus olhos e Holly deu as costas a ele apressadamente.

– Eu sinto muito – murmurou ela, e saiu correndo da galeria.

Capítulo 14

— Eu não consigo entender – disse Elizabeth, triste. – Foi alguma coisa que eu fiz ou... a senhora finalmente chegou à conclusão de que não tenho capacidade de aprender nada? Vou me esforçar muito mais, milady, prometo.

— Não tem nada a ver com você – garantiu Holly, apertando a mão da jovem com força.

Depois de uma noite sem dormir, Holly havia se levantado com os olhos injetados e mais decidida do que nunca a seguir com o que havia planejado. Precisava fazer aquilo antes que acabasse cometendo atos ainda mais imprudentes do que os já cometidos. Seu próprio corpo lhe parecia estranho, tomado por sensações que persistiam desde o encontro no chalé, na tarde da véspera. Até então, Holly jamais conhecera a fascinação pelo encontro carnal, jamais entendera o poder que aquele ato tinha de arruinar a vida das pessoas, de separar famílias e romper votos sagrados. Agora, finalmente entendia o apelo dos *affairs* e por que havia homens e mulheres dispostos a arriscar tudo por eles.

George não teria reconhecido a esposa amorosa e virtuosa na mulher que se entregara a Zachary Bronson. E ficaria horrorizado com o que ela havia se tornado. Envergonhada e assustada, Holly instruiu Maude a começar a arrumar todos os pertences delas o mais rápido possível. Havia tentado explicar a Rose, da forma mais gentil possível, que era hora de voltarem para a casa dos Taylors e, obviamente, a menina ficara aborrecida com a notícia.

— Mas eu gosto daqui! – bradou Rose, furiosa, os olhos castanhos marejados. – Quero ficar, mamãe. *Vá a senhora*, e Maude e eu ficaremos aqui!

— Não pertencemos a este lugar, Rose – explicou Holly. – Você sabe muito bem que não planejávamos ficar aqui para sempre.

– A senhora disse que seria por um ano – argumentou a menina, enquanto pegava a Srta. Crumpet no colo e segurava a boneca protetoramente. – Ainda não se passou um ano, não está nem *perto* disso, e a senhora precisa ensinar boas maneiras ao Sr. Bronson.

– Ele já aprendeu comigo tudo de que precisava – retrucou Holly, com firmeza. – Agora pare de criar confusão, Rose. Eu entendo que esteja chateada e fico muito triste por isso, mas não devemos incomodar os Bronsons.

Depois que Rose saiu furiosa e desapareceu em algum lugar da casa enorme, mesmo relutante, Holly pediu às mulheres Bronsons que se reunissem com ela na sala de estar da família depois do café da manhã. Não foi fácil dizer a elas que partiria em um ou dois dias. Para sua surpresa, percebeu que sentiria mais falta de Elizabeth e Paula do que imaginara.

– Deve ser Zach! – exclamou Elizabeth. – Ele tem andado terrível ultimamente, mal-humorado como um urso ferido. Zachary foi rude com a senhora, lady Holly? É culpa dele que tenha decidido ir? Porque se for, vou atrás dele agora mesmo para colocar um pouco de bom senso naquela cabeça...

– Shhh, Lizzie.

O olhar compassivo de Paula pousou no rosto angustiado de Holly enquanto ela falava.

– Você não vai resolver nada criando confusão e tornando as coisas mais difíceis para lady Holly. Se ela quer ir embora, partirá com nosso carinho e gratidão, e não retribuiremos toda a bondade que teve conosco atormentando seu juízo.

– Obrigada, Sra. Bronson – sussurrou Holly.

Sentia-se incapaz de encarar a mãe de seu amante nos olhos. Tinha a terrível suspeita de que Paula, com sua alma intuitiva, já havia adivinhado o que acontecera entre ela e Zachary.

– Mas eu não quero que a senhora vá – insistiu Elizabeth. – Vou sentir muito a sua falta... A senhora é a amiga mais querida que eu já tive, e... Ah, o que vou fazer sem a pequena Rose?

– Nós nos encontraremos.

Holly sorriu calorosamente para a jovem, enquanto seus olhos ardiam no esforço de conter as lágrimas.

– Vamos continuar muito amigas, Lizzie, e você é bem-vinda para visitar a mim e a Rose sempre que quiser, está bem?

Ao sentir uma onda sufocante de emoção se avolumando no peito, Holly se levantou e torceu as mãos nervosamente.

– Agora, se me dão licença, tenho muito a fazer com a bagagem...

E saiu apressada, antes que as duas pudessem ver suas lágrimas. Mãe e filha começaram a falar, agitadas, assim que acharam que ela estava fora do alcance de suas vozes.

– Lady Holly teve algum tipo de desentendimento com Zach? – Holly ouviu Elizabeth perguntar. – É por isso que ele desapareceu e ela está planejando ir embora?

– Não é simples assim, Lizzie... – Foi a resposta cautelosa de Paula.

Não, não era mesmo nada simples.

Holly tentou imaginar como seria se casar com Zachary, se tornar sua esposa e mergulhar na vida ostentosa e acelerada dele. Como seria deixar para trás tudo que ela conhecia... para se tornar uma mulher diferente, verdadeiramente diferente. Sentiu um anseio amargo, pois queria Zachary com todo o seu ser, mas, ainda assim, algo dentro dela se apavorava com aquela perspectiva. Às cegas, Holly tentou descobrir o motivo, precisava dar sentido ao próprio medo, mas a verdade se recusava a se revelar. Permanecia difusa e fria dentro dela.

༺༻

Zachary nunca havia aceitado a derrota antes. Ele a tolerara em pequenas doses, sempre sabendo que no esquema mais amplo das coisas acabaria conseguindo o que queria. Mas nunca fora derrotado de fato, nunca conhecera uma perda real. Até aquele momento, quando se via obrigado a enfrentar a maior perda de todas. Aquilo o estava deixando cruel e um pouco louco. Queria matar alguém. Queria chorar. Acima de tudo, queria rir de si mesmo por ser um maldito idiota. Nas histórias sem sentido que Holly lera em voz alta algumas noites, sobre os gregos e seus deuses apaixonados e cruéis, os mortais eram sempre punidos quando iam longe demais. *Hybris*, explicara Holly certa vez. Arrogância. Orgulho. Excesso de confiança.

Zachary sabia que era culpado por aquele *hybris* e estava pagando o preço. Jamais deveria ter se permitido desejar uma mulher que não era para ele. O que mais o atormentava era a suspeita de que ainda poderia tê-la, caso a intimidasse, a perseguisse e a chantageasse. Mas não faria aquilo com ela nem consigo mesmo.

Queria que Holly o amasse com tanta disposição e alegria quanto havia amado George. A simples ideia teria feito qualquer um rir. Até ele não conseguia evitar achar graça. O que Holly devia pensar quando o comparava ao santo marido? Zachary era um canalha, um oportunista, um carniceiro rude – o completo oposto de um cavalheiro. Ravenhill obviamente era a escolha certa, a única escolha possível, se Holly queria uma vida semelhante à que havia tido com George.

Carrancudo, Zachary foi até a biblioteca para pegar alguns arquivos e cartas que pretendia levar consigo para Durham. No andar superior, uma onda de arrumação de bagagens estava em curso, Maude e as criadas guardando roupas e pertences pessoais em baús e valises... e o valete de Zachary guardando ternos e gravatas para a viagem do patrão. Zachary preferia estar no inferno a continuar ali para ver Holly deixar a propriedade. Ele partiria primeiro.

Diante da escrivaninha, começou a vasculhar as pilhas de papel sem se dar conta, a princípio, de que havia outra pessoa no cômodo. Quando ouviu um som baixinho vindo das profundezas da sua grande poltrona de couro, Zachary girou bruscamente o corpo, com uma pergunta nos lábios.

Rose estava sentada ali com a Srta. Crumpet, as duas quase engolidas pelas almofadas. Com o coração apertado, Zachary viu que o rosto da menina estava vermelho e manchado de lágrimas e que seu nariz precisava ser limpo.

Aparentemente, as mulheres Taylors precisavam de um suprimento interminável de lenços. Zachary praguejou baixinho e procurou com determinação por mais um lenço em seu paletó, mas não encontrou. Ele desamarrou a gravata de linho, então, tirou-a do pescoço e aproximou-a do nariz de Rose.

– Assoe – murmurou, e ela obedeceu ruidosamente.

Rose deu uma risadinha, então, claramente distraída com a novidade de usar uma gravata para limpar o nariz.

– Está sendo tolo, Sr. Bronson!

Zachary se agachou diante dela, olhando-a nos olhos, e um sorriso afetuoso surgiu em seus lábios.

– Qual é o problema, princesa? – perguntou ele, gentilmente, embora já soubesse.

Rose se apressou a desabafar:

– A mamãe disse que nós temos que ir embora. Vamos morar de novo na casa do meu tio, mas eu quero ficar aqui.

Seu rostinho se contraiu com uma tristeza infantil, e Zachary quase cambaleou diante do impacto de um golpe invisível em seu peito. Pânico... amor... mais angústia. Embora dizer adeus a Holly não o tivesse matado, o encontro com Rose certamente terminaria o serviço. De algum modo, durante os últimos meses, ele começara a amar aquela criança encantadora, com suas mãos pegajosas de açúcar, seu cordão de botões barulhento, seus longos cachos emaranhados, seus olhos castanhos tão parecidos com os da mãe. Não haveria mais chá para bonecas; nem os momentos sentados juntos na sala de estar diante da lareira, contando histórias de coelhos e repolhos, de dragões e princesas; nada mais de mãozinhas pequeninas segurando as dele com tanta confiança.

– Diga à mamãe que devemos ficar aqui com o senhor – ordenou Rose. – O senhor pode fazer com que ela fique, sei que pode!

– Sua mãe sabe o que é melhor para você, princesa – murmurou Zachary, com um sorrisinho débil nos lábios, embora estivesse morrendo por dentro. – Seja uma boa menina e faça o que ela diz.

– Eu *sou* uma boa menina, *sempre* – declarou Rose, e começou a fungar de novo. – Ah, Sr. Bronson... O que vai acontecer com os meus brinquedos?

– Vou mandar todos para você na casa dos Taylors.

– Não vão caber todos lá – disse Rose, e usou a mão gordinha para secar uma lágrima da bochecha. – A casa deles é muito, muito menor do que a sua.

– Rose...

Zachary suspirou e puxou-a contra o ombro, a mão grande cobrindo todo o topo da cabeça dela. A menina ficou quietinha ali por algum tempo e se aconchegou mais a ele, acariciando seu maxilar áspero. Depois de um tempo, se contorceu para conseguir se afastar.

– O senhor está esmagando a Srta. Crumpet!

– Desculpe – disse Zachary, contrito, e estendeu a mão para endireitar o gorrinho azul da boneca.

– Será que algum dia eu vou ver o senhor e Lizzie de novo? – perguntou Rose, triste.

Zachary não teve coragem de mentir para ela.

– Infelizmente, acho que não.

– O senhor vai sentir muito a minha falta – afirmou a menina.

Ela suspirou e começou a procurar alguma coisa no bolso do vestido.

Havia algo errado com os olhos de Zachary, um borrão e uma ardência estranhos que ele não conseguia afastar, por mais que piscasse.

– Todos os dias, princesa.

Rose tirou um pequeno objeto do bolso e entregou a ele.

– Isto é para o senhor – falou. – É o meu botão de perfume. Quando o senhor ficar triste, pode sentir o cheiro e vai se sentir melhor. Sempre funciona para mim.

– Princesa... – disse Zachary, mantendo a voz baixa para evitar perder o controle. – Não posso aceitar seu botão favorito.

Ele tentou devolver o botão, mas Rose afastou sua mão.

– O senhor precisa dele – insistiu. – Fique com ele, Sr. Bronson. E não o perca.

– Está certo.

Zachary cerrou o punho ao redor do botão e baixou a cabeça, lutando contra as emoções quase indomáveis. Ele mesmo era o responsável por se colocar naquela situação, pensou. Tramara e manipulara até conseguir que lady Holland Taylor morasse em sua casa. Mas não previra as consequências. Se tivesse ideia...

– Vai chorar, Sr. Bronson?

Preocupada, Rose se colocou ao lado dos joelhos dele e fitou seu rosto abaixado. Zachary conseguiu sorrir para ela.

– Só um pouco, por dentro – respondeu, a voz rouca.

Zachary sentiu a mãozinha de Rose em seu rosto e ficou totalmente imóvel enquanto ela lhe dava um beijo no nariz.

– Adeus, Sr. Bronson – sussurrou ela, e saiu arrastando pesadamente o cordão de botões atrás de si.

Ainda era de manhã e a carruagem dele já estava preparada para partir. Não havia nada que o prendesse ali. Nada além do próprio coração atormentado. Ao relembrar tudo o que havia sido dito entre ele e Holly, Zachary se deu conta de que não havia nada a ganhar com mais conversas. Escolhas tinham sido feitas, e Holly ficaria ou iria embora de acordo com os próprios desejos, sem a interferência dele.

No entanto, ainda havia um pequeno assunto inacabado. Depois de ter certeza de que Holly estava com Rose no jardim, Zachary foi até o quarto dela. Maude estava lá, os braços cheios de roupas dobradas enquanto ia do armário até a cama. Ela se assustou ligeiramente ao vê-lo parado na entrada do quarto.

– S-Senhor? – disse, o tom cauteloso, e pousou as roupas dobradas no canto de um baú.

– Preciso lhe pedir uma coisa – disse ele, sem rodeios.

Claramente intrigada, Maude se virou para encará-lo. Ele sentiu o desconforto dela por estar sozinha em um cômodo com ele. Naquele quarto, em particular, com as roupas e os pertences de Holly espalhados por toda parte. Havia uma pilha de objetos sobre a cama: uma escova de cabelo, um conjunto de pentes, uma caixa de marfim, uma pequena moldura em um estojo de couro. Zachary não teria dado qualquer atenção à moldura se Maude não tivesse tentado discretamente afastá-la de vista quando se aproximou dele.

– Posso fazer algo pelo senhor? – perguntou a criada, parecendo pouco à vontade – Deseja que eu pegue alguma coisa, conserte alguma roupa, ou...?

– Não, não se trata de nada disso. – O olhar dele se desviou para o estojo com a moldura. – O que é aquilo?

– Ah, é... Bem, um objeto pessoal de lady Holly, e... senhor, ela não gostaria que... – balbuciou Maude, protestando consternada enquanto Zachary estendia a mão e pegava o estojo na pilha.

– Uma miniatura? – perguntou, tirando com destreza o objeto do seu invólucro de couro.

– Sim, senhor, mas... o senhor realmente não deveria... Ah, Deus do céu...

O rosto rechonchudo de Maude ficou muito vermelho e ela suspirou com desconforto evidente enquanto ele examinava o pequeno retrato.

– George – disse Zachary baixinho.

Ele nunca vira nada do homem antes, nunca quisera ver. Era de esperar que Holly guardasse um retrato do falecido marido, tanto por Rose quanto por ela mesma. No entanto, Zachary nunca pedira para ver um retrato de George Taylor, e Holly certamente nunca se oferecera para lhe mostrar. Talvez ele esperasse sentir uma pontada de animosidade ao ver o rosto daquele homem, mas percebeu em si apenas um surpreendente sentimento de pena.

Sempre pensara no falecido marido de Holly como um contemporâneo, mas o rosto do outro era muito jovem, com suíças que acrescentavam uma penugem cor de pêssego de ambos os lados do rosto. Zachary ficou surpreso ao se dar conta de que Taylor não devia ter mais de 24 anos quando morreu, quase dez anos mais novo do que Zachary era naquele momento. Holly havia sido cortejada e amada por aquele belo rapaz, com seu cabelo dourado, olhos azuis imperturbáveis e um sorriso ligeiramente travesso. George havia morrido antes de mal conseguir sentir o gosto da vida, deixando viúva uma jovem que era ainda mais inocente do que ele.

Por mais que tentasse, Zachary não conseguia culpar George Taylor por tentar proteger Holly, por organizar as coisas para ela, por tentar garantir que a filha pequena fosse cuidada. Sem dúvida, o rapaz havia ficado angustiado ao imaginar a esposa sendo seduzida e se sentindo infeliz por obra dos Zachary Bronsons do mundo.

– Inferno.

Carrancudo, Zachary recolocou o retrato no estojo de couro e deixou o objeto em cima da cama. Maude o fitava com uma expressão cautelosa.

– Posso fazer alguma coisa pelo senhor?

Zachary assentiu brevemente e enfiou a mão dentro do paletó.

– Quero que você fique com isto – murmurou, e pegou uma pequena bolsa cheia de moedas de ouro.

Para uma criada da posição de Maude, aquilo equivalia a uma fortuna.

– Pegue e me prometa que se lady Holland precisar de alguma coisa, você vai mandar me chamar.

O rosto da criada estava pálido de surpresa. Ela pegou a bolsa, sentiu seu peso na mão e fitou-o com os olhos arregalados.

– Não precisa me pagar para fazer isso, senhor.

– Pegue – insistiu ele, o tom brusco.

Um sorriso relutante curvou os lábios de Maude, e ela guardou a bolsinha no bolso do avental.

– O senhor foi um bom patrão. Não se preocupe com lady Holland e com a Srta. Rose, vou estar ao lado delas fielmente e mandarei chamá-lo se surgir algum problema.

– Ótimo – disse Zachary.

Ele chegou a se virar para sair, mas fez uma pausa e voltou-se novamente para Maude quando uma pergunta lhe ocorreu.

– Por que você tentou esconder o retrato de mim, Maude?

Ela enrubesceu um pouco, mas seu olhar era direto e franco quando respondeu:

– Queria poupá-lo, senhor. Sei como se sente sobre lady Holland.
– Você sabe? – perguntou ele, o tom neutro.
A criada assentiu vigorosamente.
– Ela é uma dama preciosa e gentil, e um homem teria que ter um coração de pedra para não se encantar por ela.
Maude baixou a voz, o tom agora confidencial:
– E, cá entre nós, acho que, se milady fosse livre para escolher qualquer homem para si, teria escolhido o senhor. Está claro como o dia que ela está encantada, mas o patrão George levou a maior parte do coração dela com ele para o túmulo.
– Ela olha para esse retrato com frequência? – perguntou Zachary, o rosto ainda inexpressivo.
O rosto redondo de Maude se franziu em uma expressão pensativa.
– Não com tanta frequência desde que viemos morar aqui, senhor. Que eu saiba, ela não pega nele há cerca de um mês. Estava até um pouco empoeirado...
Por algum motivo, a informação o confortou.
– Adeus, Maude.
– Boa sorte para o senhor – respondeu ela.

Quando retornou do jardim, Holly foi para o quarto e encontrou a camareira separando uma pilha de meias cuidadosamente dobradas.
– Quanto progresso fez, Maude – comentou com um sorriso pálido.
– Sim, milady. Eu estaria ainda mais adiantada, mas o patrão veio até o quarto e interrompeu minhas tarefas.
As palavras foram ditas casualmente e Maude continuou ocupada com o que fazia, mas Holly ficou boquiaberta de surpresa.
– Ele veio até aqui? – perguntou em uma voz débil. – Para quê? Estava procurando por mim?
– Não, milady, ele só veio me pedir para cuidar da senhora e da Srta. Rose, e eu prometi que faria isso.
– Ah.
Holly pegou uma anágua de linho e tentou dobrá-la com eficiência, mas acabou com um monte de tecido emaranhado nas mãos, que apertou contra a barriga.

— Que gentil da parte dele — sussurrou.

Maude lhe lançou um olhar bem-humorado, mas que guardava certa pena.

— Eu não acho que foi um gesto de gentileza, milady. Ele parecia tão apaixonado quanto um rapazinho. Na verdade, tinha a mesma expressão que a senhora neste exato momento.

Ao ver o dano que os dedos tensos de Holly estavam infligindo à anágua bem-passada, Maude estalou a língua e estendeu a mão para resgatar a peça de roupa. Holly a entregou sem protestar.

— Tem ideia de onde o Sr. Bronson pode estar agora, Maude?

— A caminho de Durham, eu acho. Ele parecia disposto a partir o quanto antes, milady.

Holly correu até a janela que dava para a frente da mansão. E deixou escapar um som baixo de angústia quando viu a enorme carruagem laqueada de preto se afastando ao longo do caminho arborizado. Espalmou a mão contra a janela, pressionando com força o frio do vidro. Seus lábios tremiam violentamente e Holly se esforçou para conter as próprias emoções. *Ele se foi*, pensou, e logo ela também iria. Era melhor assim. Estava fazendo a coisa certa por si mesma e também por Zachary. Era melhor que ele se casasse com uma jovem inexperiente, com quem pudesse compartilhar todas as "primeiras experiências": os primeiros votos, a primeira noite de núpcias, o primeiro filho...

Já no que dizia respeito a si, Holly sabia muito bem que, assim que voltasse para a casa dos Taylors, talvez seu destino fosse ficar lá para sempre. Não pretendia fazer com que Ravenhill cumprisse a promessa de se casar com ela — não era justo negar ao amigo a chance de encontrar alguém que realmente amasse.

— De volta à estaca zero — sussurrou ela.

Holly continuou olhando fixamente para a carruagem até ela chegar à saída e desaparecer entre as árvores. Com um sorriso vacilante, pensou em como seria retomar à vida que levava antes com a família do falecido marido. Agora mais triste e um pouco mais sábia, e não tão segura de sua infalibilidade moral.

— A senhora só precisa de um pouco de tempo, milady — disse Maude, atrás dela, em um tom prático e reconfortante. — Como bem sabe, isso resolve quase tudo.

Holly engoliu em seco e assentiu em silêncio, mas sabia que, naquele caso, a criada estava errada. Nem todo tempo do mundo seria capaz de abrandar a paixão que ela sentia por Zachary Bronson – uma necessidade cega de corpo e alma.

Capítulo 15

Os Taylors aceitaram o retorno de Holly como uma filha pródiga sendo acolhida de volta ao seio da família. Obviamente, houve comentários, pois nenhum deles resistiu a expressar a opinião unânime de que, antes de mais nada, a partida dela para a casa de Bronson fora um grave erro. Holly havia saído da casa deles com uma reputação de ouro maciço e a admiração e o respeito de todo o seu amplo círculo de conhecidos e voltara bastante maculada. Financeiramente, se associar a Zachary Bronson lhe fizera um grande bem, mas, moral e socialmente, ela havia perdido valor.

Holly não se importou. Os Taylors seriam capazes de protegê-la de algumas, senão de todas, as afrontas que surgiriam pelo caminho. E quando Rose tivesse 18 anos, com um dote enorme, teria muitos pretendentes, e o antigo escândalo envolvendo a mãe já teria sido esquecido.

Holly não fez qualquer esforço para entrar em contato com Ravenhill, pois sabia que os rumores sobre sua mudança de residência chegariam rápido a ele. E, como que para provar justamente isso, Ravenhill apareceu para visitá-la menos de uma semana depois de seu regresso à casa dos Taylors. Foi muito bem recebido por Thomas, William e suas respectivas esposas. Com sua aparência aristocrática e próspera, foi visto como um cavaleiro surgindo para resgatar uma donzela em perigo. Quando Holly se juntou a ele na sala de recepção formal dos Taylors, pretendia dizer ao amigo que não precisava ser resgatada. No entanto, Ravenhill fez questão de logo deixar claro, em sua maneira direta, que os últimos desejos de George também eram os dele.

– Vejo que abandonou o covil da iniquidade – comentou, sério, a não ser pelo brilho zombeteiro nos olhos cinza.

Holly não conseguiu conter uma risada repentina quando a irreverência dele a pegou de surpresa.

– Cuidado ao se aproximar de mim, milorde – advertiu, brincalhona. – Sua reputação pode acabar prejudicada também.

– Depois de três anos de boemia profana na Europa, garanto que não tenho mais uma reputação a salvar.

A expressão de Ravenhill pareceu se suavizar quando Holly sorriu para ele.

– Mas não a culpo por ter ido morar com os Bronsons – continuou ele. – Como eu poderia, quando a culpa é minha por você ter ido parar lá? Eu deveria tê-la procurado anos atrás e cuidado de você como prometi a George.

– Vardon, em relação a essa promessa...

Holly parou e olhou para ele com uma expressão aflita, o rosto enrubescido, os pensamentos confusos demais para serem verbalizados.

– Sim? – perguntou ele com gentileza.

– Sei que concordamos em conversar a respeito – continuou ela, angustiada –, mas agora acho que... que não há necessidade... afinal, você e eu...

Ravenhill silenciou-a delicadamente, encostando os longos dedos em seus lábios em uma carícia leve como uma pluma. Atordoada, Holly não se mexeu quando ele segurou as mãos dela com firmeza.

– Pense em um casamento entre amigos íntimos – disse Ravenhill –, que têm um acordo de sempre conversarem sinceramente. Um casal com os mesmos ideais e interesses. Duas pessoas que gostam da companhia uma da outra e se tratam com respeito. É isso que eu quero. Não há razão para não podermos ter isso.

– Mas você não me ama, Vardon. E eu não...

– Quero lhe dar a proteção do meu nome – voltou a interromper ele.

– Mas isso não será suficiente para apagar o escândalo nem calar os rumores...

– É melhor do que o que você tem agora, não? – argumentou ele com bom senso. – Além disso, está errada sobre uma coisa. Eu amo você, sim. Conheço você desde antes de você e George se casarem, Holly, e nunca respeitei e gostei mais de uma mulher. Além disso, acredito na máxima de que o casamento entre amigos é o melhor de todos.

Holly entendeu que ele não estava se referindo ao tipo de amor que ela tivera por George. E também não estava lhe oferecendo o ardor apaixonado que ela sentia por Zachary Bronson. Aquele seria realmente um casamento por conveniência, que atenderia às necessidades de ambos e realizaria o último desejo de George.

– E se isso não for suficiente para você? – perguntou Holly baixinho. – Você vai conhecer alguém, Vardon... Depois que nos casarmos, pode ser que leve semanas, ou anos, mas um dia isso vai acontecer. Vai encontrar uma mulher pela qual você morreria de bom grado. Vai desejar desesperadamente estar com ela e eu não serei nada além de uma corda ao redor do seu pescoço.

Ele balançou a cabeça com veemência.

– Eu não sou assim, Holly. Não acredito que haja apenas uma pessoa ou um amor verdadeiro para cada um de nós. Tive casos, três anos deles, e estou exausto de todo o histrionismo, as obsessões, o êxtase e a melancolia que essas relações envolvem. Quero um pouco de paz – disse ele, dando um sorriso zombeteiro. – Quero ser um homem casado e respeitável... Embora Deus saiba que nunca me imaginei dizendo isso.

– Vardon...

Holly fixou os olhos no brocado do sofá, e usou a ponta do dedo para traçar a estampa de flor-de-lis bordada em fios dourados e bordô.

– Você não perguntou por que deixei tão abruptamente o trabalho na casa do Sr. Bronson.

Fez-se um longo silêncio, carregado de especulação, antes que ele respondesse.

– Você quer me contar? – perguntou ele, parecendo não estar particularmente ansioso para saber a resposta.

Holly balançou a cabeça, enquanto uma risada irritada comprimia dolorosamente sua garganta.

– Na verdade, não. Mas, diante da sua proposta, eu me sinto na obrigação de confessar algo. Não quero mentir para você e...

– Não preciso ouvir suas confissões, Holly.

Ravenhill segurou a mão dela em um aperto firme e tranquilizador e esperou até que ela se obrigasse a olhar em seus olhos contritos e taciturnos.

– Eu *não* quero ouvir – continuou –, porque então teria que fazer minhas confissões em troca, o que não é necessário nem produtivo. Então, guarde seu passado para você e eu guardarei o meu para mim. Todos têm direito a um ou dois segredos.

Holly sentiu uma profunda onda de afeição por ele. Qualquer mulher teria sorte de ter um marido como Vardon, e por um instante ela até conseguiu imaginar um casamento entre eles. Seriam um pouco mais do que amigos, embora muito menos do que amantes. Mas a situação parecia estranha e artificial, e Holly franziu a testa enquanto o encarava fixamente.

– Eu quero fazer a coisa certa... se eu conseguir descobrir o que é – comentou ela.

– O que lhe *parece* certo?

– Nada – confessou Holly, e Ravenhill riu baixinho.

– Permita-me cortejar você por alguns meses, então. Podemos nos dar um pouco de tempo. Vou esperar até que esteja convencida de que essa é a melhor escolha para nós dois.

Ele fez uma pausa, pousou as mãos dela em seus ombros e deu um sorrisinho, como se desafiando-a a deixá-las ali. Ela as deixou, embora seu coração batesse forte em um pânico repentino quando teve consciência do que Vardon pretendia fazer.

Ravenhill se inclinou para a frente e deu um beijo suave nos lábios dela, demorando-se apenas um momento. Não havia nenhum traço de exigência naquele gesto, mas Holly conseguiu perceber a vasta experiência sexual e a autoconfiança de Vardon. Ela se perguntou se George teria amadurecido e se tornado um homem como o amigo, se teria adquirido a mesma sofisticação elegante, se seus olhos teriam ganhado as mesmas ruguinhas de riso nos cantos, se seu corpo teria renunciado à magreza da juventude para se tornar tão forte e bem distribuído quanto o daquele homem à sua frente.

Ravenhill recuou, o sorriso ainda no rosto, enquanto Holly afastava rapidamente as mãos do ombro dele.

– Posso vê-la amanhã pela manhã? – perguntou ele. – Para passearmos no parque.

– Está certo – sussurrou Holly.

Ela estava confusa quando se despediram na entrada da casa. Felizmente, Ravenhill resistiu às tentativas dos Taylors de fazê-lo ficar para o jantar e deu a Holly um sorriso irônico, que traiu seus pensamentos sobre a óbvia intromissão dos sogros e cunhados dela.

Olinda, a esposa loura, alta e elegante de Thomas, se postou ao lado de Holly no saguão de entrada.

– Que belo homem é lorde Blake! – exclamou, com admiração. – Em geral, não reparávamos muito na aparência dele quando comparado a George, mas agora que ele não está mais à sombra do amigo...

Ao perceber que suas observações poderiam ser interpretadas como falta de tato, ela se calou subitamente.

– Ele ainda está à sombra de George – retrucou Holly baixinho.

Afinal, toda aquela situação não tinha sido criada justamente por ele? Tudo estava saindo de acordo com o projeto de George Taylor. O pensamento deveria ter sido reconfortante, mas serviu apenas para irritá-la.

– Bem – voltou a falar Olinda, pensativa –, suponho que para você todo homem no mundo seja inferior a George, não é mesmo? Mas, sim, ele era notável em todos os sentidos. Insuperável, de fato.

Houve uma época, não muito tempo antes, em que Holly teria concordado automaticamente com aquilo. Mas, naquele momento, ela permaneceu em silêncio.

Holly custou a dormir naquela noite. Quando finalmente relaxou, seu sono foi leve e inquieto, e ela teve sonhos vívidos. Caminhava por um jardim de rosas, os pés seguindo por uma trilha de cascalho, os olhos semicerrados por causa do brilho intenso do sol forte. Encantada com a exuberância que a rodeava, pegou uma rosa vermelha, envolveu as pétalas aveludadas e se curvou para inalar sua fragrância. Uma dor aguda e repentina no dedo a assustou, fazendo-a se encolher instintivamente. Um espinho escondido. Avistou uma fonte próxima jorrando água fresca em uma bacia de mármore e foi até lá para limpar a mão. Mas as roseiras foram se adensando e se agrupando ao seu redor em uma massa estranha e viva. As flores murcharam e caíram, e só o que restou foi uma parede de espinhos marrons afiados, aprisionando-a por todos os lados. Holly gritou de angústia e se encolheu no chão, segurando a mão ferida junto às batidas angustiadas do coração, os galhos espinhosos crescendo sem parar ao seu redor.

O sonho mudou, então, e ela se viu deitada em um trecho de grama alta e verde, enquanto algo... alguém... bloqueava sua visão do céu e das nuvens no alto. "*Quem é... quem é...?*", implorou ela, mas a única resposta foi uma risada baixa e suave que a envolveu como fumaça. Ela sentiu as mãos de um homem em seu corpo, levantando suavemente sua saia, deslizando por entre suas pernas tensas, enquanto uma boca quente e deliciosa pressionava a dela. Holly gemeu e relaxou, até que seu olhar ofuscado pelo sol clareou o bastante para revelar um par de olhos pretos maliciosos fixos nos dela. "*Zachary*", arquejou, abrindo as pernas, os braços, abrindo o corpo para recebê-lo e contorcendo-se de prazer ao sentir o peso dele em cima dela. "*Ah, Zachary, assim, não pare.*"

Ele sorriu, cobriu os seios dela com as mãos e beijou-a. Holly gemeu de excitação.

– Zachary...

Então acordou de repente, assustada, arrancada do sono pelo som da própria voz. Atordoada e com a respiração acelerada, olhou ao redor; se deu conta de que estava sozinha na cama, os travesseiros amontoados, os lençóis emaranhados em torno dos joelhos e dos tornozelos. Um profundo desapontamento a invadiu enquanto os últimos fragmentos do sonho se desvaneciam. Ela puxou um travesseiro contra a barriga e se deitou de lado, tremendo e ardendo de desejo. Onde estaria Zachary naquele exato momento? Estaria dormindo e sonhando em sua cama solitária, ou estaria saciando seus desejos nos braços de outra mulher? Foi dominada por um ciúme tóxico e pressionou as mãos nas laterais da cabeça, tentando bloquear as imagens que invadiam sua mente. Naquele exato momento, uma mulher poderia estar abraçando aquele corpo poderoso, enfiando os dedos no cabelo escuro e cheio, sentindo-o estremecer enquanto o prazer queimava dentro dela.

– Isso não importa mais. Eu já fiz minha escolha – sussurrou Holly para si mesma, agitada. – E ele me disse para não voltar. Acabou... Acabou.

Fiel à sua palavra, Ravenhill realmente passou a cortejar Holly, visitando-a quase todos os dias. Ele a acompanhou em passeios a cavalo pelo parque, piqueniques com os Taylors e passeios de barco com amigos próximos. Graças à proteção feroz dos Taylors, aqueles encontros foram bastante tranquilos e Holly foi poupada de ser ofendida abertamente. Era preciso dar à família do falecido marido um grande crédito por sua lealdade. Eles cerraram fileiras ao redor dela e a defenderam zelosamente, apesar da própria reprovação em relação às atitudes pregressas de Holly. Mas os Taylors aprovavam a companhia de Ravenhill. Ciente do último desejo de George, a família fez o possível para garantir que não houvesse impedimentos à união.

– Quando você e Ravenhill se casarem – disse William, o chefe da família, com naturalidade –, isso colocará de lado grande parte das especulações envolvendo seu nome e o de Bronson. Se eu fosse você, faria o possível para apressar essa união.

– Entendo, William – respondeu Holly, embora sentisse as entranhas ferverem de ódio contra o conselho não requisitado. – E agradeço sua atenção. No entanto, não existe garantia alguma de que Ravenhill e eu vamos nos casar.

– O quê?

Os olhos azuis de William se estreitaram, a testa franzida em uma expressão severa.

– Por acaso ele está relutante em assumir o compromisso? Não se preocupe, minha cara. Vou ter uma conversa com ele e resolver a situação. Ravenhill subirá ao altar com você mesmo que eu tenha que levá-lo sob a mira de uma arma.

– Não, não – apressou-se a esclarecer Holly, os lábios trêmulos com uma súbita vontade de rir. – Não há necessidade disso, William. Não há relutância alguma por parte dele, sou *eu* que estou relutando. Ravenhill está me dando o tempo de que preciso para tomar a decisão.

– Que decisão há a tomar? Que razão você poderia ter para não querer se casar com ele, Holland? – perguntou ele, impaciente. – Bem, gostaria de deixar claro que, se não fosse por nossa família, você seria uma pária agora. Você está se equilibrando à beira da ruína. Case-se com Ravenhill, pelo amor de Deus, e preserve o pouco de prestígio social que ainda lhe resta.

Holly observou-o com uma expressão pensativa, o coração se suavizando ao ver a semelhança entre o cunhado e George – embora seu cabelo loiro, antes cheio, já estivesse ralo no topo e os olhos azuis fossem severos e não mais alegres. Ela o surpreendeu ao se aproximar e dar um beijo afetuoso em seu rosto.

– Você tem sido muito gentil comigo, milorde. Terá minha eterna gratidão por abrigar alguém tão infame como eu.

– Você não é infame – resmungou ele –, apenas equivocada. Precisa de um homem, Holland. Como a maioria das mulheres, precisa da capacidade de discernimento e do bom senso que um marido oferece, e Ravenhill é estável. Sim, eu sei do período de extravagâncias dele na Europa, mas todo homem precisa dar vazão aos seus instintos uma vez ou outra. No entanto, tudo isso ficou no passado.

Holly sorriu de repente.

– Por que o fato de eu ter trabalhado na casa do Sr. Bronson é considerado escandaloso e o comportamento ainda pior de Ravenhill é rotulado meramente como "dar vazão aos instintos"?

– Não é hora de discutir questões semânticas – retrucou William com um suspiro exasperado. – O fato, Holland, é que você precisa de um marido se deseja permanecer frequentando a boa sociedade. E Ravenhill é um candidato adequado e disposto. Além disso, é o candidato que meu querido irmão recomendou, e, se George pensava tão bem dele, então eu também penso.

Mais tarde, lembrando-se daquela conversa, a própria Holly admitiu que os argumentos de William faziam sentido. A vida como esposa de Ravenhill seria muito mais agradável do que a vida de uma viúva escandalosa. Os sentimentos dela por Vardon eram claros. Gostava dele, confiava nele, e os dois tinham uma afinidade que era fruto do longo tempo que se conheciam. O relacionamento amigável vinha sendo consolidado diariamente por longas caminhadas, tardes preguiçosas e jantares nos quais eles brincavam, trocavam confidências e sorriam um para o outro por cima da borda de taças de cristal. Holly esperava em vão por algum sinal interno que mostrasse para ela que já era hora... hora de banir Zachary Bronson de sua mente e seu coração e dar andamento ao que George desejara.

No entanto, seu desejo por Zachary não havia desaparecido. Na verdade, se tornou ainda mais intenso, se é que aquilo era possível, até ela começar a ter dificuldade para comer ou dormir. Holly não se sentia tão infeliz desde a morte de George. Sua visão parecia coberta por uma membrana de um cinza opaco e, além de ler e brincar com Rose, seus dias tinham pouco propósito. Uma semana se passou, e outra, até que um mês inteiro já havia transcorrido desde que ela deixara a casa dos Bronsons.

Certo dia, Holly acordou cedo, depois de mais uma noite sem dormir, e foi até a janela. Ela afastou as cortinas pesadas de veludo e olhou para a rua abaixo, iluminada pela luz lilás do amanhecer. Fumaça de carvão flutuava sobre a cidade em uma névoa fina, suavizando a silhueta irregular das casas e outras construções no horizonte. Dentro de casa, os ruídos surgiram com o início das atividades matinais: criadas abrindo venezianas, acendendo o fogo, arrumando lareiras e preparando bandejas de café da manhã. *Mais um dia*, pensou Holly, sentindo-se inexplicavelmente cansada com a perspectiva de tomar banho, se vestir, arrumar o cabelo e apenas beliscar um desjejum que não tinha vontade de comer. Sua vontade era voltar para a cama e se esconder embaixo das cobertas.

– Eu deveria estar feliz – disse em voz alta.

Holly estava intrigada com o vazio interior que sentia. O tipo de vida bem ordenada que ela sempre esperara ter, para a qual se planejara e da qual já desfrutara estava novamente ao seu alcance... mas ela não desejava mais aquilo.

Uma breve lembrança passou pela sua mente, da ocasião em que ela e Rose tinham ido ao sapateiro para fazer uma prova e Holly experimentara um par de sapatos de caminhada novos e requintados feitos sob medida. Embora o sapateiro tivesse usado o mesmo molde de sempre, algo na costura ou no couro novo e rígido fez os sapatos machucarem insuportavelmente os pés dela.

– Estão apertados demais – comentou Holly, lamentando.

Ao ouvir aquilo, Rose exclamou encantada, a voz cheia de orgulho da mãe:

– Isso quer dizer que a senhora está crescendo, mamãe!

Voltar àquela vida com os Taylors e contemplar a ideia de um casamento com Vardon era exatamente como experimentar aqueles sapatos apertados. Para o bem ou para o mal, era um tipo de vida que não lhe cabia mais. Todos aqueles meses com os Bronsons a fizeram, se não uma mulher melhor, ao menos uma mulher *diferente*.

Mas o que fazer agora?

Por força do hábito, Holly foi até a mesinha de cabeceira e pegou o retrato de George. A visão do rosto do falecido marido lhe daria conforto e força, e talvez alguma orientação.

No entanto, enquanto fitava as feições jovens e serenas do marido, chegou a uma conclusão surpreendente. Vê-lo não lhe trazia mais paz. Ela já não ansiava pelos braços, pela voz, pelo sorriso dele. Por incrível que parecesse, havia se apaixonado por outro homem. Amava Zachary Bronson tão profundamente quanto jamais amara o marido. Somente com Zachary ela conseguia se sentir viva e inteira. Sentia falta das conversas provocativas e cotidianas com ele, dos olhos escuros que sempre guardavam um toque de ironia – ou de fúria, ou de luxúria – e que a deixavam de pernas bambas. Holly sentia falta do modo como ele parecia ocupar um cômodo inteiro apenas com a presença carismática, da torrente de planos e ideias, da energia ilimitada que a havia arrastado em seu fluxo acelerado. A vida sem Zachary era lenta, apagada e insuportavelmente monótona.

Ao se dar conta de que sua respiração saía em arquejos baixos e estranhos, Holly levou a mão à boca. Ela o amava e aquilo a apavorava. Durante meses, seu coração resistira à força implacável de sentimentos cada vez mais intensos. O fato era que Holly sentia um medo desesperador de ter a alma dilacerada caso sofresse uma nova perda, então era mais fácil e seguro não se apaixonar. Esse tinha sido o verdadeiro obstáculo entre ela e Zachary... Não a promessa que fizera a George, nem as diferentes origens, nem qualquer uma das questões inconsequentes que ela havia colocado entre eles.

Holly pousou o retrato de volta, soltou a trança que prendia seu cabelo e passou uma escova prateada nos fios desarrumados em golpes frenéticos e implacáveis. O desejo de correr até Zachary era insuportável. Sua vontade era se arrumar, mandar preparar uma carruagem e ir até ele naquele exato minuto, para tentar explicar a confusão em que os colocara.

Mas realmente seria a melhor escolha para ambos, unirem suas vidas? O passado, as expectativas e a própria natureza dos dois eram radicalmente diferentes. Será que qualquer pessoa em perfeito juízo aconselharia aquele casamento? A ideia de que o amor faria tudo ficar bem era um clichê absurdo, uma resposta simplória demais para um problema complicado. Ainda assim, às vezes, as respostas simples são as melhores. Talvez os pequenos problemas pudessem ser resolvidos mais tarde. Talvez tudo que realmente importasse fosse a verdade que existia no coração dela.

Ela iria até Zachary, decidiu, determinada. Seu único medo era já ter desperdiçado sua oportunidade. Ele havia deixado claro que, se partisse, ela não deveria voltar. Que não a receberia.

Ela pousou com muito cuidado a escova na penteadeira e olhou para o espelho. Estava pálida, com uma aparência cansada, com olheiras. Dificilmente um rosto que pudesse se comparar às beldades atraentes por quem Zachary estava, sem dúvida, rodeado. No entanto, se houvesse uma única chance de que ele ainda a quisesse, valia a pena correr o risco de ser rejeitada.

Sentindo o coração bater violentamente e todo o corpo parecendo fraco, Holly foi até o guarda-roupa e procurou por um dos vestidos que Zachary havia comprado para ela, uma das criações vibrantes que nunca havia usado. Jurou para si mesma que, se ele a aceitasse, ela jamais voltaria a usar um vestido cinza na vida. Escolheu o de seda italiana verde-jade, com os elegantes punhos afunilados, sacudiu as saias cintilantes e colocou o vestido com cuidado sobre a cama. Assim que começou a procurar roupas de baixo limpas, ouviu uma batida suave na porta, que logo foi aberta.

– Milady? – disse Maude em voz baixa, entrando no quarto.

Pareceu surpresa mas aliviada ao ver que Holly estava acordada.

– Ah, milady, como fico feliz ao ver que já está de pé e bem-disposta. A governanta me chamou há menos de cinco minutos. Parece que há alguém aqui para vê-la, e ela insiste em esperar até que a senhora desça.

Holly franziu a testa, curiosa.

– Quem é, Maude?

– É a Srta. Elizabeth Bronson, milady. Ela veio cavalgando sozinha da propriedade dos Bronsons até aqui... Nossa, devem ser pelos menos uns dez quilômetros de distância, e a moça não trouxe nem um cavalariço como companhia!

– Me ajude a colocar o vestido, Maude. Depressa, vamos. Deve ter acontecido alguma coisa para Elizabeth vir até aqui sozinha a uma hora dessas!

Com agilidade, Holly se sentou em uma cadeira e começou a calçar as meias, sem se preocupar em manter as costuras retas.

Em sua impaciência, Holly achou que havia demorado uma eternidade para se vestir e prender o cabelo. Ela desceu correndo as escadas até o salão de recepção dos Taylors, onde uma criada já havia servido uma pequena bandeja de café para a visita. O restante da família ainda não havia se levantado e Holly se sentiu grata por isso. Se algum dos Taylors estivesse acordado, seria impossível impedi-los de se intrometerem. Sentiu uma onda de alegria ao ver a figura alta e impressionante de Elizabeth andando de um lado para outro no salão de recepção. Sentira uma saudade imensa daquela jovem.

– Lizzie! – exclamou.

Vibrante, bela e impetuosa como sempre, Elizabeth foi até Holly e lhe deu um abraço espontâneo que fez as duas rirem.

– Milady...

– Lizzie, você parece muito bem – elogiou Holly, recuando para examinar os olhos escuros e brilhantes e o rosto rosado.

Elizabeth estava vestida na última moda, em um elegante traje de montaria azul com uma echarpe de gaze branca no pescoço e um chapeuzinho de veludo enfeitado com penas tingidas de azul. Parecia saudável como sempre, mas havia um toque de infelicidade em seus olhos, a frustração malcontida era quase palpável.

– Mas não estou – declarou Elizabeth, claramente ansiosa para desabafar. – Não estou nada bem, me sinto infeliz, amarga, prestes a matar meu irmão e...

Seu olhar mirou Holly de cima a baixo.

– Ah, milady, parece tão cansada... E perdeu peso, pelo menos uns três quilos!

– É porque não tenho mais seu irmão pedindo que me sirvam pratos de bolo o tempo todo – respondeu Holly, com leveza forçada.

Com um gesto, indicou que Elizabeth se juntasse a ela no sofá.

– Sente-se comigo e me conte o que a levou a atravessar a cidade a cavalo, sozinha. Deve se lembrar de quantas vezes eu lhe disse que uma jovem dama não deve sair sem companhia...

– Ah, maldito decoro! – exclamou Elizabeth com ardor, os olhos cintilando.

– Estava mais preocupada com a sua segurança – esclareceu Holly, com ironia. – Se uma pedra entrasse na ferradura do seu cavalo ou se ele tropeçasse, você seria forçada a pedir ajuda a estranhos que poderiam...

– Ah, que se dane a segurança – interrompeu Elizabeth. – Está tudo muito errado e não sei como consertar as coisas, lady Holly. A senhora é a única a quem posso recorrer.

Holly sentiu a pulsação disparar em um ritmo ansioso e instável.

– É o Sr. Bronson? Ou a sua mãe?

– É Zach, claro.

Elizabeth fez uma careta e se agitou no sofá, claramente com vontade de se levantar e voltar a andar de um lado para outro no salão.

– Acho que não o vi sóbrio nem uma vez no mês passado. Desde que a senhora partiu, meu irmão se tornou um monstro egoísta. Não é capaz de dizer uma palavra gentil a ninguém, está exigente, impossível de agradar. Ele passa todas as noites acompanhado de vagabundos e mulheres de reputação questionável, e passa os dias bebendo e escarnecendo de todos que cruzam seu caminho.

– Isso não parece nem um pouco com seu irmão – comentou Holly, baixinho.

– E eu ainda nem comecei a descrever a situação, milady. Ele parece não se importar com ninguém, nem comigo, nem com a mamãe, nem consigo mesmo. Eu tentei ser paciente, mas então houve esse último evento, e agora eu não...

– Que último evento? – perguntou Holly, se esforçando para entender o rápido fluxo de palavras.

De repente, um sorriso iluminou um pouco o relato sombrio de Elizabeth.

– Seu primo, o Sr. Somers, me pediu em casamento.

– É mesmo? – Holly sorriu, imediatamente encantada com a notícia. – Então você o considerou à sua altura, não é?

– Sim, considerei – confirmou a jovem, em um tom feliz, o corpo parecendo ter dificuldade de conter tanta alegria e triunfo. – Jason me ama, e eu retribuo seus sentimentos cem vezes. Nunca pensei que o amor fosse uma coisa tão maravilhosa!

– Minha querida Lizzie, estou muito feliz por você, e tenho certeza de que sua família também deve estar.

O comentário pareceu arrastar Elizabeth de volta à realidade desagradável.

– Mas uma pessoa da minha família não está feliz com isso – respondeu ela, aborrecida. – Zach proibiu o casamento. Ele diz que sob nenhuma circunstância apoiará uma união entre mim e o Sr. Somers.

– Ele fez o quê? – perguntou Holly, incrédula. – Mas por quê? Meu primo é um homem respeitável, com excelentes perspectivas. Que razão seu irmão deu para fazer tal objeção?

– Zach disse que Jason não é bom o bastante para mim! Ele disse que devo me casar com um homem com um título e uma fortuna, e que consigo arrumar coisa melhor do que um mero arquiteto de uma família de origem medíocre. É o esnobismo mais terrível que já testemunhei, e vindo logo do meu irmão, entre tantas pessoas!

Holly fitou-a, perplexa.

– O que você respondeu a ele, Elizabeth?

O rosto da jovem mostrou uma expressão dura, determinada.

– Eu disse a verdade, que não me importa se ele aprova ou não o casamento. Pretendo me unir a Jason Somers de qualquer jeito. Não me importa se Zach vai oferecer um dote ou não... Jason diz que será capaz de me sustentar, e ele não se importa se sou uma herdeira ou uma indigente. Não preciso de carruagens, de joias ou de uma casa grande para ser feliz. Mas, milady, que começo de casamento é esse? Minha mãe está aflita, meu irmão e meu noivo são inimigos... A família está sendo destruída, tudo por causa...

Ela parou e escondeu o rosto nas mãos, à beira das lágrimas, tamanha sua angústia.

– Por causa do quê? – perguntou Holly em voz baixa.

Elizabeth olhou para ela por entre os dedos, os olhos cintilando.

– Bem – murmurou –, acho que eu ia dizer "por causa da senhora", embora isso soe como uma acusação, e certamente não é essa a minha intenção. Mas, milady, a verdade é que Zach mudou depois que a senhora foi embora. Acho que eu estava concentrada demais em mim mesma para notar o que estava acontecendo entre vocês, mas agora eu vejo... Meu irmão se apaixonou pela senhora, não foi? E a senhora não o quis. Sei que deve ter tido um bom motivo para nos deixar, a senhora é tão inteligente e sensata, e deve...

– Não, Lizzie – se forçou a sussurrar Holly. – Não sou nem um pouco inteligente ou sensata.

– ... e sei que está acostumada com um tipo de homem muito diferente de Zach. Por isso eu nunca ousaria presumir que a senhora pudesse se interessar por ele da mesma maneira. Mas vim aqui lhe pedir uma coisa, lady Holly.

Elizabeth abaixou a cabeça e usou a manga da blusa para enxugar algumas lágrimas.

– Por favor, vá até ele – disse ela, a voz rouca. – Fale com ele, diga algo que o faça recuperar o bom senso. Nunca vi Zach se comportar assim, e acho que a senhora talvez seja a única pessoa no mundo a quem ele escute. Eu só preciso que ele volte a ser uma pessoa *racional*. Se a senhora não fizer isso, ele vai se arruinar e afastar todos que gostam dele.

– Ah, Lizzie...

Em um gesto carinhoso, Holly passou o braço ao redor das costas esguias da jovem e a abraçou. Elas permaneceram sentadas juntas por pelo menos um minuto. Finalmente, Holly disse em voz baixa:

– Ele não vai querer me ver.

– Não – concordou Elizabeth com um suspiro. – Zach não permite que seu nome seja pronunciado na casa. Ele finge que a senhora não existe.

As palavras fizeram Holly se sentir vazia e com medo.

– Só o que posso prometer é que vou tentar. Mas você precisa ter consciência de que talvez ele se recuse a falar comigo.

Elizabeth suspirou e olhou pela janela, o dia mais claro agora.

– Preciso ir... Tenho que estar de volta em casa antes do café da manhã. Não quero que Zach desconfie de que estive aqui.

– Vou pedir que um dos cavalariços dos Taylors acompanhe você de volta para casa – disse Holly com firmeza. – É muito perigoso cavalgar sozinha por aí.

Elizabeth baixou a cabeça com um sorriso hesitante e arrependido.

– Está certo, milady. Ele pode me acompanhar até a entrada da propriedade, desde que tome cuidado para não ser visto da casa principal.

Ela lançou a Holly um olhar esperançoso.

– Quando irá ver Zach, milady?

– Não sei – confessou Holly, sentindo um misto de empolgação, medo e esperança. – Acho que quando eu conseguir reunir coragem.

Capítulo 16

No turbilhão de seus pensamentos, Holly se esqueceu de que havia concordado em fazer um passeio a cavalo com Ravenhill, seu futuro noivo, naquela manhã. Muito depois de Elizabeth Bronson partir, Holly estava sentada na sala de recepção com uma xícara de chá morno na mão. Ela fitou o líquido tépido e leitoso e procurou por palavras, pelas palavras certas, para convencer Zachary a perdoá-la e a confiar nela mais uma vez. Parecia não existir forma elegante de abordar o assunto, ela simplesmente teria que implorar por clemência e torcer pelo melhor. Um sorrisinho irônico curvou seus lábios quando se deu conta de que seu próprio traquejo social incluía uma centena de maneiras educadas de rejeitar um cavalheiro, mas nenhuma instrução sobre como reconquistá-lo. Conhecendo muito bem o orgulho feroz de Zachary e suas formidáveis defesas, Holly sabia que ele não sucumbiria facilmente. Ele a faria pagar pela forma como havia fugido dele... e exigiria uma rendição incondicional.

– Meu Deus, que pensamentos estão colocando uma expressão tão severa em seu lindo rosto?

Vardon, lorde Blake, entrou na sala, o corpo alto e atlético vestido em um traje de montaria escuro. Com os cabelos dourados, vistoso de um jeito discreto, os movimentos contidos e confiantes, era o homem perfeito dos sonhos de qualquer mulher. Holly o fitou com um sorriso melancólico e chegou à conclusão de que era hora de começar a encerrar alguns assuntos.

– Bom dia, milorde.

Ela indicou o assento a seu lado no sofá.

– Você não está vestida para cavalgar – observou Ravenhill. – Cheguei cedo demais, ou mudou de ideia sobre o que deseja fazer esta manhã?

– Temo dizer que mudei de ideia sobre muitas coisas.

Ele olhou para ela com um sorriso divertido, mas os olhos cinzentos estavam atentos.

– Ah. Sinto que estamos nos encaminhando para uma conversa muito importante, sim?

– Vardon, estou com muito medo de perder a sua amizade depois que você ouvir o que tenho a dizer.

Ele pegou a mão dela com muita gentileza, virou-a, inclinou a cabeça e deu um beijo na palma. Quando voltou a encará-la, seu olhar era sério, gentil e firme.

– Minha querida amiga, nunca vai me perder. Não importa o que você faça ou diga.

Um mês de companheirismo havia garantido que um grande senso de confiança se desenvolvesse entre eles, permitindo que Holly falasse com a franqueza que Ravenhill merecia.

– Decidi que não quero me casar com você.

Ele não piscou, nem mostrou sequer um lampejo de surpresa.

– Lamento ouvir isso – disse em um tom calmo.

– Você não merece nada menos do que um casamento por amor – apressou-se a continuar Holly. – Um amor de verdade, apaixonado e maravilhoso, com uma mulher sem a qual não consiga viver. E eu...

– E você? – perguntou Ravenhill, segurando a mão dela com carinho.

– Vou encontrar um jeito de reunir coragem para ir até o Sr. Bronson e pedir a ele que me tome como esposa.

Seguiu-se um longo e pensativo silêncio enquanto ele absorvia as palavras.

– Você está ciente de que, caso se una a ele, muitos na alta sociedade vão considerá-la caída em desgraça, certo? Não será mais bem-vinda em alguns círculos...

– Não importa – garantiu Holly com uma risada abafada. – Minha reputação perfeita foi um conforto frio nos anos após a morte de George e vou trocar isso de bom grado pela chance de ser amada. Só lamento ter demorado tanto para perceber o que é realmente importante. Desde que George se foi, passei a ter muito medo de arriscar meu coração novamente e, por causa disso, menti para mim e para todos.

– Então procure Bronson e diga a verdade a ele.

Holly sorriu para o amigo, surpresa com a simplicidade da resposta.

– Vardon, você deveria estar me lembrando de meu dever. Sobre honra e sobre o que devo a George.

– Minha cara Holland – retrucou ele –, você vai enfrentar uma vida inteira sem George. Use o bom senso que lhe foi dado por Deus para decidir o que é melhor para você e para Rose. Se decidir arriscar sua sorte com Bronson, aceitarei sua escolha.

– Você me surpreende, milorde.

– Eu quero que seja feliz. Há poucas chances na vida para isso, e eu não seria rude a ponto de me colocar no seu caminho.

A naturalidade de Ravenhill e a forma cortês com que aceitou os desejos dela pareceram aliviar o aperto doloroso ao redor do coração de Holly. Ela abriu um sorriso largo de gratidão.

– Gostaria que todos reagissem da mesma maneira que você.

– Infelizmente, isso não vai acontecer – garantiu ele, irônico.

Os dois sorriram para suas mãos unidas antes de Holly gentilmente afastar as dela.

– Você acha que George teria gostado do Sr. Bronson?

Um brilho bem-humorado surgiu nos olhos de Ravenhill.

– Hum, acho que não. Acho que eles não teriam o suficiente em comum para isso. Bronson é um pouco primitivo demais para o gosto de George, além de não ter princípios. Mas isso realmente importa para você?

– Não – confessou Holly. – Eu ainda quero estar com ele.

Ravenhill voltou a segurar as mãos dela e ficou de pé.

– Então vá até ele. Mas, antes de ir, quero que me faça uma promessa.

– Sem mais promessas – gemeu ela e deu uma risadinha. – Elas já me causaram infelicidade demais.

– Mas esta eu vou exigir, milady. Me prometa que, se algo der errado, recorrerá a mim.

– Prometo – disse Holly, e fechou os olhos ao sentir os lábios quentes dele tocarem sua testa. – E, Vardon, acredite em mim quando digo que, na minha opinião, você cumpriu completamente a promessa que fez a George. Foi um amigo bom e sincero para ele, e ainda melhor para mim.

Ele passou o braço forte ao redor dela e a abraçou com carinho em resposta.

Os nervos de Holly estavam em frangalhos quando a carruagem que a levava parou diante da mansão dos Bronsons. Um lacaio abriu a porta e ajudou-a a descer, enquanto outro foi bater à porta. Podia ver o rosto da Sra. Burney na porta da frente, e Holly reprimiu uma risada trêmula quando se deu conta de que nunca imaginara que se sentiria tão satisfeita ao ver a governanta. A residência, e todos os criados que trabalhavam ali, pareciam deliciosamente familiares. Holly teve a sensação de estar voltando para casa. Mas, por dentro, sentiu uma pontada de medo na barriga quando pensou na possibilidade de Zachary Bronson despachá-la assim que a visse.

A governanta tinha uma expressão claramente desconfortável quando Holly se aproximou. Ela fez uma reverência, então torceu as mãos.

– Milady – disse –, que bom revê-la.

– Senhora Burney – respondeu Holly em um tom agradável –, espero que esteja passando bem.

A governanta deu um sorriso evasivo.

– Estou bem, sim, embora... – Ela abaixou a voz. – Nada tem sido como antes desde que a senhora partiu. O patrão...

A governanta calou-se de repente, obviamente lembrando que um criado deve respeitar a privacidade da família à qual serve.

– Vim ver o Sr. Bronson – disse Holly, que, ansiosa, corou e começou a gaguejar como uma menina. – Eu... eu sinto muito por não ter avisado com antecedência da minha chegada e por vir tão cedo, mas é urgente.

– Milady – disse a Sra. Burney baixinho, a voz carregada de pesar –, não sei como lhe dizer isso, mas... o mestre viu sua carruagem pela janela e ele... Bem... Ele não está recebendo visitas.

A voz dela se transformou em um sussurro, e seu olhar cauteloso se voltou rapidamente para o lacaio que esperava à distância.

– Ele não está bem, milady.

– Não está bem? – perguntou Holly, preocupada. – Ele está doente, Sra. Burney?

– Não exatamente.

A governanta provavelmente estava querendo dizer que Zachary andava bebendo, então. Perturbada, Holly avaliou a situação.

– Talvez seja melhor eu voltar outra hora, então – disse baixinho –, quando o Sr. Bronson estiver um pouco mais lúcido.

A expressão da Sra. Burney estava carregada de angústia.

– Não sei quando será isso, milady.

Os olhares das duas se encontraram. Embora a governanta nunca ousasse expressar as próprias opiniões ou desejos, Holly tinha a sensação de que a Sra. Burney silenciosamente insistia para que ela ficasse.

– Eu não gostaria de perturbar o Sr. Bronson, é claro – disse Holly. – Mas temo que, durante minha estada anterior aqui, eu talvez tenha deixado algumas... hum... algumas miudezas no quarto que ocupei. A senhora faria alguma objeção se eu fosse procurar por elas?

A governanta ficou claramente aliviada com a ideia.

– Não, milady – disse na mesma hora, aproveitando a desculpa –, nenhuma objeção. É claro que a senhora deve procurar pelos seus pertences se os deixou aqui. Devo acompanhá-la, ou consegue se lembrar do caminho?

Holly abriu um sorriso cintilante para a mulher.

– Eu me lembro do caminho. Posso ir sozinha. Por favor, poderia me dizer onde o Sr. Bronson está, para que eu possa evitar perturbá-lo?

– Acho que o patrão está no quarto dele, milady.

– Obrigada, Sra. Burney.

Holly entrou na casa, que tinha a atmosfera de um mausoléu. O enorme saguão central, com suas altas colunas douradas, o teto de caixotões prateados e o ar perfumado de flores, reverberava um clima soturno. Não havia uma única alma visível na penumbra opulenta. Com medo de encontrar Paula ou Elizabeth e ser desviada de sua missão, Holly subiu a grande escadaria tão depressa quanto seus pés permitiam. O esforço, para não mencionar seus temores, deixou seu coração batendo descontroladamente e ela sentia a pulsação reverberando em cada membro. A ideia de voltar a ver Zachary a deixava tão agitada que ela se sentia a ponto de vomitar. Com o corpo todo tremendo, Holly chegou à porta do quarto dele, que tinha sido deixada entreaberta. Considerou a possibilidade de bater, mas achou melhor não, pois não queria dar a Zachary a oportunidade de deixá-la do lado de fora.

Holly empurrou delicadamente a porta, que emitiu um rangido baixo, quase imperceptível. Ela nunca havia entrado no quarto de Zachary durante o período em que havia morado ali. Cortinas de brocado azul e veludo protegiam a enorme cama de mogno. Painéis de cerejeira escura cintilavam na luz difusa que entrava pela fileira de quatro janelas retangulares altas. Zachary estava de pé diante de uma delas, abrindo uma cortina de veludo com franjas para olhar para a entrada da frente. E tinha um copo de bebida na mão. Seu cabelo ainda estava molhado e brilhando do banho matinal, e o cheiro do sabão de barbear pairava no ar. Ele usava um roupão de seda cor de ameixa que chegava quase até o chão, e os pés descalços se projetavam por baixo da bainha. Holly havia esquecido como aquele homem era absurdamente grande. E ficou feliz por ele ainda estar de costas, para que não visse o arrepio de desejo que a percorreu.

– O que ela disse? – perguntou Zachary em um grunhido baixo, pensando falar com a Sra. Burney.

Holly se esforçou para manter a voz firme.

– Receio que ela tenha insistido em vê-lo.

As costas largas de Zachary se enrijeceram, os músculos se destacando sob a seda fina do roupão quando percebeu a identidade da intrusa. Ele pareceu levar um instante para encontrar a própria voz.

– Vá embora – disse em voz baixa, sem se alterar. – Volte para Ravenhill.

– Lorde Blake não tem qualquer direito sobre mim – sussurrou Holly, sentindo a garganta apertada –, nem eu sobre ele.

Zachary se virou lentamente. Um leve tremor em seus dedos fez o líquido âmbar espirrar pelas laterais do copo. Ele tomou um longo gole da bebida, o olhar frio e intenso fixo nela o tempo todo. Parecia composto, embora seu rosto estivesse inegavelmente abatido. Estava com olheiras e a pele, que antes exibia um bronzeado saudável, parecia cinzenta depois de tantos dias de bebedeira passados dentro de casa. O olhar de Holly percorreu-o com avidez, e ela ansiou por correr para ele, acariciá-lo, acalmá-lo e abraçá-lo. *Por favor, Deus, não deixe que ele me mande embora*, pensou desesperada. Odiava o modo como Zachary estava olhando para ela. Os olhos que já a haviam fitado com tanta paixão e um ardor malicioso agora estavam vazios e indiferentes. Ele a encarou como se ela fosse uma estranha... Como se não tivesse mais nenhum sentimento por ela.

– O que significa isso? – perguntou Zachary em um tom monótono, como se o assunto não lhe interessasse.

Holly reuniu toda a sua coragem, fechou a porta e se aproximou dele, parando bem perto.

– Lorde Blake e eu concordamos em continuar amigos, mas não nos casaremos. Eu disse a ele que não poderia cumprir minha promessa a George, porque...

Ela fez uma pausa e quase se encolheu de desânimo ao ver a absoluta falta de reação de Zachary à notícia.

– Porque... – falou ele em um tom monótono.

– Porque meu coração está comprometido de outra forma.

Àquela confissão, seguiu-se um silêncio longo e enervante. Ah, por que ele não dizia alguma coisa? Por que parecia tão insensível e indiferente?

– Isso foi um erro – disse ele, por fim.

Holly fitou Zachary com uma expressão suplicante.

– Não, Zachary. Meu erro foi sair daqui... Deixar você... E vim lhe explicar algumas coisas e perguntar...

– Holly, não. – Zachary soltou um suspiro tenso e balançou a cabeça. – Você não precisa explicar nada, maldição. Entendo por que foi embora. – Um sorriso autodepreciativo curvou seus lábios. – Depois de um mês de reflexão... e de beber como um porco... aceitei sua decisão. Você fez a melhor escolha. Estava certa, as coisas teriam terminado mal entre nós. Deus sabe que é melhor preservar algumas lembranças agradáveis e deixar as coisas como estão.

A determinação na voz dele surpreendeu Holly.

– Por favor – pediu ela, perturbada –, não diga nem mais uma palavra. Só me escute. Eu lhe devo toda a verdade. E se depois de me ouvir você ainda assim quiser me mandar embora, prometo ir. Mas não vou sair daqui até ter dito tudo que preciso dizer, e você vai ficar parado aí e me ouvir, caso contrário...

– Caso contrário...? – perguntou ele com uma sombra do antigo sorriso.

– Caso contrário jamais deixarei você ter um único momento de paz – ameaçou Holly, movida pelo pânico reprimido. – Vou segui-lo por toda parte. Vou gritar a plenos pulmões.

Zachary virou o resto da bebida e foi até a mesa de cabeceira, onde uma garrafa de conhaque o aguardava. Ver aquilo deu a Holly uma pequena ponta de esperança. Ele não estaria bebendo se não sentisse mais nada por ela, estaria?

– Está certo – disse ele bruscamente, enquanto enchia o copo. – Diga o que tem a dizer. Você tem a minha atenção pelos próximos cinco minutos, e depois disso quero esse seu traseirinho irritante fora da minha propriedade. Combinado?

– Combinado.

Holly mordeu o lábio e abaixou as mãos ao lado do corpo. Era difícil desnudar a alma diante dele, mas era exatamente aquilo que precisava fazer se quisesse reconquistá-lo.

– Amei você desde o início – começou, forçando-se a encará-lo diretamente. – Agora consigo ver isso, embora na época eu não percebesse o que estava acontecendo. Eu não queria encarar a verdade: que sou covarde, sim, como você bem observou.

Seus olhos buscaram no rosto sombrio de Zachary uma reação àquela admissão, mas não viu qualquer sinal de emoção. Ele bebeu mais dois dedos de conhaque, em goles lentos e deliberados.

– Quando George morreu nos meus braços – continuou Holly com a voz entrecortada –, eu quis morrer também. Não queria jamais voltar a sofrer daquele jeito, e sabia que o mais seguro a fazer seria nunca mais me permitir amar alguém. Então usei a promessa que fiz a George como desculpa para manter você à distância.

Holly fez uma pausa, insegura, percebendo que, por algum motivo, suas palavras haviam provocado um rubor que subia do pescoço de Zachary até suas orelhas. Aquele vermelho revelador lhe deu coragem e ela se forçou a continuar.

– Eu estava disposta a usar qualquer desculpa que conseguisse encontrar para não amar você. Então... quando nós dois... no chalé...

Perturbada demais para continuar a encará-lo, Holly abaixou a cabeça.

– Eu nunca havia me sentido daquela forma antes. Aquilo me deixou completamente perdida. Eu tinha perdido o controle sobre meu coração e meus pensamentos, então fiquei desesperada para me afastar de você. Desde então, tentei voltar à minha antiga vida, mas já não me encaixo mais nela. Porque eu mudei. Por sua causa.

De repente, Holly mal conseguia vê-lo através de uma torrente escaldante de lágrimas.

– Finalmente percebi que existe algo pior do que a eventualidade de perdê-lo... E esse algo é nunca ter você.

Sua voz ficou embargada e falhou, e ela só conseguiu sussurrar:

– Por favor, me deixe ficar, Zachary... Em quaisquer termos que você desejar. Não me faça viver sem você. Eu te amo tão desesperadamente...

O quarto ficou silencioso como uma tumba, sem qualquer som ou movimento do homem parado a alguns passos de distância. Se ele ainda a quisesse, se ainda se importasse, pensou ela, já a teria tomado nos braços. Aquela constatação fez Holly querer se encolher até sumir. Uma dor cega e penetrante começou a se derramar de seu peito. Ela se perguntou o que faria depois que Zachary a mandasse embora, para onde iria, como construiria uma nova vida para si mesma e para Rose, quando só o que queria fazer era enrodilhar o corpo e uivar, amargamente arrependida. Holly ficou olhando fixamente para o chão, tremendo com o esforço de não irromper em soluços humilhantes.

Os pés descalços de Zachary apareceram em seu campo de visão, e ela se assustou, pois ele se aproximara silencioso como um gato. Zachary pegou a mão esquerda dela, fez uma pausa e ficou olhando para os seus dedos sem dizer nada. De repente, Holly entendeu o que ele estava olhando: a aliança de ouro que ela nunca havia tirado desde o dia em que o marido a colocara em seu dedo. Holly deixou escapar um som angustiado, arrancou a mão da dele e tirou a aliança. Era difícil removê-la e, em espasmos de pânico, ela retorceu o anel antes de finalmente conseguir tirá-lo. Holly jogou a aliança no chão, fitou a marca pálida em seu dedo e ergueu os olhos cheios de lágrimas para o rosto indistinto de Zachary.

Ela o ouviu murmurar seu nome, então, para seu espanto absoluto, o viu cair de joelhos e sentiu suas mãos enormes agarrando as dobras de seda em seu quadril. Zachary enterrou o rosto na barriga dela como uma criança exausta.

Chocada, Holly levou a mão ao cabelo escuro. Os fios grossos e ligeiramente cacheados estavam úmidos contra seus dedos, e ela os acariciou com um carinho imenso.

– Meu bem... – sussurrou Holly várias vezes, tocando a nuca quente.

De repente, Zachary se levantou em um movimento fluido e olhou para o rosto dela. Ele tinha a expressão de um homem que havia atravessado o fogo do inferno e saíra queimado no processo.

– Maldita seja você – murmurou, enxugando as lágrimas dela com os dedos. – Eu seria capaz de estrangulá-la por nos fazer passar por isso.

– Você me disse para não voltar – disse Holly em um soluço doloroso de alívio. – Eu estava com tanto medo de arriscar, Zachary... V-Você soou tão definitivo...

– Eu achei que estava perdendo você. Não sabia que diabos estava dizendo.

Ele a esmagou contra o coração palpitante, passando as mãos sobre os cabelos dela, desgrenhando-a completamente.

– Você disse que não dá s-segundas chances.

– Para você eu dou mil chances. Cem mil.

– Eu sinto muito – disse Holly, chorando. – Eu sinto muito mesmo.

– Eu quero que você se case comigo – disse Zachary em uma voz gutural. – Vou me unir a você através de todos os acordos, contratos e rituais conhecidos pelo homem.

– Sim, sim...

Holly puxou avidamente a cabeça de Zachary para baixo, e o beijou com todo o desejo desesperado que sentira ao longo do mês que passara longe dele. Zachary deixou escapar um som rouco e capturou os lábios dela com uma paixão brutal, machucando-a um pouco – mas Holly estava dominada demais pela emoção para se importar.

– Quero você na minha cama – disse ele, a voz ainda mais rouca. – Agora.

O corpo de Holly foi inundado por uma onda de rubor e ela mal conseguiu assentir antes que ele a erguesse no colo e a carregasse para a cama, com a intensidade obstinada de um felino faminto segurando sua presa. Holly parecia não ter muita escolha – não que pensasse em se negar. Amava Zachary além do decoro, além da moral, dos ideais ou da sanidade. Era totalmente dele, assim como ele era dela.

Zachary a despiu rapidamente, puxando com força as fileiras de botões e ganchos, rasgando o tecido quando não cedeu rápido o bastante para a necessidade de seus dedos dispostos a saquear Holly. Arquejando com a urgência dele, ela tentou ajudá-lo, sentando-se na cama para desamarrar os sapatos, tirando as ligas e as meias, levantando os braços enquanto ele puxava a camisa de baixo pela cabeça. Quando estava completamente nua, o corpo enrubescido sobre o colchão, Zachary despiu o roupão e se deitou ao lado dela. A visão daquele corpo magnífico, longo e poderoso e extremamente masculino, fez Holly arregalar os olhos.

– Ah, Zachary, você é um homem tão lindo...

Ela encostou o corpo na profusão maravilhosa de pelos escuros no peito dele, brincando com eles, passando a boca e os dedos.

Zachary deixou escapar um gemido abafado acima da cabeça dela.

– Você que é linda.

As mãos dele se moveram suavemente pelas costas e pelo quadril dela, saboreando a textura da pele delicada.

– Eu nunca me recuperei da primeira vez que a vi, no baile dos Bellemonts.

– Você me viu, então? Mas estava escuro do lado fora...

– Eu a segui depois de beijá-la no jardim de inverno.

Ele deitou-a de costas, o olhar percorrendo avidamente seu corpo nu.

– Fiquei observando enquanto você andava até a carruagem e pensei que era a coisa mais linda que eu já tinha visto.

Ele deu um beijo no ombro dela, a língua traçando a curva delicada, e Holly estremeceu.

– Então você começou a tramar seu plano ali – disse ela em um arquejo.

– Exatamente. Pensei em uma centena de maneiras de levá-la para minha cama, e acabei chegando à conclusão de que a melhor coisa a fazer seria contratá-la. Mas em algum momento no meio desses esforços para seduzi-la, eu me apaixonei por você.

– E suas intenções se tornaram honrosas – concluiu Holly, satisfeita.

– Não, eu ainda queria levá-la para minha cama.

– Zachary Bronson! – exclamou ela, e ele sorriu, os antebraços apoiados de cada lado da cabeça dela.

A pulsação de Holly acelerou em expectativa quando ela sentiu uma perna firme e coberta de pelos se insinuar entre as suas coxas, e o peso sedoso e quente do sexo dele pressionado contra seu quadril.

– Aquela tarde no chalé foi o melhor momento da minha vida – confessou Zachary. – Mas a forma como você me deixou logo depois... foi como ser lançado do céu direto para o inferno.

– Eu estava com medo... – disse ela, arrependida, puxando a cabeça dele para beijar seu rosto e a boca com sabor de conhaque.

– Eu também. Eu não sabia como conseguiria me curar de você.

– Você me faz parecer uma doença – disse ela, com um sorriso vacilante.

Um brilho quente surgiu nos olhos de Zachary.

– Pois saiba que descobri não haver cura para você, milady. Pensei em procurar outra mulher, mas não consegui. Minha maldição é querer apenas você.

– Então você não...

Holly sentiu uma onda de alívio invadi-la. A ideia de Zachary fazendo amor com outras mulheres na ausência dela a atormentara, e ela sentiu uma enorme alegria ao saber que ele não fizera aquilo.

– Não – confirmou ele, e soltou um grunhido que era apenas parcialmente fingido. – Passei um mês sem alívio e você vai pagar por isso.

Holly fechou os olhos e todos os seus nervos despertaram loucamente quando ela ouviu o sussurro ameaçador em seu ouvido.

– A senhora, milady, vai passar as próximas horas muito ocupada cuidando das minhas necessidades.

– Sim – sussurrou Holly. – É o que eu mais desejo...

Suas palavras foram interrompidas quando Zachary inclinou a cabeça sobre seu peito. O hálito quente se espalhou sobre o mamilo sensível até ele se enrijecer, então Zachary o levou à boca. O corpo inteiro de Holly ficou tenso enquanto ele usava a ponta da língua para estimular a região sensível. Ela passou os braços ao redor dos ombros dele, os dedos bem abertos sobre os músculos firmes. Zachary sugou o mamilo com mais vigor por longos minutos, até sentir as coxas de Holly começarem a pressionar ritmadamente as laterais da perna dele.

Ele deslizou a mão por entre as pernas dela, encontrando com habilidade a área úmida entre os pelos. Sussurrando baixinho, Zachary separou a carne feminina delicada até descobrir o ponto mais sensível que latejava deliciosamente. Ele a provocou, deslizando a ponta do dedo ao redor da pequena protuberância sem tocá-la, até Holly arquejar e erguer o quadril, suplicando.

– Por favor – sussurrou, sentindo os lábios inchados e quentes. – Por favor, Zachary...

Ela sentiu a boca dele roçar a sua em uma pressão deliciosa que a fez erguer o corpo, ansiosa por mais. Ele a beijou novamente, a língua explorando a dela, enquanto Holly retribuía com total entrega. Zachary posicionou o corpo e Holly sentiu seu sexo cutucá-la, a extremidade larga aninhada sobre sua abertura. Encorajada pelo murmúrio rouco que ele deixou escapar, ela tateou até encontrar o membro pesado, a mão tremendo um pouco enquanto fechava os dedos ao redor da carne intumescida. Ela o acariciou em movimentos hesitantes e enrubesceu fortemente quando sentiu a mão de Zachary cobrir a dela, movendo-a em uma carícia mais bruta e mais firme.

– Eu não deveria ser mais gentil? – perguntou Holly, sentindo-se mortificada e excitada ao mesmo tempo.

– Homens são diferentes das mulheres – explicou ele, a voz rouca. – Vocês preferem gentileza... Nós precisamos de voracidade.

Silenciosamente, Holly demonstrou sua voracidade até que ele afastou a mão dela, gemendo e praguejando ao mesmo tempo.

– Chega, chega... – conseguiu dizer com dificuldade. – Não quero que isso acabe cedo demais.

– Mas eu quero – disse ela, distribuindo beijos pelo seu peito e pelo pescoço. – Quero você... Ah, Zachary, eu quero...

– Quer sentir novamente o que eu a fiz sentir no chalé? – sussurrou ele, os olhos cintilando maliciosos, sabendo exatamente a que ela se referia.

Holly assentiu contra o pescoço forte, e se abriu sob ele, o corpo tenso e trêmulo pela necessidade de ser tomada, reivindicada, possuída. Zachary correu lentamente as mãos pelo corpo dela, passando pelos seios, pelo abdômen, e Holly deixou escapar um gemido de prazer quando sentiu a palma roçar seu sexo. Os dedos de Zachary, hábeis e esquivos, a levaram à loucura ao roçarem seus pelos com toques leves, sem nunca chegar ao ponto que se tornava cada vez mais quente e vergonhosamente úmido. Holly ergueu o quadril com urgência, buscando o estímulo que ele negava e sentiu a boca de Zachary deslizar sobre sua pele, dos seios até o abdômen. Ele a agarrou e a imobilizou e Holly ficou surpresa ao sentir a boca dele deslizar até o meio de suas coxas. Ela exclamou alguma coisa, um som incoerente que poderia ter sido de protesto ou de encorajamento, e Zachary ergueu a cabeça para fitar seu rosto enrubescido.

– Minha dama doce e recatada – disse baixinho –, deixei você chocada?

– Aham... – gemeu Holly.

– Coloque as pernas sobre meus ombros.

Ela o encarou com uma expressão ainda mais mortificada e impotente.

– Zachary, eu não poderia...

– Agora – disse ele, e o hálito entre as coxas fez seu corpo inteiro estremecer.

Holly fechou os olhos e obedeceu, pousando as panturrilhas e os calcanhares nas costas musculosas. Os dedos de Zachary a acariciaram e apartaram sua carne, quando então ela sentiu sua boca, a língua deslizando por seu sexo, e o prazer daquele toque a envolveu em um redemoinho veloz e abrasador. Não parecia possível que aquilo estivesse acontecendo com ela, aquela intimidade tão doce, que a deixava absolutamente confusa. Holly sentiu Zachary mordiscando, lambendo, e a sensação cresceu e se espalhou até ela deixar escapar sons que nunca tinha emitido antes. Seus suspiros, gemidos e súplicas pareciam excitar seu amante ousado. Ele grunhiu e agarrou o traseiro dela, enquanto continuava a excitá-la com a boca, a língua provocando e ondulando até Holly ser engolfada por uma onda de prazer, uma sensação acelerada e ardente demais para suportar... Então deixou escapar um grito primitivo, o tormento explodindo em um alívio trêmulo. A boca de Zachary permaneceu colada a ela até o último espasmo delicioso desaparecer, deixando Holly fraca e atordoada.

Ela abaixou as pernas trêmulas e Zachary se posicionou melhor, o corpo poderoso e ágil se acomodando entre seu quadril. Holly sentiu a forma grande e insistente do sexo dele pressionando seu corpo.

– Zachary, tenha piedade – sussurrou ela, sentindo os lábios secos.

– Sem piedade para você, milady.

Ele segurou a cabeça dela entre as mãos, beijando-a enquanto invadia a carne úmida e inchada. Holly arquejou bruscamente, se contorcendo para acomodá-lo, sentindo o membro muito teso esticando-a por dentro. Zachary usou as próprias pernas para afastar as dela e penetrou-a mais fundo, até ouvi-la gemer nas profundezas de sua boca. A sensação dos corpos juntos a excitou mais e, apesar do cansaço, Holly arqueou o corpo, ansiosa para sentir cada centímetro dele. Zachary arremeteu em um ritmo constante, o quadril mergulhando no dela, os pelos do peito roçando os mamilos de Holly. Ela inclinou a cabeça para trás em êxtase quando o sentiu cobrir seu pescoço com beijos e mordidas suaves.

– Você é minha – sussurrou ele, acelerando os movimentos, o ritmo mais impaciente. – Você pertence a mim... Holly... para sempre.

– Sim – concordou ela em um gemido, enquanto sentia uma nova onda de prazer se avolumando.

– Diga.

– Eu amo você, Zachary... Ah... Eu preciso tanto de você... Só de você...

Ele a recompensou com uma arremetida firme que chegou ao colo do útero, e Holly sentiu o corpo convulsionar de prazer, estremecendo, latejando, dominada por uma alegria física inimaginável até então. De repente, o corpo de Zachary ficou tenso e encurvado, e ele deixou escapar um gemido profundo. A carne de Holly recebia o membro dele com prazer, contraída em sua rigidez enquanto ele bombeava e pulsava dentro dela.

Holly suspirou profundamente e passou os braços e pernas ao redor de Zachary, segurando-o com força enquanto as sensações arrefeciam até se transformarem em um calor suave. Ela o sentiu tentar se afastar e murmurou um protesto.

– Eu vou esmagar você – sussurrou Zachary.

– Eu não me importo.

Sorrindo, ele se deitou de lado, levando-a junto, os corpos ainda unidos.

– Isso foi ainda melhor do que no chalé – comentou Holly, admirada.

Uma risada baixa retumbou no peito de Zachary.

– Há muitas coisas que terei grande prazer em ensinar a você.

O sorriso cansado de Holly se apagou enquanto ela considerava a perspectiva.

– Zachary – falou ela, muito séria –, não posso deixar de me perguntar se um homem como você vai conseguir se contentar em ficar com apenas uma mulher.

Ele segurou o rosto dela entre as mãos e pressionou os lábios em sua testa. Então se afastou e olhou bem fundo nos olhos castanhos preocupados.

– Procurei por você minha vida inteira – afirmou ele, também muito sério. – Você é a única mulher que eu quero, agora e para sempre. Se não acredita em mim, posso...

– Eu acredito em você – apressou-se a dizer Holly, encostando os dedos nos lábios dele e sorrindo. – Não há necessidade de provas ou promessas.

– Não seria problema algum provar isso de novo.

Zachary pressionou um pouco mais fundo o membro que ainda estava dentro dela, fazendo-a ofegar um pouco, e Holly se aninhou a ele com um gemido de prazer.

– Não, eu quero conversar – disse ela, ofegante. – Quero perguntar uma coisa...

– Hum?

Ele acariciou as nádegas dela, parecendo se deliciar com a carne macia.

– Por que você dispensou o Sr. Somers quando ele veio pedir a mão de Elizabeth em casamento?

A pergunta distraiu Zachary, que olhou em alerta para o rosto dela. Suas sobrancelhas pretas se franziram levemente em uma expressão aborrecida.

– Como você sabe disso?

Holly passou os braços ao redor do pescoço dele e balançou a cabeça com um sorrisinho.

– Responda minha pergunta, por favor.

Ele praguejou baixinho e deixou a cabeça cair no travesseiro.

– Eu o mandei embora porque o estou testando.

– Testando? – repetiu Holly

Ela pesou as palavras e afastou-se de Zachary, estremecendo um pouco quando o membro pesado escorregou para fora do seu corpo.

– Mas por quê? Não é possível que você imagine que ele só queira se casar com Elizabeth por causa da fortuna dela... sua.

– Não está fora do espectro de possibilidades.

– Zachary, você não pode manipular as pessoas como se fossem peões em um jogo de xadrez. Ainda mais pessoas da sua própria família!

– Só estou tentando proteger os interesses de Lizzie. Se Somers ainda a quiser sem minha aprovação... e sem o dote que essa aprovação garante... então ele passará no teste.

– Zachary.

Holly balançou a cabeça com um suspiro de reprovação. Ela puxou as cobertas para cima e observou enquanto ele relaxava, descaradamente nu ao lado dela.

– Sua irmã ama aquele homem. Você precisa respeitar a escolha dela. E mesmo que ela e o Sr. Somers passem nesse seu teste, eles nunca o perdoarão por isso, e você terá causado uma ruptura irreparável na família.

– O que quer que eu faça?

– Você sabe – murmurou ela.

Aconchegando-se mais junto a ele, Holly soprou suavemente os pelos de seu peito.

– Maldição, Holly, passei a vida toda fazendo as coisas de uma certa maneira. Não posso mudar isso. É da minha natureza proteger a mim e minha família de qualquer desgraçado que possa tentar se aproveitar de nós, e admito que isso está muito entranhado em mim. Se você vai tentar me transformar em algum tipo de covarde...

– É claro que não vou fazer isso.

Ela passou a língua sobre o contorno saliente da clavícula dele, até encontrar a depressão onde a pulsação latejava com força.

– Eu não mudaria você de forma alguma.

Holly pressionou o rosto contra o pescoço dele e deixou os longos cílios fazerem cócegas em sua pele.

– Mas quero tanto que sua irmã seja feliz, Zachary. Você negaria a ela a mesma alegria que eu e você encontramos? Esqueça esse teste idiota e mande chamar o Sr. Somers.

Ela percebeu o conflito interno que Zachary travava – o desejo de controlar a situação se debatendo com o lado mais gentil de sua natureza. Mas, à medida que seguia pedindo e acariciando, Holly o fez soltar uma risada relutante. As mãos de Zachary subiram até os ombros pálidos e macios dela, pressionando-a contra o travesseiro.

– Eu não gosto de ser controlado – resmungou.

Holly sorriu para ele.

– Não estou tentando controlar você, meu bem. Estou apenas fazendo um apelo ao lado mais elevado da sua natureza.

O tratamento carinhoso fez com que a expressão de Zachary se tornasse voraz e absorta, e o debate pareceu perder o interesse para ele.

– Como eu lhe disse uma vez, milady, não tenho uma natureza elevada.

– Mas vai mandar chamar o Sr. Somers? – perguntou Holly. – E resolver as coisas para Elizabeth?

– Sim. Mais tarde.

Ele afastou as camadas de linho que a cobriam e colocou a mão sobre seu seio.

– Mas Zachary – disse Holly, arquejando baixinho quando ele abriu suas pernas. – Não é possível que já esteja pronto para fazer isso *de novo*... não em tão pouco tempo...

A sensação do membro duro deslizando para dentro dela fez um gemido de surpresa calar seus argumentos.

– Vou mostrar que é possível – murmurou Zachary carinhosamente contra o peito dela, antes de capturar um mamilo rosado entre os dentes.

E, por um longo tempo, toda a conversa cessou.

Holly segurou a mão de Zachary enquanto passeavam pela trilha no jardim da propriedade. As saias dela roçavam em canteiros de açafrões roxos e brancos, enquanto uma leve brisa primaveril agitava as íris amarelas e os reluzentes galantos brancos espalhados ao longo da passagem gramada. Faixas longas e grossas de acônitos amarelos delicados levavam a canteiros amplos de madressilvas e damascos japoneses. Holly inspirou profundamente o ar perfumado e sentiu a felicidade brotar em seu peito até se derramar em uma risada irreprimível.

– Sua casa pode ser um horror arquitetônico – comentou –, mas, ah, este jardim é um vislumbre do paraíso.

Zachary apertou a mão dela, e Holly viu um sorriso surgir nos lábios dele. A tarde tinha sido a mais feliz que qualquer um dos dois já havia tido, as horas cheias de amor e risadas suaves, e até de algumas lágrimas, enquanto compartilhavam os segredos de seus corações. Agora reconciliados, parecia haver mil coisas para discutirem, e o tempo que tinham não bastava. No entanto, Holly estava ansiosa para retornar à casa dos Taylors e dar à filha a notícia do casamento iminente. A família Taylor ficaria indignada, é claro – além de infelizes com o casamento, haveria ainda a absoluta surpresa de ver que a esposa de George estava rejeitando o último desejo do falecido marido. Eles dificilmente entenderiam que aquela não fora uma decisão egoísta. Holly simplesmente não tinha escolha. O fato era que ela não conseguiria viver sem Zachary Bronson.

– Fique comigo – pediu Zachary, baixinho. – Mandarei trazer Rose, e vocês duas podem morar aqui enquanto organizamos o casamento.

– Você sabe que eu não posso fazer isso.

Ele franziu a testa e circundaram cuidadosamente um pequeno relógio de sol de mármore e bronze colocado no chão.

– Eu não quero deixá-la fora da minha vista.

Com o objetivo de desviar a atenção dele do assunto, Holly trouxe à tona a questão da cerimônia de casamento, enfatizando que queria que fosse realizada com discrição e rapidez. Infelizmente, Zachary parecia querer algo muito mais pomposo. Ao tomar conhecimento das ideias dele, que envolviam uma igreja grande, mil pombas, uma dúzia de trompetistas, um banquete para quinhentas pessoas e tantos outros planos terríveis, Holly declarou com firmeza que não concordaria com um evento como aquele.

– Teremos algo privado e muito tranquilo, que seja, acima de tudo, *modesto* – insistiu ela. – É a única opção, na verdade.

– Certo, concordo – disse ele prontamente. – Pensando bem, não precisamos convidar mais de trezentas pessoas.

Holly o encarou, incrédula.

– Quando eu disse "modesto", tinha um número diferente em mente. Talvez meia dúzia.

Ele fechou a cara, obstinado.

– Quero que toda a cidade de Londres saiba que conquistei você.

– Vão saber – afirmou ela, o tom irônico. – Tenho certeza de que esse será o assunto do momento entre a aristocracia... Mas nenhum dos meus ex-amigos, pessoas muito discretas, compareceriam ao casamento, extravagante ou não.

– Quase todos os meus fariam o contrário – retrucou ele, animado.

– Sem dúvida – concordou Holly.

Zachary certamente se referia ao bando de rufiões, dândis e alpinistas sociais que cobriam o espectro que ia desde a banda podre da aristocracia até os mais consumados vagabundos.

– Ainda assim, o casamento será o mais discreto possível. Você pode guardar as pombas, os trompetistas e afins para o casamento de Elizabeth.

– Certo, suponho que será mais rápido dessa forma – concordou Zachary de má vontade.

Holly parou no caminho de cascalho e sorriu para ele, abraçando Zachary pela cintura.

– Bem, já que chegamos a um acordo, vamos seguir logo com isso. Não quero esperar nem um dia a mais do que o necessário para pertencer a você.

Zachary não precisou de mais nenhuma palavra para capturar os lábios dela em um beijo profundo.

– Eu preciso de você – murmurou, pressionando-a contra o membro rígido para enfatizar o que dizia. – Volte para casa comigo agora, meu amor, e me dei...

– Não faremos isso de novo até o casamento.

Com a respiração ofegante, Holly encostou o ouvido contra o coração acelerado dele. Apesar de sua própria ânsia de fazer amor de novo com Zachary, ela queria esperar até que estivessem devidamente casados.

– Acho que já me comprometi o suficiente hoje.

– Ah, não, não o suficiente.

As mãos dele passearam pelo corpete do vestido dela e ele beijou seu pescoço. Com um murmúrio persuasivo, conduziu-a até um velho muro de pedra coberto de raras camélias amarelas e levou a mão à barra de suas saias.

– Não se atreva – avisou Holly com uma risadinha nervosa, afastando-se dele. – Um cavalheiro deve tratar sua amada com respeito, e aqui está você...

– O tamanho dessa ereção é uma prova inequívoca do meu respeito por você, Holly – interrompeu Zachary, e levou a mão dela ao seu membro rígido.

Holly sabia que deveria tê-lo repreendido, mas em vez disso se viu pressionada contra o corpo alto e forte.

– Você é terrivelmente vulgar – disse contra o ouvido dele.

Zachary segurou a mão dela com mais força em torno do pênis.

– Essa é uma das coisas que você mais gosta em mim – sussurrou ele, e Holly não pôde deixar de sorrir.

– De fato...

Zachary enfiou o nariz no pequeno espaço entre a borda rendada do vestido e a pele macia e quente da nuca.

– Vamos para o chalé. Só uns minutinhos. Ninguém vai saber.

Holly se afastou dele com relutância.

– *Eu* vou saber.

Zachary balançou a cabeça com um gemido e riu, virando-se para apoiar as mãos na parede coberta de flores. Então baixou a cabeça e respirou fundo, esforçando-se para dominar o desejo furioso. Quando Holly se aproximou, hesitante, Zachary a fitava com os olhos em brasa.

– Muito bem, então – disse, em um tom baixo e ameaçador, a voz rouca. – Não vou tocar em você novamente até nossa noite de núpcias. Mas pode acabar se arrependendo de ter me feito esperar, milady.

– Já estou arrependida – confessou Holly, e os olhares sorridentes dos dois se encontraram por um longo momento.

Embora Zachary tivesse a intenção de chamar Jason Somers no dia seguinte, o jovem o surpreendeu com uma visita logo cedo pela manhã. Pela primeira vez em um mês, Zachary dormira profundamente a noite toda e acordara às oito horas, incomumente tarde para ele. Não conseguia se lembrar de quando se sentira tão relaxado. Parecia que, depois de décadas de esforço e luta, finalmente havia alcançado o cume da montanha ao qual tanto aspirara.

Talvez pela primeira vez na vida pudesse ser realmente feliz... e o motivo era ao mesmo tempo extraordinário e banal: estava apaixonado. Finalmente entregara o coração a alguém e descobrira que a mulher em questão retribuía esse amor. Parecia incrível demais para ser verdade.

No meio de seu desjejum solitário, o visitante foi anunciado, e Zachary pediu à governanta que fizesse o rapaz entrar. Muito sério, belo, pálido e vestido como se fosse comparecer a um funeral, Somers era a personificação do herói trágico de algum romance açucarado. Na verdade, Zachary sentiu uma pontada de algo que poderia ser remorso ao se lembrar de seu último encontro com o homem, durante o qual ele respondera ao pedido sincero de Somers pela mão de Elizabeth com um "não" calmo e esmagador. Sem dúvida, Somers se lembrava de cada detalhe da cena desagradável, o que explicaria sua expressão determinada. Era a expressão, de fato, de um valente cavaleiro ousando aproximar-se de um dragão maligno em seu covil.

Com a barba por fazer e ainda de roupão, Zachary permaneceu sentado diante da mesa no salão de café da manhã e indicou com um gesto que Somers se juntasse a ele.

– Perdoe minha aparência – disse calmamente –, mas é um pouco mais cedo do que a hora usual para visitas. Aceita um café?

Somers permaneceu de pé.

– Não, obrigado.

Zachary relaxou o corpo na cadeira e tomou um longo gole do café quente.

– Mas é conveniente que o senhor tenha escolhido hoje para me visitar – comentou –, já que eu havia mesmo planejado mandar chamá-lo agora de manhã.

– É mesmo?

Os olhos verdes de Somers se estreitaram intensamente.

– Por quê, Sr. Bronson? Algo a ver com a propriedade em Devon, suponho?

– Na verdade, não. Trata-se do assunto que discutimos no outro dia.

– Pelo que me lembro, não houve qualquer discussão – retrucou Somers, sem rodeios. – Eu pedi seu consentimento para me casar com Elizabeth e o senhor recusou.

– Sim. – Zachary pigarreou. – Bem, eu...

– Sinto dizer que o senhor não me deixou escolha.

Embora estivesse ligeiramente enrubescido pelo óbvio nervosismo, a voz de Somers era firme quando ele continuou.

– Pelo respeito que lhe tenho, vim informá-lo pessoalmente que pretendo me casar com Elizabeth com ou sem sua aprovação. E apesar do que o senhor ou qualquer outra pessoa possa pensar, não estou fazendo isso por interesse em sua maldita fortuna. Acontece que amo sua irmã. Se ela me aceitar, vou sustentá-la, trabalhar duro para que ela tenha de tudo e vou tratá-la com todo o respeito e a gentileza que um homem pode dar à esposa. E se o senhor exigir mais do que isso de qualquer homem, pode ir para o inferno.

Zachary sentiu as sobrancelhas se erguerem ligeiramente. E não pôde deixar de ficar impressionado com o jovem – não era sempre que alguém ousava enfrentá-lo daquela maneira.

– Se me permite perguntar – falou em um tom tranquilo –, por que você ama Elizabeth?

– Ela é minha alma gêmea em todos os aspectos que importam.

– Não socialmente – argumentou Zachary.

– Eu disse – devolveu o rapaz com toda a calma – em todos os aspectos que *importam*. Não dou a mínima para a posição social de Elizabeth.

A resposta convenceu Zachary de uma vez por todas. Seus instintos lhe diziam que Somers era um homem decente e que realmente amava Elizabeth.

– Então você tem minha benção para se casar com Lizzie... desde que faça uma coisa por mim.

Por um momento, Somers pareceu atordoado demais para responder.

– Que seria...? – perguntou finalmente, o tom desconfiado.

– Tenho outro projeto para você.

Somers balançou a cabeça no mesmo momento.

– Não vou passar o resto da minha carreira aceitando trabalhos pagos pelo senhor e sendo acusado de nepotismo, Sr. Bronson. Respeito demais minhas habilidades profissionais para isso. Me sairei muito bem fazendo projetos para outros homens... e recomendarei outro arquiteto para o senhor.

– É um projeto humilde, na verdade – explicou Zachary, ignorando a recusa. – Estou demolindo alguns cortiços em um conjunto de imóveis que possuo no lado leste da cidade. Quero que você crie uma proposta nova, diferente de qualquer coisa que exista atualmente. Um grande edifício para abrigar dezenas de famílias, com quartos com janelas, moradias decentes onde as pessoas possam cozinhar, comer e dormir. E uma fachada atraente o bastante para que um homem possa entrar ou sair do lugar sem sentir vergonha. Além disso, quero que seja um projeto econômico, para que outros se inspirem a imitá-lo. Você pode fazer algo assim?

– Sim, eu poderia – respondeu Jason baixinho, parecendo compreender a importância da ideia e o número de vidas que poderia mudar. – E farei, embora talvez eu não queira meu nome associado ao projeto. O senhor entende...

– Entendo – aceitou Zachary, sem rancor. – Você nunca receberá encomendas de trabalho da aristocracia se souberem que também projeta para os homens comuns.

Somers fitou-o com curiosidade e uma expressão estranha surgiu nos seus olhos verdes.

– Nunca conheci um cavalheiro na sua posição que se importasse com as condições de vida do homem comum.

– Eu *sou* um homem comum – argumentou Zachary. – Só tive um pouco mais de sorte do que a maioria.

A sombra de um sorriso curvou os lábios de Somers.

– Vou me reservar o direito de discordar, senhor.

Certo de que o acordo estava firmado, Zachary descruzou os dedos e os tamborilou preguiçosamente na mesa.

– Sabe, Somers, você poderia ter destinos piores do que passar o resto da sua carreira aceitando minhas encomendas de trabalho. Com seu talento e meu dinheiro...

– Ah, não.

O jovem arquiteto deixou escapar uma risada repentina e encarou Zachary com o primeiro lampejo de uma simpatia verdadeira.

– Respeito você, Bronson. Mas não serei sua propriedade. Não quero seu dinheiro. Só quero sua irmã.

Centenas de advertências surgiram na mente de Zachary, sobre como ele queria que a irmã fosse tratada, sobre tudo de que Elizabeth precisava e merecia, sobre as consequências terríveis que recairiam sobre Somers se a desapontasse. Mas, olhando para o rosto belo e seguro de Jason Somers, as palavras permaneceram trancadas dentro dele. Zachary percebeu que não podia mais controlar cada detalhe da vida da família ou administrar cada minuto dos dias da mãe e da irmã. Era hora de cada um deles – incluindo ele mesmo – cuidar da própria vida. Então se viu dominado por um sentimento estranho ao contemplar a novidade de entregar a irmã aos cuidados de outra pessoa e confiar que ela seria feliz e amada.

– Está certo – falou, levantando-se da mesa e estendendo a mão. – Case-se com Lizzie com minha bênção.

– Obrigado.

Os dois homens trocaram um aperto de mão caloroso, e Somers parecia incapaz de conter um sorriso.

– Em relação ao dote – começou a dizer Zachary –, eu gostaria de...

– Como eu já havia lhe dito – interrompeu Somers –, não quero o dote.

– É para Elizabeth – insistiu Zachary. – Uma mulher deve ter um pouco de independência em um casamento.

Além de aquela ser sua opinião pessoal, Zachary havia testemunhado tais circunstâncias em muitos casamentos da aristocracia – esposas que haviam se casado tendo os próprios bens e o próprio dinheiro recebiam muito mais consideração por parte dos maridos. Além disso, as mulheres tinham o direito legal de manter esses bens quando os maridos morriam, independentemente do que o testamento do falecido viesse a estipular.

– Muito bem. Quero o que for melhor para Elizabeth, claro. Se não se importa, Bronson, vou me despedir agora. Independentemente dos assuntos que você e eu ainda temos para discutir, gostaria de compartilhar a boa notícia com sua irmã.

– Obrigado – falou Zachary em um tom sincero. – Já estou cansado de ser pintado como um ogro sem amor no coração, que é como ela vem me caluniando nos últimos dias.

Depois de se inclinar em uma cortesia para se despedir de Somers, Zachary ficou observando o arquiteto caminhar em direção à porta e um último pensamento lhe ocorreu.

– Ah, Somers... Creio que você não terá objeções se eu organizar o casamento, certo?

– Faça como quiser – respondeu Somers sem diminuir o passo, claramente ansioso para encontrar Elizabeth.

– Ótimo – murmurou Zachary, com satisfação.

Já sentado diante da escrivaninha, ele pegou a pena, molhou-a em um tinteiro e começou a fazer uma lista.

– Mil pombas para a igreja, cinco orquestras para a recepção... Fogos de artifício, uma dúzia de trompetistas... Não, melhor duas dúzias...

Capítulo 17

Como Holly imaginou, nenhum dos Taylors conseguiu se forçar a comparecer ao casamento modesto, realizado na capela da propriedade de Bronson. Ela compreendia o que pensavam a respeito daquela união e o desapontamento que sentiam pela não realização dos desejos de George, por isso Holly não os culpou. Com o tempo, pensou, talvez a perdoassem, ainda mais depois que vissem como Rose se beneficiaria daquela união. E Rose, certamente, não fizera segredo da alegria que sentiu com a notícia.

– O senhor vai ser o meu papai agora? – perguntou a menina a Zachary, sentada em seu colo e com os braços ao redor do pescoço dele.

Quando Holly a levara para visitar a propriedade, ela havia corrido para ele, soltando gritinhos estridentes de prazer, e Zachary a rodara no ar até suas anáguas e meias brancas se tornarem um borrão branco. Comovida pela óbvia felicidade dos dois, Holly sentira uma enorme sensação de conforto e paz interior. Se ainda tivesse alguma dúvida de que tomara a decisão certa em escolher aquela nova vida para a filha, teria se dissipado diante da visão do rosto radiante de Rose. A criança seria mimada, sem dúvida, mas também seria amada de todo o coração.

– É disso que você gostaria? – questionou Zachary em resposta à pergunta de Rose.

A menina franziu a testa, pensativa, e seu olhar de dúvida se desviou rapidamente para a mãe antes de retornar para Zachary.

– Eu gostaria muito de morar na sua casa grande – respondeu ela com a franqueza típica de uma criança – e não me incomodo que a mamãe se case com o senhor. Mas não quero chamar o senhor de papai. Acho que isso deixaria o meu papai que está no céu triste.

As palavras surpreenderam Holly, e ela se atrapalhou tentando encontrar uma resposta. Sem conseguir, ficou olhando enquanto Zachary tocava o queixo redondo da menina, para que ela virasse o rosto para ele.

– Então me chame do que quiser – disse ele com naturalidade. – Mas acredite em mim, princesa, não vou substituir o seu papai. Eu seria um tolo se tentasse, sendo ele um homem tão bom como era. Só quero cuidar de você e da sua mãe. Imagino... espero... que seu pai fique um pouco aliviado ao ver que vai ter alguém aqui cuidando de você já que ele não pode.

– Ah – disse Rose obviamente satisfeita. – Acho que está tudo bem, então, já que não vamos esquecer o papai. Não é mesmo, mamãe?

– Com certeza – sussurrou Holly.

Ela sentia a garganta apertada de emoção, tinha o rosto rosado de felicidade. Quando olhou para Zachary, seus olhos castanhos cintilavam.

– Você está totalmente certa, meu amor.

No dia do casamento, eles estavam acompanhados por Elizabeth, Paula e Jason Somers, e também pelos pais de Holly, que pareciam um pouco desnorteados. Eles haviam chegado de Dorset para a ocasião e, embora não parecessem desaprovar o casamento, estavam obviamente surpresos por a filha mais velha estar se casando com alguém de um mundo tão diferente daquele ao qual estava destinada.

– O Sr. Bronson parece ser um homem decente – sussurrou a mãe para Holly antes da cerimônia – e tem modos bastante agradáveis, embora talvez careçam de certo verniz... E suponho que tenha uma boa aparência também, embora não seja refinado o bastante para ser considerado verdadeiramente belo...

– Mamãe – perguntou Holly com um sorrisinho, já que estava, havia muito, acostumada com a timidez da outra mulher –, está tentando dizer que o aprova?

– Acho que sim – admitiu a mãe –, embora o Sr. Bronson certamente não guarde qualquer semelhança na aparência ou no caráter com seu primeiro marido.

Holly abraçou-a impulsivamente e sorriu contra as plumas do chapéu da mãe.

– Ah, mamãe... Assim como eu, com o tempo a senhora vai perceber que o Sr. Bronson é um homem maravilhoso em todos os aspectos. Seu caráter é um pouco maculado em alguns pontos, mas em outros brilha mais do que o de George ou o meu.

– Se você diz... – falou a mãe, ainda em dúvida, e Holly riu.

Quando se reuniram na capela, Holly ladeada por Elizabeth e Rose, e Zachary por Jason Somers, que concordou em ser seu padrinho, todos ficaram surpresos com a chegada de um convidado de última hora. Holly abriu um sorriso largo ao ver lorde Blake, o conde de Ravenhill, entrar na capela. Depois de parar para fazer uma reverência perfeita, Ravenhill se colocou ao lado dos pais de Holly. Os olhos cinza tinham um brilho cálido e pareciam conter um sorriso tranquilo quando ele olhou primeiro para Holly e então para Zachary.

– O que ele está fazendo aqui? – perguntou Zachary baixinho.

Holly tocou o braço tenso do noivo em um gesto suave.

– Está nos fazendo um grande favor – sussurrou de volta. – Lorde Blake está mostrando publicamente seu apoio ao nosso casamento.

– É mais provável que esteja aproveitando a última oportunidade de esticar os olhos para você.

Holly lançou um olhar de repreensão a Zachary, mas ele pareceu não notar sua desaprovação, pois estava distraído examinando avidamente o vestido de noiva. Ela usava um *gros de naples* amarelo-claro, que era uma seda finamente tecida, e tinha um pequeno buquê de flores da primavera preso no centro do decote reto. As mangas curtas bufantes eram cobertas por outras, longas e transparentes de *crêpe lisse*. O efeito era juvenil e delicado, e não exigia qualquer outro enfeite, a não ser por algumas flores de laranjeira presas nos cachos escuros. O celebrante começou a falar:

– O senhor aceita esta mulher como sua esposa, para viverem juntos segundo a lei de Deus nos sagrados laços do matrimônio? Aceita amá-la, confortá-la, honrá-la e cuidar dela na saúde e na doença, e renunciar a todas as outras para se guardar somente para ela enquanto ambos viverem?

A resposta de Zachary foi calma e firme:

– Aceito.

E, à medida que a cerimônia avançava, Holly se viu transformada de viúva em esposa mais uma vez. Eles trocaram votos, colocaram as alianças no dedo um do outro e se ajoelharam juntos quando o vigário começou uma longa oração. Holly tentou se concentrar nas palavras, mas, quando olhou para o rosto sério de Zachary, foi como se o mundo tivesse desaparecido e só restassem os dois. A mão com que ele segurou a dela era quente e forte quando a ajudou a se levantar, e ela se deu conta vagamente de que o vigário estava terminando a cerimônia.

– ... o que Deus uniu, ninguém pode separar.

Estavam casados agora, pensou Holly, encantada, olhando para o marido no silêncio expectante, os dedos entrelaçados com firmeza aos dele. De repente, a voz de Rose rompeu o silêncio, quando a pequena se sentiu inclinada a fazer um adendo às palavras finais do vigário. O tom dela imitava com perfeição o tom monótono do homem:

– E eles viveram felizes para sempre.

Uma risada geral se espalhou pelo pequeno grupo, e Zachary deu um beijo breve e intenso na boca sorridente de Holly.

O jantar de casamento que se seguiu foi um evento alegre, com música tocada por violinistas e conversas estimuladas por garrafas de vinho caro. Rose foi autorizada a se sentar à mesa dos adultos por um tempinho e ficou visivelmente consternada quando Maude apareceu às oito horas para levá-la a seus aposentos. Seus protestos desapareceram quando Zachary murmurou alguma coisa baixinho para ela e colocou um pequeno objeto em sua mão. Depois de dar um beijo de boa-noite em Holly, a menina subiu alegremente com Maude.

– O que você deu a ela? – perguntou Holly.

Os olhos escuros de Zachary cintilaram com um brilho travesso.

– Botões.

– Botões – sussurrou ela, surpresa. – De onde?

– Um do meu paletó de casamento e um das costas do seu vestido. Rose queria um de cada, para comemorar a ocasião.

– Você tirou um botão das costas do meu vestido? – sussurrou Holly.

Ela lançou um olhar de repreensão ao marido, ao mesmo tempo que se perguntou como ele conseguira realizar aquela pequena façanha sem que ela percebesse.

– Agradeça por eu ter parado em apenas um, milady – aconselhou Zachary.

Holly não respondeu, e seu rubor se intensificou quando se deu conta de que estava tão ansiosa quanto ele pela noite de núpcias.

Por fim, a longa refeição e as intermináveis rodadas de brindes chegaram ao fim, e os homens permaneceram à mesa para saborear seus cálices de vinho do Porto. Holly subiu até o quarto ao lado do de Zachary e, com a ajuda de Maude, despiu o traje de noiva. Vestiu uma camisola de cambraia branca muito delicada e fina que tinha sido adornada com pregas igualmente finas e babados no corpete e nas mangas. Depois de dispensar a camareira com um sorriso de agradecimento, escovou o cabelo até ele cair em ondas longas e soltas sobre os ombros.

Parecia estranho estar esperando, mais uma vez, a visita conjugal de um marido – estranho mas maravilhoso. Como era afortunada por ter sido abençoada com dois amores na vida. Holly se sentou diante da penteadeira e baixou a cabeça para fazer uma silenciosa oração de agradecimento.

Depois de algum tempo, o clique baixo da porta se abrindo rompeu o silêncio. Quando levantou os olhos, Holly viu Zachary se aproximando.

Ele despiu o paletó lentamente e o jogou sobre o encosto de uma cadeira. Então foi até ela e pousou as mãos em seus ombros enquanto seus olhares se encontravam no espelho.

– Tenho certeza de que eu deveria ter esperado um pouco mais para subir.

Ele deixou os dedos deslizarem pelo belo cabelo de Holly, até tocarem levemente a lateral do pescoço. Ela estremeceu de prazer.

– Mas quanto mais eu pensava em você aqui em cima... minha doce e linda esposa... mais impossível se tornava ficar longe.

Zachary continuou a olhar para o reflexo dos dois, enquanto desabotoava cuidadosamente os pequenos botões que fechavam a camisola na base do pescoço dela, seguindo por toda a longa fileira até a cambraia cair frouxamente sobre o peito de Holly. As mãos, marrons e grandes, entraram por baixo do tecido fino, seu contorno visível enquanto ele acariciava as formas redondas dos seios dela.

A respiração de Holly se tornou mais profunda e ela se encostou na cadeira. Seus mamilos se enrijeceram com o calor das palmas de Zachary. Ele usou os polegares e os indicadores para puxar delicadamente os bicos, até um frêmito de prazer percorrê-la até os dedos dos pés.

– Zachary – disse Holly, a voz trêmula –, eu amo você.

Ele se ajoelhou ao lado da cadeira e puxou a esposa mais para a frente, enquanto sua boca capturava o bico de um seio através da cambraia, sugando-o com urgência. Holly estremeceu e levou as mãos à cabeça dele, esfregando a boca nos volumosos cabelos pretos. Zachary soltou o seio dela, sorriu e segurou o rosto delicado entre as mãos.

– Me diga, meu amor – disse ele –, você ainda acha que boas esposas satisfazem os desejos dos maridos, mas que nunca devem encorajá-los?

– Tenho certeza de que deveria pensar assim – retrucou ela em tom de lamento.

– Ah, isso é péssimo – garantiu ele, com o riso cintilando nos olhos. – Porque não há nada que eu goste mais do que ver você se debatendo contra seus desejos impróprios.

Zachary ergueu-a no colo com facilidade, e ela passou os braços ao redor de seu pescoço, enquanto ele a carregava para a cama. Algumas velas bruxuleavam no quarto, e sua luz suave fazia a pele de Zachary cintilar como se feita de bronze enquanto ele tirava a roupa. Ele puxou a camisola de Holly até o quadril, espalhando beijos em cada centímetro recém-revelado do corpo dela, até despir completamente a peça. Holly se virou e colou o corpo ao dele com um som que misturava cobiça e prazer, o que o fez rir baixinho. Mas o lampejo de humor arrefeceu quando ela o tocou, as mãos inexperientes procurando os ombros e as costas, acariciando os músculos firmes. O peito de Zachary subia em arquejos, e ele pressionou o rosto no cabelo dela.

– Zachary – sussurrou Holly junto ao ouvido dele –, eu quero que me ensine tudo de que gosta. Quero que me diga o que você quer. Vou fazer qualquer coisa por você... Qualquer coisa.

Zachary ergueu a cabeça e olhou no fundo dos olhos castanhos cheios de amor e confiança. Holly viu nos dele a mais profunda adoração, e ele se inclinou para colar avidamente os lábios aos dela. Zachary segurou a mão de Holly e passou-a lentamente pelo corpo dele, demorando-se nos lugares que lhe davam prazer, mostrando-lhe maneiras de acariciá-lo que ela nunca teria imaginado.

Então, murmurando com ardor junto ao pescoço dela, abriu suas coxas e deslizou os dedos para dentro do sexo, beijando seu abdômen e seu umbigo e roçando o polegar com gentileza no ponto mais sensível. Holly esticou o corpo para cima com um gemido abafado, e Zachary deixou o polegar fazer uma volta, duas, enquanto os outros dedos a penetravam mais fundo. Ele abaixou a cabeça sobre o quadril dela e passou a língua pela carne inchada, mordiscando-a suavemente com os lábios e a ponta dos dentes, enquanto Holly agarrava a nuca dele em um aperto desesperado.

– Por favor – gemeu ela, cada músculo do seu corpo tenso de expectativa. – Agora, Zachary...

Mas Zachary rolou para o lado, puxou-a para cima dele, e a fez montar em seu quadril para que sua ereção roçasse o ponto que ele tinha deixado tão úmido e quente. Entendendo o que o marido queria, Holly levou as mãos trêmulas ao meio das pernas e ajustou o membro dele no lugar. Ela tentou descer o corpo sobre ele, mas em sua inexperiência não conseguia encontrar o ângulo certo. Zachary a ajudou, inclinando o corpo dela mais para a frente, até seus seios balançarem sobre o rosto dele. O membro rijo deslizou mais facilmente e ela arquejou ao sentir a invasão deliciosa.

 Zachary se apoiou nos cotovelos e capturou um mamilo com a boca, então o outro, dando mordidinhas que fizeram com que Holly pressionasse o corpo contra ele com mais força. Holly desceu o corpo sobre o de Zachary com urgência, então se ergueu e voltou a se abaixar, encontrando um ritmo que fez as pernas poderosas dele estremecerem sob as dela. Zachary cerrou os dentes e agarrou os lençóis com força, o suor escorrendo pela face. Ele não segurou Holly, nem a guiou, simplesmente deixou que fizesse o que desejava, até o clímax se aproximar em uma grande onda pulsante. Holly deixou escapar um grito abafado e se deixou desabar sobre o marido, colando a boca à dele com força, parecendo querer fundir os corpos enquanto o prazer ardente a percorria da cabeça aos pés. Só então Zachary a tocou, segurando as nádegas dela para puxá-la para baixo com mais força ainda, enquanto sua própria paixão explodia.

 Holly descansou a cabeça no ombro dele por um longo tempo depois disso, às vezes esticando a mão para acariciar seu rosto com os dedos suaves. Quando a respiração de Zachary se normalizou, ele se virou para apagar as velas, então voltou para os braços dela. Holly não saberia dizer se dormiram por minutos ou horas, mas acordou na escuridão com as mãos dele lhe explorando mais uma vez. Zachary beijou sua boca e seus seios, enquanto a mão persuasiva estimulava o ponto sensível entre as coxas até que ela estivesse pronta para recebê-lo outra vez. Holly levou um susto quando o marido rolou-a de bruços e colocou um travesseiro sob o quadril dela.

 – Você confia em mim? – perguntou ele em um sussurro provocante junto ao ouvido.

 Holly relaxou e deixou escapar um gemido de encorajamento, abrindo-se completamente para o que quer que ele desejasse. Sentiu as pernas de Zachary deslizarem entre as dela e ele a penetrou por trás, encaixando-se profundamente em seu corpo. Ela se perguntou, atordoada, se aquilo seria imoral, se deveria permitir, mas logo não se importou mais. As longas arremetidas fizeram gritos escaparam de Holly e ela sentiu os dentes de Zachary arranharem de leve a parte de trás de seu pescoço enquanto o clímax dele seguia o dela.

Os dois fizeram amor mais uma vez quando o amanhecer se aproximou, agora em movimentos lânguidos e sonhadores, as bocas coladas em beijos ininterruptos enquanto Zachary a embalava nos braços.

Esticada sob o toque da mão dele na parte inferior de suas costas, ela sussurrou:

– Não quero sair desta cama nunca mais.

– Receio que terá que fazer isso, milady. Mas, a partir de agora, sempre haverá outra noite para nós.

Holly passou os dedos nos pelos do peito dele, encontrou o mamilo pequeno e o acariciou com delicadeza.

– Zachary?

– Sim, meu amor?

– Com que frequência você costuma, hum... Quer dizer, o que você prefere...

Zachary parecia achar graça das tentativas dela de formular a pergunta de forma delicada.

– Com que frequência *você* prefere? – devolveu ele, passando a ponta do dedo sobre o rosto enrubescido dela.

– Bem, com George, eu... Isso é, nós... Pelo menos uma vez por semana.

– Uma vez por semana? – repetiu ele.

Por baixo do riso em seus olhos, havia um lampejo ardente que fez um arrepio de prazer percorrer o corpo de Holly.

– Lamento dizer que serei obrigado a cobrar sua obediência de esposa com muito mais frequência do que isso, milady.

Sentindo-se profundamente embaraçada, Holly pensou que o marido era um homem de apetites vorazes – ela não deveria ter ficado surpresa com uma natureza sexual desenfreada. E a perspectiva de compartilhar a maior parte de suas noites com ele não era exatamente um sacrifício.

– Eu fui ensinada a vida inteira a ser moderada em tudo – disse ela. – E tenho sido... Exceto quando se trata de você.

– Bem, lady Bronson – murmurou Zachary, os ombros largos se acomodando acima dela –, acho que isso é um bom presságio para nosso futuro. Não acha?

E a beijou antes que ela pudesse responder.

Holly acreditara que passara a conhecer e compreender Zachary Bronson muito bem depois de viver sob o teto dele durante a maior parte de uma temporada. No entanto, logo descobriu a grande diferença entre apenas morar na mesma casa que ele e viver como sua esposa. Com o desenrolar do primeiro mês da vida de casados, foi aos poucos se acostumando a compartilhar uma intimidade surpreendente com Zachary. E aprendeu muito mais sobre o marido: que embora ele pudesse ser insensível ou duro com aqueles que o desagradavam, nunca agia de forma completamente inclemente. Que não era um homem religioso, nem muito espiritualizado, mas tinha um código de honra que o levava a ser sempre honesto. Que se sentia envergonhado quando era elogiado abertamente e desmerecia os favores que fazia a outras pessoas.

Embora tentasse disfarçar, Zachary tinha um traço de compaixão em seu caráter que o levava a ser gentil com aqueles que considerava vulneráveis ou fracos. Ele fazia acordos difíceis em seus negócios, mas dava gorjetas generosas aos varredores de rua e às vendedoras de fósforos, e financiava secretamente uma variedade de causas reformistas. Quando qualquer um de seus impulsos caridosos era descoberto, ele negava qualquer boa intenção e fingia fazer tudo por razões puramente mercenárias.

Perplexa com o comportamento do marido, Holly abordou-o na biblioteca em um dia que ele havia escolhido trabalhar em casa.

– As pensões para as pessoas que trabalham para você, os novos padrões de segurança em suas fábricas e os estudos que financia para os operários – pensou em voz alta –, você faz tudo isso só porque eventualmente vai ter mais lucro?

– Isso mesmo. Deixar os trabalhadores mais esclarecidos e razoavelmente saudáveis resulta em aumento de produtividade.

– E o projeto de lei que você está patrocinando secretamente no Parlamento para proibir totalmente o trabalho de órfãos em usinas e fábricas – continuou Holly –, isso também é puramente por motivos comerciais?

– Como você soube disso? – perguntou Zachary, ligeiramente emburrado.

– Eu o ouvi conversando com o Sr. Cranfill outro dia.

Cranfill era um político, amigo de Zachary. Ela se sentou no colo dele, afrouxou a gravata engomada e brincou com o cabelo escuro em sua nuca.

– Por que você tem vergonha que as pessoas saibam sobre suas boas ações? – perguntou baixinho.

Zachary deu de ombros, parecendo desconfortável.

– Porque isso não traz benefício algum. Você sabe o que dizem.

Holly assentiu, pensativa, lembrando-se do artigo publicado no *Times* da véspera, que criticava o apoio de Zachary ao estudo dos trabalhadores:

O Sr. Bronson assumiu a ambição de que as classes médias, e até mesmo as classes mais baixas, possam vir a governar o país. Pessoas que não têm a menor compreensão de responsabilidade ou moralidade podem vir a ter poder sobre o resto de nós. Ele quer que as ovelhas liderem os pastores e, nessa busca, vem trabalhando ativamente para que brutos incultos como ele sejam elevados acima dos homens de intelecto e refinamento.

– Tudo que faço gera controvérsia – declarou Zachary com naturalidade. – Na verdade, há momentos em que meu apoio quase se torna uma desvantagem para as causas que estou tentando ajudar. Fui acusado de tudo, e falta pouco para que achem que tento liderar uma grande conspiração das classes baixas que acabará derrubando a monarquia.

– Não é justo – murmurou Holly.

Ela sentiu uma onda de culpa ao perceber que havia homens respeitáveis nos círculos superiores que frequentava que lutavam ativamente contra medidas que educariam e protegeriam pessoas muito menos afortunadas. Como era estranho que ela e George nunca tivessem discutido tais problemas, que mal os tivessem percebido... Nunca lhes ocorrera se preocupar com crianças sendo forçadas a trabalhar nas minas aos 3 ou 4 anos... com milhares de viúvas tentando sustentar a família vendendo fósforos ou trançando palha... com toda uma classe de pessoas que não teriam a chance de superar as circunstâncias da sua origem a menos que alguém lutasse por elas. Ela suspirou e descansou a cabeça no ombro do marido.

– Como fui egoísta e cega durante quase toda a minha vida – murmurou.

– Você?

Zachary pareceu surpreso. Ele se inclinou para beijar o rosto da esposa.

– Você é um anjo.

– Sou mesmo? – perguntou Holly com ironia. – Porque para mim está ficando cada vez mais claro que fiz muito pouco na vida para ajudar outras pessoas... Já você... faz tanto e não está recebendo o reconhecimento que merece.

– Não quero reconhecimento.

Ele a ajeitou melhor em seu colo e a beijou.

– O que você quer, então? – perguntou Holly com carinho, um sorriso brincando em seus lábios.

A mão do marido envolveu seu tornozelo e começou a subir lentamente por baixo de suas saias.

– Acho que está bem claro para você a esta altura.

Sem dúvida, Zachary estava longe de ser um santo. Ele não tinha escrúpulos em manipular os outros para conseguir os resultados que desejava. Holly achava ao mesmo tempo engraçado e péssimo sempre que descobria provas de suas manobras, como o convite que receberam para o fim de semana festivo pós-temporada social realizado pelo conde e pela condessa de Glintworth, um evento anual na casa de campo deles. O convite foi totalmente inesperado, já que Glintworth, lorde Wrey, era um membro de grande prestígio da alta sociedade, e os Bronsons tinham uma reputação comprometida demais para merecer um lugar na lista exclusiva de convidados. Depois de serem recebidos publicamente em um evento promovido pelos Glintworths, seria difícil para qualquer um da alta sociedade excluí-los.

Holly levou o convite a Zachary com uma expressão questionadora. Ele descansava na sala de música enquanto Rose batia nas teclas do pequeno piano de mogno reluzente que havia sido instalado especificamente para seu uso. Por algum motivo, Zachary dizia gostar de ouvir os esforços da menina em aprender escalas e passava pelo menos duas manhãs por semana ali com ela.

– Um mensageiro acabou de entregar isto – disse Holly, o tom tranquilo.

Ela mostrou o convite a Zachary, que ouvia a cacofonia de Rose como se fosse a apresentação de algum coral celestial. Ele se acomodou mais confortavelmente na cadeira perto do piano, enquanto Rose começava outra sequência de escalas.

– Do que se trata?

Holly olhou para ele com desconfiança.

– Um convite para um fim de semana festivo na casa de campo do conde de Glintworth. Você tem algo a ver com isso?

– Por que pergunta? – respondeu Zachary em uma voz um pouco branda demais.

– Porque não há razão para sermos convidados. Glintworth é o maior esnobe do mundo civilizado e jamais se rebaixaria por vontade própria a nos convidar para qualquer coisa, mesmo que fosse apenas para ter suas botas engraxadas!

– A menos que... – murmurou Zachary – ... o conde desejasse algo que eu poderia fazer por ele.

– Escute isso, tio Zach – exigiu Rose. – É o meu melhor!

O piano vibrou intensamente diante do entusiasmo dela na execução.

– Estou ouvindo, princesa – garantiu Zachary, e falou baixinho com Holly. – Acho que você logo vai perceber, meu amor, que muitas pessoas na alta sociedade serão forçadas a ignorar nossas pequenas transgressões. Muitos aristocratas estão financeiramente envolvidos comigo... ou gostariam de estar. E a amizade, como qualquer outra coisa, tem um preço de mercado.

– Zachary Bronson – exclamou Holly, horrorizada e incrédula –, você está querendo me dizer que de alguma forma coagiu o conde e a condessa de Glintworth a nos convidarem para o fim de semana festivo?

– Eu dei uma escolha a eles – retrucou ele, indignado. – O fato é que Glintworth está endividado até a alma e anda atrás de mim há meses para que eu o deixe investir...

Ele fez uma pausa para aplaudir Rose quando ela começou uma versão titubeante de "Três ratos cegos", então virou-se para Holly.

– Ele tem me perseguido como um cão atrás de comida, quer que eu aceite seu investimento em uma ferrovia que estou projetando. Outro dia eu lhe disse que, em troca de deixá-lo ficar com um pedaço do meu negócio, eu não me incomodaria se recebesse uma demonstração pública de amizade de um homem tão estimado quanto ele. Evidentemente, Glintworth convenceu lady Wrey de que seria do interesse deles nos mandar um convite para o fim de semana festivo.

– Então você deu a eles a opção de nos receber ou enfrentar a ruína financeira?

– Não fui tão direto assim.

– Ah, Zachary, que pirata você é!

Ele sorriu do semblante de desaprovação da esposa.

– Obrigado.

– Isso não foi um elogio! Desconfio que, se alguém estivesse se afogando em areia movediça, você extorquiria todo tipo de promessa antes de jogar a corda para a pessoa.

Ele deu de ombros, tranquilo.

– Minha cara, é por isso que se tem a corda.

⁓

O Sr. e a Sra. Bronson acabaram comparecendo ao fim de semana festivo e foram recebidos pela alta sociedade com uma espécie de cortesia amarga que deixou uma coisa clara: não eram exatamente bem-vindos, mas também não seriam excluídos. A previsão de Zachary estivera correta. Ele tinha inúmeras parcerias financeiras com aristocratas ambiciosos que lhe deviam favores – eles não ousariam arriscar incorrer em sua ira. Um homem pode ter uma bela herança e uma grande quantidade de terras, mas, se não tem dinheiro para manter a propriedade e o estilo de vida que leva, acaba perdendo tudo. À medida que a economia se afastava lentamente de suas raízes agrárias, uma grande quantidade de aristocratas empobrecidos se via forçada a vender suas propriedades e seus antigos bens por falta de dinheiro, e nenhum parceiro de Zachary Bronson precisaria se preocupar com a possibilidade de se ver em tal posição.

Houve um tempo em que Holly talvez tivesse se sentido perturbada com a acolhida fria que os antigos amigos lhe deram, mas ficou surpresa ao descobrir que aquilo não lhe importava mais. Sabia o que falavam dela pelas costas: que ela fora amante de Zachary Bronson antes do casamento, que o casamento acontecera como resultado de uma gravidez, que ela havia se casado com ele por motivos mercenários, que tinha se rebaixado ao se unir com uma família de sangue ruim. Mas as intrigas, a desaprovação social e a mácula do escândalo eram como dardos inofensivos lançados contra uma armadura. Ela nunca se sentira tão segura, tão bem-cuidada e tão amada, e tinha a sensação de que sua felicidade só aumentava a cada dia.

Para seu alívio, Zachary havia diminuído o ritmo excessivamente acelerado de sua vida e, embora ainda estivesse sempre ocupado, sua energia implacável não a exauria como ela chegara a temer. Até Paula comentara sobre a mudança do filho, satisfeita ao ver que agora dormia por oito horas em vez das cinco de antes e que passava as noites em casa em vez de farreando na cidade. Durante anos Zachary encarara a vida como uma batalha, e enfim começava a ver o mundo ao seu redor com uma sensação inédita de tranquilidade.

Zachary também bebia menos e passava menos horas trabalhando dentro de casa, debruçado sobre contratos e números, preferindo passar as tardes acompanhando Holly e Rose em piqueniques ou passeios na carruagem aberta. Ele havia comprado um belo iate para que desfrutassem de passeios no mar, acompanhara as duas a pantomimas em Drury Lane e comprara um "chalé" à beira-mar, em Brighton, com uma dúzia de quartos, para passarem as férias de verão no litoral. Quando os amigos brincavam sobre como havia se tornado um homem de família, Zachary apenas sorria e respondia que nada lhe dava mais prazer do que passar o tempo na companhia da esposa e da filha. A alta sociedade estava claramente intrigada com seu modo de agir. Em geral, era considerado pouco masculino ser tão abertamente apaixonado pela esposa, para não mencionar a criança, e ainda assim ninguém ousava fazer qualquer comentário crítico na presença de Zachary. Sua atitude era minimizada como mais uma de suas muitas extravagâncias. A própria Holly ficava surpresa com a extensão da devoção do marido, mas não conseguia evitar uma pontada de prazer com a óbvia inveja das outras mulheres, que perguntavam em tom de brincadeira qual poção mágica ela havia usado para mantê-lo tão encantado.

Com frequência, Zachary levava amigos para jantar em casa, e a mesa da família vivia cheia de políticos, advogados e comerciantes ricos que eram muito diferentes das pessoas com quem Holly estava acostumada a conviver até então. Conversavam abertamente sobre dinheiro, comércio, questões políticas, assuntos que nunca seriam mencionados nas mesas aristocráticas. Eram pessoas estranhas para Holly, muitas vezes sem berço e sem verniz, e ainda assim ela as achava fascinantes.

Certa vez, tarde da noite, depois que o último convidado do jantar partiu, ela subia a escada para o quarto deles, com o braço do marido passado frouxamente ao redor da sua cintura, quando comentou:

– Que bando de canalhas! Aqueles Sr. Cromby e Sr. Whitton dificilmente se encaixariam na sociedade decente.

Zachary abaixou a cabeça contrito, mas ela conseguiu ver seu súbito sorriso.

– Concordo. E ver os dois me fez perceber o quanto eu mudei desde que conheci você.

Holly bufou, cética.

– O senhor, milorde, é o maior canalha de todos.

– É seu trabalho me corrigir – retrucou ele preguiçosamente, parando um degrau abaixo dela para que seus rostos ficassem no mesmo nível.

Holly passou os braços ao redor do pescoço dele e beijou a ponta do nariz do marido.

– Mas eu não quero corrigi-lo. Amo você exatamente como é, meu marido canalha e devasso.

Zachary colou a boca à dela em um beijo profundo.

– Só por isso, serei especialmente devasso hoje.

Ele desceu os lábios pelo rosto macio dela até chegarem ao maxilar.

– Não terá nada parecido com um cavalheiro em sua cama esta noite, milady.

– Em outras palavras, uma noite típica – disse ela, e deu uma gargalhada quando Zachary jogou-a por cima do ombro de repente e a carregou escada acima. – Zachary, me coloque no chão agora mesmo... Ah, seu bárbaro, alguém pode nos ver!

Ele continuou a carregá-la, passando por uma criada boquiaberta e ignorando as súplicas mortificadas de Holly até entrar no quarto, onde se dedicou a provocá-la e excitá-la por horas. Zachary fez Holly rir, brincar, se debater e gemer de prazer. Depois, quando a esposa estava exausta e saciada, fez amor com ela com ternura e gentileza, sussurrando para ela na escuridão que a amaria por toda a eternidade. Holly ficava espantada por ser amada daquela forma grandiosa, e não conseguia entender por que ele a considerava tão especial quando na verdade era uma mulher tão comum.

– Existem muitas mulheres como eu, você sabe – murmurou Holly, quando a manhã já se aproximava, ainda deitada com os cabelos espalhados pelo pescoço e peito dele. – Mulheres com o mesmo tipo de criação que eu tive, com títulos mais antigos e rostos e silhuetas mais bonitos.

Ela o sentiu sorrir contra seu rosto.

– O que você está tentando dizer? Que preferiria que eu me casasse com outra pessoa?

Ela puxou um pelo do peito dele em represália.

– É claro que não. Só não sou especial como você faz parecer. Você poderia ter conseguido qualquer mulher que tivesse se determinado a conquistar.

– Em toda a minha vida, só existiu você. Você é cada sonho, cada desejo, cada ânsia que já tive – disse ele, pousando a mão com carinho no cabelo dela. – Veja bem, nem sempre eu gosto de me sentir tão feliz... É um pouco como ser o rei da montanha.

– Porque agora que chegou no topo tem medo de ser derrubado? – perguntou Holly, perspicaz.

– Algo assim.

Holly entendia exatamente a sensação. Fora pelo mesmo motivo que havia recusado se casar com ele a princípio, temendo correr o risco de perder algo tão precioso. Até o medo se colocar no caminho do que ela mais queria.

– Ora, não vamos viver assim – murmurou Holly, beijando o ombro nu do marido. – Vamos aproveitar cada momento ao máximo e deixar que o futuro cuide de si mesmo.

Como tinha interesse em uma das associações beneficentes que Zachary apoiara, Holly compareceu a uma reunião das damas que fundaram o grupo. Quando soube mais a respeito, que era uma iniciativa para ajudar crianças, ela se entusiasmou com a possibilidade de ajudar de outras maneiras que não apenas doando dinheiro. As mulheres da associação estavam atarefadas organizando bazares de caridade, defendendo uma legislação social e fundando novas instituições para ajudar a cuidar da enorme quantidade de crianças tornadas órfãs em consequência das recentes epidemias de tifo e tuberculose. Quando foi decidido que escreveria um panfleto descrevendo as condições do trabalho infantil nas fábricas, Holly se ofereceu para assumir um cargo no comitê. No dia seguinte, ela e meia dúzia de mulheres foram visitar uma fábrica de vassouras que havia sido considerada uma das piores infratoras. Como desconfiava que Zachary não aprovaria a visita, Holly decidiu não mencionar o fato ao marido.

Embora tivesse se preparado para uma visão desagradável, Holly foi pega de surpresa pelas condições de miséria da fábrica. O lugar era imundo e mal ventilado, com muitas crianças com menos de 9 anos na linha de trabalho. Ela sentiu uma angústia silenciosa ao ver aquelas criaturas magras e maltratadas, com rostos inexpressivos, as mãos ainda tão pequenas se movendo em um trabalho tedioso e incessante, algumas com dedos faltando por conta de acidentes com facas afiadas, estas usadas para cortar feixes de palha. Eram órfãos, explicou um dos funcionários adultos, recolhidos de orfanatos e levados para viver em um dormitório apertado e escuro ao lado da fábrica. As crianças trabalhavam catorze horas por dia, às vezes mais, e, em troca de seu trabalho incansável, recebiam um mínimo de comida e roupas, além de alguns centavos por dia.

Muito sérias, as mulheres do comitê de ajuda às crianças permaneceram na fábrica e fizeram perguntas até sua presença ser descoberta por um gerente. Foram rapidamente retiradas do local, mas àquela altura já haviam descoberto o que precisavam saber. Triste com o que tinha visto mas cheia de determinação, Holly voltou para casa e escreveu o relatório do comitê para ser apresentado à administração da instituição na próxima reunião.

– Cansada da reunião? – perguntou Zachary no jantar naquela noite, o olhar perceptivo reparando nos sinais de tensão no rosto dela.

Holly assentiu, sentindo-se bastante culpada por não ter contado a ele onde estivera naquele dia. No entanto, tinha certeza de que o marido ficaria aborrecido se descobrisse, e decidiu consigo mesma que não havia necessidade de confessar.

Infelizmente, Zachary soube da visita à fábrica no dia seguinte, não pela esposa, mas por um dos amigos dele cuja esposa também fizera parte do grupo. Para azar de Holly, o tal amigo também relatou que a fábrica ficava em uma parte particularmente desagradável da cidade, cercada por ruas com nomes como "Beco da Vadia", "Pátio dos Homens Mortos" e "Travessa das Virgens".

A reação de Zachary surpreendeu Holly. Ele a cercou no momento em que chegou em casa, e ela percebeu, com o coração apertado, que o marido não estava apenas aborrecido. Estava furioso. Zachary se esforçou para manter o tom controlado, mas sua voz estava trêmula de fúria, ecoada nas palavras que disse por entre dentes cerrados.

– Maldição, Holly, jamais imaginei que você seria capaz de fazer algo tão estúpido. Você tem consciência de que o prédio poderia ter desmoronado em cima de você e daquele bando de cabeças-ocas? Eu sei em que condição estão esses lugares, e não deixaria sequer um cachorro meu se aventurar além da soleira da porta, quanto mais minha esposa. E os homens... Meu Deus, quando penso nos desgraçados criminosos que estiveram perto de você, meu sangue gela nas veias! Marinheiros e bêbados em cada esquina... Sabe o que aconteceria se um deles colocasse na cabeça que deveria se deliciar com uma iguaria como você?

Como aquela ideia pareceu torná-lo temporariamente incapaz de falar, Holly aproveitou a oportunidade para se defender.

– Eu tinha companhia e...

– Senhoras – disse ele, irado. – Armadas com guarda-chuvas, sem dúvida. O que exatamente você acha que elas seriam capazes de fazer caso vocês esbarrassem com a escória?

– Os poucos homens que encontramos na vizinhança eram inofensivos – argumentou Holly. – Na verdade, era o mesmo lugar em que você morou na infância, e aqueles homens não eram diferentes de você...

– Naquele tempo, eu teria feito o diabo se tivesse conseguido colocar as mãos em você – declarou ele em um tom áspero. – Não tenha ilusões, milady... Você teria acabado de cara na parede na Travessa das Virgens, com as saias na cintura. Só o que me espanta é você não ter encontrado esse destino com algum marinheiro ensandecido ontem.

– Você está exagerando – acusou Holly na defensiva, mas aquilo só serviu para deixar Zachary mais irritado.

Ele continuou a encher os ouvidos dela com um sermão ora furioso, ora insultante, mencionando as várias doenças que ela poderia ter contraído e os animais nocivos que provavelmente encontrara, até Holly não conseguir suportar ouvir mais nem uma palavra.

– Já chega, Zachary! – gritou, também irritada. – Já está claro para mim que não devo tomar uma única decisão sem pedir sua permissão primeiro... Devo ser tratada como uma criança e você sempre vai agir como um tirano.

A acusação era injusta, e ela sabia disso, mas estava brava demais para se importar. De repente, a fúria de Zachary pareceu evaporar, e ele a encarou com uma expressão indecifrável. Um longo momento se passou antes que ele voltasse a falar.

– Você não teria levado Rose para um lugar daqueles, certo?

– É claro que não! Mas ela é uma menininha, e eu sou...

– A minha vida – interrompeu ele, baixinho. – Você é toda a minha vida, Holly. Se alguma coisa lhe acontecer, não restará mais nada para mim.

De repente, as palavras dele a fizeram se sentir pequena e mesquinha e, como ele a acusara, irresponsável. As intenções dela tinham sido realmente boas, mas Holly sabia que visitar a fábrica não tinha sido a coisa mais sábia a fazer, ou não teria tentado esconder aquilo dele. Ela engoliu qualquer outro argumento que pudesse apresentar e ficou olhando para um ponto fixo na parede, a testa franzida em uma expressão infeliz.

Holly ouviu Zachary praguejar baixinho, e a palavra pesada a fez estremecer.

– Não vou dizer mais nem uma palavra se você me prometer uma coisa.

– Sim? – falou ela, o tom cauteloso.

– De agora em diante, não vá a nenhum lugar aonde não se sentiria perfeitamente segura levando Rose. A menos que eu esteja com você.

– Não me parece um pedido irracional – admitiu ela de má vontade. – Muito bem, eu prometo.

Zachary assentiu brevemente, os lábios cerrados, a expressão aborrecida. Ocorreu a Holly que aquela era a primeira vez que ele exercia sua autoridade conjugal. E a verdade era que havia lidado com a situação de maneira muito diferente do que George teria feito. George estabelecera muito mais limites para ela, embora de forma mais mansa. Nas mesmas circunstâncias, ele sem dúvidas teria pedido que ela deixasse o comitê. Damas de verdade, teria argumentado, faziam pouco mais do que levar cestas com geleias e sopas para os pobres, ou talvez contribuir com algum bordado para um bazar. Zachary, apesar de toda a sua presença e intensidade, na verdade exigia muito pouco dela em termos de obediência conjugal.

– Desculpe – Holly se obrigou a dizer, a voz tensa. – Eu não quis preocupar você.

Ele aceitou o pedido de desculpas com um único aceno de cabeça.

– Não me preocupou – murmurou ele. – Quando soube o que você tinha feito, quase morri de medo.

Embora tivessem feito as pazes e a atmosfera estivesse mais pacífica, Holly estava ciente de um certo constrangimento entre eles que durou até depois do jantar. Pela primeira vez desde que haviam se casado, Zachary não foi para a cama dela à noite. Holly teve um sono agitado, se debatendo e virando de um lado para o outro, acordando com frequência e se dando conta de que estava sozinha. De manhã, estava frustrada e com os olhos injetados e, para agravar seu aborrecimento, descobriu que Zachary já havia saído para trabalhar. Foi difícil mostrar sua vitalidade habitual durante o dia, e a mera ideia de se alimentar parecia estranhamente desagradável. Depois de dar uma olhada em sua aparência cansada no espelho, Holly gemeu e se perguntou se Zachary estaria certo, se ela poderia realmente ter contraído alguma doença durante a visita à fábrica.

Ela cochilou no fim do dia, com as cortinas do quarto fechadas para bloquear qualquer vestígio de luz. Depois de um sono exausto, acordou e viu a silhueta de Zachary ao seu lado, em uma cadeira na cabeceira da cama.

– Q-Que horas são? – perguntou grogue, esforçando-se para se apoiar nos cotovelos.

– Sete e meia.

Ao se dar conta de que dormira mais do que pretendia, Holly deixou escapar um gemido contrito.

– Atrasei o jantar de todos? Ah, eu devo ter...

Zachary silenciou-a com carinho, foi até ela e fez com que voltasse a encostar a cabeça nos travesseiros.

– Enxaqueca? – perguntou ele, baixinho.

– Não, eu só estava cansada. Não dormi bem na noite passada. Eu queria você... Quer dizer... Queria sua companhia...

Zachary riu baixinho da confissão desajeitada. Então endireitou o corpo, desabotoou o colete e o deixou cair no chão, depois tirou a gravata. O som baixo e vibrante da voz dele na escuridão pareceu fazer cócegas no alto da coluna dela.

– Vamos mandar servir o jantar aqui em cima para você.

A camisa branca passou esvoaçando por ela quando também foi jogada no chão.

– Mas daqui a pouco – acrescentou, despindo o resto da roupa para se juntar a ela na cama.

∽

Ao longo da quinzena seguinte, Holly percebeu que não estava se sentindo bem – a fadiga pareceu se instalar no fundo dos seus ossos e se recusava a ir embora, por mais que dormisse. Manter o bom humor habitual exigia um enorme esforço e, no fim do dia, muitas vezes se sentia irritada ou melancólica. Ela começou a perder peso – o que achou bom a princípio –, mas logo seus olhos começaram a assumir um aspecto fundo que não era nada agradável. O médico da família foi chamado, mas não conseguiu encontrar nada de errado com ela.

Zachary a tratava com extrema gentileza e paciência, levando-lhe doces, romances e gravuras divertidas de presente. Quando ficou evidente que

Holly não tinha mais forças para fazer amor, por mais vontade que sentisse, ele criou novas formas de intimidade entre os dois, e passava as noites dando banho na esposa, esfregando creme perfumado em sua pele seca, abraçando-a e beijando-a como se ela fosse uma criança preciosa. Outro médico foi chamado, e depois outro, mas nenhum deles conseguiu chegar a um diagnóstico diferente de "fraqueza", a palavra que todos os médicos usavam quando não conseguiam identificar uma doença.

– Não sei por que me sinto tão cansada! – exclamou Holly, irritada, certa noite.

Zachary escovava seus longos cabelos, os dois sentados diante do fogo. O ar estava quente, quase sufocante, mas ela sentia frio em todos os membros do corpo.

– Essa fraqueza não tem explicação... Sempre fui absolutamente saudável e nunca aconteceu nada parecido comigo antes.

O movimento da escova fez uma pausa e logo foi retomado, com gentileza.

– Acho que você já superou o pior – disse Zachary, a voz suave. – Parece um pouco melhor hoje.

Enquanto continuava a escovar o cabelo da esposa, Zachary fez uma centena de promessas de todas as coisas que os dois fariam quando ela estivesse bem novamente: os lugares para onde viajariam, os prazeres exóticos que ele apresentaria a ela. Holly adormeceu no colo do marido com um sorriso nos lábios, a cabeça descansando pesadamente na dobra do braço dele.

Na manhã seguinte, no entanto, ela estava muito pior, o corpo tremendo, fraco e tão quente, como se cada parte de si tivesse sido transmutada de carne para chama. Holly estava apenas vagamente consciente das vozes, da mão gentil de Zachary em sua cabeça e dos dedos leves e frios de Paula pousando um pano úmido sobre sua pele escaldante. A sensação era de que, sem aquele leve frescor, não seria capaz de suportar o calor que certamente a abateria. Holly se ouviu sussurrando palavras que não faziam sentido, então, em alguns momentos, tudo ficava claro o suficiente para que conseguisse falar.

– Me ajude, mãe... Não pare, por favor...

– Holly, minha querida – disse a voz gentil e familiar de Paula, e continuou a encostar o pano na testa da nora, dedicada e incansável.

Em algum momento em meio ao delírio, Holly ouviu Zachary dar ordens aos criados e mandar um lacaio chamar o médico, notando que nunca ouvira aquele tom rouco na voz dele antes. *Zachary está com medo*, pensou, a mente embotada... Ela tentou chamá-lo, para lhe assegurar de que certamente ficaria boa de novo. Mas agora aquilo era apenas uma esperança ilusória. O horror daquele fogo interno estaria sempre com ela, queimando e carbonizando suas entranhas até que ela não passasse de uma concha vazia.

Um novo médico chegou, um homem belo e louro que não era muito mais velho do que ela. Como sempre havia sido atendida por médicos mais velhos, de bigodes grisalhos e renomada experiência e sabedoria, Holly se perguntou se o Dr. Linley seria de alguma utilidade. No entanto, sua competência serena ficou clara na mesma hora, e, enquanto ele a examinava, Holly sentiu o delírio retroceder um pouco, como se nuvens de tempestade tivessem sido afastadas por um sol nascente. Com uma vivacidade gentil que de alguma forma a tranquilizou, Linley deixou um tônico medicinal de conhaque e pediu para que servissem a Holly um pouco de caldo, aconselhando-a a comer para preservar as forças. Ele saiu para conversar com Zachary, que esperava do lado de fora do quarto.

Finalmente Zachary entrou para vê-la. Ele pegou a cadeira que ficava na cabeceira da cama e posicionou-a, com cuidado, mais próxima do colchão.

– Gosto daquele Dr. Linley – murmurou Holly.

– Achei mesmo que você gostaria – comentou Zachary, o tom irônico. – Quase o mandei embora ainda na porta quando vi sua aparência. Só o deixei entrar porque tem uma excelente reputação.

– Ah, ora...

Com algum esforço, Holly descartou o assunto do belo médico com um gesto débil.

– Ele é razoavelmente atraente, eu acho... Para quem gosta daquele tipo dourado de Adônis.

– Felizmente, você prefere Hades – disse ele com um sorrisinho.

Holly deixou escapar um som que, com mais fôlego, teria sido uma risada.

– Neste momento, eu diria que você tem mais do que uma breve semelhança... com o deus do submundo – informou Holly.

Ela observou o rosto dele, que estava calmo e seguro de si como sempre, a não ser pelo fato de que Zachary não conseguia esconder a palidez.

– Qual foi o veredito do Dr. Linley? – perguntou em um sussurro, a garganta áspera.

– Apenas uma gripe muito forte – disse ele com naturalidade. – Com um pouco mais de descanso e tempo, você vai estar...

– Eu sei que é febre tifoide – interrompeu Holly.

Um sorriso cansado curvou seus lábios diante da tentativa do marido de esconder o diagnóstico. Naturalmente, o médico o aconselhara a não dar a notícia a ela, para evitar que a preocupação atrapalhasse uma possível recuperação. Holly ergueu um braço branco e esguio e mostrou ao marido a pequena mancha rosada na parte interna do cotovelo.

– Tenho mais dessas no abdômen e no peito. Iguais às de George.

Zachary ficou olhando pensativo para o chão, as mãos enfiadas nos bolsos como se estivesse profundamente concentrado. No entanto, quando ele levantou a cabeça, Holly viu um medo terrível brilhar nos olhos escuros, e sussurrou para tranquilizá-lo. Então deu uma palmadinha no colchão, convidando-o a se sentar ao lado dela. Ele se aproximou lentamente e descansou a cabeça em seus seios. Holly passou os braços ao redor dos ombros poderosos do marido e sussurrou junto ao cabelo cheio:

– Eu vou ficar boa, meu bem.

Todo o corpo de Zachary estremeceu, mas ele se recuperou com uma rapidez surpreendente, sentou-se e a fitou com a sombra de um sorriso no rosto.

– É claro que vai – murmurou.

– Leve Rose para outro lugar, vamos poupá-la de tudo isso – sussurrou Holly. – Mande-a para junto dos meus pais, no campo. E Elizabeth e sua mãe...

– Elas partirão em uma hora. A não ser por minha mãe, que quer ficar e ajudar a cuidar de você.

– Mas o risco... – disse Holly. – Convença-a a ir, Zachary.

– Nós, Bronsons, somos uma raça resistente para diabo – disse ele com um sorriso. – Toda vez que alguma praga ou epidemia passava pelos cortiços, saíamos completamente intocados. Escarlatina, tifo, cólera...

Ele gesticulou como se espantasse um mosquito.

– Você não conseguiria deixar nenhum de nós doente.

– Eu teria dito o mesmo de mim mesma, não muito tempo atrás – disse Holly, e os lábios secos deram um sorriso. – Eu nunca estive realmente doente antes. "Por que agora?", me pergunto. Cuidei de George durante todo o período em que esteve doente e nunca tive um único sintoma.

A menção ao ex-marido fez com que Zachary ficasse ainda mais pálido, se é que aquilo era possível, e Holly murmurou contrita, entendendo o terror dele de que ela tivesse o mesmo fim.

– Eu vou ficar bem – sussurrou de novo. – Só preciso descansar. Me acorde quando o caldo chegar, sim? Vou tomar cada gota... só para mostrar a você...

Mas Holly não guardou qualquer lembrança do caldo, ou de qualquer coisa distinta, enquanto sonhos ardentes a engolfavam e o mundo inteiro se dissolvia em um redemoinho de calor. Seus pensamentos cansados tentaram romper a muralha que ardia, apenas para serem derrubados como mariposas. Holly ficou sem sentido, sem palavras, sem nada além dos sons incoerentes que subiam por sua garganta. Estava cansada daquele som incessante, e ainda assim não conseguia se livrar dele. Não tinha poder sobre nada, nenhuma noção de dia e noite.

Houve momentos em que soube que Zachary estava com ela. Momentos em que agarrou as mãos grandes e gentis e ouviu o sussurro tranquilizador da voz dele, o corpo ainda torturado pela dor. Ele era tão forte, tão poderoso sem o menor esforço, e ela tentou em vão absorver um pouco daquela vitalidade. Mas o marido não tinha como lhe emprestar sua força, assim como não era capaz de protegê-la das ondas de calor ardente. Aquela batalha era só dela e, para seu desespero, a exaustão fez Holly começar a perder a vontade de se recuperar, até só lhe restar o desejo de suportar. Tinha sido da mesma forma com George. Seu espírito gentil havia murchado pelas duras exigências da febre tifoide e não lhe restara energia para lutar. Até experimentar aquilo na própria pele, Holly não havia entendido como fora difícil para ele, e enfim o perdoou, com todo o coração, por se deixar ir. Afinal, ela mesma estava muito perto de fazer o mesmo. Lembrar de Rose e Zachary ainda tinha o poder de motivá-la, mas ela estava muito cansada e a dor a puxava irresistivelmente para longe deles.

Fazia três semanas que Holly caíra de cama – semanas que se misturariam para sempre na mente de Zachary como um longo intervalo de exaustão e desespero. Quase piores do que os delírios de Holly eram os intervalos em que ela estava lúcida, quando sorria para ele com afeto e murmurava suas preocupações. Ele não estava comendo ou dormindo direito, dizia ela. Queria que ele cuidasse melhor de si mesmo. Ela ficaria bem muito em breve, dizia... Fazia quanto tempo? Ora, a febre tifoide nunca durava mais de um mês. E bem quando Zachary começava a se deixar convencer de que ela estava realmente melhorando, Holly voltava a mergulhar em seus delírios febris, e ele se via lançado em um desespero pior do que antes.

Às vezes, Zachary se surpreendia quando um jornal era colocado diante dele junto com um prato de comida. Depois de algumas mordidas mecânicas no pão ou nas frutas, ele olhava para a primeira página, não para ler, mas para se espantar com a evidência de que o resto do mundo continuava existindo como de costume. Os eventos naquela casa eram catastróficos, lhe consumiam a alma, mas os negócios, a política e os eventos sociais continuavam em seu ritmo acelerado de sempre. Mas aquele teste de resistência não estava passando despercebido. À medida que a notícia da doença de Holly se espalhava, as cartas começaram a chegar.

Parecia que todos, desde os mais altos círculos sociais até os mais baixos, desejavam expressar preocupação e amizade pela dama convalescente. Aristocratas que haviam tratado os recém-casados praticamente com desdém agora pareciam ansiosos para provar sua lealdade. Era como se, à medida que a doença de Holly progredia, a popularidade dela aumentasse e todos afirmassem ser amigos próximos. *Bando de hipócritas*, pensou Zachary, deprimido, examinando o grande saguão de entrada cheio de arranjos de flores e cestas com geleias, latas de biscoitos e licores de frutas, as bandejas de prata carregadas de mensagens de solidariedade e simpatia. Houve até algumas visitas, apesar da natureza contagiosa da febre tifoide, e Zachary teve um prazer selvagem em mandar todos embora. Ele só permitiu que uma pessoa entrasse em sua casa, alguém que ele estava esperando: lorde Blake, o conde de Ravenhill.

De certo modo, Zachary passou a gostar mais de Ravenhill por ele não chegar com outra cesta inútil ou um buquê indesejado. O amigo de Holly apareceu sem avisar certa manhã, vestido com sobriedade, o cabelo louro brilhando mesmo na luz fraca do saguão de entrada. Zachary nunca seria amigo dele, incapaz de perdoar alguém que tinha rivalizado com ele pela mão de Holly. No entanto, sentia uma gratidão relutante desde que a esposa lhe contara que Ravenhill a aconselhara a seguir o próprio coração em vez de atender aos desejos de George Taylor. O fato de que o homem poderia ter dificultado a decisão de Holly, mas escolhera não fazê-lo, fez com que Zachary se sentisse um pouco mais afável em relação a ele.

Ravenhill se aproximou de Zachary, trocou um aperto de mão e o fitou com atenção. Não transpareceu nada enquanto examinava os olhos injetados de Zachary e o corpo enorme muito mais magro. De repente, Ravenhill desviou o olhar e passou a mão várias vezes pelo queixo, em movimentos lentos, como se estivesse avaliando um problema grave.

– Ah, Cristo – sussurrou finalmente.

Zachary conseguiu ler facilmente os pensamentos do outro homem: que o marido não estaria com uma aparência tão devastada se Holly não estivesse em um estado grave, talvez correndo risco de vida.

– Vá vê-la se quiser – grunhiu Zachary.

Um sorriso amargo e zombeteiro curvou os lábios aristocráticos de Ravenhill.

– Eu não sei... – disse ele, a voz quase inaudível. – Não sei se consigo passar por isso uma segunda vez.

– Faça como quiser.

Zachary o deixou de modo abrupto, incapaz de suportar a dor no rosto do outro homem, o brilho de medo em seus olhos. Ele não queria compartilhar sentimentos, lembranças ou lugares-comuns. Havia dito friamente à mãe, a Maude, à governanta e a qualquer empregado ao alcance de sua voz que, se recorressem a acessos de choro ou outras demonstrações de emoção, seriam banidos dali na mesma hora. A atmosfera na casa era calma, silenciosa e estranhamente serena.

Sem se importar com para onde Ravenhill iria, o que faria ou como poderia localizar o quarto de Holly sem ajuda, Zachary vagou sem rumo até chegar ao salão de baile. Estava escuro, as janelas cobertas por cortinas pesadas. Ele empurrou uma das cortinas de veludo para o lado e a prendeu, até os raios de sol deslizarem pelo piso cintilante de parquete e iluminarem uma parede coberta com seda verde. Olhou para um enorme espelho de moldura dourada e se lembrou das aulas de dança tanto tempo antes, do modo como Holly se posicionara em seus braços e lhe dera instruções, quando na época ele só conseguia pensar em como a desejava, em como a amava.

Os olhos castanhos e cálidos haviam cintilado enquanto ela o provocava: *Sugiro que não aplique muitas de suas habilidades de pugilista em nossa aula de dança, Sr. Bronson. Eu não gostaria de me ver envolvida em uma luta física com o senhor...*

Zachary se abaixou lentamente até se sentar no chão, as costas contra o parapeito da janela, e ficou ali, perdido em reminiscências, os olhos semicerrados e a cabeça caída de cansaço. Estava exausto, mas não conseguia dormir à noite, porque todo o seu ser estava travado em um suspense angustiante. Só encontrava paz quando era sua vez de tomar conta Holly e ele podia se assegurar integralmente de que ela ainda estava respirando, de que seu coração ainda batia, ocasiões em que observava os lábios dela se movendo sem parar enquanto ela flutuava através de fragmentos de sonhos.

Depois do que poderiam ter sido cinco ou cinquenta minutos, Zachary ouviu uma voz ecoar na profundeza escura de um cômodo próximo.

– Bronson.

Ele levantou a cabeça e viu Ravenhill de pé na porta. O conde parecia pálido e soturno, quase anormalmente controlado.

– Eu não sei se ela vai morrer – disse Ravenhill sem rodeios. – Holland não parece nem de longe tão devastada e emaciada quanto George na mesma fase da doença. Mas sei que ela está entrando no estágio crítico, e você faria bem em chamar o médico.

Zachary estava de pé antes que o outro homem terminasse a última frase.

༄

Holly pareceu acordar em algum sonho abençoadamente fresco, a dor e o calor tendo desaparecido, deixando-a relaxada e mais alerta do que havia se sentido em semanas. *Estou melhor*, pensou surpresa, e olhou ao redor, ansiosa, querendo compartilhar a notícia maravilhosa com Zachary. Queria ver o marido, e Rose, e fazê-los entender que o tormento dos últimos dias finalmente havia chegado ao fim. Mas ficou perplexa ao se ver sozinha, parada em uma névoa fria e ligeiramente salgada que lhe lembrava uma área à beira-mar. Ela hesitou, sem saber para onde ir ou por que estava ali, mas foi atraída por sons suaves e doces mais à frente... Esguichos de água, o canto dos pássaros, o farfalhar das árvores. Holly continuou andando, os membros revigorados, os sentidos renovados pelo ambiente tranquilo. Aos poucos, o véu de névoa desapareceu, e ela se viu em um lugar de água azul cintilante e colinas verdes suaves, com flores exóticas exuberantes por toda parte. Curiosa, Holly se inclinou para tocar uma das flores aveludadas cor de pêssego, e seu perfume pareceu envolvê-la e inebriá-la. Apesar da perplexidade, sentiu vontade rir de prazer. Tinha se esquecido de como era ser tão puramente feliz quanto as crianças inocentes.

– Que sonho lindo – falou.

Uma voz sorridente respondeu:

– Bem, não é exatamente um sonho.

Holly se virou com a testa franzida, surpresa, procurando a origem da voz irresistivelmente familiar e viu um homem caminhando em sua direção. Ele parou e olhou para ela com os olhos azuis que ela jamais esquecera.

– George – disse Holly.

∽

A pele clara e fresca de Holly estava cor de ameixa, e sua respiração assustadoramente rápida e superficial. A febre ardia, muito alta, e seus olhos estavam semiabertos em um olhar fixo e estranho. Holly estava com uma camisola branca, apenas um lençol leve cobrindo as pernas, e parecia tão pequena quanto uma criança deitada sozinha na cama. *Ela está morrendo*, pensou Zachary entorpecido, incapaz de imaginar o que aconteceria depois. Não haveria esperanças para ele, nem expectativas, nenhum prazer ou felicidade no futuro, seria como se sua própria vida terminasse quando a dela se esvaísse. Ele esperou em silêncio, no canto do quarto, enquanto o Dr. Linley examinava Holly. Paula e Maude também entraram, ambas se esforçando para disfarçar a tristeza.

O médico foi até Zachary e falou bem baixinho:

– Sr. Bronson, há várias técnicas que fui treinado a recorrer nesses momentos, e acredito que a maioria delas mataria sua esposa rapidamente, em vez de salvá-la. A única coisa que posso fazer é dar a ela algo que tornará a morte mais fácil.

Zachary não exigiu qualquer explicação. Ele sabia o que Linley estava oferecendo: sedar Holly para que ela dormisse tranquilamente durante o último estágio doloroso da febre tifoide. Sua respiração saía rápida e superficial, não muito diferente da de Holly. Então escutou o som que vinha da cama mudar e se virou ao se dar conta de que a respiração de Holly agora saía em suspiros difíceis e irregulares.

– O chocalho da morte – ouviu Maude dizer, assustada.

Zachary sentiu a sanidade rachar e se romper sob o olhar firme de Linley.

– Saiam – disse ele com a voz rouca, quase cedendo à tentação de mostrar os dentes para todos e rosnar como um animal furioso. – Quero ficar sozinho com ela. Saiam agora!

E ficou surpreso ao ver que todos obedeceram sem discutir. Sua mãe chorava com o rosto enfiado em um lenço quando fechou a porta. Zachary trancou a porta, isolando-se no quarto com a esposa, e foi até a cama. Sem hesitar, sentou-se no colchão e pegou Holly nos braços, ignorando seu fraco gemido de protesto.

– Vou seguir você até a próxima vida se for preciso – sussurrou em seu ouvido, a voz áspera. – Você nunca vai se livrar de mim, Holly. Vou perseguir você pelo céu, pelo inferno e além.

Ele continuou a sussurrar sem parar, ameaçando, persuadindo, xingando, enquanto suas mãos mantinham o corpo da esposa junto ao dele, como se assim pudesse impedir fisicamente que a vida se esvaísse dela.

– Fique comigo, Holly – murmurou desesperado, a boca deslizando pelo rosto quente e suado da esposa, pelo pescoço.

– Não faça isso comigo. Fique aqui... Maldição...

E, finalmente, quando as palavras não conseguiam mais sair de sua garganta dolorida, ele afundou no colchão com ela, enterrando o rosto contra os seios imóveis.

∽

Era realmente George, mas por algum motivo sua aparência estava diferente de como tinha sido em vida. Ele parecia muito jovem, a pele, os olhos e os cabelos radiantes, todo ele cintilando com energia e saúde.

– Holly, querida – disse ele, com uma risada tranquila, parecendo achar divertida a expressão surpresa dela. – Você não imaginou que eu viria ao seu encontro?

Apesar do prazer em vê-lo, Holly se conteve, olhando-o fixamente, temendo, por algum motivo, tocá-lo.

– George, como podemos estar juntos? Eu...

Ela considerou a situação, e a felicidade que sentia diminuiu quando se deu conta de que talvez tivesse perdido a vida que sempre conhecera até ali.

– Ah... – falou.

Holly sentiu os olhos ardendo e doendo de repente. Nenhuma lágrima saiu, mas ela estava desolada. George inclinou a cabeça e fitou-a com amor e compaixão.

– Você não está pronta para isso, não é?

– Não – respondeu Holly em um desespero crescente. – Ah, George, não tenho escolha? Eu quero voltar imediatamente.

– Para a prisão de um corpo, para toda a dor e luta? Por que não vem comigo? Há lugares ainda mais lindos do que este.

Ele estendeu a mão, encorajando-a a tomá-la.

– Venha, vou mostrá-los a você.

Holly balançou a cabeça com força.

– Ah, George, você poderia me oferecer mil paraísos, mas eu jamais conseguiria... Há alguém, um homem, que precisa de mim, e eu preciso dele...

– Sim, eu sei disso.

– Você sabe?

Ela ficou impressionada com a ausência de acusação ou recriminação no rosto dele.

– George, preciso voltar para ele e para Rose! Por favor, não me culpe, tem que entender que eu não o esqueci, nem deixei de gostar de você, mas, ah... como amo esse outro homem agora!

– Sim, eu entendo – disse ele, sorrindo, e, para alívio de Holly, deixou a mão cair ao lado do corpo. – Eu nunca a culparia por isso, Holly.

Embora ela não tivesse feito nenhum esforço para dar um passo para trás, parecia que sua ansiedade a havia afastado vários metros dele.

– Você encontrou sua alma gêmea – comentou George.

– Sim, eu...

Uma consciência profunda daquele fato a invadiu, e ela ficou aliviada porque ele parecia entender.

– Sim, eu encontrei.

– Isso é bom – murmurou ele. – É bom que você saiba quanto é afortunada. Só tive um arrependimento quando cheguei aqui, minha querida. Eu havia feito muito pouco em vida para outras pessoas. Muito do que nos preocupava era irrelevante. O amor é tudo que existe, Holly... Encha sua vida de amor enquanto pode.

Holly sentiu uma onda de emoções atingi-la enquanto o observava ir embora.

– George – chamou, hesitante, pois desejava perguntar muitas coisas a ele.

George fez uma pausa e olhou para trás com um sorriso amoroso.
– Diga a Rose que estou tomando conta dela.
E então ele se foi.
Holly fechou os olhos e se sentiu despencar, caindo muito rápido, de volta ao calor e à escuridão, onde o ar reverberava com palavras violentas e raivosas que a prenderam como correntes. A veemência a assustou a princípio, até compreender o que as motivava. Ela se mexeu e seus braços pareciam muitíssimo pesados, como se tivessem sido envoltos em ferro. Depois da leveza flutuante e maravilhosa de sua visão celestial, era difícil se acostumar mais uma vez àquela dor e à doença. Mas ela aceitou de bom grado, sabendo que ganhara mais tempo com quem mais amava – naquele mundo ou no próximo. Holly estendeu a mão, acalmou as palavras que vibravam nos lábios do marido e sentiu a boca dele tremer contra os seus dedos.
– Shhh... – sussurrou, feliz ao ver que a litania violenta havia se acalmado.
Falar era um esforço tremendo, mas ela se concentrou ferozmente em se fazer entender.
– Calma... Está tudo bem agora.
Ela abriu os olhos e observou o rosto pálido e desesperado de Zachary. Os olhos insondáveis, com um espanto atônito, os cílios estavam úmidos de lágrimas. Holly acariciou lentamente o rosto firme, notando a sanidade e a consciência surgirem timidamente no olhar.
– Holly – disse ele, com a voz trêmula, o tom muito humilde. – Você... Você vai ficar comigo?
– É claro que vou. – Ela suspirou e sorriu, mantendo a mão no rosto dele, embora o esforço exigisse toda a sua energia. – Não vou a lugar nenhum... meu bem.

Epílogo

– Mais alto, mamãe, mais alto!

Holly desenrolou mais barbante e a pipa mergulhou e ganhou altura no céu coberto de nuvens, a rabiola de seda verde esvoaçando com a brisa forte. Rose saltava ao lado dela, dando gritinhos de prazer. De alguma forma, as saias e pernas das duas se emaranharam e caíram juntas em uma pilha de risadinhas descontroladas. Rose ficou de pé de um pulo, pegou o rolo de barbante e continuou correndo, os cachos castanhos voando atrás dela. Holly permaneceu no chão, deitada de costas. Sorrindo, ela relaxou no gramado verde enquanto o sol brilhava em seu rosto.

– Holly.

O toque de ansiedade na voz do marido rompeu seu momento de devaneio.

Ela rolou para o lado com um sorriso de curiosidade. Ele estava vindo da casa em direção a ela, o passo firme, a testa franzida.

– Você provavelmente estava olhando lá da janela da biblioteca – murmurou Holly, chamando-o com o dedo para que ele se juntasse a ela na grama.

– Eu vi você cair – disse ele, preocupado, e se agachou ao lado dela. – Você está bem?

Holly se ajeitou melhor na grama, sem se importar com qualquer possível mancha no vestido, sabendo que parecia muito mais uma camponesa largada ali daquele jeito do que a grande dama que fora criada para ser.

– Chegue mais perto que eu mostro – respondeu ela com voz rouca.

Uma risada relutante escapou dos lábios dele quando seu olhar a percorreu – o corpo relaxado no chão, as saias levantadas deixando ver os tornozelos cobertos por meias brancas. Holly ficou imóvel sob aquele olhar, torcendo para que a reserva dele em relação a ela estivesse finalmente começando a ceder. Nas últimas seis semanas, após a pior fase da febre tifoide, ela havia recuperado toda a saúde, até estar de novo com o rosto corado, a disposição animada e até um pouco rechonchuda. Holly sabia que nunca tivera melhor aparência ou se sentira melhor, e junto com a saúde havia retornado também todo o desejo natural de retomar a intimidade física com o marido.

Ironicamente, a recuperação de Zachary estava sendo um pouco mais lenta do que a dela. Embora ele se mostrasse afetuoso e brincalhão como sempre, havia uma contenção firme em sua maneira de lidar com a esposa, um cuidado exagerado na forma como a tocava, como se ela ainda estivesse tão frágil que ele pudesse machucá-la sem querer. Embora ele também tivesse recuperado um pouco do peso que havia perdido, ainda estava um tanto magro demais, atento e tenso em demasia, como se estivesse esperando que algum inimigo invisível atacasse.

Zachary não fazia amor com ela desde antes da febre tifoide. Não havia dúvida de que ele a desejava, e, depois dos últimos dois meses de celibato, um homem com seu apetite sexual provavelmente estaria sofrendo muito. Mas ele havia recebido os avanços recentes de Holly com negativas atenciosas e gentis, prometendo que eles voltariam aos momentos de intimidade quando ela estivesse melhor. Obviamente, a opinião dele sobre a saúde da esposa era muito diferente da dela, ou mesmo da do Dr. Linley. O médico havia informado a Holly, com muito tato, que ela estava pronta para retomar todas as atividades conjugais assim que se sentisse capaz. No entanto, Holly não parecia capaz de convencer Zachary de que estava mais do que saudável para recebê-lo em sua cama.

Ansiosa para que o marido relaxasse, ficasse feliz e perdesse o controle em seus braços, Holly lhe lançou um olhar provocante.

– Me beije... – murmurou. – Não há ninguém aqui além de Rose... e ela certamente não vai se importar.

Zachary hesitou e se inclinou sobre ela, roçando os lábios gentilmente sobre os dela. Holly passou a mão ao redor do pescoço dele. Mantendo o marido junto a si, encostou a língua em seus lábios, mas ele não quis compartilhar seu sabor com ela. Zachary segurou o pulso da esposa com delicadeza e afastou a mão dela do seu pescoço.

– Tenho que voltar – disse ele, hesitante, e soltou um suspiro ofegante. – Tenho trabalho a fazer.

Então se levantou, sentiu o corpo estremecer visivelmente e deu uma risadinha, lançando um olhar de amor torturado na direção de Holly. E voltou para a casa, enquanto Holly se sentava na grama e ficava olhando para a silhueta alta se afastando.

Estava claro que algo precisava ser feito, pensou Holly com um misto de bom humor e exasperação. Entre todos os homens, ela nunca imaginou que logo Zachary Bronson seria tão difícil de seduzir. Ele quase parecia ter medo de tocá-la. Holly não tinha dúvidas de que o marido voltaria a fazer amor com ela algum dia, quando finalmente percebesse que não a machucaria sem querer. Mas o caso é que ela não queria esperar. Queria-o naquele momento, o amante vigoroso e de sangue quente, cujos avanços sensuais a deixavam louca de prazer – e não aquele cavalheiro preocupado e atencioso que parecia ter autocontrole demais para o seu próprio bem.

Depois de um longo dia passado em seus escritórios no centro da cidade, Zachary entrou em casa com um suspiro de alívio. Tivera de participar de uma negociação inesperadamente difícil, mas tinha conseguido adquirir a participação majoritária em uma metalúrgica de Birmingham que produzia correntes, pregos e agulhas. A parte difícil não fora definir os termos financeiros, mas convencer seus possíveis sócios de que, a partir dali, a fábrica seria dirigida pelos gerentes dele, à maneira dele. Os operários teriam um horário de trabalho decente, nenhuma criança trabalharia ali e parte dos lucros seria reinvestida de maneiras que os parceiros dele consideraram tolas e desnecessárias. Zachary quase desistira completamente do acordo e, quando perceberam que ele não cederia um centímetro, os outros concordaram com todos os seus termos.

O dia de discussões, que lhe exigiram paciência e persistência, o deixara agitado. Ele ainda vibrava com a energia que reunira para a batalha e ansiava por uma forma de extravasar aquela energia reprimida. Infelizmente, seu método favorito para isso – levar a esposa para a cama – ainda não estava disponível. Sabia que Holly ia recebê-lo caso a abordasse daquela forma. No entanto, ela ainda parecia tão pequena e frágil, e ele estava apavorado que a saúde dela pudesse sofrer um revés se a pressionasse demais. Além disso, a intensidade de seu desejo por Holly o preocupava. Havia tanto tempo que não fazia amor com a esposa que tinha certo receio de se atirar sobre ela descontroladamente quando enfim pudesse se aproximar.

Era quinta-feira, a habitual noite de folga dos criados, mas a casa parecia muito mais silenciosa e vazia do que o normal. Enquanto ia do saguão de entrada até a sala de jantar da família, Zachary não encontrou a ceia fria que a cozinheira sempre servia naquelas noites. Ele checou o relógio de bolso e descobriu que estava apenas quinze minutos atrasado. Seria possível que a família já tivesse comido e se recolhido? Misteriosamente, não havia uma única pessoa à vista, e ninguém respondeu quando ele chamou. A casa parecia deserta.

De testa franzida, Zachary foi em direção à grande escadaria, seu ritmo acelerando enquanto se perguntava se algo de ruim teria acontecido... Então ele viu. Uma rosa vermelha pousada no primeiro degrau. Ele pegou a flor, o longo caule cuidadosamente livre de espinhos. À medida que subia a escada, encontrou outra rosa no sexto degrau e mais outra no décimo segundo. Quando ergueu os olhos, descobriu que uma trilha de rosas vermelhas fora deixada para que ele seguisse.

Um sorriso nasceu em seu peito, e ele balançou a cabeça brevemente. Então foi seguindo o caminho das flores, sem muita pressa, enquanto o buquê em sua mão aumentava. Eram exuberantes e perfumadas, e o cheiro doce aguçava seus sentidos. Depois de recolher mais de uma dúzia, ele se viu diante da porta do próprio quarto, onde havia uma última flor pendurada na maçaneta por uma fita vermelha. Sentindo-se como se estivesse em um sonho, Zachary abriu a porta, cruzou a soleira e se fechou no quarto.

Havia uma pequena mesa posta no canto, com travessas de prata cobertas e velas em castiçais também de prata. O olhar dele foi do jantar aconchegante para a visão de sua linda esposa de cabelos escuros, vestida com uma peça de tecido preto translúcido. O corpo dela era visível através da camisola maliciosamente reveladora, e ele a encarou em um silêncio perplexo.

– Onde está todo mundo? – perguntou com esforço.

Holly acenou com uma rosa como se fosse uma varinha mágica.

– Fiz todos desaparecerem.

Sorrindo misteriosamente, ela se adiantou para abraçá-lo.

– Agora, o que você vai querer primeiro? – perguntou. – O jantar... ou a mim?

As rosas caíram no chão em uma pilha farfalhante e docemente aromática. Zachary ficou parado no meio da cascata de flores enquanto Holly colava o corpo ao dele, macia, perfumada e absurdamente feminina. Zachary a abraçou. A sensação da carne quente sob a seda preta transparente foi o bastante para deixar sua boca seca e seu ventre dolorido, o que pareceu despertar em um pulo, deixando-o trêmulo. Ele tentou controlar o desejo explosivo que ameaçava dominá-lo, mas estava tão excitado, o corpo privado de prazer por tanto tempo, que só conseguiu permanecer imóvel e respirar fundo. As mãos pequenas e hábeis de Holly estavam ocupadas sob o paletó dele, abrindo botões, puxando a camisa de dentro da calça. Ela deixou a palma roçar na ereção muito rígida dele, apertando levemente, e sorriu junto ao peito do marido.

– Suponho que isso responda minha pergunta – murmurou Holly, e começou a libertá-lo da constrição da calça.

De alguma forma, em meio à sua profunda perturbação, Zachary foi capaz de obrigar seus lábios rígidos a formarem palavras.

– Holly, estou com medo de... Ah, meu Deus... Eu não vou conseguir me controlar.

– Então não se controle – foi só o que ela disse, e puxou a cabeça dele mais para perto.

Zachary resistiu, a expressão atormentada.

– Mas e se eu causar uma recaída e...

– Meu bem. – Ela acariciou o rosto dele com a mão macia, sorrindo com todo o carinho. – Será que você não sabe que seu amor só me dá força? – Com gentileza, Holly tocou o canto da boca tensa do marido com a ponta do dedo. – Me dê o que eu preciso, Zachary – sussurrou. – Já se passou tempo demais.

Ele gemeu e beijou Holly, deixando a língua mergulhar profundamente em sua boca. O prazer foi tão intenso que Zachary saiu de si. Ele beijou Holly sem parar, sugando, acariciando, devorando, enquanto suas mãos seguravam os seios cobertos de seda, o quadril arredondado, o traseiro. A sensação do corpo dela o deixou zonzo. Ele a puxou na direção da cama, jogou-a em cima do colchão e foi rasgando as próprias roupas até arrancar a maior parte delas. Então se colocou acima dela, as mãos e a boca buscando a pele branca deixada à mostra pela seda preta, enquanto Holly sussurrava aflita para que ele desabotoasse sua camisola.

– Há alguns botões – avisou ela em um arquejo. – Não... não aí, aqui... Sim, e uma fita passada por cima do meu... Ah, sim...

O desejo desesperado e crescente de Zachary tornou impossível se livrar inteiramente da intrincada rede de fechos e, por fim, ele decidiu levantar as saias transparentes até a cintura de Holly e se acomodar entre as coxas abertas. Zachary penetrou e arremeteu fundo, deslizando até estar totalmente envolvido pelo calor úmido da carne dela. Holly gemeu e passou os braços e as pernas ao redor do marido, enquanto arremetia o quadril para cima. Zachary emoldurou o rosto dela entre as mãos, beijou sua boca aberta e começou a penetrá-la sem controle, possuindo-a em movimentos primitivos e impacientes que a fizeram gemer em seus lábios. Quando as unhas delicadas dela se cravaram em suas costas, ele estremeceu e arremeteu com mais intensidade, até seu corpo parecer explodir. Por um momento, a sensação de alívio foi quase intensa demais para suportar, quente e devastadora, como se estivesse prestes a consumir todo o corpo dele. Assim que o clímax começou a arrefecer, Zachary sentiu os músculos internos de Holly se apertarem ao redor dele em um gozo longo e profundo. Ele capturou seu grito de prazer com a boca e se manteve o mais fundo possível dentro dela, possuindo-a até o último tremor cessar.

Então os dois ficaram deitados ali, ofegantes e relaxados, mergulhados no prazer daquele momento. Zachary deixou os dedos correrem pelo corpo sedutor da esposa, desabotoou o que restava da camisola e a deixou nua. Ao ver uma rosa pousada em um travesseiro próximo, ele pegou a flor aberta e macia e foi deslizando ao longo da pele úmida e perolada, fazendo cócegas nos seios e no umbigo, acariciando suavemente entre as coxas.

– Zachary – protestou Holly, deixando-o encantado ao ruborizar profundamente.

Ele deu um sorriso preguiçoso, sentindo-se em paz pela primeira vez em meses.

– Feiticeira – murmurou. – Você sabia que eu queria esperar mais tempo antes de fazer isso.

Holly ergueu o corpo sobre o dele com um sorriso triunfante.

– Nem sempre você sabe o que é melhor para mim.

Zachary enfiou as mãos no cabelo dela e puxou-a para que o beijasse.

– E o que é melhor para você? – perguntou ele em um sussurro quando seus lábios se separaram.

– Você – informou ela. – O máximo de você que eu puder ter.

Zachary fitou o rosto sorridente da esposa com um olhar repleto de adoração.

– Acho que posso fazer sua vontade, meu amor.

E, assim, puxou-a mais para junto de si e amou-a mais uma vez.

CONHEÇA OS LIVROS DE LISA KLEYPAS

De repente uma noite de paixão
Mais uma vez, o amor
Onde nascem os sonhos

Os Hathaways
Desejo à meia-noite
Sedução ao amanhecer
Tentação ao pôr do sol
Manhã de núpcias
Paixão ao entardecer
Casamento Hathaway (e-book)

As Quatro Estações do Amor
Segredos de uma noite de verão
Era uma vez no outono
Pecados no inverno
Escândalos na primavera
Uma noite inesquecível

Os Ravenels
Um sedutor sem coração
Uma noiva para Winterborne
Um acordo pecaminoso
Um estranho irresistível
Uma herdeira apaixonada
Pelo amor de Cassandra
Uma tentação perigosa

Para saber mais sobre os títulos e autores da Editora Arqueiro,
visite o nosso site e siga as nossas redes sociais.
Além de informações sobre os próximos lançamentos,
você terá acesso a conteúdos exclusivos
e poderá participar de promoções e sorteios.

editoraarqueiro.com.br